킹메이커

KING MAKER

킹메이커

모스카레토 장편소설

1

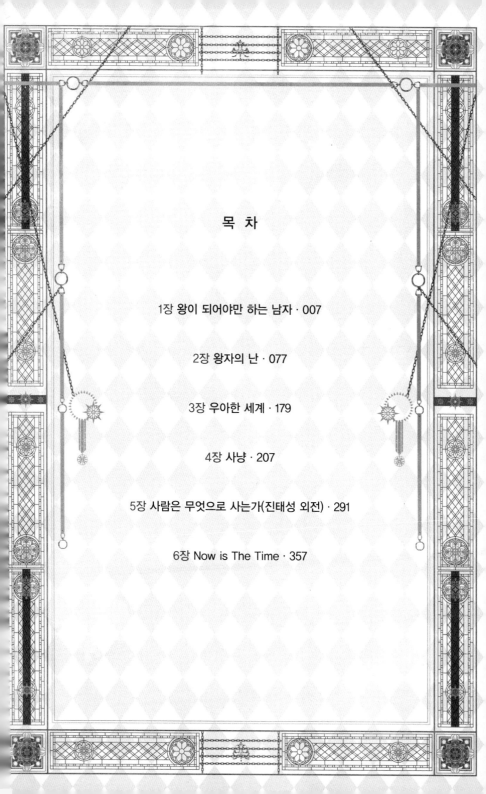

목 차

1장 왕이 되어야만 하는 남자 · 007

2장 왕자의 난 · 077

3장 우아한 세계 · 179

4장 사냥 · 207

5장 사람은 무엇으로 사는가(진태성 외전) · 291

6장 Now is The Time · 357

1장
왕이 되어야만 하는 남자

왕이 되어야만 하는 남자

"고맙습니다. 변호사님, 정말 고맙습니다."

얼굴에 옅은 멍이 든 여자가 연신 기현에게 고개를 숙였다. 23년이라고 했던가. 아들 못 낳는다며 매일 두들겨 맞고 종처럼 부려졌던 것이. 다행히 재판에선 이겼다. 아니, 이겨야 마땅한 재판이었다. 그렇지만 그간 숨죽여 울어야 했던 가여운 이 여자의 지난 세월은 누가 보상해 줄까.

여유만 더 있었어도 민사까지 가 보는 건데. 속상하게도 기현에게 허락된 시간은 딱 여기까지였다. 오히려 분해하는 기현에게 여자는 지옥 같았던 그놈의 집구석에서 구해 준 것으로도 충분히 고맙다며 환하게 웃었다.

'이거 약소하지만요' 하고 딸이 내미는 구깃구깃한 흰 봉투를 기어코 거절하고, 모녀의 손을 말없이 한 번 꾹 잡아 주기만 했다. 아쉬움이 남아도 어쨌든 끝난 싸움이고 이겼으니 됐다. 저 사람들이 만족한다면 그걸로 잘된 거겠지. 귀국 후 갑자기 변호를 맡게 되어 며칠 밤을 꼬박 새우긴 했지만 그럴 만한 가치가 있는 일이었다.

기현은 변호사였다. 언론에서도 크게 다루지 않는 자잘한 사건들. 예를 들면 당장 이번 사건처럼 피해자에게 귀책사유를 뒤집어씌워 이혼시키려고 한다거나, 일을 그만두면 생계를 꾸리기 어려운 사람들만 골라 성(性)적으로 괴롭히는 인간 말종 고용주라거나⋯⋯. 어쨌든 피해자임이 분명하지만 보호를 받기 어려운 사람들을 주로 돕는, 그런 변호사.

그의 도움을 받은 사람들은 천사 같은 변호사님이라며 고마워 어쩔 줄 몰라 했지만, 사실 정작 구원받은 것은 언제나 기현 자신이었다.

가다 말고 자꾸 뒤돌아 꾸벅 인사를 하는 저 착한 모녀가 이제부터라도 정말 행복해지길. 끔찍한 기억 모두 잊고 보란 듯이 잘 살았으면. 점이 되어 사라지는 두 사람을 끝까지 배웅하고 나서 고개를 돌린 기현의 입매가 어색하게 굳었다. 몰랐는데 조금의 거리를 두고 아주 많은 사람이 자신을 관찰, 아니, 구경하고 있었다.

시선이 마주치자 누군가는 민망한 듯 고개를 돌렸고, 누군가는 더욱 노골적으로 기현을 관찰했다. 반응이야 가지각색이었다만 확실한 건 사람들 대부분이 자신을 두고 뭔가를 수군거리는 중이라는 거다. 그제야 볼륨이 확 켜지듯 익숙한 단어들이 쏟아졌다. AR그룹, 그렇게 아껴서 아무에게도 안 보여 준다던 막내아들, 무료 변호⋯⋯.

"하⋯⋯."

모녀에게 온 신경을 쓰느라 미처 깨닫지 못했다. 여기서 상대 변호사를 만나기로 했었는데, 약속이고 뭐고 당장 자리를 뜨고 싶어졌다. 기현은 삐딱하니 주머니에 손을 찔러 넣고 애꿎은 구두 앞코만 바닥에 툭툭 쳐 댔다.

그간의 경험으로 조금 지나면 잠잠해지겠거니, 하고 기다렸는데…… 오늘은 어째 사람들이 더 몰리는 것 같았다. 하다못해 자신을 향해 접근하는 게 분명한 발소리까지 들으니 더 있다간 일 치르겠다 싶어 일단 자리를 옮기기로 했다.

'아. 이럴 거면 아까 차라리 그냥 같이 나갈걸.'

모녀가 느릿느릿 걸었던 복도를 지나 법원 입구가 가까워질수록 수군대는 사람이 더 많아졌다. 특히 법원에 상주해 있던 기자들은 '어?' 하고 손가락질을 했다.

기현은 괜히 핸드폰을 귀에 대고 걸음을 빨리했다. 누군가, 특히 기자들이 목적을 가지고 접근한다면 첫째, 경호원을 통해 안전거리를 확보하고 다가오는 인물의 특이 사항을 전부 체크할 것. 추후 홍보팀에서 기자 명부를 보고 확인해야 하므로 되도록 상세히. 둘째, 경호원이 없을 시엔 소품을 활용하되 시선을 피하고자 고개를 숙여선 안 된다.

지겹도록 교육받아 온 매뉴얼 중 상위권에 있는 수칙이었다. 본가를 떠올리니 미간이 절로 찌푸려졌다. 어쨌든 일단은 배운 대로 대처 방안을 충실히 이행하고 있는데…… 가만히 생각해 보니 이상한 일이었다.

본가에서 회장의 직계 가족을, 특히 다른 누구도 아닌 자신에게 이렇게 접근하고 호기심을 갖도록 내버려 둘 리가 없다. 눈에 띄진 않았지만, 귀국한 직후부터 어딘가에서 감시하는 사람들이 있었을 것이다. 그러니 지금쯤이면 숨어 있던 험상궂은 경호원들이 튀어나와 사람들에게 윽박지르는 소리가 들려야 했다. 하지만 여태 아무도 나타나지 않았다.

이상했다. 이미 어떤 사건을 맡았는지 보고가 들어갔을 거다. 솔직히 지금까지 기현의 승률이 좋은 이유에는 AR의 막내아들이 패소했다는 자존심 상할 가십거리를 만들기 싫은 본가의 영향도 있었다. 어쨌든, 다른 날도 아닌 법원에 가는 날에 그를 혼자 내버려 뒀을 리가 없다. '그 여자'의 성격을 생각한다면 더더욱.

"호텔로 모시겠습니다."

이상하다고 생각하던 찰나. 타이밍도 좋게 검은색으로 도배를 한 남자 서너 명이 불쑥 나타나 사람들의 시선을 차단해 주었다. 의외였다. 이렇게 능장을 부리다니.

어쨌든 반가운 일이라 기현은 아까부터 의미 없이 들고 있던 핸드폰을 주머니에 넣었다. 고갯짓으로 경호의 인사를 받아 주려던 찰나, 덤덤하던 기현의 눈매가 벼린 듯 날카로워졌다. 사람을 빠르게 훑고 기억하는 것은 AR그룹의 사람이라면 누구나 다 가지고 있는 일종의 습관이었다. 살아남기 위한 습관.

"……좀 이상하네요. 오늘은 신무원[1]으로 바로 갈 줄 알았는데."

낯선 얼굴들을 쭉 훑던 기현의 시선이 경호원들의 목, 어깨, 주머니 등에서 좀 더 오래 머물렀다. 적어도 누군가의 경호를 할 정도로 실력 있는 사람들이라면 응당 눈치를 챘을 정도로 예민하고 노골적인 관찰이었다. 하지만 이런 반응이 어디 기현뿐이었을까. 잘나고 유별난 자제분들의 의심병을 잘 안다는 듯, 경호원 하나가 덤덤하게 대꾸했다.

"오늘은 좀 쉬시고 내일 조찬 모임에 참석하십랍니다."

독하기로 유명한 AR그룹 경호원의 등장에 기자들이 알아서 떨어져 나간 터라 이동하기 한결 수월했다. 기현은 일단 여유를 찾은 듯,

---

1. 신무원: AR그룹 총수의 직계 일가가 거주하는 본가. 윤의택 회장의 집무실인 근희원, 거주 공간인 신무원 등 여러 공간으로 나뉘어 있으나 본가 전체를 통칭할 때는 신무원이라고 부른다.

속 모를 얼굴을 하고 걸음을 빨리했다. 바로 옆에서 기현을 의전하던 경호원이 뒷좌석의 문을 열었다. 다른 한 사람은 운전석으로, 또 다른 한 사람은 조수석으로, 그리고 나머지 한 사람은 반대편에서 몇 발자국 물러서 주위를 살폈다.

"그런데 조찬 모임이라뇨? 혹시 근희원에서요?"

"네. 내일 아침에 모시러 가겠습니다. 오늘처럼 늦는 일은 없을 겁니다. 죄송합니다."

근희원. 근희원이라…….

"도련님, 시간이 없습니다. 어서 차에─"

그럼 그렇지. 기현은 저도 모르게 꺼질 듯한 웃음을 흘렸다.

"혹시 근희원이란 이름의 유래를 알아요?"

뜬금없는 기현의 말에 차 문을 열어 준 남자가 회장님 지시이고 보고할 시간이 다가오니 제발 협조해 달라며 한숨을 푹 쉬었다.

하지만 기현은 물러설 생각이 없었다. 사정이 이러니 실례 좀 하겠다며 기현의 팔을 쥐려던 경호원은 물어뜯을 기세로 드러난 그의 오만하고 살벌한 표정에 기가 죽은 듯 더 다가서질 못하고 머뭇거리기만 했다.

"근희원은 근정전과 강희제의 글자를 하나씩 따와서 지은 이름입니다. 왕의 공간이란 뜻이죠."

"저, 도련님."

"무슨 뜻인지 몰라? 근희원은 허락 없이는 가족 누구도 들어갈 수 없는 회장님의 개인 공간이란 소리야. 그런데 거기서 조찬 모임을 갖는다고?"

철없는 도련님을 달래는 척, 피곤함이 어렸던 경호원들의 얼굴이 이제야 조금 굳었다. 윤 회장의 허락이 있기 전까지는 근희원 근처에도 가선 안 된다는 것은 상주하는 가사 도우미들도 다 아는, 신무원의 절대적인 상식이자 법도 중 하나였다. 예고도 없이 본가의 조찬에 저를 불렀다는 말도 믿기 어려운데, 하물며 근희원이라고?

"당신들 누구야."

기현은 침착하게 뒤로 한 발 물러섰다. 경호원이라면서 무전기도 착용하지 않았다는 게 수상쩍긴 했다. 하지만 '그 여자'가 개인적으로 부리는 사람들이 붙던 때도 종종 있었으니 일단은 그럴 수도 있다고 넘어갔다. 어설픈 존대나 기현이 차에 타지도 않았는데 먼저 운전석에 털썩 앉는 것이나…… 트집 잡을 것은 끝도 없었지만, 결정적인 무언가가 없어서. 그래, 이번에도 일단은 한 번 더 넘어가 보기로 했다.

그렇지만 설마하니, 근희원의 의미도 모르는 어쭙잖은 것들이 달라붙었을 줄이야. 기현을 엿 먹이려는 사람이야 무수히 많았지만, 이렇게까지 허술하게 접근했던 적은 한 번도 없었다. 어디서 AR그룹 막내 아드님이란 소릴 주워듣고 한몫 잡아 보려는 동네 양아치들도 이보다는 철저히 준비할 것 같은데.

"회장님뿐만 아니라 관장님 지시도 있었기에 저희가 좀 서두르려다 실수가 있었습니다. 뭘 어떻게 하면 믿어 주시겠습니까. 관장님과 전화 연결이라도 해 드릴까요?"

남자가 핸드폰 주소록을 뒤져 보여 준 것은 분명 그 여자, 아니, AR그룹의 안주인인 김연수 관장의 번호가 맞았다. 하지만 그래서 뭐 어쩌라는 건지. 황당해서 피식 웃음이 났다. 미국 유학길에 막 올랐던 어릴 적부터 지금에 이르기까지, 갖은 방법으로 기현의 숨통을 끊어 놓으려 했던 게 바로 그 여자였다. 어디 믿을 사람을 믿으라고 해야지.

"미리 말해 두지만 납치해서 돈 좀 뜯어내고 싶은 거면 다른 형제들이 나을 거야. 난 돈 나올 구석이 없거든."

"씨발…… 그걸 누가 몰라? 어쨌든 타. 사람들 쳐다보니까 타라고."

그제야 어설픈 존대를 집어치운 양아치가 가래침을 퉤 뱉었다. 일이 순조롭게 흘러가지 않자 운전석에 먼저 자리 잡은 남자가 고개를 내밀고 힐끔거렸다. 불안한 건지 시간이 없다는 듯 손목을 톡톡 치면서. 본색을 드러낸 정체 모를 양아치는 오히려 잘됐다는 양 홀가분하게 웃었다. 거친 욕설과 어울리는 저열하고 불량스러운 미소였다.

"안 그러면 네 진짜 엄마가 죽을 테니까."

♙

기현이 품고 있는 가장 오래된 기억은 그다지 유쾌하지 못했다. 천천히 뒤로 감는 버튼을 누르면, 별채의 예쁜 집사님이 김 관장에게 머리채를 붙잡힌 채 이리저리 끌려다니는 모습만 떠올랐다.

그저 관장님에게 어머니라고 불렀을 뿐이다. 그런데 기현에게서 그 말을 들은 관장은 무시무시한 얼굴을 하더니 대뜸 곁에 선 집사님의 뺨을 후려쳤다. 어린 마음에 놀라 끅끅 눈물이 터졌다. 그랬더니 그 여자는 너 따위 것에게 들어가는 돈이 얼만데 품위도 모르고 질질 짜냐고 역정을 냈고, 집사님을 더욱 세게 때렸다.

실컷 사람을 때려 놓고도 분이 풀리지 않는지 이후로는 손에 잡히는 대로 아무거나 집어 던지기 시작했다. 조각과 화병이 차례로 날아갔다. 눈앞에 나뒹구는 유리 파편, 이름 모를 소박한 꽃들, 엎질러진 물. 집사님이 이따금 오희한 미소를 지으며 매만지던 화병이었다.

뺨을 올려붙여도 꿈쩍 않던 집사님은 그제야 비명 같은 울음을 토해 냈다. 집에서 들고 온 건 이거 하나뿐이었다고. 어떻게 이러실 수 있느냐고.

그때의 기현은 자신이 무슨 잘못을 저질렀는지 알지 못했다. 또 집사님이 말하는 '집'이 어디를 가리키는 것이었는지도. 하지만 그와 몇 번 더 비슷한 일을 겪으면서 김 관장을 어머니라고 불러선 절대 안 된다는 것만은 확실히 깨달았다.

늘 조심했다. 아버지나 어머니라는 말도 쓰지 않고, 품위 없이 울지 않으려 애썼다. 아랫사람에게 사과도 함부로 하지 않았다. 그런데도 관장의 발작 같은 분노는 멈추질 않았다. 아니, 오히려 날이 갈수록 더했다. 집사님은 점점 악랄해지는 그 여자의 분노를 홀로 받아 내며 앙상하게 말라 갔다. 말라비틀어져서, 저러다 죽겠다 싶을 정도였다.

관장의 말에 따르자면, 모든 건 기현이 주제를 몰라서 생긴 일이었다. 그래서 더더욱 혼란스러웠다. 주제를 모르는 건 자신인데, 왜 애먼 사람을 괴롭히는 건지. 알 길이 없어서 기현은 집사님을 볼 때마다 자꾸 미안해졌다.

그렇게 시간은 느리게 흘러…… 아마도 여덟 살 무렵. 총수 일가가 거주하는 곳이다 보니 신무원엔 많은 사용인이 있다. 그래도 각자 담당하는 곳과 맡은 일이 명확해서 기현은 누가 무슨 일을 하는지 대충은 알고 있었다. 그런데 이 예쁜 집사님은 집사라면서 뭔가 일을 하는 것도, 별채 밖으로 나가는 것도 본 적이 없었다. 심지어 신무원에 꽃이 피는 걸 본 적도 없다고 했다.

기현은 가슴이 뛰었다. 마침 본관 밑 연못가에 흐드러지게 피는 꽃들이 장관이었다. 집사님께 예쁜 풍경을 보여 드려야겠다. 늘 자기 대신 맞고 혼나는 불쌍한 집사님께 드디어 해 드릴 수 있는 일이 생겼다. 그래서 나가면 안 된다는 집사님 손을 붙잡고서 씩씩하게 꽃구경을 나섰다. 그래선 안 되는 거였는데.

그날은 회장님이 종일 계실 예정이라며 신무원 모두가 날카로웠는데 그걸 깜빡 잊고 있었다. 하필이면 거기에서 여태 몇 번 본 적도 없는 회장님, 그러니까 아버지와 비서들을 마주쳤고……. 그리고…….

"이봐. 막내 도련님? 눈 좀 떠 보지?"

"벌써 죽은 건 아니겠지?"

아…… 그날 어땠더라.

기현은 가물가물한 정신을 차려 보려고 노력했다. 폭격처럼 쏟아지는 싸구려 백열등이 눈부셨다. 속이 울렁거리고, 얻어맞은 눈두덩이가 뜨끈뜨끈하게 부어오르기까지 해서 좀처럼 시야를 확보하기 어려웠다.

"……사님은."

"뭐? 얘가 뭐래냐?"

"집사님? 자기 엄마 찾는 것 같은데?"

"하여튼 한자리한다는 놈들은 다 똑같다니까."

"그래도 그렇지, 다른 기업도 아니고 AR그룹 족보가 개차반일 줄 누가 알았겠냐."

입안 가득 고인 피를 뱉어 낸 기현이 무너진 몸을 일으켰다. 그 와중에도 허리를 곧게 펴며 자세를 고치려 애썼다. 지독한 훈육의 결과였고, 폭력에 굴종해 만들어진 습관이었다.

"와아, 저거 봐라. 독한 새끼."

"그래서, 집사님은."

아아. 다행이라면 묶이지 않은 정도일까. 물론 신체가 구속되지 않았다고 한들 뭘 어쩔 수 없을 정도로 두들겨 맞긴 했지만.

"와, 이보쇼. 꼴이 이 지경이 됐는데도 엄마부터 찾고 싶어?"

기현은 명확한 것을 좋아했다. 뜬구름 잡는 선한 이야기보다 근거가 명확한 악랄한 이야기에 더 믿음이 갔다. 그래서 지금 이 상황을 대체 어떻게 해석해야 할지 짐작조차 할 수 없었다. 아무리 생각해도 앞뒤가 안 맞는다. 일단 집안의 누구도 이렇게 후진 사람을 부리진 않는다. 이건 신무원 사람들의 자존심이 걸린 문제였다.

더불어 별채에 갇혀 살았던, 직책만 집사인 고운 여자가 실은 기현의 생모라는 것은 직계 가족 중에서도 아는 사람이 얼마 되지 않는 일급비밀이다. 기현은 죽어서도 잊지 못할 지독한 그 얼굴들을 가만히 헤아려 보았다. AR그룹의 지분을 걸고 윤 회장과 협상도 할 수 있을 약점이자 귀한 정보를 이런 양아치들에게 넙죽 알려 줄 사람은 그중 없었다.

"뭐, 자세한 건 모르겠고. 김 관장님 말로는 이제 슬슬 재산 문제를 정리해야 할 때라 더는 도련님을 두고 볼 수가 없다고 하더라."

"그래서."

"그래서는 뭘 그래서야. 쥐도 새도 모르게 도련님을 처리하라는 명령을 받았다는 거지."

끼익, 하며 남자가 손날로 목에 선을 긋는 시늉을 했다.

"그건 내가 알 바 아니고. 집사님은 어떻게 됐냐고 묻잖아."

"와, 이거 진짜 독종이네."

남자가 골치 아프게 됐다는 듯 뒷머리를 벅벅 긁었다.

군데군데 핏자국이 낭자한 낡은 바닥, 조악하고 눈부신 싸구려 조명, 여기저기 널브러진 주사기, 쇳덩어리들……. 그래도 기현은 두렵지 않았다. 이보다 더 지옥 같은 공간에서도 평생을 보냈는데 이정도쯤이야. 지금 기현에게 중요한 것은 집사님이었다. 그분이 어디에 계시는지. 무사하기는 한지. 그것만 알면 됐다.

"듣자 하니 윤 회장님이 이제껏 집사님인지 뭔지 하는 그 여자 먹여 주고 재워 주고 그랬다며. 그것도 최고 비싼 것들로만. 본처인 관장님은 자기 집 안에서 첩한테 그 지랄하는 걸 보고 있었을 텐데, 그분 속이 속이었겠냐?"

"설마…… 죽였어?"

"좋은 데 가실 거다. 관장님 말씀으론 과분한 사랑 많이 받았으니, 그 사랑 베풀 줄도 알아야 한다고 하시대? 맞는 말이지 뭐."

"그러엄. 장기 기증, 얼마나 훌륭해! 뭐, 파는 거니까 기증은 아니긴 한가?"

최 씨가 아까 낮에 처리한다고 했는데 잘했으려나, 하고 남자가 흥얼흥얼 콧노래를 불렀다.

기현은 방금 자신이 무슨 말을 들은 건지 이해가 안 가서 잠시 멍하니 있었다. 실핏줄이 터진 눈을 천천히 깜빡였다. 쓰라리고 아팠다. 그러니까…… 이건 꿈이 아니다. 그런데 방금, 저 남자가, 집사님을 뭘 어떻게 했다고?

"아무튼 그렇게 됐어. 그래도 도련님은 윤 회장님 핏줄이긴 하잖아. 비록 반쪽짜리여도 집안의 품위를 생각해서 사고사로 한 방에 처리하라고 하더라. 요 앞에서 금방 끝날 거야."

그때, 꽃을 보러 몰래 집사님 손을 잡고 나섰던 어느 봄. 그들을 향해 환하게 웃는 회장님의 얼굴은 낯설었고, 집사님은 육안으로도 보일 정도로 손을 덜덜 떨었다. 집사님은 알 수 없는 이유로, 기현은 갑자기 마주친 윤 회장을 보고 놀라서. 그렇게 두 사람 모두 벌벌 떨면서 바로 별채로 돌아왔지만, 집사님은 곧장 어딘가로 불려 나갔다.

집사님이 별채로 돌아온 건 한참 후였나. 물기가 채 마르지 않은 머리를 질끈 묶고서. 아주 슬픈 눈을 한 집사님은 마르고 지친 몸을 간신히 지탱해 별채 안으로 발을 내딛는 중이었다. 나가자고 우긴 건 기현이었던 터라 집사님에게 무척 미안했지만, 안타깝게도 신무원에서는 사과의 말을 입 밖으로 낼 수 없었다.

김 관장을 비롯한 AR그룹 사람들의 주장으론, '우리는 남들 위에 선 사람'이었다. 이 나라를 먹고살 만하게 이끌어 준 게 바로 누구인데. 세상을 오시하듯 우뚝 선 한강 변의 눈부신 마천루, 천지가 개벽한 듯한 이 풍경을 일군 것이 누구 덕분인데. 시기 잘 만나 땅장사·물장사나 하면서 재벌 소리 듣는 졸부들과는 근본부터가 다른, AR그룹의 총수 일가가 아랫사람들에게 고개를 숙이는 건 있을 수 없는 일이라고 했다.

예전에 실수로 사람들에게 미안하다고 말했다가 사흘 내내 갇혀서 굶었던 적이 있던 기현은, 감시하는 누군가가 관장에게 저를 고자질할까 봐 너무 무서웠다. 그래서 죄송하단 말도 못 하고 그저 울먹울먹하며 집사님을 올려다볼 뿐이었다.

한참을 망설이던 집사님은 자꾸자꾸 미안해하며 손만 꼼지락거리는 기현의 머리를 천천히 쓰다듬어 주었다. 다 안다고, 괜찮다고. 머리카락에 닿은 마른 손끝이 아까처럼 파르르 떨리는 것 같았다. 그리고 집사님이 무언가 말해 주려는 듯 입을 달싹이던 그 순간, 관장과 그녀가 부리는 사람들이 들이닥쳤다. 형형한 얼굴로 윤 회장이 약속을 어겼으니 이번엔 그이도 할 말이 없을 거라고 하면서.

집사님은 여느 때보다 거칠게 끌려 나갔고, 며칠 밤이 더 지난 후에야 다시 별채로 돌아올 수 있었다. 한쪽 눈을 흉하게 잃은 채로. 기현은 또 울었다. 언제나 그렇듯 집사님에게 미안해서. 이번엔 미안하다는 말도 안 나올 정도로 죄송해서.

"야, 아까 어디 잘못 때린 거 아냐? 애 좀 이상해졌잖아."

"어차피 죽을 놈인데 잘못되면 뭐 어때."

울렁거리던 시야가 하얗다가, 빨갛다가, 했다. 내내 억눌러 왔던 소리 없는 비명이 펑, 하고 터져 나왔다.

나 때문에.

나 때문에 그 오랜 세월을 갇혀서 나오지도 못하고 시들어 살다가.

나 때문에 눈도 잃고 마음도 다쳐서 그렇게 살다가.

전부 나 때문에. 집사님은 바라지도 않았던 나를 낳아서, 지금 이렇게……

"마지막으로 하고 싶은 말이라도 있어? 봐서 관장님께 전해 드릴게."

머릿속은 이미 엉망진창이었다. 대체 어떻게 숨기고 살았는지 모를 정도로 꾹꾹 참아 왔던 마음속의 무언가가 다 터져 버리는 기분이었다. 설명할 수 없는, 감당이 안 되는 살심이 치솟았다.

평생을 하라는 대로 납작 엎드려 기었다. 아무것도 욕심내지 않고 시키는 대로 살았다. 살아도 산 것 같지 않은 나날이었다. 그렇지만 그렇게 행동해야 생모인 집사님이 안전할 수 있었다. 그것은 김 관장을 비롯한 신무원의 사람들과 기현 사이의 암묵적인 규칙이었다.

기현이 바라던 것은 오직 단 하나였을 뿐이다. 그냥, 불쌍한 그 사람이, 집사님이 조금이라도 사람답게 살 수 있는 거. 최소한의 안전이라도 보장받을 수 있는 거. 그런데……

"이봐, 도련님?"

당신들이 이러면 안 되는 거지. 내가, 지금까지, 왜, 이렇게, 살아왔는데.

"……어차피 당신들도 죽을 게 뻔한데 유언 같은 걸 남겨서 뭐 하겠어."

"뭐?"

뜬금없는 기현의 말에 남자들이 황당한 얼굴을 했다. 기현은 붙잡힌 팔을 뿌리치고는 연신 마른세수를 했다. 생애 처음으로 느낀 강렬한 생존 욕구가 낯설었다. 우습게도 생모는 납치되어 장기가 팔려 나가고, 본인은 어딘지도 모를 한적한 도로에서 즉사하게 될 지금에서야 어떻게든 살고 싶다는 생각이 들었다.

"죽을 때가 되니까 이게 미쳤나?"

"조금만 생각해 봐도 답이 나오는 이야길 텐데? 당신들 입으로 그랬잖아. 다른 곳도 아닌 AR그룹의 족보가 개차반일 줄 몰랐다고. 내가 본처 자식이 아니라는 걸 아는 외부인들을 뭐 하러 살려 두겠어? 볼일 끝나면 같이 처리하겠지."

"참 나. 이봐요, 도련님? 무서워서 헛소리 튀어나오는 건 알겠는데……."

"당신들은 이 일을 겪고서도 아직도 AR그룹이 어떤 곳인지 모르겠어?"

뭘 어떻게 해야 그 인간 같지도 않은 것들의 얼굴이 일그러지고 비명이 터지는 꼴을 볼 수 있을까. 가장 비참한 몰골로 밑바닥까지 끌어내리려면, 무얼 하면 좋을까. 산발적으로 터지는 생각들로 정신이 없었지만, 일단 확실한 건…… 이대로 개죽음을 당할 순 없다는 거다. 무엇을 하든 살아야 가능한 일이다.

그래서 기현은 되는 대로 지껄이기 시작했다. 뻔하고 고전적인 협박이었지만, 고전은 고전인 이유가 있는 법이니까. 실제로 저 덜떨어진 양아치 같은 것들은 일을 벌인 후의 수습 방법 같은 건 상상도 못 했을 게 뻔했다.

한편으론 다행이었다. 평소 김 관장이 부리던 사람들이었다면 이런 어설픈 협박 정도는 씨알도 안 먹혔을 테니 말이다.

"내가 사생아라는 걸 아는 사람은 윤씨 일가 직계 가족 내에서도 드물어. 같은 핏줄에게도, 몇십 년을 충성한 비서들에게도 철저히 숨겨 왔던 비밀인데 처음 보는 당신들을 뭘 믿고 이 이야길 넙죽 알려 줬을 것 같아."

기현은 피곤함에 관자놀이를 꾹 눌렀다. 우습게도 태어나 처음으로 김 관장에게 고마운 일이 생겼다. 터질 것 같은 분노로 속이 지글지글 끓는 와중에도, 이름도 낯 뜨거운 그놈의 매뉴얼 덕에 의연하고 우아한 행동거지를 선보일 수 있었으니.

"아직도 감이 안 와? 당신들도 반드시 죽을 거란 소리야."

아까 전 지껄였던 말을 그대로 돌려주자 남자들이 불쾌한지 눈썹을 일그러뜨렸다.

기현은 일단 지금 이 상황을 모면하는 것 자체에는 높은 가능성을 두었다. 잠깐 흔들어 봤더니 그대로 흔들리는 사람들이라니. 신무원의 독사들과 비교하면 온순하고 쉬웠다. 하지만 이로써 김 관장이 기현을 정말 죽이려고 했다는 사실만큼은 명확해졌다. 뒤처리까지 쉽게 할 요령으로 일부러 이런 질 낮은 사람들을 고른 것 같고.

사실 이전에도 죽이려면 얼마든지 그럴 수 있었을 거다. 그런데도 여태 살려 둘 수밖에 없었던 이유가 분명 있었다. 윤 회장의 뜻이기도 했고, 이미 어찌할 수 없는 세간의 눈을 의식해서이기도 했다.

그런데 이제 와 덜떨어지는 양아치들까지 동원하면서 자신을 처리하려고 든 이유가 뭘까. 지금 신무원 내부는 대체 어떻게 돌아가고 있기에.

기현이 얻을 수 있는 본가의 정보는 한정되어 있었다. 제대로 된 아랫사람 하나 곁에 둘 수 없었으니 당연한 일이었다. 주식 시장이나 인터넷 커뮤니티를 전선하는 개미들보다 본가에 관한 정보력이 뒤처질 정도였으니…….

"지랄한다. 야, 이 새끼 변호사야. 원래 입으로 나불대면서 먹고사는 새끼라고. 뭘 쓸데없는 말까지 들어 주고 있어? 우리 지금 이 새끼 처리 못 하면 그때야말로 진짜 죽는 거야."

"정말 아무 생각 없었나 보네. 이미 내 사정 다 알겠지만 난 본가의 누구보다 많은 감시를 받아 왔어. 이런 납치나 협박? 새삼스럽지도 않은 일이야. 그런데 미안한 말이지만 당신들처럼 허술하고 훈련도 받지 않은 꾼들은 오늘 처음 봤어. 이게 뭘 뜻하는 것 같아?"

"염병할! 야, 테이프 어딨어? 저 주둥이부터 막아!"

"전문가들보다 당신들이 더 쉽다는 소리야. 쉬운 당신들, 전부 다 죽여 버리면 그야말로 완벽한 비밀이 될 테니까."

괜히 사람 맘 들쑤시는 개소리 들을 필요 없다며 테이프를 찾는 남자의 손길이 분주했다. 다른 두 명은 찜찜한 듯 다리만 덜덜 떨었고, 나머지 한 명은…… 그래, 저 사람에겐 조금 더 심리전이 먹힐 것 같았다. 그 남자를 목표로 설정하고서 기현이 씩 웃었다.

"고맙게도 당신들이 두들겨 패 준 덕분에 사후에 조금이라도 의심을 살 수 있게 됐어. 교통사고 이전의 폭력 흔적이 남은 재벌가 막내 도련님이라……. 최초 목격자의 입을 막으려면 복잡해질 테니, 그렇게라도 본가를 엿 먹일 수 있으면 그걸로 충분해. 하지만 당신들은 아니겠지. 지금이라도 최소한 살 방도는 궁리해 보는 게 좋을 거야."

"놀고 있네, 야!"

"……잠깐만."

기현이 입을 연 이후로, 내내 얼굴에 먹구름을 드리우고 있던 남자가 심란한 표정으로 동료를 제지했다.

"미친 새끼야, 저 말을 믿어? 저 새끼 안 죽이면 우리가 죽는다니까!"

"아냐. 죽이지 말자는 게 아니라 생각 좀 해 보자는 말이야. 솔직히 틀린 말은 아니잖아. 난 처음부터 이상했어. AR그룹 정도 되는 사람들이 왜 고작 우리 같은 놈들에게 이런 큰일을 맡겼을까."

호리호리한 남자는 불안한지 눈을 굴리며 손톱을 물어뜯었다. 테이프로 기현의 입을 막아 버리려던 남자가 환장하겠다며 머리를 쥐어뜯었다.

"그러지 말고 우리가 먼저 연락을 해 보는 건 어떨까."

"연락?"

"그래. 이거 죽였다고 먼저 뻥카부터 치는 거야. 그다음에 반응 봐서 진짜 처리해도 늦지 않잖아."

"별로 좋은 생각이 아닌 것 같은데."

잠자코 들어 주던 기현이 무심히 말을 잘랐다.

"AR 쪽 사람들이 근처에서 이미 잠복하고 있을 거야. 바로 달려올 테니까 시간 없어."

그러곤 옷의 먼지를 터는 척하며 손바닥에 고인 땀을 닦아 냈다. 조금이라도 불안하거나 안달 난 기색을 보여선 안 됐다. 살려고 하는 욕망을 보일수록, 가진 것을 내보이며 적극적으로 협상하려 들수록, 자신의 말을 믿어 주지 않을 테니까.

"여, 여기라고 말해 주지도 않았는데 어떻게 알아!"

"지금 쓰는 핸드폰, 본가에서 나눠 준 거 아니야? 당연히 위치 추적 장치 심어 놨겠지."

호리호리한 남자가 멍하니 제 핸드폰을 쳐다보았다. 무려 김 관장님과 연락한 흔적을 남겨선 안 된다며 비서가 건네준 핸드폰이었다. 외국 통신망을 쓰니까 안심하라면서. 거참, 철저하기도 하다고, 이거 진짜 중요한 일이 맞긴 한 것 같으니 나중에 돈 좀 더 불러도 될 것 같다고 낄낄댔었는데…….

"일단 연락해서 처리했다 하고, 그 새끼들이 진짜 우리 손보러 여기로 오는지 안 오는지만 보고 결정하자."

"오면 어쩔 거고, 안 오면 어쩔 건데."

"아, 안 오면 그때 바로 저 도련님 처리하면 되는 거고 영 기미가 이상하면…… 그래. 이 새끼 데리고 지방에라도 가서 돈 빼내면 되 잖아. 아무리 그래도 재벌 아들인데 대출이든 카드 발급이든 뭐든 쉬울 거 아냐. 그리고 우린 중국이나 뭐, 해외로 튀면 되는 거지."

호리호리한 남자는 결국 기현을 일으켜 세웠다. 다른 놈들도 밑질 건 없는 장사라고 여겼는지 잠자코 기현의 손을 묶었다. 그러고도 한참을 싸우던 그들은 어차피 바로 앞 도로에서 처리할 계획이었으 니 그 근처에 숨어 있다가 AR그룹 본가가 어떻게 반응하는지 보자 고 시시한 결론을 내렸다.

남자들은 거칠게 기현을 밖으로 떠밀었다. 안에 있을 땐 몰랐는 데, 밖에서 보니 제법 멀끔하게 생긴 산장이었다. 어딘지 모르게 을 씨년스러운 분위기를 풍기긴 했지만. 얼마나 많은 사람이 저 산장에 서 살아 나갈 수 있길 간절히 빌었을까…….

감상에 젖을 시간도 주지 않고 남자들은 기현을 우악스럽게 끌고 내려갔다. 흠씬 두들겨 맞은 탓에 제대로 걷지를 못하자 짜증이 난 남자들은 이내 기현을 도로 근처의 수풀로 내던져 버렸다.

"으……."

묶인 손목이 완전히 꺾인 바람에 하마터면 크게 비명을 지를 뻔했 다. 기현은 신음 비슷한 것도 흘리지 않기 위해 터진 입술을 꾹 깨물 었다. 아까부터 이런 돌발적인 상황에 가장 불만을 품던 남자가 기 현을 흘끗 보고는 심통 난 얼굴로 핸드폰을 꾹꾹 눌렀다.

"딱 삼십 분만 기다려 보고 아무 낌새 없으면 바로 작업 들어가는 거다."

이미 불안함과 의심으로 마음이 붕 떠 버린 자기의 패거리가 아닌, 기현에게 하는 경고였다.

얼얼한 손목은 이제 툭 끊어질 것 같았고, 등 전체에 불쾌하게 번진 식은땀은 좀처럼 그칠 기미를 보이지 않았다. 그러나 이 생생한 고통만이 자꾸만 꿈이라고 믿고 싶은 지금 상황을 현실이라고, 진짜라고 끊임없이 기현을 일깨웠다.

"어디 틀리기만 해. 저 새끼 절대 곱게 안 죽일 거야."

부디 한 시간쯤 후 머리통이 박살 난 시체로 발견되지 않길. 기현은 어깨를 으쓱하고는 엉망진창이 된 구두 끝만 바라보다 눈을 감았다.

체감으로는 30분을 훌쩍 넘긴 것 같은데, 아직도 별다른 기적이 느껴지지 않았다. 처음엔 숨 쉬는 것도 조심스러워하던 남자들이 서서히 긴장이 풀린 듯 편한 자세를 취했다.

"거봐. 이 새끼 다 뻥카라니까? 빨리 차 대기시켜 놔. 더 시간 지나기 전에 얼른 처리하자고."

"어? 야, 저거……. 저기 누가 오는데?"

더는 기다리기 힘들었는지 계속 툴툴대던 남자가 핸드폰 전원을 도로 켜려던 순간이었다. 도로 저 끝에서 헤드라이트가 쏟아졌다.

"뭐? 어디?"

다닥다닥 붙어 도로를 내다보던 남자들에게서 소리 없는 비명이 터졌다. 그들이 웅성거리는 동안 검은 세단은 순식간에 코앞까지 미끄러져 왔다. 당장 눈에 보이는 건 세단 한 대였지만 멀리서 엔진 소리가 연이어 들리는 것을 미루어 따라붙은 차량이 한두 대가 아닌 듯싶었다. 남자들도 기현도 가만히 숨을 죽인 채 수상한 세단의 움직임을 주시했다.

다행이었다. 멍청한 놈들이 삐끗해서 큰 소리라도 내는 건 아닐까 싶었는데. 아무리 근본 없는 양아치여도 살인을 청부받을 정도는 되는 모양이었다.

"여기 맞아?"

"맞습니다. 항공 사진상으론 이곳이었습니다."

"줘 봐."

목소리만 들었을 땐, 음……. 김 관장의 비서실장과 고문 변호사 같았다. 사위가 조용한 탓에 제법 멀리서도 그럭저럭 소리를 알아들을 수 있었다.

"법원에서부터 동승한 건 확실해?"

"네. 말씀드렸잖습니까. 이런 놈들 뻔합니다. 살살 간 보면서 돈이나 좀 더 뜯을 생각인 거겠죠."

"일단 연락 오면 돈은 부르는 대로 주겠다고 해. 시간 없어."

무슨 시간이 없다는 걸까. 기현은 고개를 드는 고통을 누르며 필사적으로 머리를 굴렸다.

'아까 저 남자들이 뭐라고 했더라. 왜 날 죽이겠다고 했더라. 관장이…… 그래, 재산 문제 좀 정리하겠다고 했지.'

갑자기 기현 앞으로 있는 지분이나 여러 가지 것을 처리해야만 하는 일이라도 생긴 것 같았다. 명목상으로라도 기현의 소유로는 어떤 것도 있어선 안 되는 그런 일이.

"굳이 그런 놈들을 쓰셔야 했습니까. 사고로 위장하는 방법은 얼마든지 있는데요."

"그 둘을 편하게 보내 주기엔 관장님이 맺힌 바가 많으셨지. 특히 이수경은."

이수경. 예고도 없이 튀어나온 생모의 이름에 흐릿해져 가던 기현의 눈이 다시 형형해졌다. 맺힌 게 많았다고? 평생을 죽지 못해 살 아가게 만들어 놓고 대체 뭐가 더 부족해서.

"그럼 제대로 된 사람을 고용하시지 그랬어요. 전 아직도 영······ 껄끄럽습니다."

"이런 일엔 오히려 그런 놈들이 깔끔해. 일 끝나는 대로 다 같이 처리해 버리면 그만이니까."

"그래도······."

"됐으니까 사람은 더 부르지 말고, 다들 여기 가까운 곳에서 대기 하라고 해. 눈에 띄면 골치 아파질 거야. 목격자라도 생기면 일이 복 잡해진다고."

"네. 연락 닿는 즉시 처리하겠습니다."

하마터면 그대로 죽임당할 뻔했다는 것이 이제야 실감되는지, 남 자들은 얼이 빠진 얼굴로 서로를 마주 보았다.

"참, 비행기랑 배부터 막아. 그런 버러지들이 생각하는 건 뻔하니까."

"알겠습니다."

버러지들······. 기현은 차라리 지금 손목이 꺾인 상태라 다행이라 고 생각했다. 그러지 않았으면 손에 잡히는 대로 뭐라도 쥐고 터뜨 리든, 집어 던지든 했을 테니까. 아······. 이래선 안 된다. 벌써 이렇 게 감정적으로 반응해선 안 될 일이다. 기현은 숨을 길게 골랐다.

다음 그림을 그리는 것이 중요했다. 이제부터가 진짜다. 아까 저 양 아치들의 말대로 지방 여기저기로 끌려다니는 신세가 되면 그땐 진짜 끝이다. 하지만 저들을 회유하려고 해도 당장 손에 쥔 것이 없었다. 남 들이 눈에 AR그룹 막내아들로 보이기 위한 허울뿐인 지분이 전부기에.

'내 명의로 된 카드 한 장 가져 본 적이 없었는데 대체 무슨 수로······.'

최소한의 도움이라도 받을 만한 곳이 없을까. 여태 변호해 줬던 사람들…… 은 당연히 무리일 거고. 당장 자신이 하려는 짓들이 미친 소리 같아도 일단은 품어 주고 볼 만큼 AR을 견제하거나 욕심내고 있는, 그러면서도 AR을 조금이나마 상대할 수 있는 한 방이 있는 곳이 제일 좋을 것 같은데.

경쟁 기업의 사람들은 같은 재벌이라는 연대 의식 때문에 받아 주지 않을 터. 그렇다면…… 차라리 자금력 확보가 뛰어난 유명한 쩐주나 사채꾼들에게 도움을 구하는 게 나을 수도 있다. 그 대단한 윤 회장의 약점을 틀어쥘 수 있다고 하면, 일단은 이야기를 들어 주지 않을까.

"갔냐? 갔지?"

올 때만큼이나 기척을 죽이고 사라진 세단의 뒤꽁무니를 멍하니 바라보던 패거리가 털썩 주저앉았다. 아까부터 불안을 감추지 못하던 호리호리한 남자는 피가 나는데도 여전히 손톱을 마구 물어뜯고 있었다.

"와…… 우리 이제 어떡하냐?"

"저 새끼들, 저 개새끼들을! 내가! 아오!"

"딱 한 번만…….

버석하게 갈라진 기현의 목소리에 양아치들이 날을 세우며 반응했다.

"딱 한 번만 내가 가자는 곳으로 가면 우리가 모두 살 수 있을지도 모르는데."

"뭐?"

"당신들, 차 있지?"

"야 이 새끼야. 네 말이 맞았다고 해도 달라지는 게 뭔데? 다른 어깨들 끌고 와선 배고 비행기고 다 막고 우리 잡아 조진다는 새끼들이나, 우리가 뭔 짓을 하려고 했는지 다 알아맞히는 너나! 씨발, 뭘 믿고 우리가 네놈이 시키는 대로 굴러야 하는데?"

"아니지. 난 당신들에게 약점이 있잖아."

기현은 부서질 것 같은 몸을 천천히 일으켰다. 배가 땅겨 허리를 제대로 펴기도 어려웠다.

"집사님이 어떻게 되셨든, 집사님을 잡아간 사람들이 누구인지 나는 꼭 알아야겠거든."

남자들은 잠시 아무 말도 못 하고 기현이 내민 손목을 쳐다보았다. 단순히 구속을 풀어 달라는 요청만은 아니었다. 자신의 제안을 받아들일 것인지 패거리에게 묻는 거였다.

"당신들은 알고 있잖아. 맞지? 최 씨라고 했던가?"

"……그래서 네놈이 가고 싶다는 곳이 어딘데. 설마 그 신무원인지 뭔지는 아니겠지?"

입이 건 남자가 다소 누그러져서는 쭈뼛거리며 물었다.

"대원 미술관."

"대원 미술관?"

아무리 고민해 봐도 아까 생각했던 조건에 가장 부합하는 곳은 현재로선 거기였다. AR과 어깨를 나란히 하는 재벌가는 아니지만, 현금 동원력만큼은 결코 부족함이 없을. 그러면서도 윤 회장의 약점을 쥐고 AR과 같은 선상에 이름을 올릴 기회는 놓치고 싶어 할 것 같지 않은.

"그래, 거기. 대원 재단."

기현은 어느 신화 속 독사를 떠올렸다. 예고된 멸망의 날을 맞은 괴물은 끝의 끝까지 발악했다고 한다. 비참하게 죽어 가면서도 제 몸의 모든 독을 적들에게 뒤집어씌워 기어코 끝장을 보았다고 했던 가……. 그래, 기현은 그런 괴물이 되고 싶었다. 아니, 기꺼이 되어 볼 작정이다. 제 몸이 으스러지는 와중에도 절대자가 아홉 걸음을 떼기도 전에 그 고귀한 피를 모조리 쏟게 만든, 그런 끔찍한 괴물이.

✦ ♟ ✦

"AR그룹이요?"

"네."

민망함에 슬쩍 웃자 안내원은 더욱 수상하다는 듯 눈살을 찌푸렸다. 여차하면 보안 요원들을 부를 기세였다.

"여기…… 관장님은 아직 출근 안 하셨나요? 아니면 혹시 무슨 다른 일정이라도?"

"아뇨, 출근하시는 날이긴 한데…….”

난데없이 나타나서 내가 AR그룹 막내아들인데 여기 관장님 좀 봐야겠다고 하는 것부터 사실 말도 안 되는 일이긴 했다. 무엇보다 지금 기현의 몰골이 전혀 설득력이 없었다. 피딱지가 내려앉은 입술에 퍼런 멍까지 달고, 뽀얗게 먼지가 앉은 꼬질꼬질한 옷을 입고 있는 사람을 누가 재벌가 도련님으로 볼까.

"기업 간의 아주 중요한 이야기가 될 것 같아서 오늘, 아니, 지금 꼭 좀 만나 뵈어야 할 것 같은데요."

"그럼 명함이라도 주시면 제가 바로 연락받으실 수 있도록 전달해 드리겠습니다."

명함……. 너덜거리는 손목을 겨우 움직여 주머니를 더듬어 봤지만, 그 난리 통에 지갑이 얌전히 붙어 있을 턱이 없었다. 핸드폰도 밖에서 기다리는 남자들에게 빼앗겼고.

데스크의 전화를 빌려서 핸드폰 좀 가지고 와 보라고 놈들을 부를까 했지만, 썩 좋은 생각이 아니었다. 넋이 빠져서 이젠 어설픈 경호원 연기조차 못 하게 된 한낱 양아치들을 불러 봐야 진짜 AR그룹 사람이 맞는지 의심만 키울 거다.

처음 납치할 때의 패기는 어디 갔는지, 생사의 문제로 패닉에 빠진 무리는 차로 이동하면서 날이 밝기를 기다리는 내내 기현을 의심하고 협박했다. 모두가 살 수 있을 거라고 성의 없는 위로를 건네긴 했지만, 사실 기현은 몰라도 남자들은 조만간 죽을 운명이다. 본가에서도 일이 틀어졌다는 걸 모르지 않을 테니, 이번에야말로 김 관장이 수족처럼 부리는 사람들이 등장할 시간이었다.

그래도 기현은 그 패거리가 필요했다. 언제 죽어도 이상하지 않을 한낱 뒷골목 시정잡배에 불과한 놈들일지라도. 적어도 김 관장이 누구의 손에 집사님을 맡겼는지는 알아야 했다. 집사님을 해친 놈들에게 그만큼의 대가를 돌려주고……. 그리고 가능하다면 집사님의 시신이라도 거두고 싶었다. 김 관장은 언제나 그랬듯 집사님을 천천히 말려 죽이길 좋아했으니 어쩌면 아직은 살아 계실지도 모른다.

─관장님 들어가십니다.

그렇지만 대원 미술관의 데스크에서부터 출입이 막혀 버렸고……당장 내세울 수 있는 것은 아무것도 없었다.

기현이 초조하게 입술만 짓씹던 도중, 타이밍 좋게 뒤에 선 보안요원의 무전이 울렸다. 기현은 당황한 기색이 역력한 데스크 직원을 뒤로하고 몸을 틀었다.

대원 재단은 원래 이렇게까지 규모가 큰 기업은 아니었다. 그런데 무슨 수를 썼는지 몇 년 전부터 갑자기 위세가 대단해졌다. 국내에서만 그랬으면 어디 줄을 잘 탔니 보나 하고 말 문제인데, 이젠 해외의 옥션까지 들었다 났다 하는 수준까지 성장했다는 점이 특이했다.

신기한 마음에 알아보니 대원 재단이 가진 계열사는 몇 되지 않았지만 하나같이 돈 가지고 장난질하기 좋은 사업 분야였다. 외국인 투자자들은 물론이고, 스릴을 좋아하는 국내 인사들이 선호할 법했다.

다만 AR그룹 본가에선 대원 재단을 상대할 가치도 없는 졸부 집단으로 치부하는 게 분명했다. 어쨌든 기현에게도 다달이 직계 가족들이 받아 보는 보고서가 약식으로 들어왔는데, 그조차 알아낼 수 있는 수준의 흔한 동향조차 기재되지 않았던 걸 보면.

그래서 대원 재단과 손을 잡는 것이 좋겠다 생각했다. 일단 보유한 현금이 상당한 것 같았고…… 천박하다고 상종도 안 해 왔던 곳과 반란을 일으키면 그들의 얼굴이 꽤 볼만할 것 같아서. 무엇보다 대원 재단이 이렇게 크게 된 데는 기현과 또래인 차남 덕이라는 이야기도 자주 들었다. 그러니 그 대단한…….

"누구?"

그…… 대단한…….

이것저것 계산하느라 바쁘게 머리를 굴리던 기현은 잠시 할 말을 잃고 멍하니 눈앞에 나타난 남자의 얼굴을 쳐다보았다. 생전 처음 보는, 그저 아름답다는 말 외에는 설명할 수 없는 비현실적인 미모의 사람이 걸어오고 있었다.

"아……."

기업에 대한 정보만 대충 알아봤을 뿐이라 그 유명한 대원의 차남이 이렇게 생겼는지는 전혀 몰랐다. 기현이 넋을 놓고 얼굴만 바라보고 있자 남자가 재미있다는 듯 눈앞에다 대고 손가락을 딱 튕겼다.

"죄, 죄송합니다."

"정말로 죄송할 일인지는 그쪽이 누군지 들으면 확신이 설 것 같은데."

"네? 아, 그…… 저는 윤기현이라고……."

"누구라고?"

벌써 두 번째 묻는 것 같은데, 하며 남자가 웃었다.

"처음 뵙겠습니다. AR그룹의 윤기현이라고 합니다."

바깥출입을 일절 않는 AR의 막내아들이란 말에 남자의 눈이 조금 커졌다가, 흥미로움을 가득 머금고서 부드럽게 휘어졌다. 그는 노골적이다 싶을 만큼 기현을 위아래로 훑어보았다. 물론 그 시선이 이해가 갈 정도로 기현의 꼴은 엉망진창이었다. 거기다 남자의 잘난 외모에 당황해 말까지 더듬는 추태를 부렸으니.

"소문의 막내 아드님이 약속도 없이 여기까진 어인 행차이신지?"

"보셨으니 아시겠지만 제가 처한 상황이 썩 좋지 않습니다. 하지만 대원 재단 측에는 흥미로운 제안이 될 거라 확신합니다."

"제안이라."

이 미술관에서 가장 완벽한 예술품일 것 같은 남자가 고개를 모로 기울이며 박자를 타듯 뭔가를 흥얼거렸다. 그러다 기현과 눈이 마주치자 씩 웃었다. 불쾌해하는 것보다야 백번 감사할 상황이긴 한데, 그렇다고 이렇게까지 즐거워할 거라곤 예상치 못했다.

그러길 잠시. 남자가 따라오라는 듯 턱짓했다. 그러면서 비서로 보이는 사람에게도 무심히 시선을 주었는데, 그 신호가 밖에서 대기하란 뜻이었는지 아무도 따라오질 않았다. 그를 포함해서 밑에 부리는 사람들까지.

전반적으로 눈치가 빠르다고 해야 하는 걸까. 그것도 아니라면 이런 상황이 익숙한 걸까. 기현은 터진 입술을 매만지며 무표정을 유지하려 애썼다.

무엇도 확신할 수 없는 상황인데, 대원 재단의 차남은 존재 자체로 커다란 변수가 되어 버렸다. 돈 욕심도 많고 손해 보는 걸 싫어하

는, 처세술에 밝은 사람일 거라 생각했었는데……. 딱히 틀린 예상
은 아니었지만 묘하게 그런 통상적인 이미지를 비껴가는 느낌이었
다. 어쩌면 각오했던 것과는 전혀 다른 방향으로 이야기가 흘러가게
될지도 모르겠다.

"커피? 아니면 차?"

"아뇨, 아까 말씀드린 대로 제 상황이 좀 급해서요."

"지금 꼴이. 아, 실례. 하여튼 지금 그런 몰골인 것과도 관련 있는
일인 겁니까?"

"네."

정말 재미있다는 듯 남자의 눈이 반짝거렸다. 이제 보니 눈가에
점이 하나 있었는데, 그게 저 남자를 더 위험하게 보이도록 만들었
다. 기현은 그 충격적인 얼굴에 홀리지 않으려고 일부러 꼬질꼬질
한 자신의 정장 바지에 시선을 주었다. 이 지경이 되어서도 상대방
의 외모 같은 게 눈에 들어오는 스스로가 어이없었다. 하지만 그 정
도로 경탄스러운 미모는 맞지 않냐며 듣는 이도 없는 변명을 속으로
꿍얼거려 보았다.

"대뜸 용건 있다며 자기 상황이 안 좋다고 일방적으로 통보하는 게
신선해서 일단 관심은 생겼어요. 설마 AR그룹의 도련님이 그런 차림
으로 여길 방문할 거라고 상상도 못 했던 것도 맞고. 일부러 연출한 건진
모르겠지만…… 자, 그래서 대체 뭡니까? 흥미로운 제안이라는 건?"

기현은 테이블 위에 놓인 시계를 흘끗 보았다. 24시간도 채 되질
않았다. 귀국해서 변호를 마치고, 납치를 당하고, 자신을 둘러싼 이
세계를 전부 도륙 내야겠다고 결심했던 것이.

"청와대 밖으로 경복궁 신무문이 있어요. 아니, 신무문 밖에 청와

대가 있다고 하는 게 좋을까……. 뭐가 되었든, 아무튼 그렇습니다."

아름다운 남자는 계속 이야기해 보라는 듯 팔짱을 끼고 자세를 고쳐 잡았다.

"신무원이라는 이름도 이 신무문에서 따왔습니다. AR그룹의 본가가 이 나라 최고 권력기관과 견줄 수 있는 곳이라는 자신감도 있지만, 사실은 본가 건물들이 정중앙에 있는 근희원을 둘러싸고 있는 형태라서 그렇게 부르기 시작한 거라고 하더군요. 경복궁을 지키는 문처럼, 신무원 건물도 근희원을 지키고 서 있는 셈이라."

"근희원이라면…… 윤 회장님 개인 집무실?"

고개를 끄덕이자 남자가 근정전과 강희제의 이름을 따와서 명명한 곳 맞냐며 덧붙였다. 큰 의미를 두는 것 같지 않은 가벼운 물음이었지만, 기현은 이번엔 조금 시간을 두고 고개를 끄덕였다. 딱히 비밀은 아니었어도 이렇게 근희원의 유래를 정확히 아는 걸 미루어 AR그룹에 관심이 있긴 했나 보다.

"회장님의 지시가 없는 한 본가의 누구도 함부로 그곳에 발 디딜 수 없죠. 그만큼 회장님이 절대적이라고 과시하고 싶었던 겁니다. 청와대를 노골적으로 비웃고, 일개 기업 회장의 집무실을 왕과 황제의 것에 견줄 만큼."

기현은 느릿느릿 입을 열었던 것과 똑같은 속도로 천천히 고개를 들었다.

"그런데 제가 그 근희원의 주인이 되어야 할 일이 생겼습니다."

"근희원의 주인? 그쪽이?"

확실히 놀라운 말이긴 했는지 남자가 말을 잘랐다.

"지금 그 말이 나한테 어떻게 해석되는지 알고 하는 소립니까?"

"네. 아마도 그 해석이 맞을 겁니다."

처음으로 남자의 얼굴이 묘해졌다. 다행스럽게도 흥미롭다는 기색은 아직 지우지 않은 채다. 직접 만나서 보니 더더욱 믿을 만한 사람은 아니란 생각이 들었지만, 대원 재단을 끌어들이는 것 자체가 신무원을 무너뜨리는 첫걸음이 되리라 믿었다. 지금으로선 기현에게 주어진 카드가 많지 않기도 했고.

"하지만 전 아무것도 가진 게 없습니다. 그래서 대원 재단의 도움이 필요합니다."

"대원의 도움이라……."

"네. 무엇을 요구하셔도 다 수용할 의향이 있습니다. 지분? 핵심 계열사의 경영권? 무엇이든 괜찮습니다."

"와, 위험한 말을 막 하시네. 내가 뭘 달라고 할 줄 알고."

"진심입니다. 원하는 게 무엇이든 드릴 거고, 무엇이든 하겠습니다. 대신……."

"대신?"

기현은 침을 삼키고 심호흡을 짧게 했다.

"절 왕으로 만들어 주세요."

눈 밑의 점 때문인지 남자의 얼굴은 묘하게 나른해 보였고, 어딘지 습하게 느껴졌다. 그의 분위기에 압도되어 똑바로 마주하니 숨을 제대로 쉴 수 없었다. 여태 필사적으로 시선을 주지 않으려 했던 아름다운 얼굴을 홀린 듯 바라보면서, 기현은 다시는 되돌릴 수 없는 강을 건넜다는 예감이 들었다.

"제가 그 잘난 왕국의 왕이 되어 보려 합니다."

턱을 괴고 기현의 말에 귀를 기울이던 남자는 가만히 눈을 깜빡이더니 이내 허리를 숙이고 크게 웃었다. 좀 유치했다는 건 인정하지만…… 나름대로 단단히 각오하고 꺼낸 말이었는데, 남자가 너무 노골적으로 웃어 젖혀서 기현은 괜히 애꿎은 목만 쓸며 시간을 때웠다.

"아, 비웃은 건 아니었습니다."

눈물까지 맺힐 정도로 웃어 놓곤. 남자는 머쓱하게 헛기침을 하더니 '비장하게 말하는 것치곤 귀여운 단어를 쓰셔서'라는 말로 한 번 더 기현을 민망하게 만들었다. 이따금 입을 꾹 틀어막으며 자꾸 터지는 웃음을 갈무리하던 그는 꽤 시간이 지나서야 진정되었는지 아까처럼 가볍게 고개를 끄덕였다. 리듬을 타듯 흥얼거리는, 독특한 움직임이었다.

"윤기현. AR그룹의 이남 삼녀 중 막내. 만 8세 때 도미(渡美). 졸업 사진을 일절 찾을 수 없는 것으로 보아 홈스쿨링을 한 것으로 추정. 만 16세에 뉴욕대에서 경영학 전공. 무슨 자격으로 이른 나이에 입학이 가능했던 건지는 아직 밝혀지지 않았음. 학사 학위 취득 후 동 대학 로스쿨 졸업. 한국에서도 변호사 자격을 취득했으며, 봉사에 가까운 개념으로 국내외를 오가며 사건들을 맡아 왔음. 지분 보유 계열사는 AR쇼핑, AR유통, AR화학."

'맞아요?' 하며 남자가 한쪽 눈만 가늘게 뜬, 심히 불량스러운 표정을 지었다. 홈스쿨링이라곤 할 수 없었지만, 굳이 그런 이야기까지 할 필요는 없을 것 같아서 기현은 침묵을 선택하기로 했다. 지금 중요한 건 그게 아니었으니까.

"윤 회장님이 가장 예뻐해서 대외적으로 사람들에게 노출되는 불편함을 모르도록 모든 정보를 원천 봉쇄했다는, 뭐 하고 사는지 정체를 아는 사람이 아무도 없다는 그 대단한 AR의 도련님이 어디서 잔뜩 구르고 와 대뜸 자기 아버지를 밀어내는 걸 도와주면 모든 걸 주겠다는 소리를 하는데…… 내가 어떻게 반응하는 게 맞을까."

드디어 기현이 그토록 바라던 종류의 질문이 나왔다. 하지만 쉽게 입이 떨어지질 않았다. 오는 내내 속으로 연습했는데.

'그러니까…… 이걸 어떻게 설명해야 할까.'

기현은 말을 고르면서 잠시 사무실 안을 둘러보았다. 신기하게도 미술관 관장의 사무실임에도 불구하고 전혀 예술적인 냄새가 나지 않았다. 좋게 말하면 허세가 없었고, 나쁘게 말하면 그냥 적당히 돈 들여 잡지 속 인테리어를 그대로 옮겨 온 느낌이었다. 햇빛이 반사되어 제대로 보이지 않는 책상 위 명패를 보고서야, 기현은 이 남자의 이름 석 자도 모른다는 걸 깨달았다.

그러고 보니 이 사람, 이름이 뭐였더라. 성은 진 씨였는데. 대원 재단이 어떤 곳인지 가볍게 검색해 봤던 게 전부라 쉽게 떠오르질 않았다. 허술한 한국 금융 시장을 치고 빠지길 좋아하는 외국 큰손들이 대원의 Mr.Right만 따라가면 된다는 이야길 했었던 건 기억난다. Mr.Right. 과연 대단한 미모에 어울리는 별명이긴 했다.

진…… 음, 다음 글자들은 잘 안 보였다. 기현은 명패를 읽기 위해 퉁퉁 부은 눈을 잔뜩 찡그렸다. 기현의 시선이 어디를 향하고 있는지 눈치를 챈 듯 남자가 책상 근처로 걸어가 적당히 그림자를 만들어 주었다.

빛이 가시고 나니 비로소 이름이 보였다.

'진…… 태성.'

창문을 등지고 선 탓에 빛과 그림자로 정확히 반씩 양분된 것 같은 얼굴이 인상적이었다.

"……처음 미국으로 가는 비행기를 탔을 때, 너무 기뻐서 소리라도 지르고 싶었습니다. 기내식이라도 먹을 수 있어서요."

그의 얼굴만큼이나 화려한 명패에 시선을 둔 채로 기현은 불쑥 말을 꺼냈다. 생각보다 침묵이 길어지자 따분한 기색을 보이던 남자, 아니…… 진태성은 생각도 못 한 주제에 흥미가 돌아온 듯 소파로 다시 걸음을 옮겼다.

"기내식이요?"

"네. 실수로 회장님과 마주쳐서 출국하는 그 순간까지 벌을 받아야 했던지라. 이틀 정도 물도 못 마시고 굶은 상태여서 호출만 하면 원하는 것을 전부 가져다주는 비행기가 꼭 천국 같았죠."

덤덤한 기현의 말에 태성의 눈빛이 달라졌다. 꼭꼭 감춰진 그룹 내부의 이야기를 당사자의 입으로 직접 듣게 되었으니 그럴 법도 했다. 게다가 꽤나 충격적인 내용이지 않은가.

"신무원에는 일급비밀이 하나 있습니다."

살면서 누구에게도 해 본 적이 없는 이야기였는데, 막상 이렇게 운을 떼니 생판 남에게도 술술 흘러나왔다.

진태성의 눈동자에 짙은 무언가가 피어올랐다 가라앉기를 반복했다. 어떻게든 남의 치부를 쥐고 자신의 밑에 두지 않고는 못 배길 것 같은 탐욕스러운 시선이었다. 약점을 손에 쥔 이상, 저 남자는 무슨 수를 써서라도 본가를 한 방 먹이리라. 사람에게는 기세란 것이 있는데, 진태성은 그 정도는 되는 남자로 보였다. 아는 게 별로 없는 기현조차 확신할 수 있었다.

설사 이 협상이 틀어진들, 그를 통해 앞으로 불어올 폭풍의 싹을 틔운 것만으로도 충분히 기쁜 일이 되지 않을까 싶었다. 그래, 적어도 오늘의 만남으로 인해 최소한의 이득은 건지게 된 셈이다.

"일급비밀이라."

"밖으로 나서는 걸 싫어하는 자유로운 성격으로 알려진 막내아들은, 사실 별채에서 머무르는 집사가 낳은 사생아이고……. 그래서 안주인인 김 관장님이 몹시 미워해서 어릴 때부터 학대에 가까운 구속을 당하며 자랐다는, 며느리와 사위들도 모르는 일급비밀이요."

태성은 무언가를 말하고 싶은 듯 입술을 달싹였지만 아주 잠깐일 뿐이었다.

"다른 여자에게서 낳은 자식을 곁에 두고 키우려니 얼마나 미울까 싶어서 참았습니다. 하지만 저 또한 원해서 그렇게 태어난 것도 아닌데 이런 식으로 개죽음을 당하려니 억울해서요."

내내 소파의 팔걸이를 손가락으로 타닥타닥 두드리던 태성이 생각을 정리한 듯 입을 열었다.

"그래, 나름대로 사정이 있어서 본가에 복수심을 품었다는 건 잘 알겠습니다. 그런데 왜 하필 여기로 온 겁니까?"

"모르시겠습니까? 신무원의 사람들은, 그 대단하신 본가의 직계 가족들은 알량한 고고함과 선민의식 하나로 제가 사생아라는 걸 여태 철저히 숨겨 왔습니다."

"선민의식이라……."

그 단어 하나로 태성은 대략의 상황을 완전히 이해한 듯했다. 만약 대원 재단이 기현에게 힘을 실어 준다면 신무원 사람들은 그토록 무시하던 졸부 집단과 자신의 혈육이 손을 잡았다는 데 더 몸서리를 칠 것이다. 비록 반쪽짜리일 뿐이라도 말이다. 거기다 혹여라도 둘의 죠합이 AR그룹에 타격이라도 주게 된다면…….

예상되는 피해의 정도가 중요한 것이 아니었다. 버러지처럼 여겨 왔던 것들이 자신들의 성역에 흠집 냈다는 것을 신무원 사람들이 견딜 수 있을까?

"똑똑하네. 제안을 받아들여도, 거절해도 그쪽은 전혀 손해 보는 게 없잖아."

그리고 다행스럽게도, 기현의 짐작처럼 태성은 이런 큰 건수를 놓칠 남자가 아니었다.

"말씀드린 것처럼 저도 꽤 절박하거든요."

잠시 턱 끝을 매만지던 태성이 천천히 기현 쪽으로 걸어와 몸을 숙였다. 아주 약간 몸을 숙인 채 내려다보는 그 표정이 굉장히 위험해 보여서 기현은 저도 모르게 조금씩 뒤로 물러났다. 현실감이 없는 아름다운 얼굴을 그나마 살아 있는 사람처럼 보이게 하는 것은 모순적이게도 저 유리알 같은 눈이었다. 탁한 듯 지독한 무언가를 품고 있는, 그래서 오히려 삶에 대한 의지가 느껴지는 그런 눈빛.

"저에게도 손해가 될 일은 아닐 것 같으니, 좋습니다. 기꺼이 지갑이 되어 드리죠. 하지만 지금 당장 내가 원하는 건 주식이나 계열사가 아닌데 괜찮겠습니까?"

"무엇을 요구하셔도 다 들어드리겠다고 한 건 저입니다."

태성의 긴 손가락이 기현의 어깨를 스치듯 지나 소파를 짚었다. 숙인 그의 얼굴이 어느새 거의 코앞이었으나 소파 등받이에 가로막혀 더 이상 뒤로 물러날 수도 없었다. 뭔가…… 위험했다.

"그럼 윤기현 씨의 몸을 주세요."

"……."

뜻을 뒤늦게 이해한 기현의 입이 떡 벌어졌다. 뭐? 뭘, 달라고? 너무 황당해서 뭐라 말도 제대로 안 나왔다. 기현이 놀라 얼이 빠지든 말든, 태성은 다정하게 키스라도 할 것처럼 비스듬히 얼굴을 기울이며 더 가까이 다가왔다.

"안타깝게도 제가 여자의 몸에 반응을 안 합니다."

"그…… 같은 남자를 좋아하시는 거라면…….”

"글쎄요. 뭐라고 해야 할까? 남자를 좋아한다거나 사랑하는 건 또 아니고. 좀 더 정확히 말하자면 남자의 뒷구멍에 쑤셔 넣을 때만 쌀 수 있을 뿐입니다."

"그건……."

노골적인 단어에 기현의 얼굴이 조금 붉어졌다. 남자의 몸에만 성적인 반응이 온다고? 뭐 그거야 본인의 사생활이니까 그렇다 치더라도…….

어째서 태성이 자신을 상대로 저런 요구를 하는지 이해가 안 갔다.

"몸을 달라는 말이 너무 점잖아서 감이 안 왔다면 정정하죠. 기현 씨의 쿠데타에 필요한 돈줄이 되어 줄 테니 나한테 뒷구멍을 대 달란 말을 하는 겁니다, 지금."

무엇이든 줄 수 있었다. 또 무엇이든 할 수 있었다. 지분이든 계열사든 태성이 요구하는 만큼 다 넘겨줄 수 있었고, 대원 재단을 위해 개처럼 일하라고 하면 못 할 것도 없었다. 하지만…… 지금 저 말은 몸을 팔란 소리나 다름없지 않은가. 물론 무슨 굴욕도 받아들일 생각이긴 했으나, 같은 남자에게서 이런 요구를 받을 거라곤 상상도 못 했다.

"어차피 저도 이후에 일정이 있으니 생각할 시간을 드리죠. 그리고 하나 더. 그래서 제가 자금을 대 주면 어떤 식으로 신무원을 뒤집어 놓을 건지에 대한 계획도 함께 들려줬으면 합니다."

기현은 뭔가 말하려는 듯 입술을 달싹이다 다시 꾹 다물었다. 양아치 무리를 충동질해서 이 꼴을 한 채 대원 미술관까지 찾아올 계획을 세운 것으로도 매우 벅찬 하루였다. 이 이상 둘러댈 핑계나 묘책 같은 게 있을 리가 없다는 뜻이다.

"나도 개같이 번 돈인데 멍청하게 쓰이면 화날 것 같으니까요."

그렇지만 태성이 추가로 내건 요구는 당연했다. 남의 돈을 끌어올 생각을 하고서도, 구체적으로 계획한 바가 아직 없다는 건 말이 되지 않으니까.

"기현 씨는 똑똑한 사람 같으니 끝까지 날 즐겁게 해 줄 거라고 믿습니다, 아까의 그 제안처럼."

혹시 아무 생각도 없이 일단 살고 보겠다는 마음으로 날 찾아온 건 아니겠죠, 하고 속삭이는 남자의 목소리는 나른했지만 가시가 가득했다. 기현은 묘한 자세로 몸을 밀착해 오는 태성의 어깨를 밀며 소파에서 완전히 일어섰다. 몸을 툭툭 털며 사나운 기색을 숨기지 않자 그는 항복하듯 두 손을 들고선 두어 걸음 물러섰다.

"우리 계열사 호텔로 모셔다드릴 테니 잠시 쉬고 계세요."

대원 재단이 소유한 호텔이 있었던가? 이 남자는 눈에 보이는 것 외에도 굉장히 많은 일에 손을 대고 있는 것 같았다. 뭔가 더 있는 게 확실했다.

하지만 그건 나중에 생각할 일이었다. 당장 태성이 내준 숙제부터 해결해야 했으므로.

"비서에게 지시해 두겠습니다. 그럼 밤에 다시 뵙죠."

"밤이요?"

"더 오래 고민이 필요한 일이면 그 정도로 절박하지 않다는 뜻 아닐까요?"

이번에도 할 말이 없어진 기현은 알겠다는 듯 고개를 끄덕였다. 문고리를 잡고 나가기 전, 흘끗 뒤를 돌아보자 태성은 가슴에 손을 올리고 한쪽 무릎을 숙이며 과장되게 인사했다. 가만히 지켜보던 기현은 그를 무시하고 밖으로 나가는 것을 선택했다. 저런 조롱까지 장단 맞춰 줄 필요는 없을 것 같았다.

"잠시만요."

몇 걸음 채 떼기도 전에 지시를 받은 듯 누군가 바쁘게 뛰어왔다. 태성의 비서인 모양이었다. 기현을 뭐라고 부르면 좋을지 잠시 고민하던 남자는 이내 선호하는 침구가 있는지, 못 먹는 음식이 있는지, 채광은 어느 정도가 좋으며 가구의 색은 무엇이 좋은지 꼼꼼하게 물었다.

기현은 점점 기분이 가라앉았다. 진태성은 무슨 생각으로 그런 말도 안 되는 대가를 요구했을까. 단순히 남자의 몸에 발기한다는 이유만은 아닐 것이다. 그 얼굴에 돈까지 많은 사람이 뭐가 아쉬워서.

어쩌면 태성 또한 기현의 약점을 틀어쥐고 싶은 걸 수도 있다. 혹시라도 남 좋은 일만 하게 될까 봐 뭐라도 제동 장치를 걸어 두고 싶은 것 아닐까. 그렇게 생각하면 아까와 같은 황당한 요구를 하는 것도 이해는 갔다. 아니면, 누군가의 스폰서를 자처하며 자신을 과시하는 그런 부류일지도 모른다.

하지만 진태성이 간과한 것이 있었으니. 기현은 모욕과 멸시를 견디는 데 누구보다 자신 있었다. 그저 상상도 못 했던 대가를 요구하니 좀 당황했을 뿐이다. 그런 소리쯤이야. 결과적으로 그에게 몸을 파는 형국이 된다고 한들 상관없다. 무슨 짓을 해서든 신무원을 박살 낼 수 있다면 그만이다. 일단은 진태성의 말대로 그 돈을 어떻게 써야 할지—

"잠깐만."

멍하니 창밖에 시선을 둔 채 이것저것 재 보던 기현은 익숙하게 스쳐 가는 풍경에 고개를 홱 돌렸다. 여긴 분명······.

"잠시만요. 저는 분명 대원 계열사의 호텔로 간다고 들었습니다만······?"

"아······ 상무님께서 그렇게 말씀하셨습니까?"

상무? 진태성의 직책이 여러 개인가. 그 빌어먹을 여자 때문에 관장님이란 호칭은 넌덜머리가 나는지라 조금이라도 덜 껄끄럽게 그를 부를 수 있을 테니 다행이다 싶었다. 물론 지금 중요한 건 그게 아니고······.

AR그룹의 전신은 아려 물산으로, 덩치를 키우다 본격적으로 해외 진출을 준비하면서 AR로 사명을 바꾸게 되었다. 표면적으로는 아려

라는 이름의 발음이 어려워서라고 하지만, 늘 그랬듯 윤 회장의 변덕 때문에 벌어진 대대적인 삽질이었다. 그리고 기현의 기억이 틀리지 않았다면 여긴 아려 호텔, 그러니까 AR그룹에서 소유하고 있는 호텔로 가는 길이었다.

"얼마 전 상무님께서 AR유통의 지분을 1% 정도 확보하셨습니다. 어려운 일이었지만 그만큼 뿌듯해하셔서……. 그래서 농담 삼아 그렇게 말씀하시곤 합니다."

얼굴을 와작 구기자 룸미러로 눈을 맞춰 오던 비서가 민망한지 슬쩍 고개를 숙였다.

AR유통은 아려 호텔의 대주주다. 그러므로 AR유통에 일정 지분이 있는 주주는 아려 호텔의 경영권과 떼려야 뗄 수 없는 관계를 갖게 되는 셈이니, 태성의 말도 영 틀린 것은 아니다.

'그래서 아까 그렇게 내 프로필을 줄줄 나열했나.'

타 기업의 주식을 사들이면서 오너 일가의 인적 사항도 모른다는 건 말이 되지 않으니까.

"죄송합니다. 저는 미리 전해 들으신 줄 알았습니다. 혹시 여긴 불편하신가요?"

"아뇨, 괜찮습니다."

과연 기현의 얼굴을 아는 사람이 몇이나 될까. 호텔에 마지막으로 왔던 게 5년 전이고, 그나마도 경호원에게 둘러싸여 잠깐 연회장에 들렀을 뿐이다. 무엇보다 자신의 자취를 밟고 있을 김 관장이 애먹을 가능성이 농후했다. 설마 여기로 올까 싶겠지. 피는 피로 덮는다고 했던가. 태성의 말하는 방식이 재수 없었을 뿐, 아려 호텔에 머무는 것 자체는 나쁘지 않은 발상이었다.

"최상위 객실은 지배인이 직접 응대를 하니 불편하실 것 같아 바로 아래 단계의 객실로 지시해 뒀는데 괜찮으신가요?"

고개를 끄덕이자 비서는 필요한 것이 있다면 무엇이든 편하게 이야기하라고 했다.

"다른 건 제가 알아서 할 테니 신경 쓰지 마시고, 다만 한 가지 부탁드릴 게 있는데요."

말하란답시고 넙죽 요구를 들이미는 것도 좀 우스운 꼴이긴 하지만 지금 상황이 상황인지라 재 보고 따질 여유가 없었다.

"네."

"대원 미술관 바로 근처에 저와 만나야 할 사람이 기다리고 있습니다. 그 사람에게 핸드폰 좀 빌려주실 수 있을까요?"

"핸드폰이요? 음, 지금 그분이 좀…… 곤란한 상황이신가요?"

그렇다고 하자 비서는 아예 대원 재단의 법인 명의로 새 핸드폰을 개통해 주겠다고 했다. 납치범들의 차 번호를 적어 주고 문을 열자 비서가 따라 나오며 가볍게 고개 숙여 인사했다.

"편히 쉬십시오."

그놈의 편히 쉬시라는 말. 사람 놀리는 것도 아니고. 편히 쉴 수 있겠어, 지금? 태성의 비서는 지시대로 키를 건네주며 의례적인 인사를 건넸을 뿐인데도 괜히 심술이 났다.

고개를 푹 숙이고 엘리베이터로 바로 걸음을 옮겼지만 역시 누구도 기현을 신경 쓰지 않았다. 어쩌다 함께 탄 손님이 뿌옇게 먼지가 앉은 기현의 신발을 흘끔 쳐다보긴 했지만 그뿐이었다. 아무도 뭐라고 하지 않는데 혼자 눈치를 보는 모양새가 더 수상쩍게 보일 것 같아서, 기현은 어깨에 들어간 힘을 풀었다. 자연스럽게 굴어야 했다.

나 스위트룸은 처음인데, 하며 속닥거리는 앞의 커플이 새삼 사랑스러웠다. 다른 사람들의 세상은 이렇게나 평화롭구나. 멍하니 그들을 바라보던 기현은 고개를 툭 떨구었다.

'아…… 이제야 좀 피로가 밀려오는 것 같네.'

생애 가장 긴 하루였다.

진태성의 비서가 알려 준 호수의 방문에 카드 키를 인식하려던 기현은 아직 자신의 지문이 남아 있을까 싶어 버튼을 옆으로 밀고 손가락을 대 보았다. 센서가 위압적으로 번쩍이더니 이내 경쾌한 해제 소리가 울렸다.

스탠다드 스위트룸보다 높은 단계의 객실에는 AR그룹 총수 일가의 지문이 등록되어 있다. 그래서 호텔 측에 통보만 하면 언제든 편하게 이용할 수 있었다. 김 관장은 기현의 지문까지 등록할 필요가 있냐며 맹렬히 반대했지만, 윤 회장은 여기저기에서 보는 눈이 많다는 이유로 그대로 진행할 것을 명령했었다.

그러고 보니 윤 회장은 알고 있을까? 집사님이 그렇게 되었다는 걸.

한 번 더 마른 얼굴을 쓸던 기현은 이내 신경질적으로 머리를 헝클었다. 그리고 안으로 걸음을 더 옮기지 못하고 그대로 천천히 주저앉았다.

양아치만도 못한 것들에게 잡혀 죽을 뻔했고, 겨우 살아났다. 화가 치밀어서 신무원을 엎어 버려야겠다고 생각했다. 필사적으로 머리를 굴려 대뜸 대원 미술관에 쳐들어갔다. 오늘 처음 본 남자에게서 몸을 팔라는 소리를 들었다. 그리고…… 집사님이 납치되었다고 한다. 어쩌면 집사님은 그냥 곱게 죽는 것이 나은 상태일지도 모른다. 아니, 그럴 것이다. 김 관상이 어떤 사람인데. 그러고도 남는다.

기현은 그대로 몸을 웅크렸다. 무릎에 팔을 둘러 안고서 고개를 묻었다. 이런 상황에서도 속으로 어머니라고 말하지 못하고 집사님이라고 하는 자신이 미웠다. 스스로가 혐오스러워 견딜 수 없었다.

손톱을 세워 퉁퉁 부은 얼굴과 팔을 긁어내렸다. 상처가 벌어졌는지 화한 느낌이 올라왔지만 이렇게라도 하지 않으면 그대로 문에 머리를 들이받고 죽고 싶을 것 같았다.

누가 보면 흡사 울음을 참는 모양새였을지도 모르겠다. 그렇지만 안타깝게도 신무원에선 아무도 우는 법을 알려 주지 않았다. 그래서 기현은 어릴 때 이후로 우는 법을 완전히 잊어버렸다.

지금이라면 울어도 좋을 텐데. 감시를 빙자한 경호도 없는, 아무도 없는 지금이라면 괜찮을 텐데. 간절히 바라던 대로, 다짐했던 대로 끝까지 살아남지 않았던가. 이 지옥에서 정말로 혼자가 되어 버렸다. 그런데, 왜.

"아……."

기현은 입을 틀어막았다. 지금이야말로 울기 좋은 때다. 어떤 패악을 떨든 위해를 가할 김 관장이 없고, 자신 대신 끌려가서 두들겨 맞을 집사님도 없다. 윤 회장이 부리는 사람들의 시선으로부터 조금이나마 멀어져 있다. 그러니까, 안심하고서 펑펑 울어도 되는데…….

"아, 으……."

그런 보람도 없이 허무하게도 바람 빠지는 소리만 났다. 기현은 자꾸만 벙긋거리다가 끝내 입을 다물고 말았다. 평생에 걸친 윤 회장 일가의 철저한 통제와 구속은 기현을 혼자서 울지 못하는 머저리로 만들어 버렸다.

"핸드폰?"

"네. 그리 질이 좋아 보이는 사람들은 아니었습니다. 제대로 훈련 받은 느낌도 아니었고요."

무언가 마음에 들지 않는지 태성의 눈이 가느다래졌다.

"도청은?"

"설치할 시간이 부족해서…… 급한 대로 위치 추적기는 달아 두었습니다."

비서실장인 조동수는 상사의 입에서 어떤 말이 나올지 몰라 잔뜩 긴장한 채 공손히 맞잡은 손가락을 꿈질거렸다. 태성은 곁에 둔 사람들이 감정을 쉽게 내비치는 것을 좋아하지 않는다. 그래서 되도록 앞에서 웃는 얼굴을 유지하려 노력하지만, 늘 시험을 받는 것 같아 쉽지 않았다. 어릴 때부터 함께 자라긴 했다만 조 실장에게 진태성은 여전히 어렵고 무서운 사람이었다.

"윤기현은?"

"별다른 움직임을 보이진 않고 있습니다."

그건 그렇고 밑에 사람들은 어떻게 할까요. 조 실장이 조심스럽게 말을 꺼냈다. 이미 미술관 직원들에게는 아침에 피 칠갑한 사람이 대뜸 관장님을 찾았는데, 그 남자가 사실 AR그룹의 아들이더라 하는 소문이 파다했다. 몰골이 형편없긴 했어도 그렇게 무시무시한 꼴은 아니었는데 말 도는 게 참 무서웠다.

"조 실장. 선민의식이라는 말 들어 봤어?"

"선민의식이요?"

아랫사람들 입단속 할 생각에 정신이 없던 가여운 조 실장이 더듬거리며 되물었지만, 태성은 아무런 대꾸를 하지 않았다. 딱히 대답을 듣고 싶어 한 질문은 아닌 듯했다.

여태 협상하면서, 아니, 일상생활에서라도 굳이 선민의식이란 말을 쓰는 재벌이 있던가. 사생아에게 지분이며 자산까지 챙겨 주며 이미지를 꾸며 온 AR그룹도 구역질 났지만, 인간 이하의 대접을 받으면서도 그들과 똑같은 사고방식으로 타인을 대하는 기현도 역겨운 것은 마찬가지였다.

"아까 위치 추적기는 달았다고 했지?"

"네."

"동선 감시하고, 정확히 뭐 하는 놈들인지부터 알아봐. 윤기현과 어쩌다 얽히게 된 건지도 확인하고."

묵례로 답을 대신하는 조 실장을 눈짓으로 물린 태성은 걸음을 옮겼다. 기현이 머물고 있는 객실의 호수를 입안에서 되뇌며.

남자와 살을 섞을 때만 몸이 달아오르는 건 사실이었다. 하지만 혹시라도 자신이 너무 매력적이라 그런 요구를 했다고 기현이 착각이라도 하면 곤란하다. 서자도 왕의 핏줄이니 저도 왕이 되겠다고 설치는 핏덩어리에겐 그 정도의 모욕도 충분했다.

'몸을 달라는 게 그 잘난 자존심을 깔아뭉개려는 의도로 던진 말이라는 걸 알아듣지도 못하는 멍청한 놈이었다면 여기서 그냥 손 터는 게 낫겠지.'

태성은 카드 키를 인식시키고 문고릴 당겼다. 가운을 대충 걸친 기현이 느릿느릿 소파에서 일어나고 있었다. 막 씻었는지 머리끝에 물방울이 매달린 채로.

"그런 모습으로 기다리고 있으면 나 오해하는데."

"아직, 흠, 대답 안 했습니다."

여태 물 한 잔도 안 마셨는지 기현의 목소리가 쩍쩍 갈라져 있었다. 씻고 나니 아까보다야 봐 줄 만한 꼴이긴 했지만 그래도 여기저기 멍투성이에 피딱지가 가득 앉아서…… 하여튼 엉망진창인 건 여전했다.

"그럼 대답은?"

태성은 한쪽 입꼬리를 삐딱하게 당긴 채 패잔병의 항복을 기다렸다. 기현의 몸뚱이를 대충 훑어보는데, 제법 유순히 내리깔고 있는 눈가에 생긴 지 얼마 되지 않은 것처럼 보이는 상처가 있었다. 죽죽 긁힌 붉은 자국. 퉁퉁 부어 발갛게 짓눌린 눈꼬리. 혹시 울었나 싶어 미간을 조금 찡그린 순간, 기현이 결심한 듯 천천히 입을 열었다.

"일단 선거에 나갈까 합니다."

"오, 선거?"

기껏해야 할 테면 해 보라는 허세 정도를 예상했었다. 그런데 선거라니. 뭐…… 최상의 묘수는 아니었지만 그래도 태성은 후한 점수를 주기로 했다. 아니, 뜬금없어서 이 상황이 더 즐거웠다. 그래. 어차피 정답을 피해 갈 거라면 재미라도 있어야지.

"손에 쥔 게 아무것도 없다는 건 더 말씀드리지 않아도 아시겠죠. 돈은 상무님 선에서 해결한다 치더라도 사람은 어떻게 할 수 있는 문제가 아닙니다. 만약 재수가 없어서 제가 죽게 되더라도, 의문사로 대서특필할 정도로 절 아는 사람이 많아졌으면 합니다. 물론 물밑에서 저와 함께 움직일 사람들이 필요한 것도 사실이고요."

"보궐 선거? 아니면 내년 지방 선거?"

"지방 선거요. 하지만 당선 목적이 아니니 일단은 출마 선언만 하고 나중에 빠질 생각입니다."

"흠, 재산 상황 기재해야 하지 않나? 골치 아프지 않겠어요?"

"그래서 출마 선언만 하겠다는 겁니다. 이 정도 사고는 쳐야 회장님이 불러 주실 것 같아서요. 흥미가 생기셨다면 계속 이야길 해 볼까요."

기현이 아까의 태성처럼 과장되게 허리를 굽히며 가슴에 손을 올렸다. 그런 기현을 잠시 두고 보던 태성은 확실히 처음보단 너그러워진 얼굴로 고개를 끄덕였다. 엉뚱하고 재수 없지만…… 멍청하진 않네. 태성이 만족스러운 얼굴로 소파에 앉자 기현은 그를 뒤로하고 와인 잔을 하나 더 꺼내려 손을 뻗었다. 그런데―

"읏……."

아까 다친 손목이 말을 듣지 않았다. 기현은 급히 숨을 들이쉬었다. 들었을까? 흘끗 보니 태성은 아직 제 상태를 눈치채지 못한 것 같았다. 파르르 떨리는 주먹을 쥐었다 폈다 해 보았다. 더 이상 꼴사납게 굴고 싶지 않았다. 제발 몸이 조금만 더 버텨 주길…….

"난 기현 씨가 마음에 들진 않지만 지금 이 상황이 몹시 재미있긴 합니다."

야경을 감상하던 태성이 불쑥 말을 꺼냈다. 유리창 너머로 잠시 서로의 시선이 얽혔다. 이 시간까지도 환한 고속도로의 헤드라이트와 건물의 불빛에 번져 그마저도 곧 사그라들고 말았지만.

"굳이 번거롭게 그런 쇼까지 할 이유가 있습니까? 필요한 사람들이 있다면 나에게 부탁해서 소개받아도 될 텐데."

구태여 설명하지 않아도 기현은 알 수 있었다. 이건 다음 시험 문제였다. 패를 보일수록 남자는 빙글빙글 웃는 가면을 걷어 내는 것 같았다. 여전히 의중은 모르겠지만 그래도 진태성이 진지하게 협상에 임하고 있다는 게 느껴졌다. 기현은 목이 갑갑해지는 느낌에 두어 번 목을 좌우로 꺾었다.

"AR그룹을 제 발아래에 놓든, 누구도 못 가지게 박살을 내든…… 그 구심점엔 반드시 제가 있어야 합니다."

계속 말하라는 듯 곧은 시선을 유지한 채로 태성이 와인 잔을 들어 입술을 적셨다. 그 나른한 얼굴에 이유 없이 입술이 바짝바짝 말랐다.

기현은 결심이라도 한 듯 잔을 한 번에 비웠다. 확실히 품위 없는 짓이었으나 미세하게 떨리는 손이 긴장해서가 아니라 갑자기 술을 들이켜서 그렇게 보이길 바랐기에 어쩔 수 없었다.

"전 대리인이나 해결사를 원한 게 아니니까요. 상무님은 제 수단이지, 목적이 아닙니다."

넌 결국 돈줄일 뿐이니 건방지게 굴지 마. 그럴싸하게 포장하지만 결국은 선 넘지 말란 뜻이었다. 편한 길을 두고 굳이 돌아가려는 기현의 패기가 퍽 가상했으나, 솔직히 쓸데없는 자존심이었다. 말로는 혁명을 꿈꾼다고 하지만 뭘 모르는 풋내기의 냄새가 났다.

'경영 활동엔 일절 참여하지 않았다는 게 사실인가…….'

하긴, 회사에서 한자리 차지했더라도 그 대단한 아버지 밑에서 얼마나 안일하게 일했겠냐만. 그럼에도 불구하고 기현의 그 치기가 태성을 더욱 즐겁게 해 준 것은 사실이었으니, 그는 좀 더 너그러운 마음으로 뜬구름 잡는 것 같은 제안을 받아들여 주기로 했다.

"그 후엔?"

"회장님의 신임을 얻어 주요 계열사 하나 정도는 완전히 장악할 겁니다. 그리고 천천히, 전부 빼앗아 와야겠죠."

그 여자에게서. 김 관장에게서.

입술을 깨문 기현을 보던 태성은 문득 아까부터 자꾸 떨리는 것 같은, 이상하게 굽어서 고정된 기현의 손에 힐끔 눈길을 주었다.

"그리고 다른 건에 대해서는, 일단 안전하다는 걸 확인받고 싶습니다."

"다른 건? 어떤 안전?"

"당신에게 성병이 없다는 확인, 그리고 내 몸에 이상이 없다는 주기적인 진단과 확인을 해 주었으면 합니다."

"……하?"

"굳이 취향이라면 어쩔 수 없지만…… 개인적인 바람으로는 몸에 무리가 갈 것 같은 행위는 자제했으면 좋겠습니다. 건강하게 오래 살아야 복수고 나발이고 할 수 있을 것 같으니까요."

시작할 땐 뭘 어떻게 하는 게 좋겠냐면서 기현이 샤워 가운의 매듭을 풀었다. 드러난 하체에도 자잘한 생채기가 많았지만 반쯤 벗어 젖힌 상체는 더 가관이었다. 황당해서 처음으로 얼굴에서 표정이란 걸 싹 지웠던 태성은 기현의 벗은 몸을 보며 작게 한숨을 쉬었다. 물론 행동만 그랬지, 흥미진진하게 올라간 입꼬리는 여전히 내려올 생각을 안 했다.

"아, 참고로 말씀드리자면 남자와의 경험은 없어 잘하지 못할 수……."

아마 재미가 없을 것이다, 사전에 말했으니 서툴다고 무르지 마라, 그렇게 말하려고 했는데……. 기현은 천천히 눈을 깜빡였다. 무기질 같은 흰 피부가, 높은 콧대가, 긴 속눈썹이 뺨 아래에 닿았다. 입안을 가르는 말캉한 무엇인가가 굉장히 뜨거웠다.

그게 태성의 혀라는 걸 인지하자, 그제야 기현은 지금 이 남자와 키스하고 있다는 걸 깨달았다. 삼키는 타액마다, 섞이는 숨결마다 와인 향이 짙게 배어 어지러웠다. 입술이 닿자마자 뒷머리를 강하게 움켜쥐는 태성 때문에 무력하게 몸을 맡기는 수밖에 없었다. 무작정 밀어내며 버티다간 안 그래도 너덜거리는 손목을 완전히 못 쓰게 될 것 같았다.

엄청난 악력과는 다르게 태성의 키스는 느긋했고, 조금은 집요한 구석이 있었다. 다 터진 입안을 건드려서 아픔에 몸을 떼려고 하면 바로 질척하게 얽어 오며 기분 좋게 만들었다. 그의 반대편 손이 옆구리를 쓸며 등을 끌어안았을 땐 저도 모르게 흐으, 하고 억눌린 소리가 터졌다. 그 시점을 기점으로 집요하게 입안을 헤집던 태성의 입술이 턱선을 지나 목으로 옮겨졌다.

살결을 물고 빠는 소리가 적나라했다. 피부에 번지는 숨결에 소름이 오스스 돋았다. 결국 불안함에 빠르게 깜빡이던 눈을 꾹 감고야 말았을 때, 태성이 피딱지가 앉은 기현의 아랫입술을 가볍게 깨문 후 쥐고 있던 뒷머리를 놓아주었다.

"형편없군. 굳이 남자와의 경험 운운할 수준이 아닌 것 같은데."

덧붙인 말에 조금 욱했지만, 기현은 잠자코 젖은 입술을 쓱 훔쳤다. 하얀 샤워 가운에 톡, 톡, 핏방울이 번졌다.

'아, 이젠 좀 멀쩡해지나 싶었는데 또 딱지가 터졌네.'

하나하나 기록이라도 하듯 자신을 관찰하는 태성의 눈빛을 보고서야 기현은 그가 상태를 살피려 일부러 키스했다는 것을 깨달았다.

"지루하게 시간 끌 것 없이 다음 달 보궐 선거로 정합시다. 자기 사람 만드는 것도 회장 눈에 들고 나서 할 일입니다. 일단은 출마하는 것까지 물심양면으로 돕죠. 그 후는 기현 씨가 어떻게 하느냐를 봐서 결정하도록 하겠습니다."

태성은 소주 마시듯 남은 와인을 입에 다 털어 넣곤 인상을 쓰며 일어섰다.

"키스도 못 하고, 얼굴도 엉망이고. 흥도 안 나는군요. 윤기현 씨의 멀끔해진 얼굴이 최소한 마주 봤을 때 혀도 섞고 좆은 빨아 주고 싶을 정도는 되길 간절히 바랍니다."

내가 지금 무슨 말을 들은 거지? 생전 처음 듣는 험한 말에 기현이 인상을 찌푸렸다.

"맨날 거울로 보는 얼굴이 이 정도라서. 다행히 상대방 외모엔 무던한 편이니까 너무 걱정할 필욘 없고요."

길 가는 보통 사람이든 TV에 나오는 연예인이든 어지간해선 다 똑같이 못생겨 보이니까, 지금처럼 심하게 찌그러진 수준만 아니면 된다고 태성이 상냥하게 덧붙여 주었다. 기가 막힌 기현은 한마디 쏘아붙이려다가, 원래 내 얼굴은 충분히 쓸 만해서 당신이 안는 데 문제없을 거라 스스로 어필하는 꼴이 될 것 같아 잠자코 입을 다물기로 했다.

"그리고 하나 더. 상무란 직책은 조 실장한테 들은 모양인데 이사나 관장이라고 부르면 됩니다. 여기도 족보 개판이라 부르는 말이 좀 꼬였거든요."

"알겠습니다. 이사님."

망설임 없이 이사라는 호칭을 고르자 태성이 재미있다는 듯 씩 웃었다.

"신기하네요. 보통 미술관을 통해 나를 찾아왔으면 관장님이라고 부르던데."

기현의 손이 퍼뜩 튀었다. 사실 벗어젖히느라 손등까지 흘러내린 샤워 가운 덕에 움직임이 커 보여서 알 수 있었던 거지, 보통 상황이었다면 눈치도 못 챘을 만큼 작은 움찔거림이었다.

태성은 기현의 과민 반응을 모르는 척해 주기로 했다. 어쩌면 아려 미술관의 관장이자 신무원의 안주인인 그 대단한 여자가 기현을 폭발시킨 스위치일지도 모른다는 생각이 들었다. 그렇다면 김 관장을 중심으로 파 보면 뭔가 잡히는 게 나오지 않을까. 사람을, 그것도 호적상의 친자를 치우려는 걸 보니 내부에 무슨 일이 있는 게 분명하다. 그것도 동네 양아치들이나 데려다 밀어내지 않으면 안 될 정도로 급한 무언가.

빤히 손을 관찰하는 걸 눈치챘는지 기현은 다시 등을 꼿꼿하게 펴고 심드렁한 얼굴로 돌아와 있었다. 얻을 정보는 다 얻은 태성은 재 킷 안주머니를 뒤적여 테이블 위로 카드 두 개를 툭 던졌다. 신용 카 드와 직불 카드였다.

"급한 대로 쓰세요. 핸드폰은 내일 조 실장이 가져다줄 겁니다."

"한도는요?"

"글쎄요. 나도 잘 모르겠는데. 어차피 전부 다 빚이니 본인이 감당 할 수 있을 만큼 써요. 건강하게 오래오래 살고 싶으면."

덧붙이는 목소리가 얄미웠다. 끝까지 한마디도 져 주는 법이 없지.

"그럼 조만간 또 봅시다. 다음에도 어떤 즐거운 대책을 들려줄지 기대하죠."

"저, 여기 계속 있어도 되는 겁니까?"

"편할 대로."

태성이 고개를 끄덕이자 허락을 구한 것으로 볼일 끝났다는 듯 기 현이 가운을 추스르며 테이블 위의 카드를 수습했다. 아까도 그랬지 만 여미는 손이 뭔가 이상했다. 살펴보려 고개를 기울이자 곧장 아 무렇지 않은 척 연기한다. 그새 관찰하는 시선에 익숙해졌는지 상당 히 태연해진 반응이었다.

뭐, 그렇게까지 감추고 싶다는데 굳이 신경 써 줄 필요 없겠지.

"그럼 연락 기다리겠습니다."

태성은 할리우드 배우처럼 손 키스를 날려 주고 돌아섰다. 아아, 지금 표정은 좀 볼만했을 것도 같은데. 기현의 말투나 행동거지 등 은 여진히 서슬렸다. 그렇지만 사람 의중은 기민하게 읽을 줄 알고, 태산처럼 높은 자존심을 가지고서도 상식 밖의 엄청난 소릴 잘도 지 껄이는 건 재밌었다.

"보궐 선거라……."

출마라니. 다시 생각해도 피식 웃음이 나왔다. 보통은 주식부터 사들이거나 내부 비리부터 터뜨리자고 할 텐데 말이다.

'그러고 보니 아픈 덴 없냐며 몸부터 까는 것도 웃겼지.'

태성은 일단 기현이 원하는 대로 움직여 주기로 했다. 그를 이용해 신무원 내부를 파헤칠 수 있을 테니 이쪽도 확실히 손해 볼 일은 없고. 어쩌면 하필, '오늘' 윤기현이 자신을 찾아왔을까. 운명을 믿고 싶어질 정도로 절묘한 타이밍이었다.

♟

"회장님, 관장님께서 기다리고 계십니다."

"무슨 일로?"

"별다른 말씀은 없으셨고, 그렇게만 전하셨습니다."

그러냐는 대답도, 기다리란 대답도 없다. 할 말을 전했는데도 지시가 없으면 움직일 생각이 없단 뜻이다. 하지만 그 말 그대로 관장에게 전했다간 부려지는 자신들이 화를 온전히 뒤집어쓸 것이다. 결국 비서가 죽을상을 하고 물러나려는 찰나, 카랑카랑한 목소리가 귓전을 때렸다.

"이러실 것 같아서 그냥 제가 직접 왔습니다."

회장의 눈초리가 서늘해졌지만 김 관장은 조금도 물러설 기세가 아니었다.

"대꾸가 없다면 무슨 뜻인지도 알아야지."

윤의택. AR그룹의 총수이자 대대로 지역 유지였던 윤상중의 장남으로, 현재 대한민국에서 가장 사랑받고 존경받는 CEO.

초대 회장이 지지리도 못살던 마을 사람들 거둬 먹여 살려 보겠다고 아려 물산을 꾸려 수출에 앞장섰던 것을 시발점으로, AR그룹은 오늘날의 세계적인 기업으로 우뚝 섰다. 그리고 바로 이 점이 AR그룹이 다른 재벌들과 다른 대접을 받는 이유였다. 친일파 찌꺼기들이나 개발 호재 때 땅 팔아 돈 좀 만진 그런 졸부들과 근본부터 다르다는 것.

"금융 계열사, 어떻게 해결할 셈이에요."

"당신이 상관할 일이 아닐 텐데."

일흔이 가깝다는 게 믿기지 않을 정도로 형형하고 묵직한 목소리였다.

"왜 상관할 일이 아니에요? 당장 첫째는 어떡하라고요."

"그건 오로지 나와 첫째의 문제지. 당신은 그쪽으로 지분 없잖아?"

김 관장 역시 할머니 소리를 듣기엔 지나치게 젊은 얼굴이었다. 어쩌면 두 사람은 얼굴 근육을 쓸 일이 없어 주름이 안 생기는 게 아닐까. 신무원의 관리인들 사이에서 정설처럼 자리 잡은 지 오래된 말이다.

김 관장은 사모님 혹은 여사님이란 호칭은 자신에게 어울리지 않는다고 생각했다. 자신은 AR그룹을 이끄는 또 하나의 수장이라 자부했고, 대내외에서 충분히 인정도 받고 있다. 즉, 지분과 관계없이 자신이 그룹의 일에 관여할 자격은 충분하다고 믿고 있었다.

"관련 없는 일에 나서지 마. 보기 안 좋으니까."

"내가 관련이 왜 없어요? AR그룹이 이렇게 커진 게 다 누구 덕분인데?"

"초기 자본은 신삭 회수하고도 남지 않았나? 대체 언제까지 우려먹을 셈이야. 게다가 난 당신에게 돈으로도 살 수 없는 명예를 쥐여 줬잖아. 재벌가 사모님 중에서 제일 먼저 관장님 소리 듣게 만들어 준 게 누구인지 잊었어?"

주제 파악들 좀 하고 살아. 회장은 건조하게 툭 내뱉고는 제 비서를 향해 물었다.

"수경인?"

"출국하신 것으로 확인되었습니다."

"윤기현은?"

"한국 잠시 들어오셨다가 일정 꼬인 거 아시고 그대로 바로 출국하셨습니다."

수경, 기현. 김 관장의 안광이 무섭게 번뜩였다. 그녀의 삶을 갉아먹은 이름들. 윤 회장이 제 앞에서 감히 올려선 안 될 이름이었다.

아무리 자기 멋대로 사는 인사라지만 윤 회장은 이제껏 그 정도의 선은 지켜 주었다. 그런데 지금 대놓고 편하게 언급했다. 아마 그들에게 허튼짓하지 말란 경고일 것이다. '일정 꼬인 거 아시고'라는 말을 쓰는 걸 미루어 그녀가 중간에 손을 쓰려고 했다는 것도 알아챈 것 같고.

수경을 신무원으로 들이는 대신 자신의 허락 없이는 찾지 않을 것. 회장은 생각보다 처음의 그 약속을 잘 지켰다. 격 떨어지는 여잘 신무원에 들이고 아이도 무사히 낳게 해 주는 조건은 오로지 그 하나였다. 어쩌면 약속이 아니라 계약이라 충실히 이행했을지도 모를 일이다.

물론 김 관장이 아는 한 그랬단 거지, 뒤에선 몰래 잘도 만났을 거다. 둘이 이야길 나누는 걸 직접 본 것만 여러 차례였으니.

사실 윤 회장이 뒤로 여자 몇을 거느리든 알 바 아니었다. 어차피 소모적인 만남 아닌가. 기업의 명성에 흠집 가지 않도록 알아서 깔끔하게 정리하니 트집 잡을 이유도 없었다. 그런데 이수경은 달랐다. 윤 회장은 이상하게 이수경에게만큼은 무서울 정도의 집착을 보였다.

김 관장은 점점 두려워졌다. 돈이나 던져 주고 끝날 사이가 아니
란 생각이 들어서. 혹시라도 나와 내 아이들이 가져야 할 지분, 부,
명예가 그 여자에게 조금이라도 흘러갈까 봐. 여기까지 생각이 미치
니 피가 거꾸로 솟는 것 같아서 그녀는 차라리 이수경을 별채로 들
여 눈앞에서 감시하는 게 낫겠다 판단했다.

윤 회장은 막상 태어난 아이, 기현에겐 무심히 굴었다. 하지만 그건
관장이나 다른 아이들을 배려했다기보다 새로 얻은 아들의 쓸모를 찾
지 못해서였을 거다. 회사를 물려줄 아들은 이미 하나 있으니까.

'오히려 이수경을 닮은 딸이었다면 간이고 쓸개고 다 빼 줬을지도
모르지.'

그대로 자신을 버려두고 서재로 걸음을 옮기는 윤 회장의 뒷모습
을 보며, 김 관장이 조용히 제 비서를 불렀다.

"어떻게 됐어."

"이수경은 저희 쪽에 있는 게 확실합니다."

"윤기현은."

"추적 중입니다. 일 맡았던 패거리 중 둘은 잡아내서 이미 처리했
고, 나머지 둘과 윤기현만 처리하면 끝입니다."

"뭐가 이렇게 굼떠?"

"깔끔하게 처리하려면 어쩔 수 없었습니다. 순탄치는 않을 거, 예
상하셨잖습니까."

윤 회장은 예전부터 꼭 자동차 계열사 하나를 가져야겠다며 벼르
고 있었다. 남은 생 단 하나의 목표가 있다면 그것뿐이라고 하도 떠
들고 다녀서 모르는 사람이 없을 성도였다.

물론 지금 당장에라도 설립하려면 할 순 있었다. 자동차 내수 시
장은 B기업의 독과점이나 다름없어서 소비자들의 불만 또한 컸던

상태. 수요도 충분하고, 자본도 넉넉하다. 정책이야 바꾸면 되는 것이고. 다만 차세대 엔진이나 주요 부품부터 향후 석유 문제까지, 고려해야 할 요소가 너무 많았다. 맨땅에 헤딩하는 식으로 사업을 시작할 시점은 아니라 고민만 신중히 거듭했다.

그러던 찰나, 핵심 부품과 엔진을 만드는 업체와 B기업이 틀어졌단 말을 듣고 윤 회장은 바로 그들을 낚아채 왔다. 물론 업체 인수를 발표한 당일의 반응은 폭발적이었다. 그날 닛케이 지수와 상하이 지수까지 출렁일 정도로 AR그룹의 전체 주가가 폭등했으니 말 다한 셈이다.

문제는 부품 회사가 무리하게 꾸리고 있던 캐피털 계열사도 함께 끌어안게 됐는데, 이로 인해 빼도 박도 못하게 금산분리법[2]에 걸리게 생겼다. 캐피털 회사가 가지고 있던 1금융권 주식이 생각보다 많았던 탓이다.

이미 AR그룹은 카드, 보험, 투자 증권까지 가지고 있어 안 그래도 금융 당국에 눈치를 보던 와중이었다. 여기저기 퍼부어 준 것도 있고, AR그룹 일에는 유독 국민 정서가 민감하다 보니 언론이고 정부고 아직은 쉬쉬하고 있지만…… 곧 정권이 바뀐다. 다시 말해, 언제 터질지 모를 시한폭탄이니 최소한 노력하고 있다는 성의라도 보여야 했다.

그러려면 지금의 순환 출자 구조를 지주사로 완전히 틀어 버리는 대수술을 거쳐야 하는데, 그럴 경우 장남인 윤인범이 홀로 뒤집어쓰게 된다. 아니지, 인범뿐일까. 뭘 어떻게 하더라도 다른 아이들이 조

---

2. 금산분리법: 일반 회사가 은행을 소유하는 것을 금지하는 법. 다만 현재 국내법으로는 4%의 상한선을 두고 은행 주식을 소유할 수 있다.

금씩 피해를 보게 될 것이다. 윤기현, 그 천한 것만 빼고서 말이다.

기현은 독립 계열사나 마찬가지인 별 볼 일 없는 곳에 약간의 지분이 있을 뿐이니까 오히려 상장이다, 새로운 계열사다, 하면서 호재로 차익만 챙길 판국이었다. 물론 애초에 기현이 주요 계열사엔 발도 들이지 못하도록 길길이 날뛰었던 건 김 관장 본인이었지만.

"그래서 이수경은? 주사 투여는 시작했어?"

"네."

"절반쯤 완성되면 나도 좀 보여 줘 봐. 그간 데리고 살아 준 정이 있는데 마지막 인사 정도는 해 줘야지."

조금 진정이 된 듯 다시 숨을 고르고 옷매무새를 단정하게 다듬던 관장이 참, 하고 걸음을 멈추었다. 끼이이, 대리석 바닥을 울리는 구두의 굽 소리가 섬뜩했다.

"내가 처음에 윤기현을 어떻게 하라고 지시를 했었지?"

"자동차 사고로 위장하라고 하셨습니다."

"아냐……. 그 정도론 안 되겠어. 처리야 어떻게 하든 알 바 아닌데, 윤기현은 산 채로 강이든 바다에든 던져 버려. 그래야 내 속이 좀 풀릴 것 같아."

"네."

"저 의심 많은 양반은 분명 뒤를 캘 테니 치아같이 본인 감식할 수 있는 것 하나 정도는 현장에 남겨 두고."

비서가 알겠다는 듯 고개를 숙이자 관장은 그제야 만족스러운 얼굴을 했다. 그 정도로 거두어 줬으면 보은은 못 할망정 방해는 되지 말아야지.

가끔 이수경이고 윤기현이고, AR이라는 이름을 떼질 못해 안달인 것처럼 굴 때가 있었다. 김 관장은 그게 무척이나 고깝고 우스웠다.

당장 길거리에서 아무나 붙들고 물어보자. 많은 것을 포기하고 살아야 하더라도 AR그룹에서 태어날 수 있다면 어떨 것 같냐고. 열 중 아홉은 제발 그러고 싶다고 매달릴 거다. 근본도 없는 것들이 감사한 줄은 모르고 어디서 건방지게.

"그러고 보니 그 둘, 얼마나 행복한 인생이야. 어쨌든 남들 눈엔 AR그룹 막내아들로, 신무원 집사로 누릴 거 다 누리며 살아왔잖아. 안 그래, 이 실장?"

♦ ♟ ♦

지잉, 지잉—
"크흠, 그래서 이 이상 지분을 확보하는 것은 조금 위험하다는 게 제 생각입니다."

"그래요? 다른 분들 생각도 같습니까? 3% 정도는 더 가져와야 안정적이지 않을까?"

"스릴을 즐기시는 것도 좋긴 한데 지금 상황이 좀 그렇습니다. 아무리 보궐 선거라지만 그래도 선거철인데. 돈 움직이기 민감하기도 하고 무엇보다……. 저, 그런데…… 이사님."

불러 놓고서도 정작 말이 없어 태성은 눈만 치켜떴다. 말을 하던 임원 중 한 사람이 테이블 위에서 요란히 진동하는 핸드폰을 슬쩍 눈짓했다. 아까부터 계속 울렸는데 핸드폰 주인이자 회의를 주관하는 작자는 신경도 안 쓰고 있었다.

"전화 아닙니다. 신경 쓰지 마세요."

그렇게 말한다고 신경이 안 쓰일 턱이 있나. 당신이 월급 주니까 참는다는 듯 중역들의 표정이 떨떠름해졌다. 태성은 분위기에 떠밀려 결국 메시지를 하나하나 확인했다.

"계속 진행하세요."

"예? 아, 음…… 그래서 제 생각엔 추적이 확실히 가능한 지분 확보나 후원 같은 방식보다는 오히려 경매로 눈을 돌리는 게 나을 것 같습니다. 아무리 불황이라지만 이런 리그에선 또 사정이 다르거든요."

위험천만한 이야기가 오가는 와중 핸드폰 화면을 두드리던 태성의 입꼬리가 서서히 올라가기 시작했다. 의견을 피력하던 임원은 말실수라도 한 건가 싶어 움찔하며 그의 눈치를 살폈다.

"경매나 땅따먹기야 총알만 장전되면 언제든지 할 수 있는 거고. AR그룹 쪽 주식은 쓸 만한 거 없습니까? 제가 요즘 괜찮은 소스를 하나 얻었는데."

"예? 혹시 들으신 거라도……."

"음. 소스라기엔 좀 그렇고. 적당한 패를 하나 얻었다고 정정하죠."

수상쩍게 느껴질 정도로 즐거운 목소리에 자리한 사람 모두가 거북이처럼 목을 움츠리며 태성의 눈치를 보았다. 태성의 저 표정은 정말 즐겁거나 싹 다 쓸어버리고 싶거나 둘 중 하난데, 지분에 목숨을 거는 그에게 지금 주식 시장 건드리는 건 좀 참으라는 충고가 즐거울 리가 없으니…… 이럴 땐 그냥 알아서 몸을 사리는 수밖에.

하지만 임원들의 추측과는 달리, 카드 승인 내역을 확인하는 태성은 정말 즐거워서 웃었을 뿐이었다. 몇백, 몇천만 원 단위를 썼다는 문자가 계속 날아오더니 최종적으론 억 단위가 찍혔다.

'음, 시계라도 샀나 보군.'

세상의 종말이라도 온 것처럼 카드를 긁는 것 같더니 마지막은 직불 카드로 현금을 인출했다는 알림이었다.

"와. 세게 나오네?"

이 대책 없는 도련님이 진짜 한도라도 파악하려고 이러나? 세상에 대가 없는 돈은 없다고 그렇게 친절하게 말해 줬는데도.

"이사…… 님?"

"아뇨. 신경 쓰지 마세요."

핸드폰 액정을 뒤집어 놓고 다시 제대로 자세를 잡는 태성을 보며 비서진과 중역들이 침을 꿀꺽 삼켰다.

"그래서, 내 하는 짓이 병신 같으니 당장 때려치우라는 이야기 중이었던가요?"

역시 기분이 더러운 게 맞았구나……. 아주 길고 괴로운 회의가 될 것 같았다.

+ ♟ +

"지금 연락을 주면 어쩌자는 거야!"

마음고생이 심했던 듯 얼굴이 엉망으로 삭은 남자가 문을 닫자마자 소리를 버럭 질렀다. 그런데 왜 혼자만 왔지?

"나 혼자야."

어깨 너머를 살피자 남자가 중얼거리다 고개를 툭 떨구었다.

조 실장이 건네준 핸드폰은 복제되어 감시당할 게 뻔하니 전화로 자세하게 이야길 할 수 없었다. 별수 없이 호텔로 패거리를 불렀다. 당연히 태성의 귀에 소식이 들어가겠지만 도청당하고 녹음되는 것보다는 낫겠지 싶었다. 그런데 왜 혼자일까.

"씨발……."

남자가 얼굴을 감싸 쥐며 소파에 주저앉았다.

"먹을 거 사러 간다고 했던 놈이 연락 두절되고, 화장실 간다고 했던 놈이 난데없이 사라지고……. 씨발, 내가 대체 어떻게 여길 기어 들어 왔는지도 모르겠어."

"차 몇 대가 새로 따라붙지 않았어? 그중에 분명……."

진태성이 부리는 사람들도 따라붙었으리라 생각했다. 동행이 있다고 운을 떼어 놨으니 호기심을 느껴서라도 패거리를 김 관장 손에 처리되게 두지 않을 거라 추측했다. 그런데 아니었나 보다.

"그걸 챙겨 볼 정신이 어디 있어? 당연히 사람이야 따라붙었겠지! 우리 잡아 죽이려고!"

공포에 질렸는데 누가 누군지 구별을 바라는 건 어려운 일이겠지. 한편으론 참 세상일 모른다 싶었다. 생각해 보니 이 남자는 다른 사람들이 반대를 할 때도 유일하게 홀로 기현을 먼저 죽이자고 주장했던 이였다. 반면 그렇게나 살고 싶어 하던 호리호리하고 신경질적인 남자는 제일 먼저 사라졌단다.

"일단은 잘 풀렸고, 내 쪽에선 나름대로 본가를 엿 먹일 준비를 하고 있어. 당신은……."

"……김진덕."

"그래, 김진덕 씨. 당신은 계속 집사님 행방을 쫓아 줘."

"야. 아까 우리 애들 다 뒈졌단 소리 못 들었냐? 찾긴 뭘 찾아, 당장 내가 죽게 생겼는데!"

"여기 아려 호텔이야. AR계열사라고. 그런데 당신이 어떻게 여기로 무사히 왔을 것 같아. 나랑 손잡게 된 사람이 호기심에라도 당신 죽게 내버려 두진 않을 테니까 신경 쓰지 말고 행동해."

"어떻게 신경을 안 쓰고—"

"도망갈 생각은 안 하는 게 좋을 거야. 이쪽에선 내 지시를 받는 것처럼 행동해야 당신을 지켜보고 살려 둘 가치가 있다고 생각할 테니까."

답답한 듯 목소리를 높이려던 김진덕은 이내 말을 말자며 한숨을 푹 내쉬었다. 기현이 자신을 배신하지 못할 명분은 충분하니 영 허튼소리는 아닐 거란 생각이 든 모양이다. 말마따나 AR의 계열사인 아려 호텔로 왔는데도 무사히 살아 있는 것을 보면 뒤를 봐주는 사람이 생겼단 게 사실인 것도 같고.

"내 핸드폰은 복제됐을 게 뻔하니까 되도록 집사님 이야기는 흘리지 말고 최대한 간결하게. 자세한 이야긴 만나서 했으면 해. 그리고……."

납치의 실마리를 발견한다고 한들…… 이후에는 어떻게 해야 하지? 일단은 집사님의 행방을 찾는 일 말고는 무엇도 떠오르는 것이 없어 기현이 잠시 머뭇거릴 때였다.

"살아…… 있을 수도 있어."

김진덕이 툭, 말을 던졌다. 집사님이 살아 있을 수도 있다고. 순간 기현의 얼굴에 스쳐 가는 감정이 굉장히 절박해 보였는지 그는 머쓱한 표정으로 '그럴 수도 있다는 소리야'라고 얼버무렸다.

"그때 얼핏 듣기론 이수경을 당장 죽일 것 같지 않았으니까……. 근데 내가 아는 그 사람들이 데려간 게 사실이면 솔직히, 그냥 고통 없이 죽은 게 더 나은 상황일 수도 있어."

"그 사람들이 누군데?"

"가장 꼭대기엔 누가 있는지 모르겠지만 실제로 움직이는 건 대개 조선족인데, 나 같은 양아치랑은 차원이 달라. 온갖 범죄에 도가 트인 놈들이야. 그쪽도 알잖아, 한국은 제대로 된 조폭이란 게 없어. 그래서 오히려 이런 놈들이 더 무서운 거고."

그래, 독재 시절 군대를 동원해서 싹 다 쓸어 버렸으니 제대로 된 조폭 같은 게 있을 수가 없다. 몇몇 놈이 무슨 파니 거창하게 이름 붙이기도 하고 구역 관리를 한다며 까불기도 했지만 결국 국가기관이 마음먹고 나서서 몰아붙이면 어쩔 수도 없는, 딱 그런 정도의 수준이었다. 다른 나라에 비하면 양반이지.

대신 김진덕의 말대로 일본이나 중국 세력들에 붙어 정말 더러운 일들을 도맡는 심부름꾼들이 흘러들어 왔다. 김 관장 같은, 돈 많고 비밀도 많은 사람의 그림자에 숨어 살면서.

"어쨌든 집사님 찾는 일만 끝나면 당신이 어디서 뭘 하고 살든 신경 쓰지 않을 거니까 걱정하지 말고 계속 일해. 난 관장과는 달라서 내 소문이 어떻게 퍼지든 전혀 상관없는 사람이니까, 아니, 오히려 그래 주면 고맙고."

재미있는 일이었다. 불과 며칠 전 자신을 바득바득 죽이려고 했던 남자와 마주 앉아 앞으로의 삶을 논하고 있다니. 김진덕도 비슷한 감정을 느꼈는지 떨떠름하게 고개를 끄덕였다.

일단 당장 숙식을 해결하는 데 부족함이 없을 정도의 돈다발을 내밀자 약간 갈등하는 것 같았다. 적은 액수는 아니니 챙겨서 튀어 버릴까, 그런 생각을 하는 게 뻔했다. 하지만 바보가 아닌 이상 지금 가장 안전한 곳이 자신의 그늘이라는 걸 겪어서 알고 있을 터. 결국 김진덕은 집사님의 뒤를 밟는 시늉이라도 하게 될 거다.

'그거면 돼.'

최대한 여기저기 소문을 나게 만들어서, 윤 회장 귀에 들어가게 해야 했다. 분하게도 현재 김 관장의 손아귀에서 가장 안전하게 집사님을 구할 수 있는 건 그 인간뿐이었으니까.

"그럼 앞으론 문자로 연락을 하면 되는 건가?"

"그래. 단어 선택에 조심하고."

"그런데 너랑 손잡았다던 사람. 그 사람들이 나 쫓아다닐 거라며. 그럴 바엔 그냥 처음부터 이 일도 그쪽에 도와 달라고 하는 게 낫지 않아?"

"그건 안 돼."

시간문제일지라도 진태성에게 집사님의 일을 들키게 되는 건 최대한 미루고 싶었다. 이유는 설명할 수 없지만 그러고 싶었다. 완강한 답에 김진덕도 뭐라 더 말하진 못하고 조만간 연락하겠다며 자리에서 일어섰다.

기현은 여전히 삐걱거리는 몸을 일으켜 얼려 두었던 핸드 타월을 꺼내 손목에 감았다. 혹시 인대라도 나간 건 아닐까 싶었는데 다행스럽게도 조금씩 나아지는 것 같았다. 끈이 파고들어 생긴 상처는 좀 오래갈 것 같았지만. 기현은 시큰거리는 손목을 멍하니 내려다보다 얼린 수건을 하나 더 꺼내 눈 위에 얹었다. 차갑다 못해 따갑고 시린 통증이 눈을 쿡쿡 찔러 왔다.

"오랜만이야, 도련님."

한동안 연락이 없던 태성이 들이닥친 것은 며칠이 더 지난 후였다. 여전히 화려한 얼굴에 과장된 말투로, 그것도 꽤 이른 아침에.

"운동이라도 했어요?"

묻는 말투는 살가웠지만 목소리는 전혀 그렇지 않았다. 저게 진태성의 방식이었다. 꿀이 뚝뚝 떨어질 것 같은 황홀한 가면을 쓴 채 벼린 칼을 쥔.

"이젠 얼굴이 아니라 목도 고장 났습니까? 목소리 안 나와?"

수영을 하고 오긴 했다. 어차피 심어 둔 끄나풀에게 보고 받았을 게 뻔해 기현은 굳이 착하게 대답해 줄 필요를 못 느껴서 무시했다. 셔츠를 꿰어 입고, 바지를 추스르는 동안 제 뒷모습을 훑는 느낌이 적나라했다.

'여러모로 진태성이 날 시험하는 것은 확실한 듯한데, 그러니까…… 음, 발정하는 건지는 잘 모르겠네.'

남자랑 자고만 싶지, 좋아하진 않는다고 한 건 진태성 본인이었는데도 긴가민가했다.

"그래서 충동 구매한 1억 3천 500짜리 시계는 대체 뭡니까? 구경이나 합시다."

그 물음엔 차마 대답을 안 할 수가 없었다.

"기본적인 것들은 미처 고려하지 못했던 상태라……. 이건 꼭 갚도록 하겠습니다."

갚겠다고? 의외의 계산법에 태성은 눈썹을 삐딱하게 치켰다. 그러니까, 윤기현이 편히 쓰고 싶은 돈은 신무원을 집어삼킬 거사와 관련된 것들에 한정되는가 보다. 그래 봤자 옷 사고, 밥 먹고, 이런 하찮은 일상의 기본적인 지출이 백만, 천만, 억 단위를 오간다는 점에서 역시 재벌가 도련님이구나 싶지만.

"왜요, 난 좋은데. 윤기현 씨를 구속할 수 있는 핑계가 늘어나는 셈이니까."

"대체 어디서 배우셨습니까? 그런 낯 뜨거운 소리 하는 법."

미간을 찌푸린 기현이 셔츠 깃과 소매를 정돈하는 것을 끝내자 태성이 작게 휘파람을 불었다. 이렇게 보니 AR그룹의 다른 형제들, 특히 장남과 비교하자니 훨씬 더 오밀조밀하고 단정한 느낌이었다. 아직도 눈 근처에 멍 자국이 조금 남아 있었지만, 부기가 다 빠진 갸름한 얼굴은 썩 나쁘지 않았다. 태성 본인의 기준으로 나쁘지 않았으니 다른 사람의 눈엔 꽤 괜찮은 정도일 것이다.

왜 윤 회장이 기를 쓰고 기현을 숨겨 왔는지 이해되었다. 그 얼굴들 사이에 기현이 있으면 시선이 갈 수밖에 없을 테니까. 다른 사람들과 분위기가 전혀 달랐다. 시건방진 말본새나 표정, 옷차림 같은 건 윤 회장 판박이였지만 느낌이라는 게 있지 않은가.

'으음. 생모가 이런 느낌이라면…….'

태성은 어쩐지 윤 회장이 왜 그 사람에게 끌려 덜컥 애까지 낳게 했는지 알 것도 같았다. 어딘가 잡아 가두고 괴롭히고 싶게 생겼다.

"그래서, 연락도 없이 어쩐 일로?"

아, 하며 그제야 태성이 둥글게 말고 있던 뭔가를 내밀었다. 이틀 전 신문이었다. 이게 왜? 매일 빠짐없이 뉴스를 보고 있지만 별다른 일은 없었는데. 혹시라도 놓친 AR그룹 관련 소식이라도 있나 싶어 살펴보았지만 역시 특별한 건 없었다.

의아한 시선으로 태성을 쳐다봤지만 아무 말도 없기에 기현은 뒷면, 그다음 면, 그렇게 중간까지 훑어보았다. 모두 신문을 펼치면 늘 나오는 이야기였다. 환율 문제, 유가 문제, 각종 회담과 협약들, 국회의원 비리……. 잠깐, 국회의원?

다시 종이를 앞으로 넘기는 소리가 요란했다. 두 번째 장의 그리 크지도 작지도 않은 칸에는 무슨 구의 국회의원, 재산 기재 비리, 신거법 위반 따위의 기사가 가득했다. 안타깝게도 이 나라에서 국회의원 비리가 새삼스러운 뉴스거리가 될 순 없었다. 그것도 일개 지역구 재선 의원 정도의 일은.

하지만 둘은 불과 며칠 전 출마에 대해 이야기를 나누었고, 태성은 이번 보궐 선거에 나가는 게 좋겠다는 충고를 해 주었다. 이렇게 신문까지 가져다주고 확인시키는 걸 보니 분명 이 일의 배후는 태성일 것이다.

"설마 일부러……."

"마음먹고 털면 다 털리게 되어 있으니까 없는 말을 지어낸 건 아니죠. 애초에 합법적인 선거 자금이라는 게 불가능에 가깝기도 하고."

참 불친절하게도 힌트를 준다. 어쨌든 여러모로 사람 하나 찍어 내긴 참 편리한 법이라며 어깨를 으쓱한 태성이 손목시계를 톡톡 두드렸다.

"예쁜 걸로 잘 샀는데 시계는 빼는 게 좋겠습니다. 30분 후에 출마 선언 기자 회견하려고 세미나실 잡아 놨으니까요."

"……뭐?"

"AR의 막내 도련님이라는 걸 크게 부각할 예정이긴 한데 어디까지나 소탈하고 패기 넘치는 젊은이로 보여야 하지 않겠습니까. 돈 냄새 나는 것들 걸치고 있으면 나중에 분명히 말 나올 겁니다."

"아니, 잠깐……. 30분이라뇨? 이렇게 대뜸 기자 회견을 잡으면 어떻게 합니까?"

"당선이 목적이 아니라 인지도만 쌓고 치고 빠질 거면 지금 시간도 촉박합니다."

갑작스러운 공석에 여야 모두 어떤 차기 후보자를 낼지 고심하는 지금 치고 들어가야 했다. 그래야 나중에 양쪽에서 아쉬운 소리를 안 듣는다. 거기다 오히려 기현을 어떻게 구슬려 자기 편으로 끌어들일까 애쓸 수도 있으니 유리한 쪽으로 협상해 갈 수도 있다. 물론 이건 기현을 위해서라기보다 태성 자신을 위해서였지만.

"설마 홍보팀에서 짜 주는 스크립트 없으면 말도 못 하는 등신, 실례. 바보는 아니죠?"

기현에게서 살벌한 시선이 놀아오자 태성이 천연덕스레 말을 이으며 문을 열었다.

"자꾸 그렇게 쳐다보면 오해하게 된다니까 그러네."

진작 기다리고 있었는지 메이크업 박스를 든 사람들이 눈치를 보며 쭈뼛쭈뼛 들어섰다.

"이제 28분 남았어요."

이렇게나 갑자기, 많은 사람 앞에서 출사표의 포문을 열라고 주문하면서 고작 30분을 주다니. 기현은 자신의 감정을 읽힐 법한 표정이나 말투를 조심하려 애썼지만 희한한 방식으로 속을 벅벅 긁는 저 미친놈 때문에 번번이 그 다짐이 무너지고 말았다.

"세미나실은 너무 크지 않나요?"

"언론사로 등록이 된 곳이면 다 불러들였으니 자리가 남지는 않을 겁니다."

멍 자국이 있어서 큰일이네요, 하고 근심하는 사람들의 목소리가 멀게만 느껴졌다. 화장품 특유의 향긋한 냄새가 기현의 코끝을 맴돌았다.

2장
왕자의 난

왕자의 난

"회장님!"

헐레벌떡 뛰어 들어온 비서실장의 모습이 마음에 들지 않아 혀를 찼지만, 어지간한 일론 그럴 사람이 아니라는 걸 알기에 윤 회장은 일단 수저를 내려놓았다.

권위 있는 콘퍼런스가 이번엔 중국에서 열릴 예정이라고 했다. 이 기회에 반드시 공장 설립 허가를 받아야 할 텐데 녹록지 않은 시장이라 전사적으로 고심 중이었다. 이와 관련해 좋은 아이디어가 있는지 물어볼 겸 훈계를 빙자한 독려도 할 겸 오래간만에 직계 가족 모두가 모인 조찬 자리였다.

AR그룹에서 직계 가족이란 의결권이 있는 지분을 소유한 사람들을 말한다. 고로, 이름뿐인 직함을 가진 며느리나 사위는 이런 자리에 낄 수 없었다.

"죄송합니다만 지금 바로 TV를 보셔야겠습니다. 실시간 뉴스 보도 방송이라 화질이나 음질은 고르지 않은 점 양해 부탁드립니다."

비서실장의 손짓에 휘하의 비서진이 부랴부랴 스크린을 내리고 빔 프로젝터를 켰다.

"홍보팀장이 지금 아려 호텔로 사실 확인하러 나간 상태이고, 박 전무는 대원 재단과 콘택트 중입니다. 일단—"

"알아듣게 설명해요. 뭔데? 지금 호텔이 왜 나와?"

호텔 보유 지분이 가장 큰 차녀 희연이 신경질적으로 반응했으나, 윤 회장의 시선에 이내 조용히 꼬리를 내렸다. 홍보팀장에, 전략실 박 전무에, 대원 재단은 또 뭐고, 차분히 설명하라고 말하려던 인범은 스크린에서 보이는 익숙한 얼굴에 체면도 잊고 들고 있던 수저를 요란하게 떨어뜨렸다.

["재벌 후계자, 그것도 무려 AR그룹의 3세이신 예비 후보자님께서 솔직히 일반 국민의 삶을 얼마나 이해하고 계실지 불안해하는 사람도 많을 것 같은데요. 이에 대해서 어떻게 생각하시나요?"

"스스로의 힘으로 공부를 하고 로펌을 운영했다 한들, 운이 좋아 노력에 비해 과분하게 많은 것을 누리며 살아왔던 것은 부정하지 않겠습니다. 지금 이 순간에도 하루하루 최선을 다해 살아가는 많은 분에 대한 모욕일 테니까요. 하지만 저는 어려운 사람들을 돕는 그 과정에서 많은 것을 느끼고 배웠습니다. 이 경험들이 국민을 위한 좋은 정책과 법안을 만드는 큰 자산이 되리라 믿습니다."]

윤 회장을 제외한 모든 사람이 숨을 크게 들이 삼켰다. 스크린 밑 부분, 흘러가는 속보 자막을 확인하는 눈들이 분주했다.

몇 번을 다시 보아도 사실이었다. AR그룹 3세 윤기현, 용산구 국회의원 보궐 선거 출마 선언.

"박 전무가 대원 재단으로 갔다고?"

"예. 기자 회견 세미나실을 빌린 것이 대원 재단의 진태성 이사라기에 무슨 일인지 확인하고 있습니다. 아마 기현…… 기현 도련님과 무슨 밀약이 있지 않았을까, 현재로서는 그렇게 추측하고 있는 상황입니다."

기현을 뭐라고 불러야 할지 망설이던 김 비서가 간신히 도련님이란 단어를 붙이며 말을 이어 갔다. 호칭이 더디게 나오는 게 당연했다. 기현에게 딱히 직위가 있는 것도 아니고, 애초에 공식적으로 언급을 할 일이 없던 이름 아닌가.

"세상에……. 어디 붙을 곳이 없어서 대원 같은 곳과 놀아나."

"윤진서, 너는 지금 그런 게 눈에 들어오냐?"

장녀 진서의 말에 인범이 기함했다.

"당연하죠. 보아하니 선거 자금 대 주겠다고 한 게 대원 같은데, 그 더러운 돈 필요하다고 AR 이름 팔아먹은 거 아녜요, 지금."

"저게 TV에서 선거가 어쩌고저쩌고하면서 난리 치고 있잖아! 뭐가 더 중요한지 몰라?"

김 관장은 눈짓으로 장남을 제지했다. 이럴 땐 말을 아껴야 하는 법인데, 눈치 없는 인범은 계속해서 진서와 설전을 벌였다. 그 꼴을 지켜보던 윤 회장은 한심하다는 듯 혀를 차고 스크린으로 눈을 돌렸다.

기현은 쑥스러운 듯 웃으면서 차분하게, 그러나 힘주어 질의응답을 이어 가고 있었다. 사실 정식 후보자 등록을 한 것도 아니고, 본격적인 선거 운동 기간두 아니어서 질문거리가 한정되어 있긴 했지만, 언론에선 어떻게든 뉴스에 써먹을 장면을 많이 뽑아내야 했으니 미친 듯이 달려드는 중이었다.

"오늘 일정 별것 없었던 것 같은데, 맞나?"

"예."

"그럼 오후 적당할 때, 한 서너 시쯤이 좋겠군. 그때 기현이 좀 불러라."

"예."

"양평 댁한테 일러서 좋은 차 두 잔 근희원으로 내오라고 하고."

모두의 고개가 윤 회장 쪽으로 돌아갔다. 획, 하고 바람 부는 소리가 일 정도로 다급하고 커다란 몸짓이었다.

근희원이라니. 부인인 김 관장조차 허락받아야 들어갈 수 있고, 입구에서 꼼꼼하게 소지품 검사를 하는 곳이다. 간단한 청소를 할 때도 회장이 CCTV로 지켜보는 가운데 이루어지는 철옹성. AR그룹의 모든 사업과 미래가 그려지는 컨트롤타워. 그곳에 윤기현을 들인다. 심지어 정부나 첩이라는 호칭조차 아까운, 출신도 모를 여자가 낳은 아이를.

"잠시만요, 아버—!"

짜악! 다급하게 윤 회장을 부르려던 인범의 목소리는 김 비서의 뺨을 무시무시한 기세로 내려친 회장 때문에 끝까지 입을 타고 나올 수 없었다.

"출국했던 애가 다시 들어온 것도 몰랐어? 이 일이, 윤기현과 관련된 일이 보통 일이야?"

"드릴 말씀이…… 없습니다."

"오래 내 곁을 지켜 줬으니 이번엔 넘어가겠지만 다음은 절대 없어."

"명심하겠습니다."

김 비서는 피가 줄줄 흐르는 입술을 닦지도 못하고 허리를 깊이 숙였다. 맞다. 그는 아주 오래 윤 회장의 곁을 지켜 왔다. 더러운 일을 숱하게 겪어 왔고, 아마 그중 절반 정도는 김 비서의 지휘하에 이루어졌을 것이다. 아는 것이 너무 많았다. 그래서 다음에도 이런 일이 벌어진다면 평범한 해고 정도로 끝나지 않을 거라는 걸, 김 비서 자신도 잘 알았다.

"내일까지 모든 일정 취소하고 본가에서 대기하도록 해라. 특히 인범이 너, 당분간 입단속 잘하고."

"알…… 겠습니다. 하지만—"

"나는."

노기 어린 윤 회장의 음성에 인범의 말은 또 한 번 소심하게 묻혀버렸다.

"변명, 죄송하다는 말, 하지만이라는 말이 몹시 듣기 싫다."

혀를 차며 윤 회장이 자리를 벗어났다. 스크린에선 아직도 기현의 기자 회견 영상이 흘러나오고 있었다. 주먹을 꾹 쥐고 부들부들 떨던 인범은 윤 회장이 시야에서 사라지자마자 빔 프로젝터를 바닥으로 내동댕이쳤다. 돌아서기 전, 회장은 '한심한 것들' 하고 길게 한숨을 내쉬었다. 분명 저에게 한 말일 것이다.

"앉아라."

"어머니."

"밥상머리에서 소리 지르는 거 아니다. 이거 치우고, 인범이 새 수저 좀 내와요."

"지금 밥이 넘어가게 생겼습니까? 뉴스 보셨잖아요! 방금 아버지 말씀하시는 거 들으셨잖아요!"

"그래. 다 봤고, 들었어. 그렇지만 앉아. 기업을 이끌 사람이 이렇게 쉽게 흥분해서 어디다 써? 추태 부리지 마라, 아랫사람들 보기 흉하다."

평소와 다름없이 차분히 밥을 한술 뜬 관장이 아, 하고 뒤에서 대기하고 있던 자신의 비서실장을 불렀다.

"더 기다릴 것도 없으니 그냥 처리해 버리세요."

그는 무슨 말인지 알겠다는 듯 조용히 묵례하고 걸음을 뗐다.

+ ♟ +

기현은 아까부터 다소 상기된 얼굴이었다. 꾹 다문 입이나 고집스러운 눈동자는 변한 게 없었지만 긴장되고 흥분된 상태라는 게 쉽게 읽혔다. 사람을 물리고 직접 트롤리에서 스테이크를 꺼내 주었지만, 눈에 안 들어오는 모양이었다.

"당분간 조 실장 붙여 줄 테니 보좌관처럼 부리도록 해요."

"그럼 이사님은……."

"비서 하나 없다고 업무 안 돌아가면 회사 문 닫아야지. 괜찮습니다."

무슨 정신으로 기자 회견을 마쳤는지 기억이 나질 않았다. 사방에서 터지는 플래시에 눈이 시렸지만 감지 않으려고 필사적이었다는 것 정도? 질문들은 대개 비슷했다. 사실 기현에게 궁금한 건 본가 이야기밖에 없을 테고. 어느 정도 예상했던 터라 쉽게 답할 수 있었던 것이 그나마 다행이라면 다행이었다.

"생각보다 잘하던데요."

"다행이네요. 사실 긴장 많이 했습니다."

"그런데 무료 변호는 또 무슨 말입니까?"

"이미 저에 대해 다 알아보셨을 줄 알았는데."

태성이 장난스럽게 어깨를 으쓱거렸다. 윤 회장이 어찌나 꼭꼭 싸매 두었는지 태성이 가진 정보망으론 전부 다 파악하기 어려웠다. 알

음알음 통해 들은 바론 미국에서도 무료 변호를 업으로 삼았고, 잠시 귀국했을 때도 어려운 사람들을 도와준다더라, 하는 정도였다. 그러다 보니 태성은 기현의 입으로 정확한 정보를 직접 듣고 싶었다.

"돈을 벌어야 했는데 일반 기업엔 취업할 수가 없어서 별수 없이 로스쿨 진학을 선택했습니다."

스테이크를 썰다 말고 태성이 황당한 얼굴을 했다. 뭐? 돈을 벌어야 했다고? 일반 기업엔 취업을 못 해?

"물론 제 명의로 여러 가지가 있긴 하지만 그건 예나 지금이나 제가 만질 수 있는 것이 아니니까요. 사실 당장 내일 사 먹을 샌드위치 값도 없었습니다, 대학 졸업할 때쯤엔."

스스로 평가하기에 기현은 결코 수재가 아니었다. 그래서 더 많이 노력해야 했다. 살기 위해서.

윤 회장이 주기적으로 생활비를 보내 주긴 했지만, 그마저도 어느 순간 뚝 끊겨 버렸다. 분명 김 관장의 짓일 터. 생활비도 빼돌린 마당에 언제 학비까지 끊어 버릴지 모를 일이라 불안했다. 그래서 기를 쓰고 월반해 빨리 대학에 진학할 수밖에 없었다.

맨해튼에서 가장 비싼 맨션, 장인이 손수 만들었을 브랜드도 모르는 가구들, 미국 내에서도 보기 힘든 희귀한 슈퍼 카, 최신형 핸드폰을 비롯한 값비싼 가전 기기들, 시즌마다 배달되는 룩북과 함께 드레스룸을 가득 메운 시즌 상품들……. 한낱 수건 한 장까지도 영국 왕실에 납품된다는 최고급이었지만 정작 사람다운 삶을 영위할 수 있는 것들은 무엇도 주어지질 않았다.

"당연한 이야기지만 아르바이트도 불가능했습니다. 본가의 기준으론 품위 없는 짓이었으니까요. 영어가 서툰 한국 아이들 과외를 해 주거나 그때그때 통역이나 번역해 주는 일 같은…… 그런 거 몰래 하면서 겨우 먹고살았습니다."

로스쿨 막바지엔 도저히 짬이 나지 않아 옷이나 가방 같은 걸 처분해야 했다. 분명 본가에서도 눈치를 챘겠지만, 다행히 제재하지 않았다. 어쩌면 살기 위해 그런 추저분한 짓도 하는구나, 하고 즐거워했을지도 모를 일이다.

졸업 후엔 개업 변호사가 되기로 결심했다. 아니, 그럴 수밖에 없었다. 일반 기업에 취업할 수 없는데 하물며 로펌이야 언감생심이니까. 당연한 말이지만 따로 사무실을 차릴 돈이 없었기 때문에 살던 집에 조그맣게 업무 보는 공간을 꾸렸다. 여전히 윤 회장으로부터는 별다른 말이 없었다. 가끔 김 관장이 보낸 것 같은 사람들이 다녀가기도 했지만, 그뿐이었다.

"결코 좋은 취지로 시작한 일은 아니었습니다. 먹을 거나 주유비를 받을 수 있으면 감사했고, 실제로도 그 정도면 충분했습니다. 그리고 사실은…… 나보다 불쌍한 사람들을 도와주고 있다는 만족감이 컸죠."

이래서 씨도둑질은 못 한다는 걸까. 어쨌든 윤의택의 핏줄이 맞긴 한 건지 끝까지 선한 마음을 가질 순 없었다. 물론 어려운 사람들을 돕는 일은 뿌듯하고 기뻤다. 그러나 마음 밑바닥엔 저들보다는 내가 낫다는 안도감이 자리했다.

"결국은 못난 자기 위로일 뿐이었죠."

딱히 득이 될 이야기가 아니라는 걸 알면서도 말이 주절주절 흘러나왔다. 일을 터뜨렸다는 고양감 때문인지, 이제 뭔가 시작되었다는 흥분감 때문인지. 기현은 자꾸만 감성적으로 굴고 있었다.

"그래서, 윤기현 씨가 찾는 사람은 누굽니까?"

기어이 불편한 구석을 찌르는 태성의 목소리에 기현의 눈빛이 다시 차분해졌다. 교육 잘 받고 자란 껍데기라는 건 알았지만 이 정도로 속이 비어 있을 줄이야. 처연한 기현의 모습을 계속 보고 있노라면 저도 모르게 이상한 소리를 하게 될 것 같아 태성은 산통 깨는 날카로운 질문을 마구잡이로 던져 댔다.

"지금 나열한 이야기만 들었을 땐 윤기현 씨의 생모가 따로 있을 것 같다는 서사가 딱 그려지는데."

혹여 쓸데없는 소리가 튀어나올까 대충 뱉은 그 말에 어릉거리던 기현의 눈이 천천히 빛을 잃었다. 평소의 재수 없는 표정으로 돌아온 것이다. 자신이 누구와 있는지 뒤늦게 정신을 차리고 자각한 듯했다.

아까보다 훨씬 대하기 쉬운 얼굴에 태성은 그제야 조금 안심하다가도, 안심하는 스스로가 이상해 고개를 얕게 기울였다.

"……내가 방심할 수 없는 사람과 있다는 걸 잊었군요."

"그래도 훌륭한 수준입니다. 경험이 좀 부족해서 그렇지 썩어도 준치라고, 꽤 잘하고 있어요. 물론 그럴 것 같아서 나도 투자를 결심한 거고."

핏물이 뚝뚝 떨어지는 스테이크를 썰면서 태성이 '혹시 썰어 줘야 먹습니까, 신무원 사람들은?' 하고 놀렸다. 기현은 조금 신경질적으로, 그러나 우아하게 나이프를 집었다. 그 모습을 눈요기 삼아 조금씩은 고기를 씹던 태성이 아, 하고 아무렇지도 않은 얼굴로 덧붙였다.

"우리 집 족보도 개판이라. 내 위의 형은 밖에서 데려온 자식이고 난 본처의 아들인데, 기현 씨와 반대로 난 무척 힘들게 컸습니다. 그래서 아주 많이 억울했죠."

익숙하게 움직이던 기현의 손이 잠시 멈추었다.

"그래서인지 윤기현 씨가 본처 소생이 아니라 고생하며 컸다는 안

타까운 이야길 들은 지금도, 글쎄. 놀랍긴 하지만 불쌍하다는 생각
은 안 듭니다. 미안하군요."

"동정받고 싶어서 한 이야기는…… 아닙니다."

다시 기현의 손이 움직였다. 아까보다 훨씬 느려진 동작이었다.

"알아요. 좋은 자세입니다. 말했잖아요, 그러니까 나도 기현 씨한
테 투자를 한 거라고."

남들이 가엾게 여겨 주길 바라는 마음이야말로 자신을 진짜 불쌍
하게 만드는 거다. 부당하게 괴롭힘을 받았다면 그대로 갚아 주면
된다. 아무런 담보도 없이 기현의 손을 덥석 잡아 준 것은…… 그간
태성의 삶을 들쑤셔 왔던 AR그룹을 뒤흔들 패가 필요해서이기도 했
지만, 기현의 눈빛이 마음에 들었기 때문이었다. 자기 자신마저 다
태워 버리고 말 것 같은 그 형형하고 절박한 눈이.

"조금만 살펴보면 굉장히 쉬워요, 윤기현 씨는. 그것만 조심한다
면 좋겠네요. 투자자로서."

"그렇군요. 그런데……."

매끄럽게 손을 놀리던 기현이 무심하게 툭 말을 던졌다.

"우리 둘 다 똑같이 본인들의 잘못이 아닌 일로 괴로운 유년기를
보낸 것 같은데, 난 왜 이사님이 더 불쌍해 보일까요."

잠시 눈을 깜빡이던 태성은 큭, 하고 웃음을 터뜨리며 어깨를 부
들부들 떨었다. 처음에 대뜸 기현이 찾아와 도와 달라고 했을 때 웃
었던 것처럼.

"아, 역시 재미있다니까."

기현이 미간을 찌푸리며 뭐라고 말을 하려는 찰나, 잠금이 해제되
는 소리가 길게 울렸다. 태성도 눈을 키운 채 고개를 돌리는 걸 보면
예정되지 않은 방문객이다. 투숙 중인 사람의 허락도 받지 않고 객

실 문을 열 수 있는 사람이 누가 있을까.

조금 긴장하며 나이프와 포크를 내려놓자마자 문이 열렸다. 주름
이 좀 더 늘어난 데다 몹시 피곤해 보이는, 오랜만에 보는 윤 회장의
비서실장이었다.

"김 전무님."

"오랜만에 뵙습니다. 오늘 오후 세 시까지 본가로 오시라는 지시
입니다. 두 시 이십 분에 모시러 올 테니 준비하고 계십시오."

옷을 입는 기현을 훔쳐봤을 때처럼 태성이 불량스럽게 휘익, 휘파람
을 불었다. 김 비서는 불쾌한 듯 슬쩍 시선을 던졌지만, 그뿐이었다.

"……도련님께서는 근희원으로 바로 가시게 될 겁니다."

도련님이라는 호칭보다 근희원이라는 말에 기현이 움찔 몸을 굳
혔다.

"그러니 최대한 단정한 모습으로 대기해 주시기 바랍니다."

"시계와 핸드폰은 잠시 여기에 보관하셔야 합니다."

고작 회장 집무실일 뿐인데 공항 보안 검색대 뺨치는 검사가 이어
졌다. 까다롭기로 소문난 JFK도 이렇진 않을 텐데. 어쨌든 시키는
대로 소지품을 다 내주고, 팔을 벌리고 섰다가, 어딜 보고 있으라고
하더니 사진도 찍혔다. 이 과정만으로도 벌써 지쳤다.

여기저기서 눈치껏 주워들어 윤 회장이 집사님에게 집착에 가까
운 애틋함을 품고 있다는 건 알았다. 집사님을 잡아 두기 위해 어떤
졸렬한 수를 썼는지도.

하지만 윤 회장의 마음이 사랑하는 여자가 낳은 자식에게까지 흘

러간 것은 결코 아니었다. 비단 기현뿐일까. 회장에게 자식들은 회사를 위한 장기 말이자 자신의 부와 명예를 대대손손 이어 줄 가교에 불과했다.

어쨌든 개중에서도 괜찮은 패가 아니었던 기현은 단 한 번도 윤회장과 독대해 본 적이 없었다. 아니, 만남 자체가 적었다. 그마저도 멀찍이서 다른 사람들과 함께 인사했던 것이 전부였다.

"이제 들어가셔도 됩니다."

마지막으로 보안 서약서에 사인을 마치자 관리인이 인터폰으로 보고를 올렸다. 잠시 기다린 끝에 문이 열렸다. 육중한 문이 기현을 집어삼킬 것처럼 아귀를 벌렸다.

기현은 잠시 숨을 들이쉬고 허리와 목에 힘을 주었다. 여태 회장이 직접적으로 기현에게 폭언을 퍼붓거나 폭행을 가한 적은 없었다. 그를 한없이 낮게 여기고 있으므로 그런 저열한 수를 쓰지 않으리라는 것도 잘 알고 있다. 그런데도 막연한 두려움이 밀려왔다. 기현은 이게 세뇌의 효과인 건가 자조하며 현관 복도를 지났다.

구두를 한쪽에 벗어 두고 바로 앞에 놓인 슬리퍼를 신자마자 미닫이문이 스륵 열렸다. 자동인가 했는데 뒤에 사람이 공손히 대기하고 있었다.

'……정말 왕이 따로 없군.'

어디로 가면 좋을지 들은 바가 없어서 망설였지만, 둘러보니 어차피 길은 하나뿐이었다. 철저하게 한국식으로 지어진 근희원은 밖에서 보이는 것보다 작고 아늑한 곳이었다. 어울리지 않게 포근한, 그러니까 좀 사람 사는 것 같은 느낌이 났다.

두리번거리며 짧은 복도를 꺾자마자 나뉘지 않은 넓은 공간이 펼쳐졌다. 그 안에 모든 것이 있었다. 부엌부터 침대와 책상, 빽빽한 책장과 컴퓨터, 신무원의 모든 풍경을 내다볼 수 있는 넓은 창. 그리고 차를 들이켜며 자신이 만든 거대한 왕국을 감상하고 있는 윤 회장까지.

"왔으면 앉아라."

기현은 허리를 굽혀 인사하고 맞은편에 앉았다. 생각보다 가까운 거리였다. 회장은 그러고도 한참을 찻잔만 만지작거렸다. 만지작거린다는 귀여운 표현이 어울리진 않았지만, 하여튼 그랬다.

"그래, 국회의원이 되겠다고."

"되고 싶지는 않습니다. 필요에 의해 출마 선언을 했을 뿐이고 중도에 사퇴할 예정입니다."

"무슨 필요?"

"이 정도 사고는 쳐야 회장님과 독대할 수 있을 것 같아서요."

당돌한 말에 그제야 윤 회장이 기현에게로 시선을 주었다. 아주 오랜만에 보는 부친의 얼굴이었다. 기현은 그 위압감에 눌리지 않기 위해 필사적으로 정신을 움켜쥐어야 했다.

"원하는 것이 있거든 급한 티 내지 말거라. 차도 한 잔 비울 줄 모르는 마음가짐으로 무슨 협상을 하겠다고."

"죄송하지만 제가 지금 믿을 수 있는 게 아무것도 없어서 못 마시겠습니다. 얼마 전에 비명횡사할 뻔해서요."

윤 회장의 눈썹이 삐딱하게 꿈틀거렸지만, 그뿐이었다. 태성의 말대로 기현은 경험이 매우 부족했다. 어차피 다 읽히고 말 얕은수를 쓰느니 정직하게 모든 패를 보이는 것이 나으리라.

"그래서 새삼 복수라도 하고 싶더냐?"

기현은 조용히 고개를 끄덕였다. 화가 나서 지금 당신이 앉은 자리, 그룹 전체, 전부 다 내가 집어삼키고 말 거라는 그 무언의 대답에도 윤 회장은 별다른 반응을 보이지 않았다. 그저 세월이 겹겹이 쌓인 깊은 눈으로 기현 자신도 모르는 속내를 가늠할 뿐이었다.

"고작 그런 다짐이나 말하려고 나와 독대하고 싶었던 게냐? 겨우 이런 이유로 허락도 없이 이런 일을 터뜨려?"

"돌려 말하지 않겠습니다. 집사님이 어디 계신지 알고 싶습니다."

"네가 간섭할 일이 아닌 것 같다만."

그제야 윤 회장이 제대로 된 반응을 보였다.

기현은 어릴 때 이미 몇 번이고 죽을 고비가 있었고, 그건 집사님도 마찬가지였다. 결국은 윤 회장이 보내 준 사람들 덕에 목숨을 부지하긴 했지만…… 그나마도 정말 죽기 직전까지 갔을 정도로 일이 커졌을 때나 베풀었던 자비였다.

윤 회장의 이런 행동은, 반대로 기현을 죽이지만 않으면 무슨 짓을 해도 관여하지 않겠다는 뜻으로 해석되기도 했다. 그래서 기현은 김 관장뿐 아니라 다른 형제들, 특히 윤인범에게 무던히도 괴롭힘을 당하며 살아야 했다.

하지만 그때……. 정확히는 집사님이 눈을 다쳤을 때, 윤 회장은 처음으로 신무원 전체에 벼락이라도 내릴 듯 포효했다. 이후 기현을 미국으로 보내면서 이런저런 조율을 해 준 것도 아마 집사님께 조금이나마 미안한 마음이 들어서 그랬을지도 모르겠다. 비록 중간에 생활비가 뚝 끊겨 고생하긴 했지만 어쨌든 김 관장의 손아귀에서 벗어나 숨이라도 쉴 수 있었으니까.

그러니 윤 회장이라면 응당 집사님의 행방을 알고 있거나, 적어도 김 관장이 벌인 만행에 대한 응분의 조치가 있으리라 믿었다. 김 관장에, 이젠 진태성이 푼 사람들까지 달라붙었으니 어쩌면 윤 회장이 아닌 다른 사람들이 먼저 집사님의 행방을 찾게 될지도 모른다. 기현은 가정만으로도 손과 등이 땀으로 범벅이 됐다.

'반드시 윤 회장이 손을 써 주어야 해.'

사정을 모르는 다른 사람들 손, 그러니까 진태성 같은 사람에게 집사님이 발견되어 거래 물품이라도 되듯 다루어지는 것을 원치 않았다. 설사 싸늘한 시신밖에 거둘 수 없다고 하더라도, 끝의 끝이라도, 집사님의 마지막만큼은 윤 회장이 깔끔하게 마무리해 주길 바랐다. 평범한 여자의 삶을 이 지경으로 망쳐 놨으면 적어도 이 정도 속죄는 해야 한다고 생각했다.

"지금 홍콩에 있다."

"……예?"

처참한 분노를 곱씹던 기현은 생각지도 못했던 윤 회장의 말에 고개를 번쩍 들었다.

'홍콩에 있다면, 무사히 살아…… 계시다는 건…… 가? 이걸 믿어도 되는 걸까.'

기현의 의심스러운 눈초리가 거슬렸는지 윤 회장이 답했다.

"출국해서 거주할 곳에 무사히 짐 풀고, 경호원들 배치되는 것까지 두 눈으로 직접 보고 왔다."

"아……."

기현은 그제야 마음을 꽉 막았던 것이 조금 풀리는 기분이 들었다. 다행…… 이다. 꾹 말아 쥔 주먹이 움찔거렸다. 이젠 거의 다 나았는데도 손목이 제멋대로 시큰거렸다.

"너도 알겠지만, 금융 계열사들이 좀 복잡하게 꼬여 있어서. 지금의 체제로 언제까지 버틸 수도 없는 노릇이고……. 그래서 금융 쪽은 몇 개 처분하고 지주사로 전환할 계획이다."

최근 자동차 업체를 인수하면서 부실한 캐피털 기업을 끌어안아

시중 은행 소유 지분이 훌쩍 높아진 것은 주식에 관심이 있는 사람이라면 누구나 다 아는 사실이다. 하지만 누구나 예상하는 이야기일지라도 윤 회장의 입으로 직접 듣는 것은 무게가 달랐다. 기현은 윤 회장의 말을 덤덤히 경청하는 체하고 있었지만, 사실 어떻게 반응해야 할지 몰라서 침묵하는 것뿐이었다.

"그래서 일단은 자동차 계열사부터 출범한 후에 천천히 움직일 예정이다. 그룹의 모든 자산이 움직이는 일이니 아주 조심스러워야 한다. 시선을 분산시킬 필요가 있지."

무슨 의중인지 알 수가 없어서 기현은 일단 잠자코 윤 회장의 말을 듣고만 있었다.

"네가 원한다면 그 자동차 계열사 지분을 가질 수 있게 해 주마. 아니, 경영권을 넘겨줄 수도 있다."

따뜻한 찻잔을 손에 쥐고 잠시 창밖을 보던 윤 회장이 대뜸 세상이 발칵 뒤집힐 이야길 아무렇지도 않게 꺼냈다. 더더욱 늙은이의 속내를 알 수 없어져서 기현은 아무 반응도 보이지 않고 가만히 있었다. 그러나 애초부터 기현의 승낙을 전제로 한 말이 아닌 듯, 윤 회장은 개의치 않고 계속 제 할 말만 했다.

"하지만 네가 그 정도 역량이 될지는 확인해 봐야겠지. 이번 선거에서 지지율 35% 이상 확보해 봐라. 출마 직전이든, 출마 직후든 시점은 언제여도 좋으니까. 그리고 어차피 중도 사퇴할 거라면 야권과 단일화해서 그 후보를 당선시켜 보거라. 만약 그렇게 되면 인범이와 함께 자동차 계열사 경영권, 가질 수 있게 해 주마."

자동차 계열사 경영권의 한 날개는 이미 인범으로 낙점이 되어 있고, 그런 상황에서 다른 쪽 날개가 기현이 될 수도 있다는 말이었다. 즉, 그룹의 패권을 두고 싸울 수 있도록 해 주겠다는 말과 진배없었다.

회장은 예전부터 딸들에겐 후계자 자리를 물려주지 않을 것임을 분명히 했다. 다른 집안과 만든 씨가 그룹을 집어삼키는 꼴은 볼 수 없다는 어이없는 이유였다. 며느리를 들이는 것과 사위를 들이는 것에 대체 무슨 대단한 차이가 있기에 그런 사고방식이 도출된 것인진 모르겠지만, 어쨌든 윤 회장의 기준은 그러했다. 그래서 딸들은 다 제쳐 놓고 장남인 윤인범이 AR그룹의 유일무이한 후계자요, 황태자로 군림할 수 있었다.

"어째서…… 입니까? 갑자기 이러시는 이유를 모르겠습니다."

집안 가장 밑바닥에 기생하던 녀석이 감사할 줄은 모르고 날을 세우는데도 윤 회장은 별다른 반응이 없었다. 아니, 오히려 그게 마음에 드는 듯 입가를 편안히 풀었다.

"너도 봤을 것 아니냐. 여태까지 인범이가 그룹에 손실을 입힌 게 어느 정도의 규모인지. 솔직히 말하면 난 이대로 첫째에게 모든 일을 맡기는 게 안심이 되질 않는다."

챙 하고 찻잔을 내려놓는 소리가 청명했다.

"하지만 짓밟아도 반항할 줄 모르고 그저 시키면 시키는 대로 구르는, 독기도 패기도 없는 놈보다야 낫다고 생각했었지."

기현은 얼음물을 뒤집어쓴 것처럼 심장 한구석이 저릿저릿해졌다. 아까도 그랬지만 막연히 짐작하던 것과 사실을 실제로 듣는 것은 전혀 다른 강도였다. 지금 윤 회장은 밟았더니 꿈틀하는 것을 보고 나서야 기현이 싹수 있는 패로 보였다는 거다.

'누구 배에서 나왔든 저 사람에게 중요한 건…….'

"보궐 선거 때 야당의 손을 들어 주는 건 으레 있는 일이다. 그래야 여당이 정신 차리고 기어오르질 않거든. 하지만 요즘 용산구 당선 추이를 보면 여당이 늘 우세했으니 쉽지 않을지도 모르지. 이번 선거로 네가 어느 정도까지 할 수 있는지 한번 봐야겠다."

선거에서 이기려면 여론을 뒤흔들 줄 알아야 했다. 검은돈을 찔러 주는 것도 마다하지 않아야 하는 건 물론이었다. 윤 회장은 수단과 방법을 가리지 않고 정치판을 휘둘러 왔고, 기현도 그렇게 굴 수 있는지 확인하고 싶은 거였다. 괴롭히면 괴롭히는 대로 숨어들던 패배자의 사고방식부터 어려운 사람을 도우며 살아왔다는 어쭙잖은 소명 의식까지 전부 벗어던질 수 있는지.

"이번 일 무사히 잘 치러 내고 자동차 계열사 일도 잘 처리하거든 AR그룹, 너에게 전부 다 주마. 그리고……."

윤 회장은 그답지 않게 잠시 망설이다 말을 맺었다.

"나중에 물러나고 나면, 그 사람과 해외로 나가서 조용히 살 계획이다."

말년에라도 사람답게 살 수 있으면 그걸로 된 거겠지, 하는 윤 회장의 중얼거림에 기현은 기가 막혔다. 사람답게 산다는 게 대체 뭔데? 좋은 집에서, 좋은 옷 입으면서, 돈 뿌리고 다니면서 사는 거? 놀랍게도 윤 회장은 그것으로 집사님에 대한 모든 보상이 될 거라고 생각하는 모양이었다.

"그렇게 애틋하시면, 그렇게 소중하시면 진작 그렇게 해 주시지 않고요. 하다못해 다른 재벌들 첩처럼 그냥 편하게라도 살게 도와주시지 않고, 왜! 왜 이제 와서!"

자기 연민으로 가득 찬 어이없는 말을 듣고 나니 오히려 윤 회장에게 고마울 지경이었다. 막연히 남아 있던 아버지에 대한 두려움까지 전부 날려 줘서.

참다못한 기현이 목소리를 높이며 벌떡 일어났다. 앞에 놓인 찻잔이 파르르 떨렸다. 그 진동이 멈추기까지 기다려 준 윤 회장은 이내 별것 아니라는 듯 고상하게 말했다.

"그래서 곧 그렇게 살게 해 주겠다고 했잖느냐."

조만간 다른 재벌들이 끼고 사는 첩들처럼 살게 해 주겠다고. 그런데 뭐가 문제냐고. 그럼 된 거 아니냐고.

"집사님이…… 그러길 원하셨대요? 말년에라도 회장님 곁에서 그렇게 돈맛 좀 보면서 살고 싶다고?"

분노로 얼룩진 기현의 얼굴을 물끄러미 들여다보던 윤 회장이 천천히 일어섰다. 단지 자리에서 일어선 것만으로도 태산 같은 존재감이었다.

"사마천의 〈사기〉를 보면 이런 말이 있다. 사람은 말이야, 자기보다 열 배 부자인 사람을 보면 헐뜯기 바쁘지만, 백 배 부자인 사람을 보면 두려워한다."

"……."

"천 배 부자인 사람을 보면 어떨까? 부자에게서 돈을 받고 그가 시키는 일을 하는 데 의문을 품지 못한다. 부려지는 것을 당연하게 여기게 되는 거지. 그럼 만 배 부자인 사람을 보면 어떨 것 같으냐?"

기현이 아랫입술을 세게 물었다. 제 의지라기보다는 오랜 학대와 인내하던 습관 덕에 그럴 수 있었다.

"노예가 된다. 주인님을 경외하고, 찬양하고, 시키지도 않은 일을 자처하면서 그에게 선택받기를 간절히 바라게 되지."

윤 회장이 기현을 물끄러미 바라보았다. 가면 같은 얼굴이 오싹했다.

"내가 가진 물질들은 그런 정도이고, 내 위치가 그런 것이다. 너도 아까 기자 회견에서 말했지. 노력에 비해 많은 것을 누리며 살아왔다고. 너에게 그 행운을 준 게 누구더냐."

"하지만—!"

"받은 것이 있으면 응당 치르며 견뎌야 할 것도 있는 게다."

윤 회장은 기현의 말을 가차 없이 잘랐다. 과연 김 관장과 최고의 파트너임이 분명했다. 그들은 집사님과 기현이 고되게 살았다는 것을 이해하질 못했다.

어찌 되었든 재벌가 사람으로 여태 남부러울 것 없이 잘살지 않았느냐, 그리 여기고 있었다. 무시와 괴롭힘을 좀 받았어도 뭐 어떻단 말인가. 나중에 돈으로 다 보상해 주겠다는데. 그런데도 넌 뭐가 불만이냐고. 그렇게 남들이 부러워하는 삶을 살고 있으면 당연히 감수해야 할 것들이 있는 법인데.

"참, 선거 자금은."

"……제가 알아서 하겠습니다."

"굳이 대원 재단과 손을 잡을 건 뭐란 말이야. 보고서 보면 여태 허투루 돈 쓴 것도 아니던데, 그 정도 돈도 없어서 천한 것들에게 기대?"

이번엔 심장이 아니라 머리가 차가워지는 기분이었다. 김 관장이 중간에 생활비로 장난질했을 거란 짐작은 했지만, 윤 회장도 당연히 눈감아 주고 있는 거라 여겨 왔다.

'그런데 아니었다고? 몰랐다고? 그럼…… 설마 내가 그렇게 구질구질하게 살면서 딴 주머니를 차고 있었다고 믿고 있었나?'

편집증적으로 사람을 부리고 감시하는 윤 회장이다. 그런 그에게도 전해지지 못한 일들이 있다니. 설마…… 하는 불안감 반, 알 수 없는 희열 반이 일어 머릿속이 온통 시끄러웠다. 이 철옹성에서도 조용히 뒤틀리고 무너지는 것이 있었다.

"어쨌든 네 이름 보고 후원해 주겠다 달려드는 것들 많을 테니 거기서 또 잘 솎아 내고."

이제 나가 보라는 듯 윤 회장이 테이블 위에 놓인 작은 리모컨을 꾹 눌렀다. 밖의 사람들에게 대기하고 있으라는 알람 같았다. 기현은 그의 뒷모습에 대고 가볍게 묵례했다. 물론 윤 회장은 뒷짐을 진 채로 그는 봐 주지도 않았지만.

"나는 주인도 모르고 날뛰는 개는 필요 없다. 뭐든지 적당해야지. 재주도, 고집도 적당해야 아껴 줄 맛이 나는 게다."

최선을 다해 진창을 굴러 보려무나. 그렇게 날 즐겁게 해 다오. 그러나 아까와 같은 도를 넘는 건방진 대거리는 용서하지 않겠다…… 뭐, 그런 뜻에서 하는 뻔한 경고였다.

"회장님."

그대로 나가려던 기현이 잊은 게 있다는 듯 가만히 윤 회장을 불렀다.

"어느 왕조를 불문하고 항상 물밑의 암수와 암투는 존재해 왔습니다. 왕의 눈을 가리는 일들은 늘 있었지요."

"무슨 말을 하고 싶은 게냐."

"아까 들려주신 이야기에 대한 제 소감입니다."

기현은 다시 한번 묵례하고 그대로 근희원을 나섰다. 감정이 다분히 실린 발걸음이었다. 어린 것, 하고 혀를 차며 윤 회장은 느긋하게 다기를 움직였다.

"왕의 눈을 가리는 일이라……."

"도련님, 여기……."

살벌한 표정에 말을 못 걸던 관리인이 뒤늦게 정신을 차렸는지 소지품을 챙겨 가시라며 헐레벌떡 뛰어나왔다. 받아 들고 물끄러미 쳐다보던 기현은 별안간 핸드폰을 아무렇게나 내던졌다. 공들여 조경한 수석 위에 부딪혀 박살 나는 소리가 요란했다. 불쾌한 파열음에 관리인의 표정이 한층 더 딱딱해졌다.

"시계는 버리세요."

"도, 도련······."

"여기에 무슨 짓을 했을 줄 알고. 안 그래요, 김 전무님?"

기현이 이렇게 직접적으로 부른 적은 처음이라 김 비서는 잠시 멈칫했지만 이내 아무렇지도 않게 말을 받았다.

"글쎄요. 별채로 모시겠습니다. 가시지요."

"아뇨, 호텔로 가 주세요."

"관장님께서 보자 하셨습니다."

"그래서요."

"······예?"

"회장님의 지시를 받았으니 그게 더 우선 아니겠습니까. 김 전무님은 회장님 비서실장이시잖아요. 아닌가요?"

"회장님께서 그러셨습니까. 그럼, 이쪽으로 오십시오."

순순히 고개를 끄덕인 그가 앞장섰다. 무전으로 차를 대기시키라는 작은 목소리가 들렸다.

"비서님, 저 뭐 하나만 물어봐도 됩니까."

"제가 답을 할 수 있는 범위라면요."

"집사님의 행방을 알고 싶습니다."

"······신무원엔 안 계십니다."

도돌이표였다. 윤 회장도 제대로 말해 주지 않는 걸 이 사람이라고 알려 줄 리 없었다.

'······아니지.'

다시 생각해 보면 김 비서도 수상쩍긴 마찬가지였다. 아까 윤 회장은 기현의 생활비가 끊겼다는 걸 모르는 것처럼 말했었다. 적어도 윤 회장이 직접 받는 보고서에 장난질을 할 수 있는 사람은 김 비서뿐일 거다.

'그럼 당연히 집사님 문제도 눈속임할 수 있을 것 같은데…….'

이렇게 된 거, 기현은 김 비서 또한 슬쩍 떠보기로 했다.

"그건 저도 압니다. 방금 듣기로는 캐나다에 계신다던데. 맞습니까?"

"아뇨. 홍콩에 계십니다."

역시라고 해야 할지. 아쉽게도 양아치들에게나 쓰던 얕은수는 통하지 않았다. 기현은 더는 이야기를 꺼내지 않았다. 확신도 없이 무작정 더 이상 찔러볼 순 없는 일이었다.

하지만 김 비서에게도 조금의 가능성을 열어 두기로 했다. 그가 김 관장의 사람으로 넘어갔다고 해도 상관없었다. 아니, 오히려 그렇다면 포섭하기는 쉬울 터였다. 다른 사람에게 방향을 틀어 본 사람이라면 한 번 더 방향을 바꾸는 것도 어렵지 않을 테니까.

"회장님 지시를 받았다고?"

"예."

"하! 그래서 지금은 어딘데. 호텔?"

"예. 현재 진태성 이사와 방에서 이야기를 나누는 중이라고 합니다. 조동수라고, 진태성의 최측근이 있는데 그 사람도 동석한 것 같습니다."

"진태성? 무슨 이사야. 상무? 전무? 아니면 그냥 사외 이사?"

"대외적으론 모(母)그룹인 대원 실업의 상무고, 또 대원 갤러리의 관장을 맡고 있긴 한데…… 소문으론 어느 페이퍼 컴퍼니의 대표라고도 하고, 뒤가 좀 복잡해서인지 모두 그냥 이사 아니면 관장이라고 부릅니다."

김 관장이 기가 찬다는 듯 콧방귀를 뀌었다. 방금 막 헤어 스타일링과 메이크업까지 마친, 한 치의 흐트러짐도 없는 모습이었다. 거울을 살피다 뭔가 마음에 들지 않았는지 입술을 톡톡 두드리자 옆에서 대기하던 메이크업 담당이 득달같이 달려와 컬러칩을 펼쳐 보였다.

"그리고 그때 패거리 중 처리 못 했던 마지막 한 명이 저희 뒤를 캐 보려는 것 같습니다. 대원에서도 사람을 붙인 눈치고요."

"고작 혼자서 뭘 어쩌겠어. 어차피 끝난 일이니까 그놈은 내버려 둬."

"그래도 확실히 처리하는 편이 좋지 않겠습니까."

"이 실장. 우리가 먼저 처리해야 할 건 윤기현이야. 나중에라도 언제든 처리할 수 있는 사람이 필요해서 일부러 그런 쓰레기 중에서 고른 거 아니었어? 그리고 대원에서도 사람 붙였다며. 가만히 있으면 거기서 알아서 처리하겠지."

아까보다 조금 더 짙은 색 립스틱으로 화장을 마무리한 관장이 머리를 가볍게 매만지며 손짓했다. 외출 준비가 끝났다는 뜻이었다. 메이크업 담당이 물러가고 곧바로 다른 사람들이 들어왔다. 관장은 이미 먼지 하나 없는 구두를 다시금 정성 들여 닦는 관리인의 머리 꼭지를 내려다보면서 나직이 말했다.

"무슨 자신감인지는 모르겠지만 일단, 격려차 들러 보긴 해야겠어. 어쨌든 법적으론 윤기현이 내 막내아들이잖아?"

"선거법이 생각 외로 까다롭네요."

"그렇긴 한데 그것도 적용되기 나름이니까요. 당장은 후원하겠다는 사람들을 좋게 거절하는 일이 가장 큰 문제일 것 같습니다."

졸지에 기현의 보좌관 역할까지 떠맡은 조 실장이 법안을 요약한 자료를 나눠 주며 땀을 훔쳤다. 그러나 그가 애쓴 보람도 없이 태성은 감흥 없는 얼굴로 책자를 휙휙 넘겨 볼 뿐이었다. 재미없어 죽겠다는 게 눈에 보였다.

진태성은…… 묘한 사람이었다. 처음엔 웃는 가면을 쓴 사람 같았다. 그래서 윤 회장의 매서움과는 달랐지만, 한 껍질 더 덮어쓰고 있는 것 같은 느낌이 비슷했다. 그렇지만 윤 회장과는 달리 좋고 싫고를 너무도 확연히 드러냈다. 기현은 살면서 이렇게 감정적인 사람을 본 적이 없었다. 그는 기현의 허를 찌르는 방식이 마음에 든다고 했지만, 늘 생각도 못 했던 방법으로 놀라게 혹은 불쾌하게 만드는 건 오히려 태성 쪽이었다.

"지지율은 언제쯤 알 수 있지?"

"보통 여야당의 후보자가 정해지는 대로 리서치 회사나 인터넷 신문 등에서 자체적으로 발표를 하는 편입니다. 지역구 보궐 선거까지 대대적으로 지지율을 알리지는 않았지만…… 이번엔 좀 다를 수도 있겠네요."

"지지율이라……."

윤 회장이 내건 조건을 들은 태성이 '35, 35……' 하고 중얼거리며 턱을 괴었다. 조 실장은 선거 사무실 임대라든지 여러 가지 일을 처리해야겠다며 먼저 자리에서 일어섰다.

"저, 조 실장님."

바쁜 사람을 급히 붙잡아 놓았으면서 쉬이 말이 나오지 않는지 기현은 자꾸만 머뭇거렸다.

"다른 지시 사항이라도 있으십니까?"

"도와주셔서…… 감사합니다."

"예?"

부르는 말을 받아 적을 준비를 하던 조 실장이 기현의 뜬금없는 말에 삑, 하고 음이 나간 목소리를 냈다.

"이봐요, 윤기현 씨. 이 판 벌여 준 건 나인 거 알아요?"

기현에게서 고맙다는 인사는커녕 살가운 말 한 번 들어 본 적 없는 태성이 어이없어 툭 끼어들었다.

"알아요. 이사님과는 서로 가져갈 대가를 놓고 계약을 했고, 조 실장님은 그런 우리 둘 사이에 껴서 졸지에 고생하고 계시죠. 그래서 무척 고맙게 생각하고 있습니다."

진지한 기현의 말에 늘 잘 웃던 조 실장도 잠시 멍한 얼굴을 했다. 그러다 이내 목을 크게 가다듬고는 '아닙니다, 괜찮습니다' 하며 쑥스러운 듯 호텔 방을 나섰다.

사실 기현은 고맙다는 말을 자주 해 본 적이 없어서 어쩐지 어색했다. 미안하다는 사과만큼이나. 하지만 그는 윤 회장과 같은 방식으로 사람들을 다스리진 않을 작정이었다. 이미 세포 하나하나에 새겨진 신무원의 옷을 벗으려면 한참 걸리겠지만, 결코 그들과 같은 방식으로 사람 위에 서진 않을 것이다.

기현은 자신만의 방식으로 회장에게, 관장에게, 신무원 사람들에게 증명해 보이고 싶었다. 난 너희들과 다르다는 걸, 그렇게 이겼다는 걸.

마음 깊숙한 곳에 조금씩 움트기 시작한 그 결심은 조금 낯간지러워서 누구에게도 털어놓을 수 없었다. 하지만 언젠가, 일이 다 끝나고 집사님을 모시러 갔을 때, 그땐 꼭 말씀드리고 싶었다. 그리고 또 언젠가…… 떳떳하게 함께 살 수 있게 된다면, 그땐 꼭 어머니라고 불러 드리고 싶었다.

그래도 무사히 출국하셨다니 다행스러운 일이었다. 물론 이 역시 확실한 것은 아니었지만 그런 가능성이 있다는 것만으로도 감사했다. 솔직히 살아 계실 거라는 생각은 거의 포기하고 있었는데.

"윤 회장님과의 독대가 뭔가 자극이 되긴 한 것 같군요."

문득 들리는 낮은 목소리를 무시한 채 보고서를 읽는 데 주력했다. 또 시비지. 하지만 태성은 아랑곳하지 않고 기현을 관찰하려 들었다.

"눈빛이 달라졌어요."

"좋은 쪽인가요? 벌써 이사님의 흥미가 떨어진다면 곤란한 일인데요."

"글쎄요, 나쁘진 않은 것 같군요. 어쨌든 난 기현 씨를 보면 살아 있다는 느낌이 들거든."

의외의 말에 기현의 눈동자가 조금 동그래졌다. 사실 기현 또한 태성을 처음 봤을 때 그런 생각을 한 적 있었다.

"참, 잘 때 저 연고 바르고 자요."

하여튼 날 좋아하는 건지, 싫어하는 건지 알 수가 없단 말이지. 일단 놀리는 건 확실하긴 한데.

"며칠 착실히 발라 주면 멍은 금방 빠질 거라고 하니까."

"그래요?"

아직도 심한가. 멍 자국이 만져질 리 없는데도 얼굴을 더듬던 기현은 이내 민망해져서 다시 서류로 고개를 파묻었다. 퉁퉁 붓고 멍 투성이라 안을 홍도 안 나니 나중으로 미루자던 낮은 목소리와 바로 이 자리에서 나누었던 질척한 키스가 떠오른 탓이다.

"뭘 기대하고 있는 겁니까?"

같은 기억을 떠올린 듯 웃음기가 가득 밴 목소리가 돌아왔다. 민망하기도 하고 괘씸하기도 해서 대꾸해 주지 않았더니, 보고서 위로 그림자가 졌다. 의아함에 고개를 들자 기다렸다는 듯 태성이 턱을 쥐어 왔다. 최면이라도 거는 것 같은 올곧은 시선이었다. 이건……

불가항력이었다.

고개를 기울이며 천천히 눈을 감는 그의 모습을 멀뚱히 보다 주문이라도 걸린 것처럼 덩달아 스륵 눈을 감으려는 찰나, 도어 록이 해제되는 소리가 아득하게 들렸다. 무려 지문으로 열릴 때 나는 소리였다.

기현은 퍼뜩 정신이 들었다. 카드 키가 아니라 지문으로 잠금을 해제할 수 있는 사람. 방문자가 윤 회장의 직계 가족이라는 뜻이다. 급한 마음에 턱을 쥔 태성의 손을 밀어냄과 동시에 쾅, 하고 문이 열렸다.

"뭐지?"

김연수. 지긋지긋하게 기현의 삶을 훼방 놓았던 김 관장이었다.

"이런 장면까지는 상상 못 했는데."

머리부터 발끝까지 완벽한 단장에 귓가를 찔러 대는 날카로운 목소리. 윤 회장 같은 무거운 존재감은 아니어도 어릴 땐, 아니, 얼마 전까지만 해도 김 관장 또한 기현에겐 대하기 어렵고 두려운 사람이었다. 몇 번이나 기현을 직접 죽이려던 사람. 서늘한 눈동자를 떠올리는 것만으로도 공포에 잠식되는 것이 당연했다. 그런데…… 이상하게도 지금은 아무렇지도 않았다.

김 관장은 위협적인 구두 소리를 내며 안으로 들어섰다. 새삼스럽지도 않다는 듯 객실 전체를 천천히 둘러보고, 그리고 다시 두 사람에게 시선을 주었다. 테이블에 한쪽 무릎을 디딘 채 반쯤 기현에게로 몸을 기울인 태성과 그를 밀어낸 기현의 모습은 사실 누가 봐도 좀 이상했으리라.

"설마…… 너 그런 짓까지 하면서 대원과 손잡은 거니?"

보통은 남자 두 사람이 얽혀 있는 데 더 놀라기 마련인데 관장은 '대원과 손잡은 것'에 더 무게를 두고 추궁해 왔다.

'역시 재미있는 여자야.'

태성은 과장된 특유의 몸짓으로 정중하게 인사했고, 기현은 그저 멀거니 김 관장을 바라보기만 했다. 가타부타 말도 없고, 인사도 하지 않자 김 관장이 기가 찬다는 듯 다시 입을 열었다.

"이래서 핏줄 어디 안 간다니까. 그래, 회장님이 뭘 시키시든? 꼭 당선돼라고 하셔?"

"AR그룹은 누가 일개 국회의원이 아니라 대통령으로 당선되더라도 신경 쓸 것 없는 위치 아니었습니까? 농담으로라도 재미없는 말씀을 하시네요."

되바라진 기현의 말대꾸에 어이가 없는지 잠시 눈을 깜빡이던 김 관장이 이내 섬뜩한 미소를 흘렸다.

"네가 죽다 살아나서 뵈는 게 없구나."

"설마요. 좀 슬펐습니다. 그런 양아치만도 못한 놈들을 쓰시다니. 관장님도 이제 예전만 못하시구나, 했죠."

곧바로 김 관장을 따라 들어온 이 실장의 눈동자가 조금 흔들렸다. 진짜 죽다 살아나서 미치기라도 했는지, 아니면 오기를 부리는 건지 기현이 던지는 말은 전부 수위 이상이었다. 지금 김 관장을 자극해 봐야 좋을 것 하나 없다는 걸 알고 있을 텐데도.

"아아. 그래서 억울해지든? 새삼 복수라도 하고 싶어졌어?"

"네. 이렇게 살 바엔 제가 다 가져야겠다는 생각이 들더라고요."

"뭐?"

잘못 들은 건가 싶어 눈썹을 까딱이던 김 관장은 금세 본연의 여유로운 표정을 되찾고서 이 실장을 향해 우아하게 손짓했다.

"그럼 이 말도 안 되는 짓거릴 저지르기 전에 네가 지키고 싶은 것부터 잘 지켜 냈어야지."

과하다 싶을 만큼 평소보다 훨씬 상냥하게 입꼬리를 올리는 태가 수상했다. 뻔한 연출이 예상되는 삼류 영화 같기도 했다.

기현은 뒤이어 덮쳐 올 비극의 전조가 느껴져 어쩐지 속이 울렁거렸다. 김 관장이 저런 식으로 나오면 언제나 끔찍한 일이 벌어졌다. 괜찮아진 줄 알았는데, 아니었다. 아직도 유약한 소년 시절의 그림자를 지워 내지 못했다. 이 나이를 먹고서도, 이 지경이 되어서도.

"그래, 그럼 잘해 보렴. 남들은 널 내 아들로 알 텐데 안 와 볼 수도 없어서 한 번 들렀단다. 뭐, 응원 목적으로 와 준 거라 생각해도 좋고. 다 가지고 싶거들랑 가진 전의를 모두 불태워도 모자랄 텐데, 적의 얼굴을 봐야 기운이 나겠지."

잠시 손거울로 머리와 화장을 살피던 김 관장이 싱긋 웃었다.

"참. 이수경은 방금 막 떠났어. 이것도 저 잘난 사업 파트너가 알려 줬으려나?"

"그런 심리전 안 통합니다. 회장님으로부터 홍콩으로 출국했다는 것을 확인했습니다."

"맞아. 그래서 좀 힘들었어. 이번엔 이수경이 집에 들어가고 경호원들 자리 지키는 것까지 손수 확인하셨다지?"

멀찍이서 싸움을 관망하던 태성이 주제가 심상치 않다는 걸 눈치채고 기현 쪽으로 걸음을 옮겼다. 이수경이 누구인진 모르겠지만, 아니, 돌아가는 상황상 대충 짐작은 가지만 어쨌든 김 관장의 그 몇 마디로 기현은 누가 찌르면 펑 터질 것 같은 상태가 되어 버렸다. 예민해 보이는 지친 눈가에서 다 타서 사라져 버릴 것 같은 위험함이 넘실넘실 흘러나왔다.

"내가 설마 다른 사람도 아니고 이수경을 가만둘 것 같았니? 편히 살도록 쉽게 내버려 둘 줄 알았어?"

김 관장이 가방 안에서 뭔가를 꺼내 툭 던졌다. 천이 풀어지며 그 안에 싸여 있던 것이 데구루루 바닥을 나뒹굴었다. 여기저기 팬 자국이 가득한데다 반으로 갈라져서 바로 무엇인지 파악하기 어려웠지만, 분명 반지였다.

'아……'

주워 들어 눈앞에서 보니 어떤 물건인지 확실히 알 것 같았다. 어찌어찌 대학을 졸업하고서, 보험 관련한 서류를 정리해야 한다는 윤 회장의 명령을 받고 귀국했을 때……. 그때 집사님께 대학교 졸업장과 함께 건네주었던 반지였다.

처음으로 드리는 선물이었다. 유명한 브랜드에서 보석을 박아 주문할 엄두는 나지 않아서, 졸업 반지의 호수를 조금 줄여 멋없게 불쑥 내밀었던 것. 그냥, 대학교까지 어떻게든 졸업은 했다고 알려 주고 싶어서 그랬었다. 놀라 흰히게 웃는 집사님의 얼굴을 눈에 다 담지도 못하고 쑥스러워서 도망쳐 버렸던, 그때의, 그 반지가…….

"너무 갑작스럽게 주사 투여를 했는지 살이 부풀어 버리더라고."

왜 이 사람 손에 있는 거지.

"애초부터 작은 걸 꾸역꾸역 끼고 있었는데, 그대로 있다간 피 안 통해서 다른 문제가 생길까 봐 기계까지 써서 잘라 내야 했다고 하더구나."

원래 작았구나. 그런데도 집사님은 계속 끼고 계셨구나. 목이 바싹 말랐다. 뭐라고 형언할 수 없는 참담함과 불안함이 밀려왔다. 심장이 벌컥벌컥 뛰었다.

"원래는 그냥 업자들 손에 넘겨 버릴 계획이었는데, 회장님 눈을 속여 또 비행기 태우는 건 어려울 것 같았어. 미국이면 몰라도 홍콩은 워낙 좁잖니? 그래서 그냥 본토로 보내 버렸단다. 중국 지방에선 아직도 신붓감 찾기가 그렇게 어렵다고 하길래."

"뭐……? 지금…… 당신 뭐라고……?"

기현 뒤에 시큰둥하게 서 있던 태성조차 놀라 팔짱을 풀 정도로 엄청난 말이었다. 김 관장은 아무렇지 않은 목소리로 잔인한 이야기를 늘어놓았다.

"마을 남자 모두가 사용할 수 있는 신붓감을 찾길래 그쪽으로 보냈다. 그 천박한 것의 특기 아니니, 남의 애 낳아 주는 것. 남은 인생 가장 잘할 수 있는 일이나 하면서 그렇게 살라고 말이다."

툭, 데구루루. 두 동강 난 반지가 다시 바닥을 뒹굴었다. 김 관장이 무어라 계속 말을 하는데, 도무지 들리질 않았다. 그러니까, 그러니까…….

"우습지 않니? 회장님께서는 여전히 본인이 모든 걸 다 지배한다고 믿고 계셔. 지금도 네가 미국에서 어려움 없이 잘 지냈었을 줄 알고 계신단다. 정작 넌 햄버거 하나 사 먹을 돈이 없어서 가진 옷가지도 다 팔아야 했는데 말이야."

기현은 희게 굳은 얼굴로 멍하니 있었다. 숨은 쉬고 있을까. 태성이 슬쩍 어깨를 짚어 주었지만, 미동도 없었다.

"게다가 그 아들놈은 성별이 같은 남자의 정부가 되어서 복수니 뭐니 떠들어 대고 있고. 이래서 피는 못 속인다고 하는 건가 봐."

까랑까랑한 목소리로 일부러 자극적인 말만 골라 사근사근히 내뱉는 김 관장 때문에 잠시 미간을 찌푸렸던 태성은 이내 가면을 쓴 듯 활짝 웃어 보였다. 독사 같은 미소였다.

"김 관장님."

무감한 시선이 그제야 태성에게로 향했다. 눈 밑에 위치한 점이 안 그래도 화려한 얼굴을 더욱 부각하고 있었다. 점수를 매기듯 위아래로 태성을 훑어보던 관장은 짧게 혀를 찼다. 아름답긴 하지만 기품이 있어 보이진 않는다고, 역시 혈통은 속일 수 없다는 자신의 지론을 더더욱 굳건히 하겠노라 다짐하면서.

의도가 너무나 명확한 그 시선에 피식 웃던 태성이 별안간 기현을 일으켜 돌려세웠다. 그러곤 마른 허리에 손을 감싼 채로 뺨 부근에 입술을 묻었다. 앞에서 봤을 땐 꼭 키스라도 하는 것 같았을 거다. 김 관장이 황당해하며 뭐라 말을 할지 고르는 동안, 태성은 기현의 관자놀이에 입을 맞추며 속삭였다.

"윤기현, 웃어."

"⋯⋯."

"이대로 끝낼 거야?"

굳어 있던 기현의 손이 움찔거렸다.

"당신 엄마를 그렇게 만든 여잔데 저렇게 의기양양하게 돌아가도록 내버려 둘 거야?"

아니. 대답은 없었지만, 기현의 떨리는 어깨는 그렇게 답하는 것 같았다.

"아니라면 웃어. 무슨 소리를 듣더라도 앞에선 웃어. 그래야 마지막에도 웃게 되는 건 당신일 테니까."

그제야 숨이 터진 듯 기현의 가슴이 크게 오르락내리락했다. 태성이 잘했다는 듯 기현을 다독이며 옥죄고 있던 팔을 풀었다.

"이런. 죄송합니다."

"과시를 하는 것도 정도가 있지, 대체 어디서 배워 먹었길래 그렇게 더러운 방식을 고르는 거지? 이래서 내가 핏줄은 못 속인다고 하는 거야."

"그렇게 말씀하시면 곤란하죠. 남들은 AR그룹 막내 왕자님이 저와 놀아나는 줄 알 텐데, 더럽다고 하시면 AR그룹까지 도매금으로 넘어가잖습니까."

김 관장의 눈썹이 움찔 떨렸다. 아마 그녀가 가장 염려하고 있는 부분일 것이다. 기현이 누구와 놀아나든 조금도 관심이 없지만, 그로 인해 AR이라는 이름까지 끌려 나오게 되는 건 견딜 수 없을 터. 이대로 태성과 추문에 휩싸여도 문제고, 그렇다고 윤기현은 친자식이 아니니 우리 집안과는 무관한 일이라 밝힐 수도 없다.

또, 윤 회장과 오늘 본 광경에 대해 상의할 수도 없을 것이다. 대원의 어린놈과 기현이 입술을 맞댄 장면을 어디서 어떻게 목격했는지 설명하려면 굳이 호텔까지 찾아가서 만나야 했던 이유 또한 밝혀야 할 테니까. 작은 불씨에도 의심을 부풀리는 윤 회장인지라 여러모로 곤란해질 게 뻔했다. 그러니 김 관장은 오늘 태성이 건방지게 군 일을 꼬투리 잡지 못할 것이다.

"크게 실수하셨습니다. 저였다면 그 이수경이라는 분, 끝까지 잘 숨겨 두고 있었을 겁니다."

"하, 네놈이 뭘 안다고 입을 놀려?"

"듣자 하니 기현 씨의 가장 큰 약점이 될 수 있는 사람인 것 같은데. 그걸 관장님 본인의 손으로 없애 버렸다고 하셨잖습니까. 그러면 이제 기현 씨가 그 집안에 얌전히 굽혀야 할 이유는 아무것도 없는 것 같은데요."

김 관장은 아무런 대꾸도 하지 않았지만, 그게 바로 그녀의 답이었다. 답해 줄 가치도 없다는 뜻이다. 그래서 뭐 어쩌라는 거지. 저 하찮은 윤기현을 두고 이 내가 저것의 약점까지 뒤적일 정도로 절박한 날이 과연 올까? 김 관장은 그저 태성의 태도에 놀랄 뿐, 기현이 감히 반란을 도모할 것이라고는 생각도 하지 않는 것 같았다.

무언(無言)으로 김 관장의 뜻을 읽은 태성은 속으로 혀를 찼다.

"차기 후계자는 제가 될 겁니다."

불쑥 튀어나온 위태로운 목소리에 이어 대꾸하려던 태성이 입술을 감쳐물었다.

"뭐? 후계자? 너 방금 차기 후계자라고 했어?"

"그리고 그날이 오면 다른 사람은 몰라도 당신은, 내가 절대로 가만히 두지 않을 거야."

"당신? 허……. 너 정말 죽고 싶어서……!"

"죽지 못해 산다는 게 어떤 건지, 당신도 절절히 느끼게 될 날이 곧 올 거야."

형형해진 기현의 얼굴에 움찔한 것도 잠시, 관장은 이내 가소롭다는 표정으로 반지를 꺼내느라 열었던 가방을 정리하고 매무새를 다듬었다.

"그래, 무슨 말이라도 하고 싶을 정도로 충격을 받은 모양이니…… 이번은 넘어가도록 하지. 기대하마. 앞으로의 네 행보."

톡, 하며 스냅 닫히는 소리가 크게 울렸다. 김 관장은 기억해 두겠다는 듯 태성의 얼굴을 눈에 담고 사뿐히 돌아섰다. 머리칼 하나 흐트러짐 없는, 잡지에서 막 튀어나온 듯 완벽하게 정장한 모습이었다.

"하……."

기현이 숨을 길게 들이쉬었다. 당장에라도 끊어질 것 같은 팽팽한 침묵이 흘렀다. 잠시 망설이던 태성은 어깨를 쥐고 있던 손을 조심스럽게 풀며 기현을 다시금 돌려세웠다.

"잘 참았습니다."

잠시 넋을 놓고 있던 기현은 그 말에 우는 것도 웃는 것도 아닌 얼굴을 했다.

'잘…… 참았어? 무엇…… 을? 그러고 보니 내가 왜 여기 있더라. 앞의 저 남자는 누구더라. 방금 내가 무슨 말을 들었더라…….'

서러운 문장들이 기현의 습한 눈동자를 훑고 사라지길 반복했다. 이내, 느리게 눈을 깜빡이던 기현의 시야로 두 동강이 난 쇳덩어리가 들어왔다. 아, 반지. 저 반지…… 내가, 집사님에게…….

"아, 윽……."

갑자기 숨이 콱 막히는 것 같았다. 답답한 마음에 가슴을 두드려 보았지만, 이상하게 그럴수록 더욱더 숨을 쉴 수가 없었다. 더 세게 가슴을 내려쳐 봐도 도무지 숨을 쉴 수가 없었다.

"이봐요."

툭툭 건드리는 손길이, 자신의 이름을 부르는 목소리가 까마득했다.

"으, 으윽……."

태성이 손목을 움켜쥐자 기현이 괴로운 듯 끄윽, 끄윽 앓는 소리를 냈다. 자해라도 하듯 가슴을 퍽퍽 내려치는 통에 확 끌어당기느라 옷가지가 흐트러지자, 그제야 앙상한 손목 위로 짙게 팬 상처가 드러났다. 처음엔 자살 시도라도 한 건가 싶었는데 동일한 흔적이 양쪽 다 있는 것으로 미루어 얇은 끈 같은 것에 묶여 있었던 듯했다.

'손놀림이 조금 어색하고 느릴 때가 있어서 뻣뻣하게 굴어도 긴장하는 걸 숨길 수 없는 모양이라고 생각했었는데…… 다쳤던 거였나.'

상처를 살피느라 태성의 악력이 느슨해지자 기현이 붙들린 손목을 빼내려 이리저리 몸을 비틀었다.

"그렇게 괴로우면 차라리 속 편하게 우는 게 어때."

"……울라고?"

"그래."

울라고? 어떻게? 기현이 간신히 숨을 쉬며 되물었다. 하지만 반문하며 천천히 고개를 든 단정한 얼굴엔 이미 눈물이 잔뜩 번져 있었다. 이럴 때일수록 정신 안 차리면 네가 당한다고, 냉정하게 한 소리 하려던 태성도 잠시 입을 다물 정도로 안쓰러운 얼굴이었다.

"내가 울면…… 집사님이 맞았어."

집사님이라……. 윤 회장이 이수경이란 여자, 그러니까 생모를 집사라는 명분으로 신무원에 두었던 모양이지. 그리고 김 관장은 수시로 윤기현과 생모를 학대했던 모양이고. 그럼 윤기현과 마지막으로 접촉한 그 수상한 남자도 생모의 흔적을 찾고 있었던 건가. 조금 전 목도했던 광경과 여태 주워들은 정보까지 합치니 이야기가 완성됐다.

기현을 동정하지 않는다고 했지만. 본처 소생인 태성의 입장에선 혼외 자식인 기현이 여전히 곱게 보이지 않는 것도 사실이지만. 김 관장이 찌르면 찌르는 대로, 날카로운 말 몇 마디에 나동그라지는 기현이 무척 유약하게 느껴졌지만. 하지만…… 제가 우는 줄도 모르고 어떻게 울면 되느냐고 묻는 지금 기현의 모습은…….

"듣는 사람도 없는데 편하게 어머니라고 부를 일이지, 집사님은 또 무슨 괴상한 호칭이야."

태성 딴에는 달래 본다고 건넨 농담 같은 것이었으나, 어머니 그 말이 기폭제라도 되었는지 기현의 손에서 힘이 완전히 빠져 버렸다. 그래도 허튼짓을 할까 봐 태성은 마른 손을 꼭 쥐고 놔주질 않았다. 이 와중에도 낯선 손길에 거부감을 보이는 것을 알았지만, 이내 무릎이 투둑 꺾이며 무너지려는 것 같아 이번엔 손이 아닌 허리를 붙드는 수밖에 없었다.

실이 끊어진 인형처럼 기현의 팔과 고개가 덜그럭거렸다.

"어릴 때…… 내가 실수해서…… 미안하다고 하면, 그 집에서 누군가에게 미안하다고 하면…… 그러면 밥을, 밥을 안 주거나, 어두운 곳에 가둬 버려서……. 그래서 나 대신 아픈 집사님한테 미안, 미안하다고 한 번도 말을, 으윽, 못…… 했어. 배고프고 무서워서……."

굶주린 배를 움켜쥐고서, 나가지 못할까 봐 무서워서. 생모를 향한 동정심이나 미안함 같은 것들은 살고자 하는 욕구를 이기지 못했으리라. 당연한 거였다. 사람이니까. 극한에 몰린 상황이라면 누구라도 그랬을 데니까.

어찌 보면 때리고 욕설을 퍼붓는 것보다도 잔인한 학대였다. 윤기현은 인간으로서의 존엄이라는 거창한 말을 배우지도 못했을 어린 시절부터 본능을 이기지 못한 짐승 같은 취급이나 받아 왔던 것이다. 살고 싶다고, 배가 고프다고 낳아 준 사람을 팔아넘긴 자신의 처지가 얼마나 비참한 건지도 모르고, 고매한 척 혈통과 핏줄 운운하는 사람들 틈바구니에서 금수라는 낙인이 찍힌 채 광대처럼 웃어야 했겠지.

윤기현은 이전에도 스쳐 지나가듯 매뉴얼이라는 말을 입에 올린 적이 있었다. 웃기는 소리였다. 아무리 신무원 사람들이 선민의식에 찌들었다고 한들 아랫사람에게 미안하다는 말도 해선 안 된다는 지침 같은 것을 만들어 달달 외울 리가 없다. 애초에 윤 회장을 비롯한 그쪽 인간 들은 타인에게 내보이는 말버릇 같은 것에 크게 관심 없을 것이다.

태성이 보기엔 분명 그냥 윤기현을 가지고 놀려고 한 소리였다. 아사와 고독사도 싫다면, 낳아 준 생모를 집사라는 뻣뻣한 호칭으로 부르라고. 고맙다거나 미안하다는, 아주 기본적인 온기 또한 베풀지 도 말라고. 그렇게 사람 하나를 망쳐 놓고서, 더듬더듬 바닥을 기는 윤기현의 꼴을 보고 고매한 척 비웃는 것을 유희로 삼아 왔으리라.

"······그래."

기현은 허락을 기다리기라도 했다는 듯이 등을 둥글게 말고는 꺽 꺽대며 눈물을 터뜨렸다. 흘리는 게 아니라 터진다는 말이 맞았다. 태성은 힘주어 기현을 끌어안았다. 봐서는 안 될 것을 너무 빨리 봐 버린 것 같아 입안이 썼다.

"한, 한 번도, 어, 어머니, 윽, 어머니, 라고······."

"······그래."

어떻게든 같이 도망칠걸. 어디 섬이라도 들어가 숨어서 지낼걸. 들켜서 얻어맞더라도, 그러다 죽더라도 우리 좀 내버려 두라고 발악 이라도 해 볼걸. 당신이 사람이면. 적어도 내 아버지면, 그러면 그 정도는 해 줄 수 있지 않으냐고 매달려 볼걸.

"분명히 윤 회장은, 잘 있다고. 살아 있다고 했는데······."

"그럼 그렇게 믿어. 그럴 거야."

"그, 렇지만······ 저 여자는 충분히 그럴 수 있어······."

김 관장이라면 그러고도 남을 거라고 중얼거리는 기현에게서 뿌 리 깊은 공포가 느껴졌다. 사실 태성이 보기에도 그녀는 그보다 더 한 짓을 하고도 남을 사람이었다.

하지만 확정하기엔 좀 미심쩍은 구석이 있었다. 윤 회장은 이수경, 그러니까 윤기현의 생모가 잘 있다고 확답을 준 모양인데 김 관장은 이제 와 아니라고 했다. 중국 본토로 보내 버렸다고? 윤 회장의 눈을 피해 빼돌리기 쉽지 않다고 본인 입으로 말해 놓고서? 스쳐 가는 생각의 꼬리를 움켜쥔 채 태성은 기현에게로 흘끗 시선을 돌렸다. 쉼 없이 눈물을 떨구는 얼굴이 퍽 가련해 보였다.

"아니면…… 아니면……."

"윤기현."

"아까 그래선 안 됐는데."

멍한 기현의 눈동자에서 생명력이라곤 조금도 느껴지지 않았다.

"얼마나, 얼마나 많이 무서웠을까. 얼마나 내가 미웠을까……. 그렇지만 난 조금이라도 윤 회장이 속죄하는 마음으로 집사님을 구해 주길 바라서……. 아냐. 모든 게 늦었어. 그래, 다 내 탓이야. 아까 근희원에 갔을 때 당장 눈앞에 데려다 놓으라고, 집사님 목소리라도 들려 달라고 해야 했는데."

손쓸 틈도 없이 터져 버린 눈물처럼 기현은 자신의 죄를 줄줄 쏟아냈다. 태성은 이 날만을 기다려 온 신의 사도라도 된 듯 마침내 엉망으로 무너진 남자를 지탱해 주었다. 더없이 아름답고 무감한 얼굴로.

"아……."

결국 기현의 무릎이 툭 꺾이고 말았다. 이번에 다시 만나게 되면 어머니라고 꼭 불러 드리고 싶었는데. 의식을 잃기 전 꺼질 듯 중얼거린 기현의 목소리는 형편없이 작아서 차마 태성에게도 닿지 못했다.

＋♟＋

"상무님, 어제 지시하신 것 완성되었습니다."

"당분간 상무라고 부르지 마."

조 실장에게서 케이스를 받아 들고 안을 살피던 태성이 문득 생각난 듯 주문했다.

"예?"

"갈피를 못 잡는 것 같으니까."

사람들이 헷갈릴 거라고 누누이 말했음에도 생전 신경도 안 쓰더니 이제 와서? 조 실장은 이유를 물으려다 퍼뜩, 혹시 기현 때문인가 싶어 고분고분 알겠다고 대답했다. 현재 태성의 주위에 복잡하게 꼬인 그의 직위로 혼란을 느낄 사람은 기현뿐이니까. 지분과 자산 증식밖에 모르던 진태성이 그나마 몰두하는 살아 있는 것이기도 했다. ……이걸 다행으로 여겨야 하는 건지는 모르겠지만.

"참. 윤기현 손은? 아무 문제 없는 거 맞아?"

"잘 쉬고, 약 잘 먹으면 괜찮다고 했습니다."

태성의 눈이 부목과 붕대가 칭칭 감긴 기현의 손목과 아직도 물기가 맺힌 속눈썹, 그리고 다시 엉망이 된 손목을 훑었다. 감은 눈은 다시 뜨이지 않을 것처럼 굳게 잠긴 것처럼 느껴지기도 했고, 당장에라도 텅 빈 동공을 내보일 듯 얇고 여리게 보이기도 했다. 기묘하다 생각되는 광경이었다.

김 관장이 한바탕 헤집고 간 후, 기현은 그대로 무너졌다. 꺽꺽대며 울다가 자꾸 제 가슴을 퍽퍽 두드리기에 못 그러도록 붙들었더니, 스스로를 해치지 않으면 죽을 것처럼 태성의 어깨나 팔을 꾹 쥐거나 등을 내려치거나 했다. 한참을 의도치 않게 두들겨 맞은 몸이 뻐근했지만, 이상하게도 좀처럼 자리를 뜰 수 없었다. 힘이 빠진 기현이 축 늘어질 때까지.

쓰러진 그를 뉘고 젖은 얼굴을 저도 모르게 쓸어 주려는데 문득 무섭다는 생각이 들었다. 왜 무서웠는지는 모르겠지만, 어쨌든 태성에게 생소한 감정인 건 사실이었다.

태성은 소위 말하는 재벌 2세, 3세들이 같잖았다. 똑같이 부리는 사람들 쥐어짜 돈 버는 주제에 혼자 우아한 척하는 AR그룹 일가가 특히나. 물론 현재 진행하는 사업에 가장 방해가 되는 게 그쪽 집안이기도 했지만…… 무엇보다 태성에게는 AR그룹을 망치는 데 반드시 선두에 서야만 하는 개인적인 이유가 있었다.

삼류 소설 같은 조건이나 내밀면서 기현의 손을 잡아 준 이유도 당연히 정보가 필요해서였다. 욕구나 풀고 싶었다면 훨씬 전문적이고 능숙하게 몸 잘 쓰는 애들도 많은데 뭐 하러. 그저 적당히 마음을 열게 만들고, 또 적당히 정보를 빼내서, 그렇게 적당한 관계가 되었을 때 미련 없이 끊어 내자 생각했다.

그런데…… 의도치 않게 듣고 싶지 않은 것까지 자꾸 듣게 되고, 보고 싶지 않은 것까지 자꾸 보게 돼서 마음이 좀 불편했다.

그래서 태성은 새벽 댓바람부터 주치의와 조 실장을 불러서 이거 고쳐 놓으라고 말하고는 그대로 골프장으로 향했다. 실컷 채를 휘두른 다음엔 오래간만에 사람들 불러서 난잡하게 뒹굴었다. 술도 걸쳤겠다, '그 여자'의 경악한 얼굴도 봤겠다, 조금 기분이 나아진 태성은 느적느적 한량 같은 모양새를 하고서 호텔로 돌아왔다. 이쯤이면 윤기현도 정신 좀 차렸을까 싶어서. 그런데 아직도 저 모양이다.

"그런데 상, 아니, 이사님. 좀 이상하지 않습니까?"

"그러니까. 왜 안 일어나지? 이렇게 몸이 약하면 곤란한데."

"아, 윤 회장 말입니다."

조 실장이 조심스럽게 물어 왔다. 제대로 이야기해 준 적은 없지만, 뒤를 밟는 동안 대충 기현의 사정을 짐작하게 된 모양이다.

"윤 회장이 신무원에 눌러 앉힐 정도로 아끼는 사람을 그렇게 방치한 것도 믿기 어렵고, 김 관장이 자기 사람을 빼돌리는 것도 모를 정도로 허술한 것 같지는 않아서요."

태성 역시 동의하는 바였다. 만약 김 관장이 정말 사람을 빼돌렸다면, 그 주위로 미약하게나마 수상쩍은 움직임이 있었을 것이다. 가장 먼저 지분이 흔들렸다거나. 그렇지만 여태 그런 기미는 보이지 않았다.

아직 신무원 내부에 대해 아는 게 없어서 태성 역시 뭐라고 답을 하긴 어려웠다. 대외적 이미지를 벗고 그렇게 누군가에게 날을 세운 김 관장을 본 것도 처음이었다.

AR그룹 일가가 마음에 들지 않는 것과는 별개로 윤 회장의 사람 휘어잡는 수단은 인정할 만했다. 방식이야 어떠했든, 그 긴 세월 동안 아무도 신무원의 실상을 몰랐으니까. 그저 대단하다는 말밖에 나오지 않았다. 그러나.

"모조리 자기 손아귀에 쥐고 있으려고 할수록 새어 나가는 것도 많아지는 법이지. 진시황을 봐."

그냥 생각나는 대로 툭 던졌을 뿐인데, 말하고 나니 제법 그럴듯했다. 전무후무한 황제였지만 결국 그 의심병 덕에 멀쩡한 맏아들이 자결하고, 호해에게 자리를 내주었다. 윤 회장과 똑 닮지 않나.

"그럼 앞으로는 어떻게 하실 생각이십니까."

"일단은 지켜보자고. 별수 없으니. 아, 그래도 총알 장전은 해 둘 필요가 있겠어."

"음. 시급 상황에서 자금을 확보할 방법은 다른 주식이나 부동산을 정리하는 방법뿐일 것 같습니다만……."

"방법이 왜 그것밖에 없어. 혀로 하는 거 빼고 내가 제일 잘하는 짓이 돈세탁인데."

헉, 하고 조 실장이 제정신이냐는 듯 목소리를 높였다.

"상무, 아니, 이사님. 안 됩니다. 너무 위험해요. 안 그래도 지금 레임덕이라 어수선한데 곧 새 정권 들어서면 가장 먼저 이사님께 압박 들어올 겁니다. 지금이야 그쪽에서도 알면서 덮어 주는 거잖아요."

확실히, '그 방법'을 써서 태성이 이 바닥 유명 인사로 우뚝 설 수 있었던 건 사실이다. 말도 안 되는 짓을 계획했던 건 불과 몇 년 전이었지만, 그 덕분에 아직도 여러 방면에서 칼자루를 손에 쥐고 휘두를 수 있었다.

"참, 그놈은 뭐 하는 놈이야. 윤기현이 객실로 불렀다는 놈. 사람 붙여 놓긴 했어?"

태성은 조 실장이 잔소리를 늘어놓으려는 걸 잘라 내며 화제를 돌려 버렸다. 가뜩이나 위험한 그의 얼굴이 다른 의미로 더 위험한 빛을 띠었다. 조 실장은 이 대책 없는 상사가 돈줄을 쥐려는 방식을 재고해 주길 바랐지만, 태성은 이 이상 더 깊은 이야기는 하고 싶지 않은지 턱을 괴고 고개를 돌려 버렸다. 다른 말은 하고 싶지 않다는 듯 고집스러운 입매가 꾹 닫혀 있었다.

불쌍한 일개 비서실장은 별수 없이 한숨을 푹 쉬며 남자에 대한 간단한 정보를 나열하기 시작했다.

"이름은 김진덕이고, 3년 전에 사고 한 번 크게 치긴 했지만 별 볼일 없는 동네 양아치입니다. 현재 비슷한 부류의 사람들과 자주 접촉하고 있고. 참, 저희와 동시에 따라붙는 사람들이 있던데 아마 김 관장 쪽에서 붙인 게 아닐까 싶습니다."

"그래? 이상하네. 그래 봤자 별 볼 일 없는 동네 양아치던데. 처리하려고 따라붙은 거면 진작 끝낼 수 있었던 거 아닌가?"

"저도 그 부분이 좀 신경이 쓰이긴 합니다만……."

"어차피 윤 회장 눈치 보느라 적극적으로 움직일 순 없을 테니 그 대로 두고. 김…… 누구? 아무튼 그 양아치 움직임 주시하면서 비행기 제외하고 홍콩에서 중국 본토로 들어갈 수 있는 모든 루트 뒤져 봐. 물론 홍콩 본섬도. 우리가 먼저 찾아야 해."

"기현 씨 생모…… 를요?"

"그래. 시체든, 하다못해 옷가지든. 그게 윤기현을 구속할 수 있는 유일한 것이 될 테니까."

억이 넘는 시계를 약소한 일상의 것으로 척척 고르는 삶이 익숙한, 결국은 다분히 귀족적인 태도로 사고하는, 누가 봐도 AR그룹 사람 그 자체인 윤기현을.

"아. 그거 알아?"

"네?"

"김 관장이 문을 열고서 또각또각 걸어오는데…… 솔직히 난 내가 발작하거나 토할 줄 알았거든."

조 실장은 잠자코 태성의 눈치를 살폈다. 기현만큼이나 태성의 어린 시절도 입에 올릴 만한 것이 못되었다. 특히 AR그룹과 관련해서는.

"그런데 멀쩡하더라. AR그룹 사람을 봐도……. 아, 하긴 윤기현을 봤을 때도 멀쩡하긴 했지. 윤소형이라도 가까이에서 마주치면 그땐 확실히 다르려나?"

신무원의 가장 깊숙하고 추잡한 비밀. 샌드위치 사 먹을 돈이 없어서 옷가지를 내다 팔았다던, 어머니를 집사님이라고 부르며 살아왔다는 윤기현.

'삶 자체를 송두리째 부정당해 온 너, 그리고 나. 우리 둘 중에서 과연 누가 더 불쌍한 사람일까?'

욕조에서 잠시 잠들었다고 생각했는데 물이 미지근해진 걸 보니 시간이 꽤 흐른 듯했다. 왜 이렇게 어지러운가…… 했더니, 음. 술이 과하긴 했다. 여기가 어디였더라. 아, 아려 호텔이었지. 태성은 녹진한 몸을 일으켰다. 그러고 보니 언제까지 윤기현을 여기에 두어야 할까. 슬슬 보는 눈도 많아질 텐데.

이런저런 생각을 하며 샤워를 마치고 나오니 언제 일어났는지 기현이 침대 헤드에 기대어 앉아 있었다. 수건으로 젖은 머리를 털어 내는 소리가 제법 컸는데도 그는 미동조차 없었다.

검은 듯 붉은 새벽이 오는 것을 바라보던 기현은 천천히 고개를 돌렸다. 그러다 뭔가로 칭칭 감긴 마른 손목을 가만히 내려다보았다. 이제야 꿈이 아니라 현실이라는 걸 깨달았는지 허옇게 뜬 입술이 파르르 떨렸다.

"약이라도 줘요?"

침대 옆에 가지런히 놓인 생수병 중 하나를 들며 무심히 묻자 기현이 가만히 고개를 내저었다.

"괜찮습니다."

"아니, 그런 약 말고."

그런 약이 아니면, 뭐……? 기현은 멍한 머리로 태성의 말을 한 박자 느리게 좇았다.

"다른 생각 안 날 거고, 마음 편해질 수는 있으니까. 어떤 종류든 구해다 줄 수 있습니다."

"아……."

무슨 뜻인지 뒤늦게 깨달은 기현은 느리게 도리질을 쳤다. 거기다 그것만으로는 부족할 것 같았는지 형편없이 갈라진 목소리로 됐다고 분명한 뜻을 밝혔다.

"약은 빚으로 달지 않을 생각입니다만."

"됐습니다. 어차피 그런 쪽으론 관심도 없고, 상무님이라면 약이 아니라 다른 물건을 들이밀 수도 있을 것 같으니까요."

"이런. 나에 대한 평가가 이렇게 박할 줄 몰랐는데요."

나름 전략적 동맹 관계를 맺어 놓고서 속으로 의심하고 있었냐며 태성이 과장되게 눈썹을 꺾었다. 기현은 신물이 난다는 듯 고개를 돌려 버렸지만, 조금 전 남자의 실없는 제안에 정신을 차릴 수 있었다.

'약에 취하는 게 나아 보일 정도로 지금 형편없어 보였던 모양이네.'

이런 식으로 도망칠 수도, 정신 줄 놓고 혼자서 편해질 수도 없는 노릇이다.

"계약과 조건으로 맺어진 관계니 더 조심해야 하는 거 아닌가요."

톡 쏘는 기현의 대꾸에 태성은 웃었다. 지나치게 싱그러워서 오히려 수상하게 보이는 미소였다. 원한다면 다른 약을 줄 수도 있다고 했던 건 태성 본인이면서도, 오히려 기현이 딱 부러지게 거절하자 흡족한 기색을 보이며 더는 말을 붙이지 않았다.

"음……."

보기 좋게 올린 입매를 유지한 채로 태성은 침대 끝에 털썩 걸터 앉았다. 뭐 대단한 말이라도 할 것처럼 잔뜩 뜸을 들이며 괜히 시트나 쓸었지만, 사실 기현에게 달리 할 이야기가 있는 건 아니었다.

그간 태성은 남들 눈에서 아무렇지도 않게 피눈물을 뽑아냈다. 그것도 아주 많이. 너도 곱게 뒈지진 못할 거라는 저주쯤이야 예사였다. 무엇보다 그에겐 김 관장이 기현의 생모에게 그랬던 것처럼, 평생 죽지 못해 살게 하고픈 사람이 있었다. 심지어 얼마 전 계획을 실행에 옮겨 나름 바라던 결과를 내기까지 했다. 기현의 앞에서 김 관장을 욕하고 함께 원망해 주기엔 적합한 사람이 아니란 말이다. 여러모로.

"어릴 때……."

생각에 잠긴 태성의 젖은 머리칼이 반 정도 말랐을 때쯤, 기현이 조심스럽게 말을 꺼냈다. 주의를 기울이지 않으면 알아챌 수 없을 정도로 작은 목소리였다.

"어릴 때, 집사님이 김 관장에게 잘못 맞아서 한쪽 눈을 심하게 다치셨습니다. 그때 처음으로 회장님이 소리 지르고 날뛰는 걸 본 적이 있어요."

뜨끈하고 저릿한 감각이 아래에서부터 울컥 올라와서 기현은 잠시 숨을 골라야 했다. 말을 하려고 꾸역꾸역 기억을 더듬다 보니 어제의 일이 또 생각났다.

"하지만 그걸로 끝이었습니다. 심지어 그렇게 화를 낸 당일에도 김 관장과 손을 잡고 장학 재단 행사에 참석했어요. 다만, 그 일을 기점으로 김 관장과 그 친인척 명의의 자산이 대거 회장에게 넘어갔다는 걸 시간이 좀 흐른 후에 알게 됐습니다."

온갖 저열한 수를 쓰면서까지 곁에 두고 싶은 여자는 따로 있지만, 그렇다고 금실이 좋은 부부라는 이미지를 포기하고 싶지는 않았는지 윤 회장은 대외적으로 무던히도 노력해 왔다.

집사님을 별채에 들여놓기 위해 윤 회장도 나름대로 많은 것을 포기했다고는 한다. 김 관장의 친인척들에게까지 산하 계열사의 지분을 나누어 줬던 것이 그때가 처음이었다고 하니까. 간간이 김 관장이 집사님에게 패악을 부리는 것도 알면서 넘어가 주기도 했다. 기현은 이해할 수 없었지만, 윤 회장 본인에겐 살면서 가장 크게 했던 양보였을 것이다.

그렇게 어느 정도까지는 눈감아 주던 윤 회장은 김 관장이 분을 못 이겨 결정적인 실수를 저질렀던 그날, 여태 자신이 베푼 모든 양보를 거두었다. 갈라서자는 말도, 어떻게 이런 잔인한 짓을 할 수 있느냐는 말도 아니었다. 그저 포효하듯 노성을 한번 내지른 후, 자신이 김 관장에게 베풀었던 모든 것을 즉시 회수했을 뿐이다. 모든 절차는 마치 그날만 기다려 왔던 사람처럼 신속하고 정확했다고 들었다.

"……그런 사람입니다, 윤 회장은."

"그렇다면 더더욱 살아 계실지도 모르겠군요. 그 정도로 계산이 뛰어난 사람인데 자기 사람을 쉽게 뺏겼을 리 없습니다. 아까 대충 들어 보니 윤 회장도 김 관장의 횡포를 알고 있었다고 했던 것 같던데."

"글쎄요……."

맞다. 그래서 김 관장의 말을 온전히 믿을 수 없었다. 윤 회장 말대로 기현은 밟으면 밟히는 대로 꿈틀하지도 못하는, 쓸모없는 자식이었으니 관심도 없었을 테다. 하지만 집사님의, 어머니의 이야기는 달랐다. 그만큼이나 김 관장도 집사님의 일이라면 물불을 가리지 않고 덤벼들었다.

"차라리 자살하셨으면 좋겠다는 생각이 들었다면…… 믿어집니까? 내가 전부 똑같이 되갚아 줄 테니까, 차라리……."

속삭이는 목소리가 형편없었다. 그렇게 지키고 싶어 했던 사람이 차라리 죽는 것이 나으리란 생각이 든다는 것이 어떤 마음인지 태성은 모른다. ㄱ 섬만큼은 조금 유감이었다.

적막이 흘렀다. 김 관장이 말했던 것처럼, 그녀의 방문이 기현에게 좋은 기폭제가 되긴 했다. 아니, 자극이 되다 못해 아주 불을 지

르고 갔다. 하지만 그대로 두었다간 기현 자신까지 다 태워 버리고
말 거센 불길이었다. 복수하기 좋은 자세라곤 할 수 없었다. 하지만
자신의 마음을 다스리는 것은 다른 누구도 할 수 없는 일이니 딱히
태성이 해 줄 말 또한 없었다.

건드리면 바스러질 것처럼 건조하고 깊은 기현의 눈빛을 훔쳐보
면서, 태성은 그를 볼 때면 치밀어 올랐던 묘한 감정의 정체를 알 것
도 같았다.

태성은 기현을 보면서 삶에 대한 강렬한 의지를 느끼곤 했다. 독
기로 형형하게 빛나는 눈. 죽음으로 몰아붙여져서야, 나락으로 처박
혀져서야 사람다운, 살아 있는 냄새가 난다는 것……. 방식이나 방
법은 다르겠지만, 이런저런 이유를 다 떼고서 기현에게로 마음이 기
운 이유를 하나 더 찾아낸 것 같았다. 그건 둘러쓴 껍데기만 다른,
동류를 향한 동질감이었다.

"윤기현 씨가 반드시 나와 함께여야 하는 이유가 있었겠죠. 다른
어디도 아닌 꼭 대원 재단의 진태성과 함께여야 했던 처음의 그 이
유 그대로, 김 관상이든 신무원이든 밀어붙이면 되는 겁니다."

아까보다 분위기가 조금 부드러워졌다. 태성이 생각하기에도 안
하느니만 못한 위로보다 훨씬 나은 말이었다.

기현은 여전히 멍한 와중에도 지금 이 상황이 참 신기하다는 생각
이 들었다. 여태 누구에게도 털어놓을 수 없었던 이야기들을 알게
된 지 얼마 되지도 않은 생판 남에게 밝히게 될 줄은 몰랐다. 심지
어 그 상대가 저 뻔뻔한 남자라니. 아무것도 모르는 남이어서 어둡
고 질척한 이야기를 꺼내기 쉬웠다는 점도 신기한데, 더 신기한 것
은 이러한 불행을 공유함으로써 진태성과 조금의 친밀감이 생겼다
는 것이다.

"내일…… 이라기엔 이미 자정이 넘었지만. 어쨌든 오전 중에 조실장이 와서 임시 선거 사무실로 데려가 줄 겁니다. 오후엔 여론 조사 포인트 높일 방안 좀 같이 생각해 보고. 아, 사퇴하든지 단일화를 하든…… 어쨌든 그 시기도 확실히 정해 봅시다. 어쨌든 내 돈 끌어다 써서 재산 신고할 때 상당히 복잡해지게 생겼으니까."

아무렇지도 않게 샤워 가운을 벗어젖히고 옷을 주워 입으며, 태성이 태연하게 새로운 청사진을 이야기했다. 기현은 불빛에 반사되는 남자의 대리석 같은 피부가 눈부셔서 슬그머니 고개를 돌렸다. 내색은 하지 않았지만…… 속을 알 수 없는 태성의 뻔뻔함이 고맙기도 했다.

"참, 윤기현 씨의 거취 문제도 정해야겠군요. 예비 후보자가 호텔에서 내내 묵고 있다는 걸 알게 된다면 여기저기서 신나게 물어뜯을 테니까."

태성은 종일 입었던 옷을 또 입어야 하는 것이 마음에 들지는 않는지 살짝 인상을 쓰더니, 잊고 있었다는 듯 길쭉한 케이스를 불쑥 내밀었다.

"당분간 손 움직이지 말라고 했던가요."

무슨 의도로 주는지, 저 물건이 뭔지도 알 수 없어서 머뭇거리며 쳐다만 보자 태성이 손수 케이스를 열어 주었다. 딱, 하고 뚜껑이 젖혀지는 경쾌한 소리가 울렸다.

뭔가 싶어 슬쩍 내려다본 기현의 눈이 다시 일렁였다. 아마도 백금으로 추정되는 반짝이는 줄 한가운데에 솜씨 좋게 이어진 반지가 매달려 있었다. 얼마 전까지는 십사님의 손에 끼워져 있었을, 그리고 직전에 김 관장이 내던지고 갔던 바로 그 반지였다.

기현이 아무 말도 안 하고 그저 바라만 보고 있자 태성이 귀찮다는 듯 휘적휘적 다가왔다. 껴안을 것처럼 목 뒤로 손을 두르는 태성에게서 희미한 술 냄새가 났다. 기현은 태연한 척 애썼지만, 눈가가 파르르 떨리는 것은 어쩔 수 없었다. 그의 길고 차가운 손가락이 몇 번 스친다 싶더니 이내 이음매가 맞물렸다.

"그럼 조금 이따 봅시다."

척 봐도 비싸 보이는 목걸이 줄에 매달린 더없이 초라한 반지. 그 부조화가 기현을 더욱 서글프게 했다.

'이 반지를 받았을 때 집사님의 표정이 어땠더라. 나는 왜 그때 살가운 말 한마디도 건네질 못했나. 뭐가 그렇게 무섭다고.'

아무렇지 않은 듯 다시 눕는 기현의 볼로 투둑 서러운 눈물이 흘렀다. 이 반지가 뭐라고. 진태성이 채워 준 목걸이가 대체 뭐라고 순식간에 목과 가슴께가 묵직해졌다. 그러나 도금이 모두 벗겨져 앙상한 뼈대만 남더라도 영원히 심장 위에 지고 가야 할 무거운 짐이었다.

태성은 기현의 처연한 얼굴을 모른 척하고 돌아서 주었다. 사실, 잘 견뎠지만 김 관장과의 예기치 못한 마주침은 태성에게도 버거운 일이었다. 어린 시절 어떤 지점을 자꾸 헤집어 울렁이게 만드는 사람. 그러니 지금은 그냥 각자 조용히 마음을 추스릴 시간이다.

찰칵. 문이 잠겼다는 알람 소리가 경쾌하게 울렸다. 숨을 죽이며 몸을 둥글게 만 기현의 등 뒤로 찬란한 붉은 태양이 드디어 고개를 내밀었다.

"일단 반응은 극과 극이긴 한데 확실히 인터넷 쪽은 난장판입니다."

"어떤데요?"

조 실장이 직접 확인하라는 듯 분포도를 펼쳐 들었다. 주요 스폿이 이렇게 모든 섹션에 걸쳐 흩뿌려져 있어서야…… 분석의 의미가 없을 정도다.

"윤기현 씨가 잘생겨서 좋아하는 거 아니냐고 무작정 욕부터 하는 댓글에, 거기에 욱해서 반발하는 댓글, 보수 속의 진보인 기현 씨를 응원한다는 댓글, 재벌이 뭘 알겠냐는 댓글……. 뭐, 난리도 아니긴 하지만 사람들이 어떤 식으로든 윤기현 씨에게 관심을 보이고 있으니 긍정적으로 평가할 만합니다."

"보수 속의 진보? 그건 또 어느 나라 말이야."

"조금이라도 잘 살면 보수, 서민적이면 진보. 요즘은 이렇게 생각하니까요."

"역시 놀랍다니까. 한국 아니면 먹히지도 않을 콘셉트잖아, 그거."

태성이 어깨를 으쓱했다. 기현은 그 옆에서 한참 더 도표를 들여다보다가 뻐근한 목을 좌우로 꺾으며 작은 사무실 전경에 눈길을 주었다. 보드, 모니터할 TV와 컴퓨터들, 작은 소파……. 한 달도 안 쓸 곳이고, 꾸밀 시간도 촉박했을 텐데 생각보다 공들여 놨다.

조 실장에게 수고했다고, 고맙다고 말하자 그는 쑥스러운지 입꼬리만 움찔거렸다. 가면을 쓴 것처럼 어색하게 웃던 처음과는 아주 많이 달라진 모습이었다.

"물량으로 승부를 봐야 할 것 같군요. 인터넷 반응이 어찌 되었든 주요 매체에서 계속 저에 대해 떠들어 댈 수 있도록 밀어붙여 주세요. 그런데 이걸 대원 재단 홍보팀에서 계속 처리해 줄 수는 없을 텐데……. 사람들은 구하셨나요?"

"이사님께서 따로 부리는 사람들이 있습니다. 걱정하지 마세요."

조 실장이 대충 얼버무리며 기현의 시선을 피했다. 따로 부리는 사람들이라……. 뭔가 더 있는데. 기현은 잠시 탐색하듯 가늘게 눈을 떴지만, 딱히 꼬투리를 잡을 순 없어서 그렇게 하시라고 했다.

그러고 보니 진태성이 아시아, 북미 시장의 자금줄을 꽉 쥔 것이 무색하게도 정부나 언론에선 대원 재단과 그 계열사에 대한 별다른 언급이 없었다.

'이렇게 조용할 수가 있나? 아무리 미술 쪽이어도 그렇지……. 아니, 미술관이라면 더더욱 수상하지 않나. 그림으로 자금 세탁하는 거, 예상 못 할 일도 아닐 텐데.'

긍정적인 것도 부정적인 것도 아니다. 아예 없는 곳인 듯 대원 재단은 어디에서도 말이 없었다. 돈줄 좀 쥐고 있다고 모든 곳을 입 다물게 할 수 있는 거라면 AR그룹, 아니, 모든 대기업이 여기저기 눈치를 보며 몸을 사릴 까닭이 없을 것이다. 국내 웬만한 그룹의 판공비 중 절반은 정·관계와 주요 언론으로 흘러 들어가는 마당인데 말이다.

"아. 저번에도 말했지만 이제 윤기현 씨가 호텔에 더 머무르면 보기 좋지 않을 것 같은데요."

"제 생각도 그렇습니다. 그런데 선거가 일단락되면 다시 신무원으로 들어가시는 거죠?"

다시 신무원으로. 그 말이 뭐라고 순식간에 마음이 차가워졌다. 지금은 생각하고 싶지 않은 주제라 기현은 그럴 것 같다고 얼버무리고 말았다. 조금 전 자신의 감사 인사에 조 실장이 그랬던 것처럼.

"그럼 같이 살까요?"

"예?"

"뭐?"

태성의 뜬금없는 제안에 조 실장과 기현의 목소리가 동시에 뒤집혔다.

"본가로 다시 들어간다면 두 달 후일 텐데, 그동안 재벌가 도련님 이미지가 크게 두드러지지 않으면서 사람들 드나들기에 위험하지 않은 곳 찾는 것도 일이잖아요. 그러면 아예 우리 집에 잠시 있는 게 모두가 편한 길일 것 같은데."

"아, 뭐…… 그렇다면."

정작 같이 살자는 쪽이 너무 아무렇지도 않게 합리적인 근거를 늘어놓아서 기현은 곧 싱겁게 고개를 끄덕였다. 기현이 머무를 곳을 구하는 일 또한 자신의 몫일 테니 잠시 마음이 복잡했던 조 실장도 일거리가 줄어 기쁜 듯 한껏 입꼬리를 올렸다.

"그리고 이제 슬슬 여당이든 야당이든 연락이 올 때가 된 것 같은데. 내 생각엔……."

한참 이야기를 하고 있는데, 아주 작게 노크하는 소리가 들렸다. 조 실장이 깜짝 놀라는 것을 본 태성이 즉시 입을 다물었다. 조 실장이 저렇게 놀라는 반응을 미루어 추측하건대, 여기까지 찾아올 사람은 아직 아무도 없어야 했다.

아무런 반응을 보이지 않자 공포 영화의 한 장면처럼 다시 또 똑똑, 하고 누군가 사무실 문을 두드렸다.

'혹시 본가에서 보낸 사람인 걸까. 김 관장이 다녀갔으니 이번엔 형제 중 누군가가 찾아올 때도 된 것 같고.'

아무래도 자기 손님일 것 같다는 생각에 기현이 일어서자 태성이 가벼운 손길로 그를 제지하곤 뚜벅뚜벅 걸어가 불쑥 문을 열었다.

그의 뒷모습에 충분히 가려지는 걸 보니 윤인범은 아니다. 그럼 이복 누이 셋 중 누구일까 짐작해 보고 있는데, 태성이 다소 떨떠름하게 들어오라는 듯 물러섰다. 대체 누구길래. 빼꼼 문가를 내다보던 기현의 입이 탄성으로 작게 벌어졌다.

"저, 안녕하세요, 변호사님……."

그때, 그러니까 납치당하던 날 오전에 기현이 변호해 줬던 사람의 딸이었다. 여자는 긴장한 듯 공손히 맞잡은 손을 자꾸 꼼지락거렸다.

"뉴스 보고 방송국에 전화해서 물어봤어요. 변호사님 선거 사무실이 어디인지……. 예전 핸드폰 번호는 없는 번호라고 나와서요."

"아, 제가 갑자기 연락이 안 됐죠? 죄송합니다. 무슨 문제가 생겼나요? 어머니는요?"

그러고 보니 저 사람들에겐 자신이 유일한 희망이었는데. 갑자기 그렇게 연락이 안 되었으니 얼마나 놀랐을까 싶었다. 머쓱한 얼굴로 기현이 소파로 자리를 권하자 여자가 화들짝 놀라며 부탁이 있어 찾아온 게 아니라고 했다.

"아녜요, 재판은 정말 잘 끝났고 아무 문제도 없어요. 저는 그냥……."

태성의 사나운 시선에 주눅이 들었는지 여자가 침을 꿀꺽 삼키며 간신히 말을 꺼냈다.

"변호사님을 도와드리고 싶어서요. 왜, 선거하면 자원봉사자 모집도 하고 그러는 것 같던데 그런 이야기는 없길래……. 그래서 무작정 와 봤어요. 물론 저희는 변호사님이 이렇게 대단하신 분인 줄은 꿈에도 몰라서, 어련히 도와주실 분이 많을 거라는 생각이 들지만……. 사무실 청소라도 할 사람이 있으면 좋지 않을까 해서요."

기현은 한 대 얻어맞은 것처럼 눈을 크게 떴다.

"엄마는 지금 입원 중이셔서, 아, 별일은 아니고 그냥 링거 맞고 쉬고 계세요. 그간 고생 많이 하셨잖아요. 아무튼 엄마도 다 나으면 바로 오실 거예요. 저한테 변호사님 소개해 주셨던 윤이 아줌마도 꼭 오겠다고 하셨어요."

"아……."

어느 정도의 물량 공세로 인지도를 높여야 하는가, 여당과 야당에서 어떤 자세를 취할 것인가, 그리고 진태성이 따로 부린다는 사람들의 정체는 무엇일까…… 등의 생각으로 마음이 한창 복잡하던 찰나였다. 그건 아마 태성도, 조 실장도 마찬가지였을 것이다. 각자의 계산으로 날카롭던 사무실에 생각지도 못한 선하고 따뜻한 기운이 훅 몰려왔다.

"……괜찮습니다. 정말 괜찮아요. 마음만으로도 정말 고맙습니다."

조금 힘들게 괜찮다는 말이 나왔다. 그러자 여자는 큰일 날 소리라도 들은 듯 한 걸음 더 가까이 다가왔다. 도울 수 있게 해 달라는, 내치지 말아 달라는, 아주 간절해 보이는 그 얼굴에 이상하게 울컥했다.

"저는요, 변호사님이 재벌 아들이 아니라 어디 아주 나쁜 놈의 아들이라고 해도 도와드리러 왔을 거예요. 우리 모녀, 이제 사람처럼 살 수 있게 도와주신 거 변호사님이시잖아요. 사람 껍질을 쓰고서 그 은혜를 어떻게 잊겠어요."

"은혜라니요……. 현아 씨, 저 그렇게 착한 사람 아닙니다. 무료로 변호한 건…… 그냥 저 자신을 위해서였어요. 제 마음 좀 편해지자고 그랬던 겁니다."

숭고하게 자신을 바라보는 여자, 현아의 눈길에 당황한 기현은 되는대로 말을 꺼냈다.

"이번 선거도, 저 정말 좋은 마음을 먹고서 나가는 거 아니고요. 그러니까―"

거듭되는 기현의 부정에 현아가 작게 웃었다.

"말씀드렸잖아요. 저랑 엄마는, 그리고 변호사님이 도와주셨던 사람들은 그런 거 전혀 상관없다고요."

현아가 기현의 손을 조심스럽게 맞잡았다. 실례는 아닐까, 이렇게 찾아가도 괜찮을까. 많이 걱정하고 긴장했는지 달달 떨리는 작은 손엔 땀이 잔뜩 고여 있었다.

"제발 변호사님 도와줄 수 있게 해 주세요. 이것도 따지자면 저희 맘 편해지자고 하는 일이에요."

"현아 씨……."

말끝을 흐리는 안타까운 부름에도 불구하고 현아는 더없이 엄숙한 얼굴을 했다.

"변호사님이 무엇을 꿈꾸시든 반드시 이루어지실 거예요."

주문 같은 선고. 사무실 안에서 가장 힘없고 약한 사람인데, 현아의 말은 마치 언령이라도 되는 듯 절대적이었다. 기현은 진심이 가득 담긴 말의 무게에 감히 고개를 들 수 없어 그저 손을 고쳐 힘주어 다시 맞잡아 줄 뿐이었다. 재판 끝나고 나서, 그때처럼.

기현은 현아의 손을, 그리고 왠지 감동을 받은 것 같은 조 실장의 얼굴과 묘한 눈빛을 하고 그들을 관찰하는 태성의 얼굴을 차례대로 천천히 눈에 새겼다.

"고맙습니다. 정말, 고맙습니다."

텅 빈 사무실을 둘러보았다. 맨살에 닿는 반지의 이질감으로 가슴 언저리가 뜨거워졌다. 그래, 진짜 싸움은 이제 시작이었다. 그리고 생각지도 못했던 곳에서 반드시 이 긴 싸움에서 이겨야 할 중요한 이유가 하나 더 생겼다.

"그럼 조심히 들어가세요. 좋은 기사 부탁드립니다."

"예, 즐거웠습니다. 손 빨리 쾌차하시고요."

기자를 배웅하고 기현이 큼, 하고 헛기침을 했다. 목이 칼칼한 게 심상치 않았다. 그도 그럴 것이 어제부터 쉴 새 없이 언론을 상대했다. 간단한 인터뷰 정도였지만 했던 말을 계속하려니 나중엔 아무 생각 없이 기계적으로 대답을 쏟아 내는 지경에 이르렀다.

조 실장은 기자들에게 그 흔한 식사 대접도 약속하지 않는 야박한 기현이 대단하다며 추켜세웠다. 그럼에도 불구하고 좋은 기사가 나오는 건 또 처음 본다면서.

물론 기현이 일개 변호사 출신의 예비 후보자였다면 실제 선거법이 어떠하든, 융통성 없고 눈치까지 없는 놈이라며 욕을 바가지로 먹었을 것이다. 그러나 기현은 AR그룹의 3세였다. 아무것도 해 주질 않아도 언론에서 먼저 손을 벌려 오니 솔직히 편하긴 했다. 한편으론 이렇게 대단한 AR이란 이름을, 윤 회장을 뛰어넘어야 한다고 생각하니 가슴 한구석이 답답해지기도 했지만.

"변호사님, 리싱 첸이라는 사람하고도 친하세요?"

"리싱 첸? 그 사람 요즘 굉장한데. 중국 출신 설치 미술가잖아요."

진태성이 꽤 공들인 사람이었다고, 얼마 전 대원 미술관을 통해 한국에서 전시한 적이 있다며 조 실장이 아는 척을 해 왔다.

"이 사람도 변호해 준 적이 있으세요? 어쩐지. 한국이란 말에 엄청 호의적으로 반응했다고 들었어요."

"뭐…… 그땐 이렇게 유명해질 줄 몰랐지만요."

사실이었다. 무명의 가난한 동양인 미술가가 여기저기에 작품들을 빼앗기고 공공연히 성 상납까지 요구딩했던 것이 좀 안쓰러웠을 뿐이다.

조금일지언정 무엇이라도 대가로 받을 수 있으면 웬만하면 변호를 맡아 주었지만, 기현이 적극적으로 나선 건 대부분 이런 일들이었다. 강간, 가정 폭력, 아동 학대…… 그 당시엔 스스로를 위안하는 것일 뿐이라고 생각했다. 이런 데서 뿌듯함을 느끼는 자신도 어쩔 수 없는 신무원의 종자라고. 그런데 지금 돌이켜 보니 어쩌면 자신이 정말 구하고 싶었던 것은 과거의 어머니, 혹은 저 자신일지도 모르겠다.

기현은 쑥스러움 반, 착잡함 반인 얼굴을 하고서 현아가 틀어 준 영상을 들여다보았다. 몰랐는데 출마 선언을 한 직후부터 기현에게서 도움을 받았던 사람들이 적극적으로 나선 모양이다. 인터넷에 글을 올린다거나, 인터뷰를 자청한다거나.

게다가 어제부터는 기현을 지지하는 이유를 영상으로 소개하는 일종의 캠페인 같은 것이 시작되었다고 한다. 어떻게 소식을 알았는지 리싱 첸처럼 미국에서 메시지를 보내오는 사람도 다수 있었고.

물론 그녀가 특이한 경우였다. 지지 선언을 해 준 사람들은 어디에서도 주목받지 못하는 평범한, 아니, 어려운 형편이 대부분이었다. 하지만 그렇기에 그들의 지지 선언문과 영상은 더욱 화제가 되었고, 기현은 그 점이 무척 미안했다.

이젠 이름조차 흐릿해진 사람들도 있었다. 그런데도 그들은 아직까지 기현에 대한 고마움을 곱씹으며 이렇게 무엇이라도 해 주고 싶어 한다. 그리고 관련 기사가 날 때마다 정말 잘됐다고, 역시 우리 변호사님이라고 기뻐하며 기현을 응원하는 현아와 그녀의 어머니, 거기다 윤이 아주머니도 있다.

악몽을 떨치기 위해 땀에 축축이 젖어 발버둥 치다가도, 혹은 억장이 무너지는 것 같은 고통에 불면의 밤을 보내다가도 살아야겠다는, 그런 실낱같은 바람이 가슴 어딘가로 불어오는 것 같았다. 이보다 더한 지옥이 있을까 싶으면서도, 이상하게도 기현은 요즘처럼 사람다운 삶이 어떤 것인지 느껴 본 적이 없었다.

"변호사님, 기사 아저씨 요 앞이라고 하네요."

"예. 다녀오겠습니다."

"내가 국회의원인지 나발인지 그런 놈들이 불러서 좋은 꼴을 못 봤는데. 꼭 가야 해요?"

야당 대표와 저녁을 할 예정이라는 말에 윤이 아주머니는 걱정이 많은 모양이었다. 혼자가 아니라 진태성도 있다는데도 저렇게 안절부절못했다.

"그 국회의원 놈이 뭐라고 하든 쫄지 말아요. 우리 변호사님이 얼마나 말도 잘하고 똑똑한데!"

현아 어머니는 사무실 창틀을 닦다 말고 기현이 얼마나 대단한 사람인지 일장 연설을 늘어놓았다. 비록 기현이 야당 대표를 만나는 일과는 조금의 상관관계도 없는 칭찬이었지만.

기현은 마지막까지 걱정이 많은 윤이 아주머니에게 괜찮을 거라고 다독여 주며 작은 사무실을 나섰다. 어느새 익숙한 풍경이 된 세 사람은 시야에서 기현이 안 보일 때까지 쪼르르 서서 배웅해 주었다.

"이사님은 볼일 보시고 김 대표님과 바로 오신다고 하셨습니다."

기사가 공손히 문을 열며 보고했다. 고개를 주억거리며 출발했다는 전화라도 해 볼까, 하는데 메시지가 왔다며 화면이 깜빡거렸다.

[해외로간건 확실하고 행방알수잇을것같다는 찡개한놈만날예성]
[나한테붙는 개놈들은 쫌줄어들엇지만 엄한데서 활개치고다니는모양]

김진덕이었다. 엄한 곳에서 활개를 친다…… 라. 관장이 처리하려고 달라붙었던 사람들이 잠시 다른 일로 시선을 돌렸거나, 아니면 진태성이 붙인 꼬리들이 적극적으로 여기저기를 파헤치고 다니거나. 두 가지 다 가능성이 있고, 모두 불쾌하다. 굳이 따지자면 당연히 후자가 낫지만.

확인했다는 짧은 답을 주고 목젖 부근을 괜히 꾹꾹 눌러 보았다. 아픈 목에 전혀 도움이 안 되었을뿐더러 붕대를 고정한 핀에 괜히 턱만 긁혔다.

'아, 오늘은 자기 전에 따뜻한 거라도 잔뜩 마시든지 해야겠네. 지금 상황에서 목소리 완전히 나가면 큰일—'

"참, 쓰시는 짐은 전부 이사님 댁으로 옮겼으니 당분간 함께 모시겠습니다."

……안 그래도 아픈 목이 더 쓰려 오는 기분에 기현은 슬쩍 인상을 썼다.

야당 대표가 기현을 부른 곳은 국회의사당 근처의 한식집이었다. 의외였다. 저렴한 곳은 아니었지만 사실 정치인과의 회동이라기에 은밀한 고급 요정 같은 데를 상상했었는데.

예약한 방에 들어서면서 종업원에게 막 겉옷을 벗어 주는 찰나, 멀리서 이런저런 말소리와 웃음소리가 들려왔다. 흘끗 시계를 보니 정확히 약속한 시각이었다. 발소리가 가까워지더니 미닫이문이 드르륵 열렸다. 그리고…… 뉴스에서나 자주 보던 인물이 모습을 드러냈다.

"아이고, 이게 누구야. 반갑습니다. 김중호입니다."

"처음 뵙겠습니다. 윤기현입니다."

"어여 앉지. 진 이사도. 여기 소주 세 병 정도 주고."

셋이 자리에 앉자마자 기다렸다는 듯 딱 적당한 온도의 요리들이 차려졌다. 진태성은 특유의 나른한 눈매를 치켜뜨며 빳빳한 지폐 다발을 종업원 손에 쥐여 주었다.

'요즘은 한국에도 팁 문화가 있던가? 아무리 그래도 그렇지, 저 정도 돈을 팁으로 주진 않는데. 역시 중요한 자리니 알아서 신경 끄고 있으라는 협박…… 아냐. 혹시 저 화상이 음식에 약 타라고 사주한 건 아닐까?'

기현이 의심의 눈초리로 태성을 흘겨보자 눈이 마주친 그가 묘한 웃음을 흘렸다. 야한 얼굴이었다.

"그래, 윤 회장님은 여전하시고? 곧 선거철이라 내가 요즘 기업 하시는 양반들 근처엔 얼씬도 안 해서. 그래도 김 관장님은 요전번에 봉사 활동 때 한번 뵙긴 했는데."

수저를 뜨기 전부터 술이 돌았다. 기현은 소주를 그리 좋아하지도, 또 잘하는 편도 아니었지만 이런 자리에서 빼면 안 된다는 것 정도는 알았다. 솔직히 이런 코스 요리에 소주는 어울리는 술도 아니었다.

소주만 마신다고 서민적이고 털털해지나? 정치인들의 사고방식이란. 별수 없이 주는 대로 받아넘기니 독한 알코올 향에 머리가 찌르르 울렸다.

"예, 잘 지내십니다. 여기 참 맛있네요. 데려와 주셔서 감사합니다."

"어이구, 다행이네."

조 실장에게도 그렇고 다른 사람들에게도 그렇고, 기현이 요즘 깨달은 바가 있었으니. 솔직함이 자신의 큰 무기가 된다는 것이다. 이유는 잘 모르겠지만 기현의 그런 태도가 상당히 의외로 느껴지는지 대다수가 무장해제 되었다.

따지고 보면 크게 대단한 말을 한 것도 아닌데. 화자가 재벌 3세라는 이유로 거리감이 사라지는 게 아닐까. 일단은 그렇게 추측하고 있다. 그래서 기현은 부단히 노력 중이었다. 어색하고 낯설어도 자꾸 그렇게 자신의 사람들을 만들어 보려고.

"그러고 보니 용산구는 어떤 분이 출마하십니까?"

기현은 목이 꽉 막히는 기분에 도로 술을 벌컥 들이켰다. 미친놈. 기껏 분위기 좀 좋게 만들었더니 갑자기 저렇게 대뜸 민감한 이야길 던지면 어쩌자는 거야?

"허, 거참. 진 이사는 너무 노골적이야. 사람이 은근한 맛이 있어야지."

"이게 제 매력이잖습니까."

"어이구. 말이나 못 하면."

그래, 말이나 못 하면. 당신은 대체 왜 그러냐고, 제발 속도 좀 맞춰 달라고 상 아래로 발을 툭 쳤더니 태성이 아까보다 더 은근하게 눈을 떴다. 대체 왜 저래, 진짜.

"용산구는 솔직히 버리는 패지. 되면 좋고. 아니어도 어쩔 수 없는."

"그러니까, 좀 되겠다 싶은 분들은 안 내보내신다는 거죠?"

"그래. 진 이사도 생각해 봐. 여당은 똥개 하나 데리고 나와도 뽑아 주는 사람이 절반인데, 보궐 선거야. 그렇다고 서울 시장 선거도 아니고 끽해야 의원 자리 하나잖아."

음, 기현은 따끔한 목을 달래려 따뜻한 보리차를 들이켰다. 그렇다면 반대로 여당은 반드시 당선되어야 할 사람을 후보로 내보낼 텐데. 이러면 조금 문제다. 최종적으로는 야당 인사를 당선시켜야 하는데 정작 그 후보가 별로면 단일화를 해도 질 게 뻔하다.

여러 가지 가설을 세우느라 정신이 없는 가운데, 진태성은 그렇게 화두를 툭 던져 놓고는 아무 일 없다는 듯이 밥만 잘 먹었다. 그 태연한 모습에 기현은 좀 어이가 없었다.

'저지른 건 자기면서 수습은 나보고 하라는 건가.'

황당해하던 중 퍼뜩 드는 생각이 있어 태성을 휙 돌아보았더니 역시나 재수 없게 빙글빙글 웃고 있다. 처음에 기현을 가지고 재 보는 것 같던 그때와 똑같은 얼굴. 그러니까 진태성은 지금 기현이 이 상황을 어떻게 헤쳐 나가는지 보고 싶은 거였다.

'빌어먹을······.'

진짜 악취미였다. 보아하니 더 도와줄 것 같지는 않고, 어떻게든 수습해야 하는 상황에 기현은 속으로 욕을 삼키며 잔을 내려놓았다.

"제가 도와드리고 싶습니다."

"으응? 윤 변이? 어떻게?"

"······후보자 등록 직전에 야권 단일화 형식으로 물러나겠습니다."

젓가락질하던 김 대표의 손이 잠시 멈추었다. 이내 아무렇지도 않다는 듯 움직였다.

"뜬금없이 튀어나와서 뭔가 있겠거니 했지만 AR그룹 내부에서 진짜 뭔 일이 있긴 한가 보구먼. 근데 말이야."

김 대표가 술을 쭉 들이켜고 말을 이었다.

"그럴 거면 차라리 우리 쪽 공천을 받거나 해도 충분했을 일 아닌가? 처음부터 단일화 염두에 두고서 출마 선언이라니. 이 판에 달린 목숨 줄이 몇 갠데 그깟 집안싸움 하나로 남의 밥그릇을 건드려? 에이. 윤 변, 이건 좀 아니지."

표정 변화는 없었지만 언짢은 기색이 역력했다. 맞는 이야기였다.

그래서 조심스럽게 접근할 생각이었는데…… 진태성 저 인간이 멋대로 벌집을 들쑤셔 놨다.

"그 점은 이해를 해 주셨으면 좋겠습니다. 아무래도 회사를 대표하는 느낌이 있다 보니 처음부터 여야 어디 한군데를 정확하게 짚기가 어려웠습니다. 게다가 연고도, 경험도 없는 제가 대뜸 지역구 공천을 받겠다고 나서는 것도 실례잖습니까."

"흠……."

"하지만 저를 비롯한 AR의 모든 사람이 이번 보궐 선거에서 야당이 원하는 결과가 나오길 바라고 있습니다. 반드시 그렇게 되도록 만들 생각이고요."

"뭐, 나쁘지 않은 제안이잖습니까. 다른 데도 아니고 AR이 대놓고 편들어 주겠다는데. 여당 밭에서 야당이 당선됐다는 상징적 효과도 상당할 거고요. 게다가 이제 곧 대선이잖습니까."

여태 방관만 하던 태성이 이제야 슬쩍 끼어들었다. 김 대표는 가타부타 말이 없었다. 그래, 분명 원하는 답이 있으니 저러는 걸 거다. 하긴, 일단 이 지리에 나온 것 자체가 어느 정도 계산이 맞았으니 그랬겠지. 김 대표가 원하는 게 무엇일까. 말마따나 남의 밥그릇에 장난질하는 것도 용서할 수 있을 정도인 큰 미끼가…….

그래도 명색이 제1야당인데 보궐 선거 치를 자금이 부족하진 않을 거다. 게다가 대한민국 재벌이 AR그룹만 있는 것도 아니다. 이미 그들 모두 적당히 눈치 보면서 돈을 대주고 있다. 안 줘도 문제고 줘도 문제가 될 거면 그깟 돈, 미리 먹이는 게 탈이 없다. 그러니 선거 자금 문제는 아닐 터.

자꾸 올라오는 술기운을 달래며 셈하느라 정신이 없는데, 기현에게서 원하는 답이 바로 튀어나오질 않자 못마땅한 듯 김 대표의 한

숨이 짙어졌다. 관자놀이에 식은땀이 옅게 맺혔다.

'뭘까, 내가 김 대표라면 지금 당장 뭐가 필요할까⋯⋯.'

목이 타서 잔에 손을 뻗으려다 여유가 넘치는 태성과 또 눈이 마주쳤다. 기현이 초조해하는 걸 뻔히 눈치를 챘으면서도 아직도 모르겠냐는 듯 어깨를 으쓱했다.

'그럼 좀 도와주든가. 아까 날름 몇 마디 덧붙인 게 전부⋯⋯ 잠깐. 아까⋯⋯.'

"대선⋯⋯."

분명 아까 진태성이 그랬다.

"응? 자네, 방금 뭐라고 했나?"

AR이 끼어들어서 이번 보궐 선거가 잘된다면 결국 대선에서 큰힘이 될 거라고.

"대선 때 확실하게 도와드리도록 하겠습니다."

"이봐, 윤 변. 이미 큰 선거 앞두고 AR에서 여야 가리지 않고 적당히 돈 풀고 있는 건 기정사실이잖아. 게다가 AR만 그래?"

제대로 찌른 것 같았다. 이번엔 아까처럼 날카로운 기색이 묻어나지 않았다. 앞으로도 나름대로 체면을 차린답시고 이리저리 트집을 잡겠지만, 오늘은 그저 대선 하나 가지고 잘 어르고 달래 주면 될 것같았다.

"AR 산하의 경제경영연구소, 계열사 사업 계획⋯⋯. 여론이 움직이지 않을 수 없는 그런 것들 말입니다. 선거 자금 지원 정도와는 실어 드리는 힘이 다를 겁니다."

"흠⋯⋯."

"물론 이해득실과는 별개로, 김 대표님이 지금 불쾌해하시는 심정도 충분히 이해하고 또 송구하게 생각하고 있습니다."

역시. 결국 원하는 키워드는 대선 지원과 기현의 고분고분한 태도였는지 김 대표는 이제 거의 풀어진 얼굴을 하고서 허허 웃었다.

"어쨌든 김 대표님이 원하는 건 다 가지시게 될 건데 그깟 의원 자리 하나, 한번 걸어 보시는 것도 나쁘지 않잖습니까."

"진 이사, 자네 정말……! 이런 큰 이야기 오갈 자리였으면 미리 언질이라도 줬어야지."

"윤 변호사 동석한다는 이야기 들으셨을 때부터 대충 짐작은 하셨을 거면서, 무슨요."

끝까지 뻔한 소리나 하는 김 대표에게 진태성은 뭔 헛소리냐는 듯 무감한 얼굴로 툭, 대꾸했다. 그 덕에 김 대표도 더 질질 끌지 못하고 민망하게 고개를 끄덕이고 말 뿐이었다.

진태성이 갑자기 치고 나온 덕분에 대화의 흐름이 너무 빨라졌다. 물론 그 덕에 결론 또한 빠르게 낼 수 있었지만……. 사실 진태성과 있을 땐 늘 그런 것 같다. 모든 것이 빠르고, 급작스럽다.

다시 잔을 돌리면서, 결국 기현으로부터 원하는 대답을 들은 김 대표는 그제야 이런저런 이야기를 늘어놓기 시작했다. 태성이 무안할 정도로 툭 잘라 버린 바람에 더는 괘장 부릴 건이 없어지니 처세술이랍시고 시답지 않은 소릴 하며 꼰대짓이나 했다. 한국은 정치 성향이며 당이며 이런 거 다 소용없다고. 결국은 동향이 어딘지, 출신 학교가 어딘지가 최고라고. 자기도 뒤돌아서면 어차피 다 같은 동문이라 척은 지지 않으려고 노력한다고.

"그러니까 너무 여당하고도 날은 세우지 말고, 거기도 만나서 잘 달래 봐. 근데 우리 윤 변이 어디 나왔다고 했더라? 하버드?"

"뉴욕대 로스쿨 졸업했습니다."

"아아. 뉴욕대, 좋지. 근데 한국에 있을 거면 뉴욕대보다는 차라리

듀크대에서 학위 하나 따 오는 게 좋았을 텐데. 윤 변이 학부도 해외
대 맞지?"

"네, 학부도 뉴욕대입니다."

"듀크대가 뭐, 아주 명문까진 아닌데 한국서 힘 좀 쓰는 사람들은
듀크대 출신들 많으니까⋯⋯. 사실 학부 서울대, 대학원이 해외대인
게 최곤데 윤 변은 그건 이미 글렀잖아? 나중에 국내 대학에서 MBA
과정이라도 밟아 보는 건 어때? 비단 정치뿐 아니라 한국에서 계속
기업 운영할 거면 학연 그거, 절대 무시 못 하거든."

김 대표가 또 술잔을 돌려서 난감해하고 있는데 불쑥 튀어나온 긴
손가락이 눈앞에 놓인 잔을 집어 갔다. 음? 조금 멍해진 눈으로 고
개를 드니 대신 잔을 가져간 태성이 술을 한 번에 털어 넣고 있었다.
김 대표도 술기가 올랐는지 벌겋게 된 얼굴로 신경도 안 쓰고 태성
이 돌려주는 잔을 받았다.

"근데 우리 진 이사는 또 뭘 하려고 북쪽을 건드렸어? 어디 인수
할 거 생겼어?"

"네. 갖고 싶은 게 하나 생겨서요."

⋯⋯북쪽? 인수? 갖고 싶은 것? 좀 더 들어 보고 싶었지만, 태성
이 틈을 주지 않는 바람에 그 화제는 그대로 끊겨 버렸다.

분명 아까 태성이 잔을 치워 준 것 같은데 어느새 또 찰랑이는 술
잔이 코앞에 있다. 머릿속이 웅웅 울렸다. 기현은 눈을 꾹 감으며 쓴
잔을 들이켰다.

"이봐요, 윤기현 씨."

"으…… 필요 없어…… 괜찮아……."

"괜찮기는."

"같이 부축해 드릴까요?"

"아닙니다. 들어가 보세요."

태성은 자꾸만 무너지는 기현의 몸을 추슬렀다. 취해도 정신을 아주 놓는 편은 아닌 것 같았다. 하긴, 신무원에서 그런 취급 받으면서 버텨 왔는데 정신력 하나는 대단하겠지. 태성은 한 손으로 기현의 허리를 껴안은 채 힘들게 도어 록을 열었다. 신발을 벗을 정신도 없었다.

기현은 소파가 보이자 기껏 부축해 준 손을 뿌리치고는 비틀비틀 걸어갔다. 그러고는 용케 소파 등받이에 기대며 추욱 늘어졌다.

"술 못합니까?"

"소주는…… 잘하지 못합니다."

"그럼? 양주나 와인도?"

"……차라리 그쪽이 낫습니다."

말하는 속도는 느렸지만 비교적 정확한 발음이었다. 누가 왕자님 아니랄까 봐. 태성이 혀를 찼다. 일단은 정신 차릴 시간을 줘야 할 것 같아 씻으려고 일어나는데, 기현이 작게 태성을 불렀다.

"아까 대체 왜 그랬습니까. 그렇게 서두를 필요는…… 없었는데."

웃기는 소리다. 초반에 바로 얼을 빼놓지 않으면 절대 그 자리에서 답을 주지 않았을 거다. 정치하는 놈들이 원래 그랬다. 그리고 꼬리에 꼬리를 물고 새로운 약속을 잡았겠지. 그래도 당 대표쯤 되니까 일단 대선에서 그쳤지, 최고 의원이나 지역 의원들까지 다 부른 자리였으면 그 정도론 안 끝났을 거다.

"그게 내 매력이라니까요."

"이사님은 너무…… 빠릅니다."

"빠르게 원하는 걸 가졌으면 잘된 거 아닌가?"

기현이 꿍얼꿍얼 당신은 빠르다는 둥 불친절하다는 둥 자꾸 말대꾸했다. 태성은 팔짱을 끼고 삐딱하게 한쪽 다리를 짚었다. 이 정도면 주사라고도 할 수 없었지만 어쨌든 기현이 취하긴 한 모양이다.

"해치우는 건 본인이 할 테니 넌 그냥 돕기만 하라고, 모든 주체는 나여야 한다고 말한 건 기현 씨였습니다. 잊었어요? 그래서 빨리 해치우도록 도와준 거잖아요."

"아…… 그랬었죠. 맞아."

피식 웃음이 났다.

"그렇게 생각하니 또 친절한 것 같기도 하고……."

"술 좀 깨면 1층에 있는 게스트룸에서 씻고 자면 됩니다. 난 2층 쓰고 있으니 필요한 일 있으면 올라오거나 전화하거나, 뭐 인터폰을 하거나 하시고."

그나저나 슬리퍼가 어디 있더라. 편할 것 같아서, 그리고 좀 더 관찰하기 좋을 것 같아서 일단은 머무는 곳에 대뜸 기현을 들여놓았다. 다만 사적인 손님을 들일 일이 없었다 보니 접대라고 할 만한 물건이 눈에 띄질 않았다.

귀찮아진 태성이 한껏 찡그린 얼굴로 휘적휘적 걸음을 옮기려는데, 등 뒤에서 기현이 또다시 작게 태성을 불렀다.

"뭡니까. 약이라도 줘요?"

"약……? 하하!"

약이란 말에 미친 사람처럼 크게 웃는다. 아마 저번에도 태성이 비슷한 말을 했던 것이 생각난 모양이다. 저렇게 크게 웃는 기현은 처음 보아서 신기했다.

뭐, 신기한 건 신기한 거고……. 신나게 웃느라 뒤로 젖힌 기현의 목을 보고 있자니 태성은 저도 모르게 끓는 숨이 흘러나왔다. 그대로 손아귀에 쥐고 싶다는 생각이 들었다. 하얗고 가늘어서, 고생이라곤 모르고 자란 것 같은 귀티. 원초적인 가학심을 불러일으키는 목덜미였다.

"약은 뭐든 됐고…… 궁금한 게 있습니다."

"뭔데요."

"정말 왜 날 도와주겠다고 한 겁니까?"

"이제야 궁금해졌습니까?"

"늘 궁금했는데 대뜸 묻기엔 상황이 좀 그랬습니다. 아쉬운 건 나였으니까요."

기현은 팔걸이를 쥐며 늘어진 몸을 일으켰다. 말이야 좀 많아졌어도 곧은 자세를 하고 똑바로 태성을 쳐다보는 게, 결국은 잘 배운 도련님이었다.

그러고 보니 요 며칠 사이 너무 많은 일이 있었다. 정확히는, 기현의 많은 것을 훔쳐보았다. 둘 중 누구도 의도한 것은 아니었지만 비밀을 공유한다는 것은 관계 형성의 새로운 국면을 열어 주었다.

물론 기현과 좀 더 가깝고 은밀해질 필요가 있긴 했다. 하지만 이런 방향으로의 진전은 결코 반갑기만 한 게 아니었다. 윤기현이 재미있다고 느낀 것은 생각지도 못한 곳에서 의외의 방법을 생각해 내기 때문이었다. 이런 식으로 자신의 통제가 불가능한 사건들이 일어나는 것은 싫었다.

애초에 태성이 선호하는 빠름은 운전대를 온전히 제 손에 쥐고 통제할 수 있는 카레이싱 같은 것이었다. 설사 이탈한다 해도 자신의 판단하에 일어나야 한다. 깔린 길을 따라 어지러이 종횡해야 하는 롤러코스터에 탑승하는 건 질색이었다.

"윤기현 씨의 몸이 필요해서라고 했잖습니까."

"그게 진심이 아니라는 건, 저도 잘 압니다."

"알면서 왜 묻습니까?"

"그냥요. 만약…… 제가 그 말을 진심으로 받아들였다면 어떻게 할 생각이었습니까?"

"글쎄요. 그 정도 눈치도 없고 머리도 나쁜 사람이면 손잡을 이유가 없었겠죠."

그 말에 기현은 조금 안심한 듯했다.

"그래도 얼굴과 몸은 꽤 취향이니까 한두 번은 먹고 버렸을지도."

안도한 표정이 괜히 보기 싫어서 일부러 심술궂게 툭 덧붙였다. 예상대로 평온했던 기현의 얼굴이 와그작 일그러졌다.

"그…… 진짜 남자하고만 잡니까?"

잠시 찌그러지는 것 같더니 꾸물꾸물 눈치를 보면서 기현이 작은 목소리로 물었다.

"그래도 우리 키스는 몇 번 했던 것 같은데 그건 그새 잊었습니까? 참, 그러고 보니 윤기현 씨는 스트레이트 아닙니까? 그런데도…… 아. 설마, 여태 동정인 건 아니죠?"

"아닙니다."

생각해 보니 너무 거부감이 없는 게 이상했다. 설마 여태 동정이라 뭣도 모르고 받아 줬나 싶어 나름대로 조심스럽게 물었더니 발끈한다. 용케도 연애는 했다고 생각하는 찰나 기현이 톡 쏘아붙였다.

"가벼운 만남 정도였지만 확실히 전 여자만 만났습니다."

"저런, 가벼운 만남이라니. 나쁜 남자였네."

"그래도 교제할 땐 그 사람하고만 만났어요. 제대로 마음을 못 줘서 그랬지."

"뭐, 나는 아무하고나 만나는 줄 알아요? 나도 검증된 곳에서 검증된 사람하고만 관계합니다. 그런데 왜 갑자기 이런 걸 묻습니까?"

"저 인간이 언제 날 덮칠까 불안해하고 싶지 않아서요."

이번엔 태성이 웃음을 크게 터뜨렸다. 저 인간이라. 기현이 여태껏 한 말 중 가장 태성을 함부로 대하는 지칭이었다. 태성은 문득, 술기운에 붉게 달아오른 기현의 볼을 만지고 싶다 생각했다. 좋아하는 것과 싫어하는 것을 모두 가지고 있는 저 어룽어룽한 눈을, 처연한 목덜미를 범하고 싶다고.

"저번에도 비슷한 말을 했던 것 같은데. 이런 상황에 그런 말, 오해하기 쉽다니까."

태성이 허릴 숙여 무릎 사이에 파고들며 기현을 등받이 쪽으로 떠밀었다. 몇 번이나 있었던 일이었다. 불길한 기시감이 밀려왔다. 확 젖혀진 고개가 아파서 기현이 몸을 틀려는 순간이었다.

"아니면, 정말 나랑 자고 싶어서 이래?"

드러난 기현의 목과 입술, 얼굴을 차례로 훑은 태성이 순식간에 목에 콱 이를 박아 넣었다. 애무가 아니라 숨통을 끊어 놓을 기세였다.

"아……!"

밑에 깔려 버둥거리는 움직임은 거셌지만, 기현의 손목이 시원찮은 탓인지 밀려날 정도는 아니었다. 태성은 아픔에 파르르 떨리는 연약한 모양새를 감상이라도 하듯 눈으로 훑고는 다시 잘근잘근 씹다가, 참다못한 기현이 고통 섞인 신음을 터뜨리자 그제야 혀로 부드럽게 핥아 주었다.

불량한 손이 무언가를 찾듯 어깨와 가슴을 쓸었다. 곧 찾던 작은 돌기가 손끝에 걸리자 흉포하게 주물러 댔다.

"지금 뭐, 읏……!"

놀란 몸이 펄쩍 뛰자, 조용히 하게 만들려는 듯 목과 턱을 타고 올라온 더운 혀가 순식간에 입안을 파고들었다. 간신히 정신을 차렸다 생각했는데, 알코올 섞인 타액이 오가자 다시 어지러워졌다. 몽롱한 가운데 기분이 좋았다. 또, 취할 것 같았다. 아까는 술잔을 거두어 갔던 친절한 손가락이 이번엔 야만스럽게 머리칼을 헤집는다.

"정말 남자 경험 없는 거 맞아요? 왜 이렇게 태연해?"

"그만하세요. 그리고 왜 반말입니까?"

"누구 꼬실 때만 그래요. 난 잘 모르겠는데 이렇게 오락가락 굴면 설레하더라고."

기가 막혔지만 항의의 목소리는 태성의 혀끝에 녹아 버렸다. 안 어울리게 다정하게 몇 번 입술을 부딪치고는 지긋하게 시선을 준다. 손길도, 혀도 뜨거운데 바라보는 눈길은 저렇게나 차갑다. 기현은 그 간극에 오싹 소름이 돋았다.

"아까…… 남자랑 키스하는 데 왜 이렇게 태연하냐고 물었죠."

"그랬죠."

"뭔들 못하겠습니까. 악마에게 영혼이라도 팔 수 있었는데 그깟 몸쯤 내주는 게 뭐가 대수라고."

막 기현의 셔츠 단추를 풀려던 태성의 손이 잠시 멈추었다.

"손목은 아직 위험하니까 그쪽만 조심해 주세요."

잔뜩 데워진 숨을 내뱉으면서 잘도 저런 소릴 한다. 역시 똑똑해. 기현은 아주 재수 없는 방식으로 분위기를 깨 놓았다.

"……똑똑해서 재미있고. 내가 원했던 셋늘도 손에 넣을 수 있게 해 줄 것 같고. 그런데도 신무원 사람이라 구역질 나는 건 어쩔 수가 없고."

태성은 천천히 기현의 몸에서 손을 거두었다.

"또 가끔 불쌍하다는 생각도 들고."

대체 넌 뭘까. 태성은 살짝 부어오른 기현의 아랫입술을 가볍게 물고 핥았다. 물기 어린 여린 살갗이 부딪히기 직전, 기현이 눈을 질 끈 감았던 것도 같다. 한 번 더 키스하려던 태성은 어쩐지 그 모습에 김이 새서 바투 붙였던 몸을 물렸다.

"당 대표에게 통보는 했어도 누굴 후보로 내세울지, 야당 후보로 나올 사람을 어떻게 효과적으로 깎아내릴지도 정해야 합니다."

갑작스러운 화제 전환에 눈을 깜빡이던 기현이 살짝 못마땅한 얼굴을 했다. 무슨 생각을 하는지 눈치챈 태성이 귀찮다는 듯 덧붙였다.

"기업에서 물건을 잘 팔려면, 내 물건을 잘 만들 뿐만 아니라 경쟁사를 매도할 줄도 알아야 합니다. 그래야 내가 팔 제품이 빛나죠. 정치도 마찬가지입니다."

어쩜 저렇게 아름다운 얼굴로 천박하고, 저질스럽고, 노골적인 말만 골라서 할까. 같이 나락을 구르기로 한 주제에 아직도 귀족적인 면모를 버리지 못하는 기현을 비웃기라도 하듯.

"그런 의미에서, 넌 좀 헤퍼질 필요가 있어요. 여러모로."

태성은 기현을 두고 그대로 위층으로 올라가 버렸다. 계단을 오르는 소리, 복도를 거니는 소리, 방문을 여는 소리, 그리고 마지막으로 쾅, 하고 문이 닫히자 기현은 그제야 숨을 크게 쉬었다.

"하……"

기현은 좀 더 헤퍼질 필요가 있다는 말이 정확히 무슨 의미인지 묻고 싶었다. 하지만 그랬다간 정말 태성과 돌이킬 수 없는 일이 생길 것 같아 그만두기로 했다.

갑작스레 들이부은 술에, 더 갑작스레 얽힌 몸에…… 게다가 앞으로 이곳에 머무르는 동안 진태성을 상대할 생각을 하니 벌써부터 진이 빠졌다. 날마다 아주 길고 피곤한 밤이 될 것 같다.

✦ ♟ ✦

"천천히 둘러보시고 고견이 있으시다면 편히 말씀해 주세요."

고견 좋아하네. 태성은 하품하며 뻐근한 목을 돌렸다. 국박[3]에서 대대적인 순환 전시를 할 예정이라고 발표했다. 당연한 수순처럼 조감도 검토를 부탁드린다며 내로라하는 관계자들을 다 집합시키긴 했는데…… 솔직히 국박이 이런 짓을 벌인 게 한두 번이었어야지. 결국은 너희들 와서 공짜로 일 좀 하란 소리였다.

'사람을 부려 먹을 거면 돈이라도 주든가.'

미술을 잘 안다기보다 그 미술품들이 잘 팔릴 수 있도록 여론 조성을 하는 게 일인 태성으로선 더더욱 할 일이 없었다. 아니, 무엇보다 고미술은 취향이 아니었다. 태성은 현대 미술을 선호했다. 옛것의 가치 따위, 지금 와서 알 바인가? 그래서 그 많은 보물과 유물이 잠들어 있다는 대단한 국박의 수장고에도 전혀 감흥이 없었다.

고미술에 환장하는 고상하신 아려 미술관의 김 관장님만 불러들였어도 충분했을 것을. 어차피 이번 일도 전적으로 그 여자 입김대로 진행될 텐데 말이다.

태성은 건성으로 책자를 넘겼다. 뻐딱한 태도가 꽤 이목을 끈 모양인지 진행 요원들이 흘끔흘끔 그를 쳐다보았다. 신경 끄라는 의미에서 눈을 곱게 휘며 웃어 주지 다들 빨갛게 익은 얼굴로 뻘쭘하게

---

3. 국박: 국립중앙박물관을 줄인 단어. 국중박 혹은 중박이라고도 한다.

고개를 돌려 버렸다.

'역시 이번에도 적당히 기부로 퉁쳐야겠다.'

요즘 여기저기서 세수가 적다고 난리인 마당에 국박은 입장료까지 안 받으니 예년보다 더 묵직하게 요구할 수도 있다. 그러고 보니 대놓고 그를 지갑 취급하는 식객도 하나 늘었다. 태성은 아주 진지하게, 이번 연도는 아주 삽으로 돈을 퍼다 뿌릴 운세인가 고민했다.

"어머, 오셨나 보네?"

바로 옆에서 목소리가 들리기에 혹 자신에게 인사를 하나 싶었지만, 역시. 누군가 높은 사람이 오는 듯 입구 쪽이 부산스러워졌다. 뭐, 누가 오든 태성과는 연이 없는 이일 터였다. 이 업계에서 입김 좀 세다는 사람은 대부분 돈으로 예술을 산 태성 같은 사람을 가장 혐오했다. 태성을 마주친다고 한들 살갑게 말을 걸어 줄 리가 없다.

하지만 웃긴 일이었다. 결국 이 바닥에서 돈 안 뿌리고 예술을 접한 사람이 누가 있다고.

"늦었습니다."

"오셨습니까? 저, 그런데…… 김 관장님께서는…….'"

"회장님과 함께해야 하는 행사가 급히 잡혀서 제가 대신 오게 되었으니 이해해 주셨으면 합니다. 따로 연락해 주시겠다 하셨습니다."

박물관 관계자의 얼굴이 새파랗게 질렸다. 김 관장이 아니라 첫째 딸이 왔다.

'누구더라…… 그래, 윤진서.'

김 관장과 함께 이런 쪽 큰 행사에 얼굴을 잘 들이밀었던 여자. 다음 대의 아려 미술관장은 윤진서가 되리란 게 기정사실이나 이런 정부 기관의 공식적인 행사에 김 관장이 아닌 윤진서만 왔다는 건 문제가 좀 컸다. 오늘 일정 중 김 관장의 심기를 거스른 무언가가 생겼단 뜻이므로.

'하여튼 피 말리는 방식으로 사람 쪼아 대는 덴 도가 텄지.'

태성은 혀를 차다 문득, 어쩌면 김 관장이 지금 이곳에서 제일 거슬리는 건 자신이 아닐까 싶었다. 물론 그렇다면 기쁜 일이고.

"어머, 윤 사장."

"오랜만입니다, 이 관장님."

"아니, 무슨 공사가 다망하시기에 우리 김 관장님이 이런 일에 빠지셨을까. 막내 아드님 일로 많이 바쁘신가 봐?"

여태 구설에 오르내릴 일이 없던, 정확히는 있어 봤자 결국은 똑같은 재벌이면서 자기들은 다른 척한다는 뒷말 정도가 다였던 AR그룹의 내부에 드디어 무슨 일이 생겼다는 징조다 보니 다들 기다렸다는 듯 윤기현을 화두로 꺼냈다. 말로는 정말 궁금하다는 듯 윤진서에게 추근거렸지만, 사실 앞에다 대고서 씹는 것과 다름없었다.

그들이 그러든 말든 최근 폭풍의 핵인 기현의 이야기를 듣고서도 윤진서의 표정은 온화하기만 했다.

"그런데 윤 사장, 옷이⋯⋯."

기현의 이야기가 생각처럼 상대의 반응을 끌어내지 못하자 이번엔 만만한 옷을 주제로 삼는다.

"옷이요?"

"으응, 그게⋯⋯ 아니, AR그룹이 뭐 돈이 없는 것도 아니고 이런 자리에선 좀⋯⋯. 왜 TPO라는 것도 있잖아."

원단 같은 데 크게 관심이 없는 태성이 보기에도 윤진서가 입은 옷은 그리 고급스러운 재질의 것이 아니잖나. 그렇다고 보풀이 일어나거나 실밥이 보이는 싸구려는 더더욱 아니었다. 그냥 무난한 보통의 옷일 뿐이다. TPO에 어긋나는 디자인은 더더욱 아니었고. 뭐, 저 사모님들 시각에야 최고급 소재로 만들어진 장인의 작품이 아닌 옷은 모두 TPO에 어긋나는 쓰레기인 모양이었지만.

그저 AR그룹이라면 못 끌어내려서 안달인 H그룹 사모님이 무슨 말을 하고 싶은 건지 알아챈 윤진서가 아아, 하고 피식 웃었다.

"아려 백화점에서 이번에 독점 론칭할 SPA 제품이에요."

"맞아요, 요즘 SPA 브랜드나 마트 PB도 나쁘지 않더라고. 디자인 괜찮네요. 언제 출시되는 거예요?"

H그룹의 계열사에 수주를 빼앗겨 심사가 꼬인 D그룹의 사모님이 툭 끼어들었다. 멀찍이서 관찰하는 태성이 다 피곤해지는 기 싸움이었다.

"열흘 후에요. 그런데 이 컬러론 시중에 안 풀릴 것 같네요."

"어머, 왜요? 예쁜데."

"막상 시장에선 잘 안 먹히는 색이잖아요. 저도 디자인은 좋았는데 컬러가 아쉬워서 제 것만 따로 하나 생산해 봤어요."

"누구한테 맡겼어? 우리 마트 PB도 디자인은 괜찮은데 색감이 영우중충해서 별로야. 나도 소개 좀 받고 싶네."

"음, 어디서 생산하시죠? 저희는 베트남 공장에서 만들어요."

"아, 우린…… 어, 공장? 브랜드 샘플실이 아니라?"

윤진서가 말을 받아 주자 조금 뿌듯한 얼굴을 하던 D그룹의 사모님이 공장 이야기에 조금 어리둥절해하며 되물었다.

"어…… 시장에서 잘 안 먹힐 것 같아서 따로 만들었다고 하지 않았어?"

"네."

"으응? 그런데 베트남 공장이라고? 에이, 설마 공장에서 이 한 벌만 만든 거야?"

그거 한 벌 지으려고 해외 공장을 돌린 거냐고 농담 따 먹기하듯 웃던 사모님들의 표정이 점차 굳어 갔다.

"그러니까, 정말로……."

"저도 자세히는 모르겠네요. 그냥 이 색상으로 만들어 달라고 했더니 공장 한 번 더 돌린 거라서."

어디서 찬 바람이라도 부는 것처럼 냉기가 솔솔 흘렀다.

아무에게나 주문받지 않는 디자이너에게 의뢰해 생산도 까다로운 최고급 원단으로 만든 옷이라고 했다면, 아니면 백화점 명품관을 쓸어다 한 번 입고 막 버린다고 했다면 차라리 이런 기분이 들진 않았을 거다. 시중 정가로 고작 10만 원 안팎일 옷 한 벌 만들겠다고 그 큰 해외의 공장 하나를 통째로 가동시키고, 그걸 아무렇지도 않게 여기는 점이 다른 사람들의 기를 죽게 했다.

"안녕하세요."

질시 섞인, 그러면서도 자신과 가까워지고 싶어 어쩔 줄을 몰라 하는 뭇사람들의 선망 어린 시선을 즐기던 윤진서가 느닷없는 인사에 고개를 들었다 조금 묘한 표정을 지었다.

이렇게 가까이서 보는 건 처음이지만 윤진서는 기본적으로 예쁘장한 얼굴이었다. 나이를 가늠할 수 없는 잘 가꿔진 피부에, 늘씬한 몸매. 교육받았을 게 뻔한 표정과 옷 고르는 취향을 빼곤 기현과 그다지 닮은 구석이 없었다.

그러고 보니 아무리 꼭꼭 숨겨 뒀다고 해도, 윤기현은 이렇게 형제들과 닮은 구석이라곤 하나도 없는데 어떻게 누구도 의심할 생각조차 못 했을까.

"예쁘네요, 옷."

"고맙습니다."

여전히 기품 넘치고 당당한 얼굴이었지만 태성을 향한 노골적인 혐오감을 숨기지는 않은 채다. 오히려 그 점이 고마웠다. 김 관장이 이렇게 유치한 시위를 벌이는 게 저 때문이라는 걸 확신할 수 있었으므로. 기쁘고 영광스러운 일이었다. AR그룹의 안주인이 견제하고 노여워할 정도의 존재가 되었다는 뜻이니까.

"전 고미술품엔 관심이 없어서인지 봐도 잘 모르겠네요. 조용히 기부만 하겠다고 말했는데도 굳이 불러서 오긴 왔습니다만."

"요즘 대원 미술관이 워낙 인기가 많잖아요. 현대 미술론 요즘 진 관장님 따라올 사람이 없는 게 사실이니까요. 누보 리쉬적인 감각이 오히려 독특하게 다가오는 것 같아서 저도 관심 있게 지켜보고 있습니다."

누보 리쉬적인 감각이라. 그러니까 대놓고 졸부라고 까는 거였다, 지금.

"윤 사장님 오늘 패션도 그렇죠. 올드 머니 취급받기엔 아까운 감각이십니다."

"재미있는 말씀을 하시네요. 신무원 사람들을 말할 땐 올드 머니가 아니라 근본이 있다고 말하거든요, 보통은."

말마따나 너무도 신무원 사람다운 반격에 태성은 어깨를 으쓱했다. 아쉬웠다. 차라리 윤인범이 아니라 이 여자가 그룹 후계자가 된다면 더 붙어 볼 만했을 텐데. 그 새낀 어떻게 장남이라는 거 빼고는 봐 줄 만한 구석이 하나도 없을까.

"그러고 보니, 잘 있나요? 우리 막내는."

와인이 취향이 아닌지 가볍게 미간을 찌푸리며 서버에게 잔을 돌려준 윤진서가 아무렇지도 않게 기현의 이야길 물었다. 무려 기현을 막내라고 지칭하면서.

"그 이전까진, 미안한 이야기지만 대원 재단에 크게 관심을 두질 않아 몰랐어요. 이번에 알아보니 우리 막내와 이사님, 두 분 닮은 점이 많은 것 같더군요."

무엇이 닮았는지는 일부러 이야기하지 않았지만 알 것 같았다. 아까의 윤진서 표현을 빌리자면, 근본이 없다는 점일 터.

"사업도 굉장히 재미있게 펼치시던데……. 전 대원 재단과 연계된 곳이 그렇게 많은 줄 몰랐어요. 뭐, 그것도 우리 명예 회장님 아니었다면 힘든 일이었겠지만."

"와, 벌써 거기까지 알아내셨습니까?"

"AR그룹이 마음먹으면 이 나라에서 못할 것도 없다는 거, 진 관장님이 더 잘 아시지 않나요? 그래도 요즘 대원이 미술 통해서 자금 시장을 꽝꽝 얼리고 있는데도 회장님과 관장님이 왜 신경도 안 쓰실까, 생각은 했었지만……. 조사해 보니 조부님 옛 자산과 관련이 있더군요, 대원 재단."

알다마다. 과장되게 맞장구쳐 주던 태성이 갑자기 궁금한 게 생겼다며 입을 열었다.

"그런데 제가 전부터 정말 궁금했는데 말입니다. 신무원에서는 아버지를 아버지라고, 어머니를 어머니라고 부르면 무슨 큰일이라도 생깁니까? 기현 씨도 그러던데. 회장님, 관장님, 집사님……."

집사님이라는 말에 윤진서가 표정을 싹 지웠다. 쯧. 태성은 속으로 혀를 찼다. 이수경에 대한 언급이 수위 높은 도발인 건 맞았다. 하지만 그럴수록 남들 앞에서 태연하게 굴 줄 알아야지.

그래, AR뿐 아니라 요즘의 재벌 3세들은 이게 문제였다. 처음부터 금수저 물고 태어났으니 결핍이 뭔지를 모른다. 거슬리는 것을 두고 볼 인내심 따윈 더더욱 없고. 태성은 어쩌면, 지금처럼 기현의 일로 균열이 생기지 않았더라도 이 세대에서 AR그룹의 신화는 무너졌으리란 생각이 들었다.

"그래요, 조부님이 워낙 많이 베풀고 사셨지요. 그 땅이 그렇게 쓰일 줄은 모르고 그러셨겠지만."

"용도야 뭐 어떻습니까. 중요한 건 현재 대원이 돈을 아주, 매우, 잘 벌고 있다는 사실이죠."

"글쎄요. 저는 진 관장님과는 생각이 달라서."

또 근본의 문제다. 굳이 따지자면 어찌 되었든 태성도 부친의 뒤를 잇는 2세대 경영인이고, 두 세대에 걸쳐 이 정도 성공한 기업이면 이렇게까지 무시당할 처지는 아니다. 그런데도 대원이 좀처럼 재벌들 사이를 비집고 들어가지 못하는 이유는 창업의 시작이, 기업의 태동이 썩 떳떳하지 않기 때문이다.

태성의 아버지는 돈을 많이 버는 것이 가장 중요했다. 비싼 차, 비싼 옷, 예쁜 여자들을 낀 채 비싼 음식 먹고 떵떵거리며 사는 게 평생의 소원이었다. 그래서 아려 물산의 창립자이자 AR그룹의 명예회장, 그러니까 기현의 조부 밑에서 소처럼 일하며 알랑거리다 땅을 조금 얻어서 독립했다.

땅을 밑천으로 건실한 실업이라도 일구었으면 좋았을 텐데. 불행히도 태성의 아버지는 술장사를 시작했다. 말이 술장사지 윗사람들 비위를 맞춰 줄 모든 종류의 향락을 파는 곳이었다.

그렇게 술 팔고, 여자 팔고, 뒷돈 놀이 좀 하면서 불린 돈으로는 투기를 시작했다. 대한민국 부동산 불패의 신화는 진태성의 아버지로부터 시작되었다고 해도 과언이 아니었다. 심지어 지금도 땅따먹기로 잘 먹고 잘사는 모 그룹의 알짜배기 부지들을 추천해 준 것도 그였으니.

그런 부친을 밀어낸 후 바닥을 기었던 기업 이미지를 어느 정도 회복하고 계열사들을 이만큼이나 일구어 낸 게 바로 태성이었다. 어차피 똑같이 손 더럽힐 거, 물장사하는 걸로는 면이 서질 않아 방산 업체를 세웠고, 온갖 미술품을 사들여 미술관을 지었다. 그리고……

"시작은 미약하나 그 끝은 창대하리라, 이 말이 괜히 있는 게 아니니까요."

그대로 뒷골목에 묻혀서 살았어도 나쁘진 않았을 거다. 부친과 '그 여자', 그리고 '그 새끼'에게 모두 되돌려 주었으니 더는 아쉬운 것도 없다. 그러나 그땐 부친이 쌓은 그 어둠을 벗지 않으면, 빛이 되지 않으면 당장 자신이 견딜 수 없을 지경이었다.

평생을 물 밑에서 살아온 아버지를 조롱하려는 마음도 있었지만, 사실 지독하고 사치스러운 삶의 권태가 태성을 하루하루 메마르게 만들었다. 그리고 지금은 그만두고 싶다고 그만둘 수 있는 규모가 아니게 되어 버렸다.

'그래. 당신들이 어떻게 알겠어. 나나 윤기현이 무슨 짓까지 저지르며 오늘날까지 살아남았는지.'

서늘함이 스쳐 가는 태성의 얼굴이 심상치 않음을 느꼈는지 잠시 움찔했던 윤진서는 그런 일로 조금이나마 움츠러들었던 자신이 용서가 안 되는지 이내 더욱 오만하게 고개를 빳빳이 들었다.

"시작 자체가 다른 세상이 있다는 걸, 곧 절실히 깨닫게 될 겁니다. 그러고 보니 우리 유통사 지분을 확보하셨다고요."

윤진서가 조감도의 나무 부분을 손가락으로 성의 없이 건드리자 옆의 진행 요원이 즉시 그 부분을 뽑아냈다. 옆에 붙어서 윤진서가 시키는 대로 하라고 지시를 받은 모양이다. 스티로폼이 통째로 떨어져 나가면서 가루들이 흉하게 부서졌다.

"조심하세요. 분수가 안 되는 것을 탐내다가 가진 걸 전부 잃게 될 수도 있어요."

"친절하시네요. 그런데 저한텐 그렇게 친절하게 대해 주실 필요 없습니다."

지분 확보한 이야기까지 하고서는 주제 파악 타령에, 앞으로 잃게 될 것을 조심하라니. 대놓고 대원을 건드릴 수도 있다는 경고 아닌가. 애초에 윤진서가 멍청한 티를 내는 부류 같지는 않으니 그만큼 태성을 얕잡아 보았다는 뜻일 거다.

"말씀하신 대로 근본이 없는 전 가장 약한 사람부터 물어뜯거든요."

황홀할 정도로 달콤한 태성의 미소에 잠시 멍하니 시선을 빼앗겼던 윤진서가 뒤늦게야 정신을 차리고 입술을 꾹 깨물었다. 곱게 자란 공주님의 같잖은 배려를 마음 깊숙이 새기려는 듯 태성은 나무들이 뭉텅 뽑혀 흉해진 조감도를 한 번 더 들여다보았다.

"궁금하지 않으세요? 제가 왜 이제야 대원 재단의 일을 알게 됐는지. 아시잖아요, 한국 어떤 정보기관보다 우리가 부리는 사람들이 뛰어나다는 거."

"대원에 관심이 없으셨겠죠."

"그렇진 않아요. 관심이 생기는 건 수준을 따지는 것과 별개의 이야기잖아요? 다들 대체 대원이 뭐 하는 곳인데, 하고 의아해할 찰나, 아버지께서 굳이 알 필요가 없다고 하시더군요. 그래서 관두었어요."

어떤 의미론 대단했다. 윤 회장의 말 한마디에 그 어떤 정보도 수집되지 않고, 또 실제로 알아볼 생각도 안 했다니.

"고작 못 보던 벌레인데."

태성의 눈썹이 신경질적으로 꺾였다. 비유 한번 굉장했다.

"처음 본 벌레 한 마리 나타났다고, 그게 무슨 종류이고 무엇을 먹고살고…… 그런 것까지 하나하나 다 분석한 다음에 죽일 필욘 없으니까요."

틀어 올린 머리를 매만지며 윤진서가 실례하겠다 말을 끝맺곤 자리를 떴다. 자신이 한 방 먹였다고 생각했는지 돌아서는 어깨에 잔뜩 힘이 들어가 있었다.

"벌레라……."

태성은 망가진 조감도를 들여다보다 돌연 입을 틀어막았다. 다소 소란스럽게 사람들을 밀치고 화장실을 찾았다. 뒤에서 뭐라고 욕을 하는 것도 같았지만 그런 것에 신경 쓸 겨를이 없었다. 달려가 문을 열고, 그대로 모든 걸 게워 내기 바빴다.

윤기현과 있을 때도 그랬고, 김 관장을 가까이서 마주쳤을 때도 그랬고. 윤진서도 이렇게 가까이서 독대를 해도 아무렇지 않은 것 같아서. 버틸 수 있어서. 그래서 이젠 다 나은 줄 알았다. 다 잊은 줄 알았다. 그런데…….

"……씨발. 대체, 왜."

착각이었던 모양이다.

조 실장은 나날이 부피를 더해 가는 산더미 같은 보고서에 끄응, 하고 앓는 소릴 했다.

"왜 하필 용산구를 고르신 겁니까. 재개발 문제도 있지만 최근엔 업무지구 문제도 터져서 여기 사정이 얼마나 복잡한데요."

"제가 안 골랐다니까요. 그 대단한 조 실장님 상사가 우리 엿 먹이려고 여기 골랐나 보죠."

그 보고서를 함께 들여다봐야 하는 기현도 막막한 건 마찬가지라 말이 좋게 나가질 않았다. 하지만 솔직히 조 실장 생각에도 태성은 그런 어이없는 이유로 용산구를 고르고도 남았을 성격이라 뭐라 할 말이 없었다.

돌아가는 상황이 흥미로운 동네긴 했다. 10대 기업의 총수들과 미군 고위 장교들이 살고, 대사관이 늘어서 있는 곳. 동시에 서울의 몇 안 남은 달동네와 공사를 멈춰 흉한 철골들이 여기저기 널브러진 곳.

"아……."

진동에 핸드폰을 확인한 조 실장이 갑자기 침음했다.

"여야에서 내일 동시에 출마 선언을 한다고 합니다."

"후보자는 누군가요?"

"여당에선 조문래 전 차관을, 야당에선 민준식 전 원내대표를 후보자로 내세운다고 하네요."

"예? 민준식 의원이요?"

민 의원이라면 당 대표보다 더 큰 지지층을 가진 사람이었다. 그런 거물이 왜 지역구 보궐 선거에…….

"네. 엄밀히 말하면, 잠시 물러나 있었으니 전 의원이라고 하는 게 맞겠지만……. 어쨌든 민준식 의원을 후보로 올려놓고 떨어지면 야당은 진짜 죽는 겁니다."

"여당은…… 장관도 아니고 게다가 전직 차관인데 파급력이 그렇게 클까요?"

"조문래 전 차관의 아버지가 지금 청와대 수석 공보관입니다."

"음……."

"아무리 그래도 민 의원에 비해서야 한참 떨어지긴 하죠. 그런데 용산구가 여당 표가 워낙 밀집한 곳이라……. 여당 입장에선 손해 볼 게 없는 겁니다. 조문래가 민준식을 꺾었다? 그럼 그걸로 기세등등해질 거고. 설사 떨어지더라도, 다른 사람도 아니고 민준식에게 패했으니 어쩔 수 없었다고 내세울 수 있고."

이번엔 기현이 탄식했다. 야당에서 누굴 내보내든 여당 후보자에게 처지지 않을 사람 정도면 좋겠다고 바란 건 사실이지만 이 정도 거물을 바라진 않았는데.

그렇다고 정말 기현과 AR그룹을 믿어서 민 의원씩이나 되는 사람을 내보낸 것 같지는 않았다. 당연히 당선되면 좋겠지만, 설사 안 되더라도 이 기회에 AR그룹을 압박할 핑계가 생긴 셈 치자는 느낌이었다.

"굵직한 후보자들은 다 정해졌으니 적어도 이번 주 내로 리서치 회사에서 지지율 발표를 할 겁니다."

"괜찮습니다. 제 지지율이 높지 않을 거라는 건 저도 압니다. 이제 시작이잖아요."

가장 골칫덩어리인 업무지구 관련 보고서를 넘기며 기현이 덤덤하게 대꾸했다. 조 실장은 그런 기현을 흘끔거리다 조금 망설이며 말을 붙였다.

"지금 이 상황이 무척 괴로우실 거란 것도, 또 이사님과 엮이신 게 그리 유쾌하지만은 않다는 것도 잘 알지만…… 저는 두 분이 이렇게 알고 지내게 되어 다행이라는 생각이 듭니다."

"그런가요?"

"예. 두 분은 전혀 다른데도 닮았다는 생각이 가끔 들곤 하거든요."

이사님도 많이 힘드셨으니까, 하고 덧붙이는 조 실장의 목소리는 아주 작았다. 설마 진태성의 엄청난 비밀이라도 털어놓을 셈인가 싶어 잠시 귀를 기울였지만 그래도 명색이 그의 비서라고, 이 이상 사적인 감상을 늘어놓진 않았다.

"아무튼, 좀 어떠신가요? 지낼 만하십니까?"

"괜찮습니다."

괜찮기는. 서류철이 여기저기 나뒹구는 저 소파에서 불과 며칠 전 태성과 한바탕 난리를 쳤었는데. 그의 더운 숨과 오싹하게 만드는 손길이 다시 생각날 듯해 고개를 휘휘 저었다.

그러고 보니 진태성 그 남자는 요즘 대체 뭘 하고 다니는 건지 도통 모르겠다. 그런 일이 있고 난 다음 날, 어떻게 그를 마주하면 좋을지 걱정이 많았는데, 초조했던 것이 무색하게도 남자는 이미 새벽부터 출근한 상태였다.

그리고 그 이후론 기현도 나름대로 정신이 없었다. 핑계가 아니라 정말로 바빴다. 용산구 전체를 도보로 누비고 다녔다. 중간중간 인터뷰도 하고, 지역 방송에도 얼굴 내밀고. 그나마 중간에 치고 빠질 걸 아니까 견디는 거지, 선거 운동은 진짜 못 할 짓이었다.

조 실장도 그런 기현의 마음을 아는 듯 힘내시라며 다독여 주었다. 고맙다는 말 한마디에 감동할 줄도 알고……. 태성의 비서답지 않게 기본적으로 선한 사람이었다. 그러니 잘도 진태성 옆에 붙어 있는 거겠지만.

'보아하니 어릴 때부터 그 남자 밑에 있었던 것 같던데.'

기현은 문득 못된 생각이 치밀었다. 선한 사람이니까. 또 좋게 봐 주는 것 같으니까…… 어쩌면 조 실장을 이용하면 뭔가 수확이 있지 않을까?

"그나저나 조 실장님, 진전은 좀 있으셨습니까?"

잘해 주는 조 실장에게 미안했지만, 애초부터 자신의 목적은 이것 아니었던가.

"어떤 진전이요?"

"김진덕에게 사람 붙이셨을 거 아녜요. 성과는 좀 있던가요?"

생글생글 웃고 있던 조 실장의 얼굴이 딱딱하게 굳었다. 아무리 그래도 이렇게 대놓고 물을 건 또 뭔가, 그런 생각을 하는 것 같기도 했다.

"대원에 힘을 빌려 달라고 찾아온 이상 언젠가 그쪽도 알게 될 거라고 생각했습니다. 하지만 결국 직접 집사님을 찾아내는 건 나, 아니면 적어도 윤 회장이길 바라고 있어요. 아니, 그래야만 합니다. 조 실장님은 이런 제 마음 아실 거라고 생각하는데……."

물론 윤 회장이 이미 김 관장을 따돌리고 안전하게 집사님을 보호하고 있는 게 최고의 시나리오다. 다만 김 관장은 근거도 없이 그런 엄청난 소릴 던질 위인이 아니었다. 곁에 믿을 사람이 아무도 없으니 객관적 정보라도 적선하듯 베풀어 줄 수 있는 사람이 절실했다.

집사님에 대한 정보는 고사하고 당장 대원 재단에 대한 최소한의 가십거리도 알아낼 방법이 없었다. 지금까지 주워들은 이야기라고 해 봐야 고작 진태성의 나이와 학력, 실무 투입 시기와 이력 같은 것들이 다였다. 하지만 이 정도야 집요하게 검색만 해도 누구나 알아낼 수 있는 것들이다. 조 실장이 이런 자신을 안쓰럽게 생각해서라도 몇 가지 이야길 툭툭 던져 주었으면 좋겠는데…….

"음, 죄송합니다만 제가 해 드릴 수 있는 건……."

그가 난감해하며 애꿎은 서류만 획획 넘기는 사이, 차고가 열리는 소리가 들렸다.

"아. 이사님 오셨나 봅니다."

하필이면 이때야. 기현은 인상을 썼고, 조 실장은 한숨 돌렸다는 듯 어색하게 넥타이를 매만졌다.

"왜 혼자 옵니까? 조 실장님은요?"

모시고 올 테니 잠시 있으라고 한 조 실장은 어디로 가고 얄미운 진태성만 덜렁 집으로 들어와서 의아해했더니 그가 기가 찬 듯 허, 하고 천장을 올려다보았다.

"기껏 열심히 돈 벌고 온 사람에게 수고했다는 인사는커녕 왜 너 혼자 오냐는 푸대접이라니."

"귀가한 가장이 밥은 안 차리고 뭐 했냐고 짜증 낼 때와 비슷한 뉘앙스인데요."

기현 또한 미간을 찌푸렸다. 자신에게 그런 식으로 투정하는 건 좀 아닌 것 같다는 뜻에서 한 말이었다.

"틀린 말은 아니잖아요. 요즘은 버는 족족 기현 씨 밑으로 다 들어가고 있는데."

게다가 집까지 다 어질러 놓고, 하며 태성이 과장되게 한탄했다. 말하는 본새는 얄미웠지만 실제 상황은 과장이 아니라고 할 수 없는 게, 온갖 서류로 거실의 테이블과 소파는 며칠째 초토화되어 있었다. 너저분한 꼴에 태성이 혀를 내두르자 그 부분만큼은 조금 미안해져서 한껏 뾰족했던 기현의 표정이 조금 허물어졌다.

그러고 보니 이 남자와 참으로 오랜만에 마주하는 거였다. 아무래도 마지막으로 봤을 때는 끝이 좀…… 묘했으니까.

"뭡니까?"

태성이 불쑥 얼굴을 들이밀고서 뚫어져라 쳐다보자 기현의 표정이 다시 사나워졌다.

"신기해서요."

굳이 따지자면 선이 굵은 이복형제들에 비해 기현은 부드러운 인상이었다. 그때 우는 얼굴이 계속 잔상처럼 머릿속에 남아서 그런가. 괜히 청승맞아 보이고, 어딘가 먹먹한 느낌도 들고……. 물론 어디까지나 '다른 사람들에 비해서' 그렇다는 거다. 뾰족한 눈매와 무표정한 얼굴은 결코 만만한 인상은 아니었으니까.

'아, 지금 보니 윤기현만 쌍꺼풀이 옅네.'

그래, 확실히 사실을 알고서 보니 신무원 사람들 쪼르르 세워 두면 혼자 꽤 튀는 얼굴이겠구나 싶었다.

"비슷한 것도 같은데 전혀 다르다 싶어서."

"아까부터 무슨 소릴……. 혹시 본가의 누구 만나기라도 했습니까?"

"음."

태성은 가볍게 목울대를 울릴 뿐 명확한 답은 주지 않았다.

"지금 올라가실 겁니까?"

피곤한 듯 계단 쪽으로 향하는 태성을 붙잡자 무감하던 얼굴에 스멀스멀 장난기가 번졌다. 기현은 이번엔 말려들지 않으리라 결심하며 다름이 아니라 선거 관련으로 상의할 일이 있다고 못을 박았다.

"아, 안 그래도 여야에서 내일 동시에 출마 선언을 한다고 하던데."

"보고받았습니다."

태성이 가까이 다가서며 허리에 손을 감으려고 해 기현은 인상을 쓰며 불한당 같은 손길을 팍 쳐 냈다.

"여당 후보에 대해서 이야기 좀 했으면 하는데요."

"더 이야기할 게 있습니까? 거슬리는 사람은 수단과 방법 가리지 않고 치워 버리면 됩니다. 기현 씨가 가장 돋보일 거고, 표는 움직이게 되어 있습니다. 자식 군대, 낙하산, 친인척 특혜, 이런 것들 뒤지면 다 나오잖습니까. 사람 붙일 테니 신경 쓸 거 없어요."

"바로 그 문제 때문입니다. 전 그렇게 자잘한 것 말고 큰 것 하나로만 흠집 냈으면 좋겠는데요."

의외의 말에 태성이 한쪽 눈썹을 삐딱하게 올렸다. 분명 기현은 신무원 사람들을 비롯해 한자리 차지하고 있는 그들과는 다른 길을 걸을 거라고 다짐했었다. 그래서 이런 손 더럽히는 일은 싫다며 얼굴을 찡그릴 거라 생각했다. 일부러 구질구질한 사례를 나열한 것도 기현을 놀리려는 심산에서 비롯된 거였는데. 어쨌든 괜한 곳에서 결벽 증세를 보이지 않으니 일은 수월하게 진행할 수 있을 것 같았다.

"지역구 보궐 선거에서 아들 군 비리 정도론 여론 거리도 못 될 것 같고……. 국제 업무지구와 엮어서 기사 좀 써 주세요."

"음."

"그와 동시에 저는 국제 업무지구 투자 유치 다시 해내겠다는 걸 공약의 골자로 끌어가면 바로 비교가 되겠죠. 제 입에서 나온 투자 유치는 자연스럽게 AR그룹인 것처럼 무게가 실릴 테니 신빙성이 있을 거고. 다만 문제는…… 왜 그렇게 봅니까?"

"내가요? 뭘?"

"재미있고 신기한 것 보듯 하는 거. 그래, 그런 표정 말입니다."

기현이 불편한 심기를 드러냈지만 태성은 아랑곳하지 않았다. 그저 슈트 주머니에 불량하게 손을 찔러 넣으며 건들건들 가볍게 리듬을 탈 뿐이었다.

"당신 누나 때문에 기분 별로였는데 못생겨도 똑 부러지는 소리나 하는 당신이랑 이야기하니까 기분 좀 나아져서."

그 인간들 사이에서 어떻게 이런 게 나왔지, 하고 태성이 오른손을 주머니에서 빼내 기현의 볼을 톡톡 건드렸다. 못생겼다는 말에 울컥 뿔이 돋았지만, 그보다도 '누나'라는 말을 그냥 넘길 수 없었다.

"만났습니까?"

"내가 만나는 사람이 한둘인가."

"말 돌리지 마십시오. 윤진서, 만난 거 아닙니까?"

두 사람 다 미술관과 관련한 타이틀을 달고 있으니 마주치는 게 놀라운 일이 아니었지만…… 누구보다 혈통을 맹신하는 윤진서가 진태성을 상대해 줬다는 것, 그리고 그로 인해 그의 기분이 상한 게 확실해 보인다는 것이 조금 신기했다.

"궁금합니까? 둘이서 무슨 이야길 나눴는지."

태성의 눈이 어둡고 습하게 번들거렸다.

"……네."

기현의 대답이 채 끝나기도 전에 태성이 그의 허리를 세게 잡아당겼다. 이번엔 내칠 틈도 없이 빠르고 신속했다. 맹금류의 발톱에 콱 찍힌 기분이었다.

"그럼 윤기현 씨 좀 만져도 됩니까?"

"굉장히 불친절하게 추근거리시는군요."

"이 얼굴에, 한도 없는 카드까지 쥐여 줘, 애초부터 몸 받는 게 거래 조건인데 상냥하게 의사까지 물어 줘. 내가 뭘 얼마나 더 친절하고 상냥하게 윤기현 씨를 꼬셔야 하지?"

"이사…… 님."

"대답해 봐, 응?"

채근하는 진태성과 코끝이 맞닿을 정도로 가까워졌다. 그러면서 태성이 기현을 추슬러 안듯 자세를 다잡는 바람에 골반과 그의 허벅지 부근이 부드럽게 부딪혔다.

"수상하게 굴 거면 수상하게, 재수 없게 굴 거면 끝까지 재수 없게. 한 가지만 해 주시죠. 헷갈리니까."

다가오는 아름다운 얼굴을 비껴 피하며 허리에 감긴 손을 풀려고 했으나 태성은 오히려 그런 기현의 손을 잡아채 깍지를 끼고서 난간 쪽으로 밀어붙였다. 부딪힐 때 꽤 요란한 소리가 날 정도로 우악스러운 움직임이었다.

기현은 가까스로 손을 뒤로 뻗어 난간을 짚었다. 갑작스럽게 바뀐 시야와 허리를 찌르는 둔통에 얼굴을 찡그리는 사이, 더 피할 수 없도록 태성이 몸을 바싹 붙여 왔다.

"윽……."

이제는 태성이 뒷머리를 움켜쥐기까지 했다. 힘을 실어 눌러 오는 태성의 무게까지 견뎌야 하는 데다 갑자기 고개가 젖혀지는 아픔에 낮은 신음이 터졌다. 뜨거운 혀가 벌려진 입술을 대뜸 파고들었다. 타액이 엉키고 짐승 같은 숨이 터지는 건 순식간이었다. 과시라도 하는 것 같은 추접스러운 입맞춤이었다.

"……국립박물관에서 행사가 있었습니다. 가관이었죠. 옷 한 벌 가지고 무슨 기 싸움을 그렇게 하던지."

"그렇…… 습니까."

가쁜 숨을 색색대며 기현이 태연한 척 말을 받았다. 지난번 일로 저항보다는 이성적인 대응이 태성의 김을 새게 한다고 판단한 모양이었다. 물론 그건 사실이었다. 하지만 아닌 척 침착하게 구는 모양이 더 큰 자극을 부를 때도 있다. 지금처럼. 태성이 성(性)적으로 흥분을 느끼는 지점은 꽤 다채로운 편인데, 기현은 신기하게 그 모든 극점을 자극했다.

"당신 일로 자존심이 어지간히도 상했는지 손수 대원 뒷조사를 해 봤다고 하더군요."

태성이 다리 사이로 무릎을 쑥 끼워 넣었다. 키가 더 큰 탓에 태성의 무릎이 기현의 성기를 들어 올리다시피 압박해 왔다.

"그 이전까지는 윤 회장의 지시로 누구도 대원에 대해 알아볼 생각을 안 했다고 하던데."

"잠깐만, 이사님, 이건……!"

다리 사이를 배려 없이 비벼 대는 움직임에 태연한 척하던 기현의 연기도 끝이 났다. 몰랐는데 작정하고 밀어내려는 악력이 꽤 셌다. 마르긴 했지만, 운동을 안 한 것은 아닌 모양이다. 하지만 교양의 목적으로 운동을 익혀 다져진 근력과 실제로 싸우고 뒹굴면서 길러진 근력은 그 용도가 매우 달랐다.

"크읏……."

힘에서 밀리자 제법 분했나 보다. 손목이 멀쩡했다면 밀어낼 수 있을 거라고 생각이라도 한 걸까.

"이유를 물었더니, 신기한 벌레 하나가 나타났다고 그게 뭔지 분석하는 사람은 없지 않으냐고 되묻더군요."

거세게 몸을 뒤틀던 기현이 잠깐 멈칫했다.

"정말이지 그쪽 집안은 하나부터 열까지 대단한 것 같습니다."

여전히 부들거리고 있었지만 아까보다는 순한 눈이 되었다. 갈 곳을 잃고 데굴데굴 굴러가는 기현의 시선에서 감정이 뚝뚝 흐른다. 어쩐지 윤진서의 일로 미안해하는 것 같았다. 태성은 이런 기현이 몹시 신기했다. 똑같이 희롱해도 기현은 감정적인 자극과 호소에 훨씬 더 고분고분히 굴었다.

"기분은 더러웠지만 좀 아깝긴 하더군요. 내가 보기에도 윤인범보다 윤진서의 그릇이 훨씬 더 커 보였는데."

태성은 짧게 입맛을 다시며 두툼해진 기현의 바지 앞섶을 몇 번 더 비비고 물러났다. 어지간히 필사적이었는지 이마에 땀방울까지 매달고 있던 기현은 생각이 많아진 얼굴이었다.

"궁금한 게…… 있습니다."

"어떤?"

"혹시 이전에도 AR그룹 사람들과 무슨 일이 있으셨습니까?"

"음……."

태성은 짧게 목을 울렸다. 괜히 물러섰다. 그대로 엎어 놓고 박아 버릴걸. 아무 말도 못 하고 울게 할걸.

"글쎄요……. 뒤에서는 부러워하면서도 다들 재수 없어 했잖습니까. AR 망하는 꼴 보고 싶어 하는 사람이 한둘도 아니고."

"하지만 실천으로 옮기는 사람은 없었죠. 혹시 무슨 일이 있으셨던 거라면—"

"없다고 하기도, 있다고 하기도 좀 그렇습니다. 엄밀히 말하면 우리 집안 사람들 문제니까."

축축해진 입술을 소매로 쓱 훔치며 기현이 고개를 끄덕였다. 태성은 흐트러진 기현을 두고 그대로 다시 계단을 오르려다…… 문득 헝클어진 그의 앞머리가 거슬렸다. 한번 든 생각이 있다면 망설이지 않는 그답게 태성은 곧장 쏟아진 기현의 머리를 단정히 귀 뒤로 넘겨주었다.

"정 궁금해 못 견디겠다면…… 그냥 심심해서 그렇다고 해 두든가요."

그 말과 더불어 앞머리를 쓸어 준 행동이 그렇게나 의외였는지 기현의 눈이 동그랗게 커졌다. 태성은 그 수줍은 반응으로 아주 유치하고 작은 것들, 이를테면 머리칼을 넘겨 주는 일 따위가 성기를 비비고 혀를 섞을 때보다 기현을 훨씬 흔들리게 한다는 것을 깨달았다.

'그러니까…… 윤기현을 완전히 손안에 쥐고 움직이려면 불쌍하고 청승맞게 굴면 되는 건가. 좆같군.'

태성은 작게 혀를 차며 그를 뒤로하고 계단으로 향했다. 기현은 헤퍼질 필요가 있다고 했던 말이 무색할 정도로 쉬웠다. 문제는 이 제 다른 지점에서 발생했다. 저 남자의 쉬운 구석은 태성에게 이상 한 충동을 계속 불러일으킨다. 자꾸만 건드리고 싶어지게 만든다. 목적과 방향도 잃고서, 그저 막연하게 말이다.

"흠."

계단을 오르며 태성은 주먹을 쥐었다 폈다 해 보았다. 손에 감기 던 기현의 살결과 코끝에 맴돌던 체향이 선연했다. 떠올리고 있자니 아랫도리가 찌릿했다. 윤기현은 정말, 문제였다.

3장
우아한 세계

우아한 세계

"연예 정보 프로그램이요?"

조 실장은 사무실 앞에 방송국 사람들이 죽치고 있으니 놀라지 말라고 했다. 공중파와 케이블 채널에서 화제의 인물, 재벌 3세 윤기현의 패션 센스라는 주제하에 프로그램 하나 꽉 채울 거라고 단단히 벼르고 있다면서.

"조 실장님이 지시하신 겁니까?"

"아뇨. 자기들이 알아서 덥석 문 겁니다. 재벌가 왕자님이 외모까지 준수한데 미혼이고. 게다가 선거 출마했으니 싫은 소리도 안 하고 다 찍혀 줄 거고. 얼마나 좋은 소스겠습니까."

평소 같으면 아무렇지도 않게 흘려들었을 텐데, 태성을 앞에 두고서 외모가 준수하다는 평가를 듣고 있자니 조 실장이 서를 놀리는 것만 같았다. 아니나 다를까, 기현보다 느지막이 일어나 편한 옷차림으로 신문을 넘겨 보던 태성의 입에 슬쩍 얄미운 미소가 스쳤다.

"어쨌든 당분간 카메라들이 쫓아다닐 것 같으니 귀찮아도 좀 참으십시오. 참, 굳이 그 일이 아니더라도 지금쯤 갈아입을 옷이 좀 더 필요하실 것 같아서 챙겨 와 봤습니다. 저번에 보니 저나 다른 비서들이 골라 드리는 옷은 별로 마음에 안 들어 하시는 것 같아서요."

조 실장이 카탈로그가 빼곡한 쇼핑용 태블릿을 내밀었다. 얼떨떨하게 받아 드는 기현의 손길이 조금 어색했다.

"요즘 한국 VIP들은 이렇게 쇼핑합니까? 듣기만 했는데 정말이었네요."

신기해하는 기현이 이상해서 머릿속에 물음표를 가득 띄웠던 조 실장은 이내 아, 하고 한숨을 삼켰다. 이 불쌍한 도련님은 주어지는 것들 외에 정말 단 한 톨도 누릴 수 없었나 보다.

"너무 그렇게 보진 마세요. 아려 백화점 신상품은 시즌마다 다 받아 봤으니까요."

맞는 말이었다. 특히 조 실장이 기현을 안쓰럽게 여기는 편이긴 했지만, 그렇다고 마냥 불쌍하다기엔 그가 여태 살면서 누려 왔던 모든 재화는 최고급, 혹은 값으로 매길 수 없는, 이라는 수식어를 달고 있었다.

그러나 한편으론 그런 점들이 기현을 더욱 비극적이고 가엾이 여기도록 만들었다. 엉망이 되어서 간신히 납치범들에게서 벗어났던 처음의 모습이나, 호텔에서 본인이 우는 줄도 모르고 가만히 앉아서 눈물을 주룩주룩 쏟던 모습이 너무 강렬하게 남은 탓이었다.

"이거 완료 버튼 누르면 바로 결제되는 것 같은데, 맞아요?"

"예. 이사님 앞으로 되어 있으니 오늘 저녁엔 여기로 다 배달해 줄 겁니다."

"아……."

기현은 되도록 아무렇지 않게 여기려고 노력했지만 요즘 선거 때문에 언론에 뿌려 대는 돈이 어느 정도인지 알고 있었던 터라 살짝 목이 움츠러들었다. 게다가 계약서도, 담보도 없이 태성의 돈을 가져다 쓰고 있는 와중에 그에게서 카드를 건네받았던 날 보란 듯이 긁어 댄 전과도 있다.

'물론 먼저 권한 건 조 실장이었다지만…… 아무래도 지금의 쇼핑은 조금 염치가 없는 거 아닐까.'

하지만 정작 물주인 태성은 아무렇지도 않아 보였다. 이쪽은 신경도 안 쓰고 그저 다 훑어본 신문을 깔끔하게 각을 세워 정리할 뿐이었다. 그러곤 이내 뻐근한 듯 기지개를 켜며 일어섰다. 권태롭고 게으른 몸짓이었다.

말려 올라간 상의 아래로 슬쩍 드러난, 늘씬하게 잘 짜인 복근을 보고 있자니 절로 감탄이 새어 나왔다. 탐색하는 시선을 느꼈는지 불쑥 돌아본 태성과 눈을 마주쳐 의도치 않게 움찔 어깨가 떨렸다. 꼭 이러면 훔쳐본 것 같은데.

태성은 별말 없이 한쪽 눈을 가늘게 뜨고 잠시 기현을 위아래로 가볍게 훑었다. 그러곤 샤워할 요량인 듯 위층으로 성큼성큼 걸음을 옮겨 버렸다. 스쳐 가는 잘난 옆모습에 장난기가 가득해서 왠지 억울해졌다.

"더 필요한 건 없으시고요?"

"충분합니다."

"예. 필요한 게 있으시면 언제든 카드 사용하시고요."

퍼뜩 정신을 차리고 조 실장에게 태블릿을 돌려주는데 갑자기 뭔가가 찜찜해졌다.

'중요한 걸 놓치고 있는 것 같은데. 태블릿으로 필요한 걸 편하게

고르고, 방금 진태성이 또 장난 같은 걸 걸고⋯⋯. 그리고 뭐지.'

잡힐 듯했던 생각의 고리는 뭔가를 물어 오는 조 실장 덕에 순식간에 희뿌옇게 흩어져 버렸다. 대체 뭘까. 방금 진태성의 어떤 점이 이상했던 걸까.

"이제 일어나실까요? 방송 대본 다시 확인하시려면 지금 출발하셔야 할 것 같습니다."

기현은 석연치 않은 마음을 잠시 한구석에 밀어 두고 고개를 끄덕였다.

오늘 오후엔 용산역에서 다른 후보자들과 지역 방송 인터뷰를 하고 함께 인사 정도를 할 예정이었다. 그래 봤자 예비 후보자들이니 유세까진 아니고 보도 자료로 쓸 겸, 같이 서 있는 모습을 찍는 정도겠지만 분명 각 당에서 푼 사람들이 서로 외치느라 난리도 아닐 거다. 반면 AR그룹이 아니었으면 이 정도의 인지도를 얻는 것도 불가능했을 기현은 오늘 조금 초라해질 것 같았다.

"저, 그리고 어제 여쮜보신 일은⋯⋯ 저희도 워낙 조심스럽게 접근하고 있어서 알아낸 게 거의 없습니다."

지친 몸으로 이런저런 생각을 하고 있는데 조 실장이 불쑥 어제 껄끄럽게 끊긴 화제를 입에 올렸다. 역시 사람 좋은 그는 어제 내도록 고민했던 모양이다. 기현은 잠시 말을 고르다 어렵게 운을 뗐다.

"조 실장님."

"네."

"이상하지 않습니까? 제가 진 이사님께 집사님 좀 구해 달란 소리가 아니라 돈부터 달란 소리를 제일 먼저 했다는 게."

"정말 그렇게 말하셨습니까?"

조 실장이 눈을 동그랗게 떴다. 저 정도는 아니었지만 아주 유치

하고 노골적으로 돈을 요구한 건 사실이고, 그래서 태성이 박장대소했었다. 새삼 첫 만남을 떠올리며 기현이 고개를 주억거렸다.

"남들이 보기에 좀 이상할 거라는 생각은 듭니다. 그렇게 갖은 모욕을 다 당하고서도 집사님은 대체 죽었는지 살았는지…… 그래서 윤 회장이 이겼는지, 김 관장이 이겼는지도 모르는 상황인데도 전 아주 평온하고 아무렇지도 않게 일정 잘 소화하고 있잖아요."

스스로 생각해 봐도 좀 어이없었는지 기현이 픽 웃었다. 하지만 정말 그랬다. 생모의 행방은 여전히 모르는 채로, 수상한 남자를 물주로 삼아 정치판 뒷공작이나 펼치고, 심지어 그와 몇 번이나 키스한…… 모럴 따윈 찾아볼 수도 없는. 그런 지금의 상황이 아무렇지도 않다는 게 문제라면 가장 큰 문제였다.

"제가 만약 집사님이라면요, 저나 윤 회장이 아닌 다른 사람이 엉망이 된 자신을 발견하면 그 즉시 무슨 짓이든 했을 것 같거든요. 혀를 깨물든, 뛰어내리든, 어디에 머리를 박든."

집사님은, 그러니까 어머니는 원래 가족이 운영하는 작은 아파트형 공장의 경리로 일하고 있었다. AR그룹은 그 부지를 싹 밀어내고 서울 내 그럴듯한 연구소 하나를 만들고 싶어 했고. 그래서 마찰이 시작됐다고 했다.

그런 와중에도 공장장 딸이 예쁘장하더라는 소문은 자자했고, 부지를 시찰하다 소문의 실체를 몸소 확인한 윤 회장은 다른 욕심이 생겼다.

첫 시작은 갑작스러운 어음 만기였다. 일반인이 감당할 수 없는 정도의 자금 압박이 시작되어 가족 모두가 무릎이 꺾일 때쯤, 윤 회장은 야윈 집사님에게 치가 떨릴 제안을 던졌다.

물론 집사님은 처음도, 두 번째도 거절했다고 들었다. 그러나 당장 빚을 갚으라며 난입한 사람들이 눈앞에서 남동생을 차에 묶은 채로 공장 부근 한 바퀴를 돌았을 땐, 결국 회장에게 시키는 대로 다 할 테니 그만하시라고 엎드려 빌었다.

언젠가 윤진서인지 윤희연인지 누군가 비웃으며 그랬다. 어떻게 그런 몹쓸 목적으로 귀한 딸을 내주겠냐고 피를 토하던 가족들도 눈이 돌아갈 금액이 통장에 꽂히자 변하더라고. 그래. 그렇게 결국은 각자 필요로 했던 걸 갖게 되어 모두가 행복해지는 것으로 결론이 났다. 단 한 사람, 집사님…… 어머니만 빼고.

"들려오는 이런저런 이야기 일부만 조합해 보아도 집사님의 평생은 무척 고달팠습니다. 그런데 끝의 끝까지, 다른 사람들에 의해 협상할 수단으로 취급받는다면, 그건 너무 비참하지 않습니까."

어머니의 다른 가족들이 AR그룹의 아름다운 명예를 위해 어떻게 처분되었는지는 기현도 아직 아는 바가 없었다. 딸도 선뜻 내줄 정도로 어마어마했다던 그 많은 돈……. 과연 살아서 다 써 보긴 했을까.

조 실장은 무슨 말이든 해 줘야 할 것 같았지만, 끝내 어떤 위로도 꺼내지 못하고 가만히 기현을 뒤따랐다. 차에 오르고서도 기현은 잠시 아무 말이 없었다. 어제와 다를 바 없는 차분하다 못해 산뜻한 모습이었지만 직전까지 그리 즐겁지 않은 과거를 헤집은 탓에 자꾸만 분위기가 침잠했다.

"역시 그래도…… 보통의 사람들은 가족 찾는 일에만 매달리겠죠? 밥도 못 먹고 울면서 반쯤 미쳐서 지낼 테고요. ……저처럼 이런 수상한 짓부터 벌일 생각을 하는 게 아니라."

숨 막히는 분위기가 싫었는지 기현이 손가락으로 차창을 토독토독 두드렸다.

"아, 위로를 바라고 드리는 말씀은 아닙니다. 그냥요……. 제가 봐도 정상이 아닌데 보통 사람들이 어떻게 이해하겠어요."

어떻게 이해를 하겠냐는 말. 작게 사그라지는 기현의 문장들은 무척 오만했고, 참 썼다. 덕분에 지은 죄도 없는 조 실장의 고개가 점점 수그러들었다.

태성은 가끔 정말 미친 게 아닌가 싶을 정도로 변덕이 죽 끓듯 했고, 웃는 얼굴로 사람들에게 공포를 느끼게 한다. 기현은 그런 태성과 정반대로 연민을 느끼게 하고. 전혀 다른데도 두 사람 모두 비등한 정도로 대하기 어려웠다.

"어제 제가 조 실장님에게 괜한 부담을 드렸던 것 같네요. 이런 이야기까지 먼저 꺼내시는 걸 보면요."

"네, 하지만—"

"그런데 아시죠, 저는 곁에 부릴 수 있는 사람이 아무도 없습니다. 그래서 객관적인 정보 몇 가지만 얻을 수 있다면 그걸로 충분합니다."

문득, 기현은 이 자리에 태성이 있었더라면 좋았을 거라는 생각을 했다. 왠지 그에게는 이런 이질적인 불편함이나 미안함이 들지 않을 것 같았다. 기실 기현은 어느 순간부터 누군가에게 이해받는 것을 포기하게 됐다. 다른 게 아니라 그런 감정들이 가장 큰 사치였기 때문이다. 그런 의미에서 태성은 꽤 괜찮은 파트너였다. 투정을 부려도 그냥 그럴 수도 있겠다고 무감하게 받아 줄 것 같아서.

"아직은 저희도 얻은 게 없습니다. 생각보다 상황이 복잡해서……. 하지만 어머님 일에 관한 구체적인 단서가 생기면, 결과가 좋든 안 좋든 그건 바로 알려 드리겠습니다. 제가 해 드릴 수 있는 최선은 이것뿐입니다."

조 실장은 골치가 지끈거린다는 듯 눈을 꾹 감았다.

"……사실 저, 어제 못된 마음으로 조 실장님한테 대뜸 그래 본 겁니다. 착하신 것도 같고, 저 불쌍하게 생각하시는 것도 같아서요."

"……."

"그러니까 저, 조 실장님 이용한 거 맞아요."

갑갑한 한숨이 길게 터졌다. 그럼 끝까지 애처로운 척이나 할 것이지. 미워할 수도 없게 솔직하다. 하지만 그런 점이 기현의 곁에 사람이 자꾸 모이도록 하는 힘일 터. 조 실장은 처음으로 태성 몰래 기현에게 약간의 정보를 내주기로 약속한 자신을 합리화하기로 했다.

물론 모든 보고의 1순위는 당연히 그의 상사인 태성이었다. 기현에게 아무리 마음을 쓴들 이 점은 분명히 해야 했다. 하지만 이 불쌍한 도련님도 생모의 생사 정도는 알 권리가 있지 않을까, 그런 생각이 들었다. 왜냐하면…….

"……보고 있자면 이사님이 자꾸 생각나서 그렇습니다."

정말로 어린 날의 태성을 보는 것 같아서.

기현에게서 그때 태성이 풍겼던 아슬아슬함을 느끼곤 할 때마다 심장이 철렁했다. 이 불쌍한 도련님이 얼마나 더 울어야 하나, 안쓰러워져서. 안타깝게도 그때 조 실장이 해 줄 수 있는 건 아무것도 없었다. 괜히 기현에게 너그러워지는 것은 어린 날의 태성을 향한 부질없는 속죄의 마음일지도 모른다.

"저번에도 비슷한 이야길 하시더니."

"굳이 비교하자면 전혀 다르지만, 그래서 오히려 비슷하게 느껴집니다. 저도 이게 무슨 말인지 모르겠지만……."

기현은 대꾸 없이 픽 웃기만 했다. 의중을 알 듯 말 듯 한 묘한 미소였다.

"그런데…… 저도 궁금한 게 있습니다."

"뭔데요?"

썩 즐거운 주제는 아니었으나 지금은 솔직하게 물어봐도 될 것 같아서 조 실장이 조심스럽게 운을 뗐다.

"집사님…… 그러니까 어머님이 밉지는 않으셨습니까?"

사실 그는 기현의 말대로 이해할 수 없었다. 정계고 재계고 한자리한다는 사람은 대부분 그랬다. 이미 충분히 가졌는데도 더 욕심을 부리느라 진흙탕 싸움도 마다치 않는, 혈육에게도 가차 없이 철퇴를 휘두르는 왕좌의 게임. 누구보다 그들의 속사정을 많이 조사하고 다녔다고 자부한다.

다만 그런 조 실장조차 AR그룹 사람들처럼 소름 끼치는 짓을 자행한 재벌가는 처음 봤다. 그래서 신기했다. 그 지독한 환경 속에서도 기현은 어떻게 생모에게 그렇게 애틋한 마음을 품어 왔을까. 오히려 왜 나를 낳았냐고 원망할 법도 한데 말이다.

"음…… 머리가 좀 크고 나서 아주 힘들던 시기가 있었습니다. 제 배경이 정상적이지 않다는 걸 깨닫고 나니까 굉장히 비참해져서요."

기현의 상태가 심상치 않다는 걸 느꼈는지 아주 가끔은 자기 소식을 들려주려 애쓰던 집사님이 눈치를 보며 거리를 두었던 것도 아마 그 무렵이었을 거다.

"그러다 지분 배분 문제 때문에 귀국한 어느 날이었는데, 그때 우연히 집사님을 마주친 적이 있습니다. 묵는 곳이 같은 별채였으니까요. 한데 마주치니까 갑자기 울컥하더군요. 그래서 딱 한 번, 나는 대체 왜 태어났는지 모르겠다고, 그런 말을 한 적이 있습니다."

그마저도 아주 많이 에두른 표현이었다. 별채엔 감시 카메라와 도청기가 징그러울 정도로 포진해 있어서 기현은 무슨 말이든 함부로 내뱉을 수 없었다. 큰 소리를 내는 것은 더 안 될 말이었다. 그래서 윤 회장이든 김 관장이든 누군가에게 흐트러진 꼴을 보이는 게 어지간히도 두려워서 꼴사납게 숨을 죽인 채 헐떡이며 원망할 대상을 잃은 말을 늘어놓았다.

"그때 그러시더라고요. 나는 아니었겠냐고."

실제로 집사님이 막 신무원에 들어오고 나서, 그리고 제가 미국에 머물렀던 동안 어떤 일을 겪었는지는 기현도 모른다. 아예 말도 붙이려 들지 않는 윤진서를 제외한 다른 형제들이 툭툭 내뱉었던 말을 통해 퍼즐 맞추듯 이야기를 추측해 보았을 뿐이다.

인생을 완전히 발목 잡아 버린, 미치도록 싫은 사람과의 아이인데. 낳았다고 해서 애틋하지 않았을 건 당연한데. 그런데도 마음을 주지 않으면 당장에라도 머리 풀고 바닥에 드러눕고 싶은 심정이 어떤 것인지…… 기현은 짐작도 가지 않았다.

"나는 아니었겠니, 고작 한마디였는데…… 그 말을 들으니까 저도 더는 집사님을 미워하면 안 될 것 같았습니다."

그리고 자신도 어머니처럼 그렇게 견디면 될 것 같았다.

조 실장은 한참이나 대꾸할 말을 찾다가 그저 간신히 그러셨군요, 하고 답해 줄 뿐이었다. 그 외엔 할 수 있는 말이 없었다. 차가 선거 사무실이 있는 건물에 거의 다다라서 더는 음울한 대화를 이어 가지 않아도 되는 것이 천만다행이었다.

멀리서도 보이는 카메라와 조명으로 미루어 사람들이 북적이는 것이 심상치 않았다. 설마 할리우드 유명 인사들처럼 키스라도 날려 줘야 하는 거냐며 인상을 찌푸리자 그제야 조 실장이 애써 어색한 웃음을 지었다.

여러 가지 생각이 많은 가운데, 다시 차장을 두드리는 기현의 손가락은 자신도 모르는 새 태성 특유의 리듬을 닮아 가고 있었다.

태성은 너무 늦었나 싶어 시계를 확인했다. 적당한 시간에 도착한 게 맞았다. 가을이 맞기는 한지 여섯 시만 되어도 해가 뉘엿뉘엿 지려고 해 훨씬 늦은 시간에 도착한 기분이었다.

이례 없는 보궐 선거의 열기로 용산역 앞은 거의 마비 상태였다. 기자들에, 당원들과 지지자들까지. 도저히 앞에는 차를 댈 수가 없어서 일단 근처에서 내린 후 용산역까지 걸어와야 했다. 사실 기현보다는 김 총수의 부탁도 있고 해서 민 의원에게 인사라도 할 생각으로 왔지만.

'이건 생각보다 처참한 광경인데.'

기현에게 도움을 얻거나 이야기에 감동을 받아 자원봉사를 자처하는 사람은 많았다. AR그룹의 눈치를 보며 상한선까지 꽉꽉 밟아 후원 계좌에 입금하는 곳도 줄을 이었다. 뒤에서 찔러 대려는 수작질도 상당했다. 하지만 저렇게 당 소속의 후보자들처럼 이름을 외치고 연호해 줄, 그러니까 가시적으로 위세를 펼칠 수 있는 지지자들은 아직 없었다.

공식적인 오늘의 일정은 후보자 세 사람이 손을 잡고 용산역 앞 쇼핑몰의 특설 무대에서 인사를 하고, 각자 해산할 예정이었다. 하지만 모든 선거가 그렇듯, 각 당의 열성 지지자가 잔뜩 모인 이 상황에서 그대로 자리를 파할 리가 만무했다. 단상 아래 여당과 야당을 상징하는 색들로 정확히 양분된 가운데, 무소속에 조선인 기현이 존재감을 드러낼 수 있는 방법이 없었다.

'저 광신도들 틈바구니에 끼고 싶지는 않으니 일단 전화를 할까.

아니, 지금 전파가 터지기는 할까?'

그 정도로 모인 사람이 **빽빽**했다. 역으로 이어지는 계단이나 쇼핑몰로는 아예 접근할 수가 없어서 사람들이 혀를 내두르며 다 돌아설 정도였다.

어떻게 할까, 태성이 고민하는데 횡단보도 건너로 한 무리의 사람이 툭 하고 저 아비규환에서 떨어져 나왔다. 기현과 조 실장, 그리고 현아라고 하는 여자와…… 아무튼 그 떨거지들이었다. 태성 또한 걸음을 떼려 했지만 사람 천지에 차들도 갈 곳을 잃고 헤매고 있는 와중이라 함부로 움직일 수 없었다.

'어쩔 도리가 없군. 자리에서 잠시 기다리는 수밖에.'

기현에게도 꽤 많은 수의 카메라가 밀집해 있긴 했지만, 여야 후보들에 비해선 초라한 몰골이었다. 그를 찍는 카메라에 붙은 스티커가 알록달록했다. 뉴스 같은 곳이 아니라 쓸데없는 예능 채널인 거다.

이 상황에선 도저히 촬영이 안 되겠는지 방송국 사람들도 물러서려는 듯했고, 기현이 그들에게 멋쩍게 인사했다. 슬쩍 묵례하고 움직이는 걸음마다 코트 자락이 흔들렸다. 멀리서 보기에도 퍽 단정하고 깔끔한 모양새였다.

태성은 요즘 기현을 보고 있으면 왜 있는 집 자제들이 예술 일체를 더 잘할 수밖에 없는지 새삼 깨닫곤 한다. 어릴 적부터 좋은 것만 보고 자랐으니 당연히 아웃풋이 좋을 수밖에. 당장 걸친 옷만 보더라도 기현이 고르는 것들은 가격 여부와 관계없이 기품이 뚝뚝 떨어졌다.

사실 태성은 아직도 왜 피카소가 세기의 화가인지 모른다. 현대미술을 선호하는 건 저게 왜 예술인지 몰라도 대충 입을 털면 돈이 되기 때문이다. 물론 이론적으로야 알긴 안다. 얼마나 대단한 작품인지. 하지만 가슴으로 전율이 와 닿진 않았다. 단 한 번도. 그렇지만 윤기현은 피카소가 그린 그림의 아름다움을 충분히 이해할 것 같았다. 그게 당연한 환경에서 자라 왔으니까.

"옷이 날개라더니."

이 말을 하면 또 황당해하려나. 여전히 태성은 예측이 불가능한 기현이 거슬렸다. 껄끄러웠다. 신경 쓰였다. 특히 어제처럼 불쌍한 얼굴로 미안해할 줄은 짐작도 못 했어서. 그런데 나쁘지 않았다. 아니, 오히려 점점 재미있어져서 문제였다.

조 실장이 바로 건너도 아니고 저 멀리서 기다리고 있던 태성을 용케 발견하고는 기현을 쿡 찔렀다. 확실하진 않지만 잠깐 미간을 찌푸린 것 같았다.

킬킬대며 질 낮은 웃음을 흘린 태성이 반대편으로 걸음을 떼려는데, 기현 쪽으로 사람들이 왁 밀려왔다. 목이 터져라 당 이름을 외치던 지지자들이 이젠 싸움까지 붙은 모양이었다. 조 실장과 떨거지들은 그 기세에 화들짝 놀라 뒤로 물러났는데, 어이없게도 기현은 도리어 그쪽으로 튀어 나가더니 몸을 웅크렸다.

"저게 미쳤나?"

태성의 시야에선 정말 뜬금없이 인파 쪽으로 달려가 몸을 숙인 격이었다.

'밟히려고 작정한 건가?'

실제로 기현은 해초처럼 부유하는 사람들에게 여기저기 치이고 있었다. 한참을 그러다 사람들이 조금 진정된 것처럼 보이자 엉망이 된 옷을 툭 털며 누군가를 일으켰다.

그것은, 굉장히 이상한 풍경이었다. 극명하게 색이 갈린 사람들이 핏대를 세우는 가운데, 그들에게 밀려난 약한 사람을 보호해 주러 뛰어 들어간 윤기현이라니.

그 모습을 잠시 지켜보던 태성이 주머니에서 핸드폰을 꺼내 들어 줌을 당겼다. 때마침 용산역의 긴 에스컬레이터와 상가의 간판에 환하게 불이 들어오기 시작했다. 쓰러진 사람을 일으키는 기현의 뒤로 용산역 외벽에 반사된 오늘의 마지막 노을빛이 부서졌다.

괜찮냐고 묻는 듯 고개를 기울이는 윤기현.

또 무리했는지 손목을 주무르는 윤기현.

기현의 모습을 담으려 핸드폰 액정을 들여다보던 태성의 눈이 화면이 아닌 실제를 향해 천천히 움직였다. 전쟁터를 방불케 하는 위세전 한가운데서, 그런 기현 혼자 하얗게 빛나고 있었다. 꼭 중세 시대 아름다운 벽화의 한 장면 같았다. 절로 감탄이 나왔지만…… 그렇지만 그 역시 태성이 이해할 수 없는 그림. 현대 미술만큼이나 난해하고 아름다운 광경이었다.

빛처럼 영영 거기 머무를 것 같던 기현이 넘어진 사람을 다독여 주고, 다시 조 실장을 비롯한 자신의 남은 무리를 추슬러 그를 향해 천천히 걸어왔다. 성큼성큼 가까워진다.

그토록 기다렸던 조우인데, 이상하게도 태성은 뒤로 걸음을 물리고 싶어졌다. 여태 단 한 번도 느껴 본 적 없는 낯선 감정이 파도처럼 범람했다. 본능이 속삭였다. 저건 위험한 거라고. 해로운 거라고. 결국은 널 망치고 말 거라고.

"이사님, 오셨습니까."

"조금만 더 일찍 오셨으면 변호사님 저기서 손 흔들고 인사하고 하는, 그런 거 다 보실 수 있었을 텐데."

아주 번쩍번쩍 빛이 났다며 현아가 엄지손가락을 치켜세웠다. 태성은 상투적인 대꾸도 없이 조 실장에게 손짓했다.

"사진 한 장 보냈으니까 그거 적당히 어디에 뿌려 봐. 처음부터 기자들한테 찌르진 말고. 알아서 물어 가게 만들어."

"네. 안 그래도 메시진 받았는데 사람이 너무 많아서 아직 사진은 열어 보지 못했습니다."

제법 쌀쌀해졌는데도 열기가 엄청나긴 했는지, 가까이서 본 기현의 얼굴은 조금 붉게 상기되어 있었다.

"못생겨, 게다가 약해 빠졌어. 이걸 어디에다가 써."

갑작스러운 시비에 기현이 울컥한 얼굴로 태성을 쏘아보았다. 예상했지만, 눈앞에서 거의 종교에 가깝게 당의 이름을 울부짖던 지지자들을 보니 착잡하기도 하고, 이제 최종 후보 등록일까지 20여 일도 안 남은 상황을 어떻게 타개할까 고민도 많았던 가운데 태성의 막말을 들으니 정말 기분이 울적해졌다.

"그래서. 손은 아직도 아픈 겁니까? 그냥 좀 삐었다던데 왜 이렇게 안 나아?"

태성에게 뭐라고 퍼부어 줄까 고민하던 기현은 잠시 주춤했다. 부목은 애초에 치웠고 붕대도 이제 감지 않는데 여전히 손목이 욱신거렸다. 좀 괜찮아질 무렵부터 사람들과 악수하고 다닐 일이 한참 많아서 그랬을지도 모른다. 태성은 조 실장에게 주치의를 부르라고 지시하곤 이리저리 기현의 손목을 살펴보았다. 신경 써 주니 고마웠으나 함부로 손목을 휙휙 살펴보는 태성 때문에 안 아픈 곳도 아플 판이었다.

"사람 부를 거 없습니다. 요즘 악수하고 손 흔들 일 많아서 그런 거니까……. 상태 충분히 괜찮습니다."

"퍽이나."

"정말인데요. 요즘 잘 자고, 잘 먹고 있어요. 아주 튼튼합니다."

농담처럼 기현의 상태를 점검하던 태성의 얼굴이 조금 심각해졌다. 만약 기현의 말이 사실이라면 그게 더 큰 문제였다. 이 상황에서 잠도 잘 오고 멀쩡하다고? 스스로가 괜찮다고 믿고 있는 저런 상태가 제일 위험하다. 태성 본인의 경험에서 우러나온 깨달음이었다.

기실 저렇게 맹목적으로 자신하다가 결국은 아주 작은 균열에도 걷잡을 수 없이 무너져 버리게 된다. 멍청한 게 어떻게 우는지 모른다면서 펑펑 울고. 제 몸이 망가지고 있다는 바로미터도 모르고서 괜찮다는 소리나 하고 있다.

"그나저나 이사님, 오늘 늦게 들어옵니까?"

"아마도?"

"얼마나요?"

"글쎄요. 왜요?"

"확인 좀 할 게 있…… 현아 씨, 왜 그래요?"

내내 서 있어서 통통 부은 다리를 통통 두드리던 현아가 작게 웃음을 터뜨렸다. 표정이 묘한 건 조 실장과 다른 수행 비서들도 마찬가지였다.

"언제 들어오냐고, 왜 늦냐고 아옹다옹하시는 게 꼭 부부 같아서요."

그 말에 말이 없던 수행 비서 중 한 사람이 크윽, 하고 웃음을 흘렸다가 태성의 눈치를 보며 간신히 얼굴을 굳혔다.

"이봐요, 마누라. 미안하지만 내가 오늘은 저녁 접대 때문에 좀 늦게 들어갈 것 같은데 어쩌죠?"

"방금 뭐라고…… 마, 마누라요?!"

"어쩌겠습니까. 사회생활 열심히 해야 돈도 많이 벌 거 아닙니까. 우리 부인 먹여 살리려면."

태성이 어깨를 으쓱했다. 허. 기가 막힌 기현이 잠시 저 먼 곳을 쳐다보았다. 체면도 잊고 벌컥 따지려 했지만, 오늘 내내 시무룩함을 애써 감추던 사람들의 분위기가 조금 밝아져서 그러지도 못했다.

"아⋯⋯."

핸드폰을 한참 들여다보던 조 실장이 일순 감탄도 탄식도 아닌 묘한 한숨을 내뱉었다. 아까 태성이 기사로 뿌리라던 사진을 이제야 확인한 것이다. 예쁘다. 그 말만큼 어울리는 수식어가 없었다. 멀리서 찍어서 화질은 좀 뭉개졌어도, 사진 속 기현은 정말 예뻤다. 그리고 이 예쁜 장면을 건지자마자 언론을 휘두를 생각을 하는 태성의 비상함에 소름이 돋았다.

"왜 그러세요?"

"⋯⋯아닙니다. 이동하시죠. 아, 이사님께는 조금 후에 사진 관련한 결과 보고 드리겠습니다."

알아서 잘하라며 어깨를 짚어 주고 간 태성의 얼굴에는 아직 옅은 웃음기가 남아 있었다. 기현을 마누라라고 놀렸던 게 어지간히 재미있었던 모양이다.

조 실장은 기현을 전담하기 위해 급히 마련된 TF 팀원에게 사진을 전송하면서, 걸어가는 태성의 뒷모습과 사진 속의 기현을 번갈아 바라보았다. 태성이 가는 모습을 끝까지 지켜보려고 했지만, 기현에게 잠시 시선을 주었던 사이 그는 어느새 사람들 틈에 묻혀 아득한 어둠이 되어 버렸다.

✦ ♟ ✦

태성의 주치의는 다소 정신없이 문진을 시작했다. 넘겨 보는 서류의 양이 상당했다. 간단한 검진이라더니 아까는 채혈까지 했다. 생

각 외로 본격적이라 얼떨떨했는데, 그렇다고 하더라도 딱히 해 줄
말이 없었다.

"사실 이젠 거의 불편함이 없으셔야 하는데……. 아직도 많이 아
프세요?"

"아뇨."

사람까지 다 물리고 제법 비장하게 상태를 물어 왔지만 그래도 할
말이 없는 건 사실이었다. 아까는 밀려드는 사람들 하중을 견디려고
힘을 줘서 그랬을 뿐이다. 그런 갑작스러운 상황에선 누구나 뻐근함
을 느낄 것 같은데.

"식사는요?"

"제때 먹는 건 아니지만 시간 있을 때마다 잘 챙겨 먹고 있습니다."

당연히 고용인이 차려 준 영양학적으로 완벽한 밥상은 아니었지
만, 굳이 그런 이야기까진 하지 않았다. 조미료로 범벅이 된 찌개에
원산지가 어딘지 모를 반찬을 먹더라도 기꺼이 그를 위해 주는 사람
들과 함께하는 한 끼가 훨씬 더 마음이 편하고 맛있었다.

"자다가 손목이 아파서 깨거나, 그런 적은 없으시고요?"

"네."

……새벽에 잠들어 새벽에 일어나지만. 이건 내내 지켜 왔던 매뉴
얼 중 하나였으니 새삼스러울 일이 아니었다.

"눈가가 좀 붉으신 편인데, 제대로 주무시는 건 맞으세요?"

"수면 시간이 긴 건 아니죠."

"아. 시간도 중요하긴 한데 그보다 더 중요한 건 편히 주무시는지,
그 여부입니다."

"글쎄요. 편하다곤 할 수 없겠지만 평소와 딱히 다른 상태는 아닌
것 같은데요. 일단 못 자는 건 아니니까요."

주치의가 의심스럽다는 듯 고개를 갸웃거렸지만, 본인이 문제없다고 하는데 뭐라고 더 할 말이 없어서 일단은 알겠다며 일어섰다.

악몽으로 땀에 젖어 깨는 일, 얕게 잠들었다가 깨길 반복하는 일. 요즘은 그 강도가 조금 더 세긴 했지만 아주 어릴 때부터 그런 수면을 취해 온 터라 기현은 평소와 다름없는 정상적인 패턴이라 여겼다. 그렇게라도 눈을 붙이는 게 아예 한숨도 못 자는 것보단 낫지 않은가.

물론 남들이 보기엔 이게 비정상이라는 걸 알지만, 그걸 태성의 주치의에게 터놓을 수는 없었다. 진태성도 아니고, 하물며 조 실장도 아니므로. 더 마주칠 일 없을 것 같은 대원의 사람에게 그런 개인적인 이야기는 하고 싶지 않았다.

기현은 링거의 수액이 떨어지는 걸 무료히 지켜보다가 메시지를 보냈다. 김진덕과 윤 회장의 비서인 김 전무에게. 김진덕에게선 즉각 영양가 없는 답장이 왔고, 김 비서는 말이 없었다. 꼬박꼬박 집사님의 행방을 추측하는 문자를 보냈지만 딱 한 번 '신경 쓸 일 없으십니다. 안전하게 계십니다'라는 답장만 왔을 뿐, 그 뒤로 계속 묵묵부답이었다.

답이 오지 않는 핸드폰을 멀거니 바라보다가 결국 좀이 쑤셔서 태성의 주치의가 멀리 치워 놓은 노트북을 켰다.

선거는 끝이 아닌 시작이었다. 윤 회장이 기현에게 조건으로 내건 것은 한낱 신생 계열사가 아니었다. 자동차 계열사는 윤 회장 평생의 집념이 만들어 낸 마지막 산물이었다. 아직 회사의 형태가 잡힌 것도 아닌데 준중형과 소형차를 동시에 출시할 예정이란 구체적인 기사가 빼곡한 걸 보니, 오래전부터 마음먹고 공을 들여 온 게 분명했다.

'국내고 해외고 가리지 않고 사람들을 빼냈을 거고, 동원할 수 있

는 모든 루트로 온갖 돈을 쏟아부었겠지.'

생각의 끝은 결국 돈으로 흘렀다.

'돈······.'

선거가 끝나는 대로 윤 회장에게 묶인 손발을 풀어 달라고 할 생각이었지만, 이미 온갖 방법으로 비자금을 확보해 둔 다른 형제들과 비교할 것이 못 되었다. 곁에 있는 사람이라곤 진태성과······.

"아······."

기현은 불현듯 아까 태성을 보고 떠오를 듯 말 듯 하다 사라져 버린 생각의 실마리를 드디어 찾아냈다. 돈. 그 빌어먹을 돈.

쇼핑 정도야 태성의 개인 비용으로 처리한다고 치더라도, 언론과 정당을 상대하는 물밑 작업 비용은 어떻게 처리한 걸까? 대원 재단의 판공비를 쓰진 못했을 거다. 잡힌 예산 밖의 일인 데다 그렇게 되면 대원과 AR그룹이 공식적으로 묶이게 되므로. 태성이 그렇게 바보 같은 짓을 했을 리가.

숨겨 놓은 비자금이라도 쓴 걸까, 싶었지만 그 생각은 금세 철회됐다. 대원의 자금 구조상 그 정도 규모의 비자금이 생성될 수가 없으니 그것도 불가능하므로.

'그럼······ 대체 진태성은 그 많은 돈이 어디서 났을까.'

"영양실조?"

─검사 결과가 완벽하게 나온 것은 아니지만 이 정도면 거의 확실하다고 보셔야 합니다.

윤기현이 영양실조? 안 그래도 새벽까지 여야 최고 의원들에게 시달리느라 머리가 아픈 통에 이건 또 무슨 개소린가 싶었다. 피곤한 태성의 미간에 주름이 깊게 팼다.

—보통 영양실조라고 하면 기근 상태를 떠올리지만, 이론적으론 섭취하는 것보다 사용하는 에너지가 훨씬 더 많은 상태를 말합니다. 그래서 감당 못 할 스트레스가 있을 때도 영양실조 증상을 보일 수 있습니다.

"이 새벽에 그 이야기를 하는 걸 보면 그 증세가 꽤 심각하거나, 하 선생 생각에도 기가 막혀서 그런 거겠죠?"

주치의가 잠시 말을 망설였다. 영양실조라니. 원인이 스트레스든 뭐든 재벌가 아들의 병명치곤 너무 볼품없지 않은가.

—예. 어쨌든 스트레스로 몸이 이렇게 무너진 상태라면 지금 영양 실조만 걸린 게 용한 수준입니다. 링거 몇 번으로는 될 문제가 아닐 것 같아요. 급한 대로 영양제를 비롯한 보조 식품에도 신경을 쓰시 면 훨씬 더 좋아지실 것 같습니다. 한약 같은 것도 좋고요.

"그런 것까지 먹어야 할 정도입니까?"

보통 의사들이 한약 먹으라고는 잘 안 하는데.

—본인은 전혀 문제가 없다고 하지만 눈가도 많이 붉은 걸 봐선 잠도 많이 못 주무시는 것 같고……. 뭐, 원래 선거 일정 자체가 굉 장히 빡빡하긴 하니까요. 다른 정치인들도 이맘때쯤엔 영양제에 홍 삼에, 아주 정력에 좋다는 건 다 달고 삽니다.

"혹시 어릴 때 못 먹고 자랐으면 그런 증상이 더 잘 나타날 수 있 습니까?"

기내식을 먹을 수 있어서 좋았다느니, 샌드위치 사 먹을 돈도 없 었다느니. 기현이 뭐 그런 말을 했던 것도 같아서 불쑥 튀어나온 물 음이었다.

―예?

"음, 아닙니다. 그나저나 검사 결과는 이상이 없으면 그대로 폐기했으면 하는데. 그거 나돌면 골치 아파지거든요."

―잘 처리하도록 하겠습니다. 주무십시오.

너무 황당해서 머리까지 찰랑거렸던 술기운이 좀 가시는 것도 같았다. 영양실조라니. 그러니 손목 좀 삐었다고 아직도 골골거리고 있지.

태성은 현관으로 들어서 가지런히 놓인 낯선 신발들을 보고, 그게 꼭 기현이라도 되는 양 혀를 찼다. 그리고 그대로 거실을 지나치려다…… 저도 모르게 발을 멈추었다. 시계를 보니 벌써 두 시였다. 조명이 자동으로 꺼질 때까지 우두커니 서 있던 태성은 게스트룸 쪽으로 걸음을 옮겼다.

'자려나? 그래도 아까 할 말도 있다고 했고…… 혹시 안 잘 수도 있으니까.'

거칠 것 없이 방 문고리를 쾅 돌리고 나서야 예의상 노크라도 할걸, 하는 생각이 들었지만…… 뭐 어떤가. 제집인데. 태성은 뻔뻔한 낯으로 문을 짚고 섰다.

"자요?"

예의 따윈 날려 버리고 기세 좋게 침입한 것이 무색하게 기현은 이미 잠든 것 같았다. 복도에 켜진 자동 센서가 희미하게 기현의 실루엣을 비추었다. 둥글게 말고 있는 마른 몸, 수액이 떨어지는 소리. 아까까지만 해도 못생긴 게 약해 빠졌다는 놀림감까지 추가된 게 조금 재미있었는데. 술기운에 저 꼴을 보고 있자니 명치 언저리가 묵직해지는 것 같았다.

딱히 기현을 깨울 생각은 없었다. 깨어 있어도 그만, 아니어도 그만이었기에 조용히 문을 닫으려 몸을 트는 순간이었다. 아까까진 그림자에 가려져 있어서 몰랐는데, 조명 빛에 슬쩍 드러난 그의 등이 좀 젖어 있는 것 같았다.

'어디 아픈가?'

"윤기현 씨?"

이봐요, 하고 함부로 불러 보기도 하고 연달아 이름을 불러 보아도 미동이 없었다. 태성은 문지방에서 서성이던 발을 과감히 안으로 들였다.

어둑어둑한데도 좀 더 가까이서 보니 확실히, 기현의 상태가 좀 이상했다. 스위치를 더듬어 불을 켜자 가관이었다. 드러난 목덜미부터 등 전체가 땀으로 흥건했다. 티셔츠가 몸에 밀착될 정도로 젖어서 척추의 생김이 도드라져 보일 정도였다.

"윤기현!"

"······뭡, 니까······."

갑자기 환해진 시야에, 거칠게 몸을 흔드는 태성의 손길 때문에 기현은 부스스한 몰골로 몸을 일으켰다. 그러곤 손에 달린 이 거추장스러운 건 뭔가, 하고 두리번거리다가 위에 대롱대롱 매달린 팩으로 시선을 옮겼다.

서툴게 링거를 떼어 내곤 엉망이 된 얼굴을 연거푸 쓸었다. 그리고 잠시 천근만근인 눈을 깜빡이다, 누군가가 자신을 불러 깼다는 것을 기억해 냈다. 한번 까라지고 나니 행동도, 사고도 굼뜨기 그지없었다.

"······이사님? 이 밤중에 대체 무슨······."

"어디······ 안 좋습니까?"

"예?"

기현의 눈초리가 가느다랗게 좁혀 들었다. 갑자기 뜬금없는 소리를 왜 하나 싶었다. 그러고 보니 태성에게서 술 냄새가 나는 것도 같았다.

"취하셨으면 곱게 주무실 일이지, 왜 잘 자고 있던 사람에게 행팹니까."

"잘 자고 있던 사람, 이라."

조금 전에 간신히 잠들었는데. 기현이 짜증스럽게 쏘아붙이려는 순간, 그를 향해 몸을 굽힌 태성이 땀으로 척척하게 젖은 머리를 쓸어 넘겨 줘서 아무 말도 할 수 없었다. 지난번과 흡사한 손길이었다. 아무 말도 못 하고 그대로 얼어 버리게 하는 그런……. 머리칼 사이를 헤집는 차가운 손가락에 그제야 남은 잠이 조금 달아나는 것 같았다.

"눈가가 유독 붉다, 했는데……. 그러고 보니 그때도 그랬던 것 같기도 하고."

태성은 혼잣말을 중얼거리며 눈앞의 마른 남자를 들여다보았다. 생각할 시간을 주겠다고 하고 다시 찾아갔을 때, 가운을 걸치고 있던 기현의 눈이 유난히 붉어서 인상 깊었다는 게 이제야 떠올랐다. 요즘은 가까이 두고 자주 봐서 잊고 있었는데 말이다.

"……무슨 이야길 하고 싶으신 건지 알겠는데, 신경 쓰지 않으셔도 됩니다."

"원래도 그랬으니까?"

"……네."

깬 지 얼마 안 되어 상태가 좀 그렇지만, 어쨌든 잠을 청하긴 했다. 이제 곧 아침이 올 거고, 그럼 일어나면 되는 거다. 땀에 전 꿉꿉한 느낌이 좋지는 않았지만 대수로운 일은 아니었다. 모두가 이렇게 산다.

어렵게 잠을 청하고, 힘들게 눈을 떠서, 각자 해야 할 일을 하면서 꾸역꾸역 살아 나간다. 고작 불면 정도로 호들갑을 떨 건 아니었다.

느리게 고갯짓을 하던 기현은 이제야 조금씩 머릿속의 전구가 켜지는 것 같았다. 그리고 마침내 자기 전까지 고민하던 중요한 문제가 생각났다. 대원, 그러니까 태성의 자금 출처가.

"진태성 이사님, 안 그래도 자금 관련해서 물어볼 게 있—"

"잘 수 있게 해 줄까요?"

"……예?"

유쾌하지 않은 주제라 잔뜩 목소리도 깔고 이름까지 붙여 가며 진태성 이사님, 하고 불렀건만. 뜬금없는 태성의 물음에 맞물려 묻혀 버렸다. 머리카락을 쓸어 주던 긴 손가락은 어느새 머리채를 단단히 고정하고 있었다. 차갑다고 생각했었는데 목덜미에 닿은 체온은 조금 뜨거웠다.

"어릴 땐 나도 이렇게 온통 땀에 절어 잠들었다 깨곤 했었는데, 크고 나선 그럴 일이 별로 없었습니다."

이유를 물으면 위험해질 것 같은데도 코앞까지 다가온 태성의 얼굴을 보니 저절로 입이 열렸다.

"왜……."

"아무 생각 없이 잠드는 방법을 알게 됐으니까."

땀이 배어난 기현의 목을 느리게 문지르며 태성이 나른한 시선을 주었다. 어디를 물어뜯어 숨통을 끊어 놓을까 가늠하는 육식동물 같아서 절로 몸이 싸해졌다.

이번에도 꼼짝도 할 수가 없었다. 저 눈에 몇 번이나 낭했는데도. 주술이라도 거는 것처럼 연신 머리를 쓸어 주는 손짓 때문이기도 했지만…… 태성의 묘한 안광과 눈 바로 밑의 점도 한몫했다. 정갈한 예술품 같은 태성의 얼굴을 퇴폐적이고 음울하게 완성하는 동시에 다른 사람으로 하여금 시선을 뗄 수 없게 만드는, 야릇한 미인점.

그렇게 잠시 시선으로 기현을 사냥하고, 해부하고, 찢어발기던 아름다운 포식자가 이윽고 데워진 숨결을 머금고 천천히 입술을 열었다.

"기현 씨도 아무 생각 없이 잠들 수 있게, 그렇게 만들어 줄까요."

4장
사냥

사냥

"사진 보셨어요? 이젠 신문에도 나왔어요!"

현아와 그녀의 어머니가 함박웃음을 지으며 온갖 신문을 들이밀었다. 예비 후보자들의 합동 연설 직후 익명의 누군가가 인터넷 게시판에 올린 사진 덕분에, 어제부터 기현의 이름은 검색어 상위권에 머물렀고, 오늘 조간신문에도 대서특필되었을 정도로 화제였다.

딱히 손을 쓰지 않아도 호의적인 기사가 넘쳐흘렀으니 신문을 주로 보는 중장년층에게도 긍정적인 영향을 줄 터였다. 물론 거대 언론 매체들이 이 미담을 기사화한 것은 AR과 대원이라는 광고주를 놓치고 싶지 않아서일 테지만.

모두가 서로의 이익을 외치느라 아수라장이 된 가운데 누군가를 감싸기 위해 무릎 꿇고 웅크린 기현의 모습은 숭고해 보이기까지 했다. 물론 이렇게 낯 뜨거운 찬사를 늘어놓은 것은 현아였다.

신이 나서 기현의 기사를 정성 들여 오리는 사무실 사람들을 보니 기분이 묘했다. 거짓으로 연출한 상황은 아니었지만, 익명으로 아닌 척 사진을 게재하고 뒤에서 입김을 불어 넣었다는 껄끄러운 과정이 있었다.

심지어 현아의 경우, 태성이 사진을 뿌리라 지시했던 그 자리에 함께 있었다. 그런데도 가타부타 말이 없었다. 아니, 다소 불편했던 그 이야기는 까맣게 잊은 듯 고공 행진하는 기현의 지지율에 피곤함도 잊고 아까부터 싱글벙글할 뿐이었다.

사무실의 복작복작한 광경을 보면서 기현은 비로소 이해득실을, 아니, 정확히는 굳이 선악을 가르지 않는 내 편이 생겼다는 것을 실감했다.

"음? 변호사님, AR쇼핑에서 화환을 보낸 모양인데요?"

"예? AR쇼핑이요?"

놀란 기현은 바로 복도로 나갔다. 눈치가 이렇게 없나. 계열사에서 화환이라니.

"이걸 어떻게 수습해야 하나……."

화환은 일절 받지 않는다고 안내를 하고 있음에도 막무가내로 보내오는 사람이 꽤 있어서 사무실의 좁은 복도는 정신이 없었다. 그 와중 AR쇼핑의 사장이 보낸 화환은 개중 가장 거대하고 화려해서, 살펴보러 나온 기현은 조 실장이 알려 주지 않아도 어떤 것인지 단박에 알 수 있었다.

"하……."

기현은 곤란함에 이마를 문질렀다. 앞에 AR 혹은 아려라는 이름을 달고 있는 모든 계열사가 알아서 자중하고 있는데, 조그만 곳이 이렇게까지 튀는 행동을 벌인 이유가 뭘까. 의아해하는 기현의 의중을 읽었는지 태블릿PC를 이리저리 두드리던 조 실장이 기쁨 섞인 탄성을 질렀다.

"AR쇼핑 주가가 상승했네요."

"선거 기간에 후보자 테마주 오락가락하는 게 하루 이틀도 아닌데 고작 그런 이유로 이런 화환을 보냈단 말입니까?"

"오늘 장 열자마자 어제보다 다섯 배 뛰었고, 창사 이래 가장 높은 가격을 기록했다고 합니다. 당분간은 계속 상승세를 유지할 것 같네요."

워낙 정신이 없어서 주식 생각은 미처 못 했다고 조 실장이 중얼거렸다. 진작 살 걸 그랬다며 아쉬워하는 것도 같았다.

"테마주는 투자 가치가 떨어지잖아요. 불안정하고."

"재벌 총수 아드님의 테마주라면 이야기가 달라지죠. 그룹 차원에서도 계열사가 이렇게 상승세를 탔는데 그대로 꺼뜨리게 두고 보지도 않을 테고요. 하지만 그렇다고 이렇게 화환까지 보내는 건 좀 눈치가 없긴 하네요. 참, 영양제 드셨지요?"

"네."

피곤함에 전 몸을 이끌고 사무실로 왔을 때, 조 실장은 대뜸 기현을 끌어다 앉혀 놓고 오늘부터는 건강 상태에도 좀 신경을 쓰자고 그랬다. 몸의 균형이 상당히 붕괴가 된 상태라고 점잖게 돌려 말했지만 결국 영양실조란 소리였다.

구체적으로 어디가 어떻고, 어디는 또 어떻다고 열심히 설명해 주었지만, 근본적 원인은 과도한 스트레스였다. 뭐, 원래 혼자 있을 때 제대로 뭘 챙겨 먹은 적이 없기도 했으니 그도 문제일 수 있겠다 싶었다.

기현이 그러거나 말거나 조 실장은 일장 연설 끝에 이제부터 시간 맞춰 챙겨 먹어야 한다며 온갖 것을 테이블 위에 늘어놓았다. 그 많은 걸 다 먹다간 오히려 몸이 더 상하지 않을까 싶었지만, 저 딱한 도련님을 내가 구해 주리라 하는 사명감이 조 실장의 눈에 가득해서 기현은 그냥 챙겨 주는 대로 얌전히 다 먹겠다고 약속했다.

"참, 제가 드디어 살모사 가루도 구해 왔습니다."

······그래, 약속을 하긴 했는데.

"······뭔 가루요?"

"살모사 가루요. J그룹 회장님 여태까지 정정하신 게 이거 덕분이 래요. 그분이 드신다는 거랑 똑같은 것으로 구해 왔으니 이것도 앞으로 꼭 챙겨 드세요."

맙소사. 기현은 뻐근해지는 뒷덜미를 주물렀다. 갑자기 피곤이 밀려왔다. 조 실장은 영양 결핍과 정력 강화를 착각하고 있는 게 분명했다.

"J그룹 이야기가 나와서 말인데, 지금 거기서 120층 넘는 건물 하나 올리고 있잖습니까."

"그렇죠. 그 문제로 말이 많았다고 들었습니다만."

말이 많은 정도가 아니었다. 그 건물 하나 올리자고 멀쩡하던 법까지 뜯어고쳤다. 심지어 다른 법도 아니고 군사법과 관계된 문제였다. 모르긴 몰라도 물밑 작업이 상당했을 터였다. 어림짐작으로도 천문학적 비용이 들어갔을 게 뻔했다.

새삼 사옥으로 쓰일 것도 아닌 마천루 하나에 그렇게까지 공을 들일 이유가 뭔지 궁금했다. 투자라고 하기엔 땅값이 싼 지역도 아닌데.

"그 부지야 J그룹이 예전부터 소유하고 있었다고 했지만 누가 봐도 다른 민간 개발 업체에 팔아 치우는 게 훨씬 더 이득이었거든요. 그런데도 부득불 거기에 건물 올리는 이유가 뭔지 아십니까?"

"뭔데요?"

"J그룹 회장이 맹신하는 점쟁이가 그랬답니다. 그 부지에 120층

넘는 건물 지으면 회장도 120살 넘게 살 수 있을 거라고."

기현은 황당함에 입을 뻐끔거렸다. 뭐라고? 고작 그런 이유로?

"······그럼 그 점쟁이가 거기 들어설 입점 업체들 관련해서도 말을 얹었겠군요."

"그랬겠죠. 어차피 시공사야 같은 J그룹의 계열사였을 테니 그것 빼곤 다 참견했을 겁니다. 점쟁이가 이 건물 올리면서 돈 꽤 벌었다는 소문입니다. 뭐 이것도 루머라면 루머지만요."

시공사만 J그룹이지, 그 밑에 무수한 하청 업체가 딸려 있을 터. 입점하는 사업체들도 마찬가지다. 점쟁이 입에서 유리한 말을 끌어내기 위해 바리바리 돈다발을 싸서 들고 찾아갔겠지. 꽤 번 정도가 아닐 거다.

이 나라 재벌 총수라는 사람들은 무언가에 눈이 돌아 집착하는 경향이 있다. 대상은 사람이기도 하고 물건이기도 했지만, 어쨌든 대다수가 미신을 맹신한다는 건 확실했다. 자신이 손에 쥐고 있는 것을 놓치기 싫어서 그렇게 날을 세우는데, 한 발짝만 물러서면 보이는 것을 정작 본인들은 읽지 못한다는 점이 이해가 가질 않았다.

J그룹 회장만 해도 그렇다. 그 사람 빼고는 모두 다 점쟁이의 의도를 짐작하고 있을 텐데. 영생을 약속한 것도 아니고 100살 조금 넘길 수 있다는 말에 눈이 멀어 어설픈 속임수에 넘어가다니. 우스운 일이었다.

"······아마 윤 회장도 믿고 쓰는 사람이 있을 겁니다."

"아, 저도 들어 본 것 같습니다. 관상과 사주 둘 다 보는 사람이라고. AR그룹에서 대대적으로 하계 수련회 실시하고 그러는 것도 다 관상가 조언으로 이루어지는 일이라고 하던데······ 사실입니까?"

"글쎄요. 조 실장님이 저보다도 잘 아시는 것 같은데요."

"에이, 저야 이사님 모시다 보니 이것저것 주워들은 거죠. 그래도 전 관상이 신점보단 나은 것 같습니다. 어쨌든 얼굴을 보면 그 사람이 어떻게 살아왔는지 조금은 알 수 있으니까요."

"글쎄요……. 그럴까요."

뭔가를 더 말하려던 조 실장은 삐딱하게 웃는 기현의 얼굴을 보고 조용히 입을 다물었다. 하긴. 누가 짐작했을까. 이렇게 멀끔한 얼굴을 한 기현이 그렇게 많은 사연을 감추고 살아왔을 줄이야.

"어쨌든, 이제부턴 살모사 가루도 꼭 드십시오. 건강해지시면 이사님도 좋아하실 겁니다."

쿨럭, 당황한 기현이 크게 기침을 토해 냈다. 머리가 띵했다. 비틀거리며 복도의 계단에 주저앉을 정도로 격렬한 기침이 멈추질 않고 튀어나왔다.

"괜찮으세요?"

시간이 좀 흘렀는데도…… 그 밤의 격통을 고스란히 기억하는 듯 허벅지가 미미하게 땅겼다. 아니, 대체 뭐가 뭔지 모르겠다. 진태성의 이름을 들으니 단박에 열이 훅 올라와서 좀처럼 평정을 유지할 수가 없었다.

"괜찮으세요? 거봐요, 이렇게 몸이 약해서……. 꼭 챙겨 드세요."

"그거랑 진태성 이사님이 무슨 상관입니까."

"예?"

"제가 건강해지는 거랑 진태성 이사가 무슨 관련이 있어서……."

아니지. 살모사 가루인지 뭔지를 보낸 게 진태성은 아닐까. 저를 놀리려고. 그러고도 남을 인사였다.

"이사님이 이렇게 신경 쓴 분은 여태 아무도 없었으니까요. 내색은 안 하셨어도 영양실조란 이야기 듣고 많이 심상하신 듯했습니다."

조 실장은 태성 또한 자신을 약하고 안타깝게 여기고 있다고 오해를 하는 듯했다. 그가 기현을 보는 것처럼 말이다.

'진태성이 나를? 조 실장처럼 나를 동정하고 있다고?'

절대 아니었다. 확실히 뭔가가 바뀌긴 했다. 어느 순간부터 태성이 날을 세운 말들 속에 설명할 수 없는 친근함이 깃들기 시작했으니까. 물론 기현에겐 무척 짜증스러운 형태였지만, 그랬다. 자신의 무언가가 진태성의 스위치 하나를 켜 버렸다는 건 확실했다. 그렇지 않고선 반쯤 정신을 놓았던 그 밤의 일은 설명할 수가 없다. 그렇지만……

"좀, 쉬다 들어가겠습니다."

그러라며 고개를 끄덕이는 조 실장의 눈빛에서 안쓰러움이 읽혔다. 주저앉아 기침까지 격하게 했으니 앞으로 조 실장은 기현을 만지면 부서지는 설탕 인형처럼 대할 게 뻔했다. 그래도 어쩔 수 없었다. 머리가 지끈거려서 기현은 아예 눈을 감아 버렸다.

'아……'

그랬더니 이번엔 장면의 파편들이 더 생생하게 스쳐 갔다.

하루를 견디는 것으로도 벅차서 연애는커녕 누군가를 곁에 두는 것이 사치인 상황에서도 사람이 그리워서 미칠 것 같은 때가 있었다. 그럴 때마다 기현은 적당한 사람과 짧게 만나 왔다. 어렵지 않은 일이었다. 기현이 가진 것들은 겉보기에 그럴싸했고, 사람들에게 호의적인 태도를 갖게 하기 충분했다.

진득한 감정의 교류는 당연히 불가능했다. 그저 몇 번의 밤으로 끝이었지만 어차피 기현이 바란 것은 참을 수 없는 외로움의 해소였으니 그것으로도 충분했다.

그런데 그 밤, 진태성은 기현이 알고 있던 감정의 발현을 모조리 뒤흔들어 놓았다. 입이 바짝 말랐다. 깍지를 끼고 턱을 괴다, 이마를 문지르다, 뻐근한 목을 연신 주물러 보았지만…….

"하……."

한번 진태성을 떠올리니 걷잡을 수 없이 번져 가는 미진한 열락의 잔상이 곤혹스러울 뿐이었다.

♟

진태성을 만난 이후로 기현은 수시로 그의 시험대에 올라야 했다. 입꼬리만 당겨 웃은 가면을 쓴 그가 언제 어떻게 칼을 겨눠 올지 몰랐다. 태성은 농담인 것처럼 아무렇지도 않게 잔인한 이야길 꺼냈고, 그 누구보다 기현의 곤란한 꼴을 보고 싶어 안달이 난 사람 같았다.

우스운 건, 그러면서도 몇 번이나 무너질 뻔한 기현을 기어코 추슬러 여기까지 온 것도, 결정적인 순간마다 도움을 주었던 것도 태성이라는 점이다. 하지만 이렇게, 아무 계산 없이 육욕을 고스란히 드러낸 태성을 마주하는 건 처음이었다.

"기현 씨도 아무 생각 없이 잠들 수 있게, 그렇게 만들어 줄까요."

겉으로는 그럴싸하게 기현의 의사를 물었지만, 그 말이 무슨 뜻인지 파악하기도 전에 태성이 입술을 겹쳤다. 허리를 숙인 그 때문에 덮쳐 오는 그림자로 인해 시야가 완전히 차단당했다. 캄캄해진 사위가 제법 안온하게 느껴져서. 문을 두드리는 젖은 혀가 의외로 다정해서, 기현은 저도 모르게 닿은 입술을 살짝 벌렸다가…… 뒤늦게야 정신을 차리고서 태성을 밀어냈다.

고작 입술이 닿은 것뿐인데도 숨이 가빴다. 개의치 않고 다시 어딘가를 만지려는 듯 뻗어 오는 태성의 손길을 막아 내자, 이젠 거부하는 기현의 손가락과 손목에 가볍게 입술을 비볐다.

태성은 천천히, 그러나 아주 능숙하게 몸의 무게를 더해 가며 기현을 반쯤 눕혔다. 팔꿈치가 침대에 닿아 펄쩍 몸이 튀자 그대로 뒷머리를 움켜잡은 태성이 키스했다. 행위 자체가 부드럽다곤 할 수 없었지만 나름대로 부드러운 분위기를 만들어 보고자 하는 의지가 느껴졌다.

이전에 나누었던 몇 번의 입맞춤과는 확연히 느낌이 달랐다. 예를 들면 자꾸만 흐트러진 앞머리를 살살 쓸어 준다거나. 애틋한 눈빛으로 자꾸만 제 몸 여기저기를 들여다본다거나……. 그래. 인정하고 싶진 않았지만, 이건 진짜 키스였다. 시험하려 드는 것도, 우위를 정하고자 깔아뭉개려고 드는 것도 아닌, 말 그대로의 키스.

더운 살덩이가 입안을 헤집기 시작했다. 순식간이었다. 응해 주고 싶지 않았는데, 고개가 뒤로 젖혀지는 바람에 입을 다물 수가 없었다. 혀가 맞닿아 얽히면서 질척한 소리를 내기 시작했다.

"웃……."

이런 식의 키스는 정말 위험했다. 멋대로 침입한 살점을 세게 깨물자 태성이 낮은 신음을 흘리며 잠시 떨어져 나갔다. 그 틈을 타 위에서 누르고 있는 그에게서 벗어나려고 슬쩍 몸을 틀자마자, 태성이 그대로 손목을 붙들고는 침대로 내동댕이쳐 버렸다. 하필 조금 불편한 쪽의 손목이어서 더 반항도 못 하고 아릿하게 올라오는 아픔에 입술만 꾹 깨물었다.

입안에서 혀를 굴려 보는지 한쪽 볼이 볼록해져서는 제 상태를 확인하던 태성이 다시 기현의 턱을 그러쥐었다. 무도하고 오만한 시선은 여전했다.

뒤늦게 진태성에게서 피를 볼 것이 아니라 지난번처럼 재수 없는 말을 툭툭 던져서 흥미를 식어 버리게 해야 했던 것 아닌가, 하는 생각이 퍼뜩 미쳤지만…… 이미 늦은 것 같았다. 모욕을 주기 위한 혹은 떠보기 위한 술수가 없는, 순수하게 열기로 탁해진 태성의 눈동자를 마주하자 덜컥 겁이 났다. 이러다 진태성과 진짜로 무슨 일이 생길까 봐.

긴장으로 침을 꿀꺽 삼키는 기현의 목울대를 주시하며 태성이 천천히 고개를 숙였다.

"……아픕니까?"

말을 할 때 입술이 목을 스칠 정도로 가까운 거리라 절로 몸이 움츠러들었다. 긴장으로 팽팽하게 땅겨진 기현의 목빗근을 나른하게 훑으며 태성이 한 번 더 물었다.

"손목, 많이 아프냐고."

"아픈 것처럼 보이면 좀, 떨어지시죠?"

"그럴 리가. 힘들다면 도움 좀 주고 싶어서 그러는 건데."

"하……."

체취를 깊게 들이켜며 태성이 여린 살점을 핥았다. 예전부터 여길 물어뜯고 싶다고 생각했다. 망가뜨려 놓고 싶은 충동을 불러일으키는 목덜미. 입술이 닿자 놀랐는지 맥박이 벌컥벌컥 크게 뛰는 게 느껴졌다.

아래 깔려 움찔거리는 마른 몸이 좋았다. 오만 가지 생각으로 머리가 뒤죽박죽일 기현을 생각하니 자꾸 괴롭히고 싶어졌다. 목선을 따라 올라가며 바로 귓불 아래를 핥자 참으려고 애를 쓰는 듯한 억눌린 신음이 새어 나왔다.

"제가 생각했던…… 몸을 주기로 한 방식은, 이런 게 아니었는데요."

태성이 옆구리를 쓸자, 다급함이 잔뜩 묻어나는 음색으로 기현이 반항을 시도했다. 그저 힘으로 엎어눌러 넣고 싸는 것으로 끝인 섹

스일 거라 생각했던 모양이다. 태성은 코웃음을 치며 무례한 손짓을
계속했다.

"이봐요, 윤기현 씨."

재수 없게 굴어서 흥을 식게 하려거든 진작 그렇게 했어야지. 귀
엽게 물어뜯으면서 도발하지를 말고.

"내 스타일대로 가지려고 들었으면 당신 몸, 한참 전에 망가졌어."

땀으로 축축해진 상의 안으로 침입한 하얗고 긴 손가락이 툭 불거
진 장골과 납작한 배를 천천히 쓸었다. 거래하자는 것도 아니고, 연
애하자는 것도 아니다. 그냥 가볍게 쌓인 것 좀 풀자는 거다. 오히려
손해 보는 쪽을 따지자면 채권자인 태성 아닌가. 그러니까 이건 아
주 관대한 처사라고 할 수 있었다.

"아무 생각 없이 잘 수 있게 해 준다니까."

태성의 깊고 낮은 목소리에 기현의 속눈썹이 엉망으로 떨렸다. 얼
굴이든, 목소리든, 그 무엇이든 태성은 자신이 가진 것들이 타인에
게 어떻게 비추어지는지 너무 잘 알았고, 또 그걸 효과적으로 활용
할 줄 알아서 탈이었다.

땀에 젖어 손에 착 감기는 기현의 살결을 쓸며 태성이 티셔츠를
밀어 올렸다. 그러곤 윤기현의 입에서 또 기분을 상하게 하는 소리
가 나올세라 잽싸게 입을 틀어막았다. 손바닥이 닿자 거북한 듯 기
현이 고개를 잘게 흔들었다.

"착하지."

가만히 있어. 동물 달래듯 타이르는 태도에 뭐라고 한 소리 하고
싶은 듯 기현이 입을 벌린 순간, 태성이 손을 떼고 혀를 깊게 찔러
넣었다. 실컷 분탕질을 치다 치아와 입천장을 훑자 거셌던 반항이
점점 잦아들었다.

숨이 막히는지 흐윽, 하고 목 안으로 울리는 여린 소리를 즐기며 유두 부근을 쓸자 기현이 굳어 있던 몸을 다시 뒤틀었다. 그 바람에 작게 돌기가 일어서서 오히려 더 괴롭히기 쉬워졌다. 어차피 악몽으로 녹진해져 있다가 조금 전에야 간신히 깨어난, 게다가 시원치도 않은 몸이었다.

"읏……!"

상태와는 별개로, 기현은 거세게 저항하지 못했다. 평소엔 하나라도 절대 안 지려고 들면서 태성이 이렇게 조금이라도 진심으로 원하는 모습을 보이면 제대로 밀어내질 못했다. 곤란해하며 뒤척이는 저 눈빛만으로도 쌀 수 있을 것 같았다.

유륜을 넓게 핥으며 하의를 반쯤 끌어 내리자 한 번 더 몸이 펄떡였다. 기현이 정신을 차리고 밀어내기 전에 일어선 젖꼭지를 입에 머금었다. 일부러 소리 내어 빨자 단정한 얼굴이 발갛게 익어 버렸다.

"섰어, 여기도."

타액으로 젖어 질척하게 부푼 유두를 꾹 누르자 견디기 어려운지 기현이 고개를 돌려 버렸다. 약간 두툼하게 커진 성기를 움켜쥐었을 땐 가슴이 크게 부풀어 오른 채로 굳어 버렸다. 어지간히도 긴장되는 모양이었다.

"시선 피하지 마. 나는 눈 똑바로 맞추면서 하는 게 좋거든. 진짜로 쑤셔 넣든, 같이 비벼서 싸기만 하든."

"제발, 그런 말 좀……!"

"신사적으로 대해 주고 있잖아."

"하…… 신사적이요."

"그래, 신사적."

땀에 젖은 샅과 음낭을 어루만진 후 손바닥으로 귀두를 문지르자

기현이 눈을 꼭 감았다. 슬슬 치미는 쾌감에 허리가 떨리는, 품위 없는 자신의 태를 책망하는 꼴이 제법 보기 좋았다.

"지금 내가 하고 싶은 말 그대로 다 퍼부어 버리면, 너 울걸?"

앞으로 시키는 대로 다 할 테니 오늘은 제발 그만 싸게 해 달라고 엉덩일 흔들게 할 자신이 있었다. 귀두와 발딱 일어선 젖꼭지를 어루만지면서, 음란한 말만으로 절정에 오르게 할 수도 있었다. 엉망이 되어 매달리는 기현이 보고 싶으면서도 한편으론 이렇게 쾌감을 참아 내며 우아하게 파들거리는 모습을 계속 보고 싶기도 했다.

하지만 지금은 일단 그런 모든 것을 전부 미루어 두고, 그저 원초적 쾌락에만 적당히 집중할 예정이었다. 이 얼마나 신사적인가. 괴롭히지도 않고 싸게 해 주겠다는데.

"아, 그만……!"

기현의 바지를 완전히 벗겨 내고 무릎으로 허벅지를 벌려 단단히 고정했다. 시선을 내리자 이미 부피를 은근히 키우며 꺼떡거리고 있는 좆이 보였다.

"싫은 게 아닌데."

재미 삼아 몇 번 스트레이트와도 잠자리를 가져 본 적이 있다. 삽입 섹스든 단순한 페팅이든, 동성 간의 관계에 무지한 남자들일수록 이런…… 그러니까 같은 남자 앞에서 다리를 넓게 벌린다거나 하는 익숙하지 않은 상황에 더 몸이 달아올라 어쩔 줄을 몰랐다.

윤기현도 경험이 없는 것은 아니라고 했다. 상대방이 먼저 접근해서 별생각 없이 그러마, 했거나 아니면 외로움을 견디다 못해 함께 어울렸거나 둘 중 하나일 게 뻔했다. 섹스야 단백하다 못해 뻔했겠지. 과격한 성행위나 남자의 좆을 뒤로 받아먹는 일 같은 건 상상도 해 보지 못했을 거다.

"아으웃……!"

예상대로였다. 몇 번 반복된 단조로운 자극에, 기현은 어이없을 정도로 빨리 무너져 버렸다. 입술을 꾹 깨물고 사정 후의 여운에 젖은 기현의 얼굴을 내려다보면서 태성은 천천히 셔츠의 단추를 풀었다.

"아……."

딸칵. 바지 버클이 풀리는 소리에 정신이 돌아온 듯 기현의 눈이 동그랗게 커졌다. 배에 튄 정액을 손으로 닦아 내 아직 뻣뻣하게 일어서 있는 기둥을 쥐고 문지르자 반항이 거세졌다.

"아, 이건…… 이건 싫, 아, 이사님, 그만……!"

이사님이란 말에 잠시 태성이 미간을 찡그렸다. 저야 꼴리는 대로 기현을 부르면 그만이라 별로 생각해 보지 않았는데, 이런 상황에서까지 직책으로 불리고 싶지 않았다. 그러고 보니 여태 다른 사람들과 섹스할 땐 어떻게 했더라. 아, 다정하게 이름 같은 걸 부를 일이 없었구나.

"하아……."

한편, 기현은 모든 게 엉망진창이라 머릿속이 어지러웠다. 이내 잔뜩 벌어진 허벅지와 엉덩이 부근에 까슬한 정장 바지가 닿아 왔다. 놀라 시선을 아래로 떨어뜨리니 단단히 발기한 태성의 것이 회음을 쿡쿡 찌르기 시작했다.

기현은 이 와중에도 어떤 점에 놀라워해야 하는 건지 고민에 빠졌다. 진태성의 것이 심상치 않은 부근을 건드려서인지. 아니면 저 남자는 분명 동양인인데도 왜 아래 달린 것은 일반적인 동양인의 사이즈가 아닌지.

"오늘은 안 넣을 테니까 그런 눈은 하지 말지?"

느릿하게 기현의 몸에 성기를 치대던 태성이 몸을 숙여 눈두덩에

입을 맞춰 주었다. 촉, 하고 안 어울리는 귀여운 소리가 날 정도로
산뜻한 입맞춤이었다. 아래로는 난잡하게 몸을 비벼 대면서, 한참을
그렇게 얼굴 여기저기에 입을 맞춰 주었다.

"아, 으……."

"착하지."

그러다 어느 틈에 천천히 기현의 위로 완벽하게 몸을 밀착해 왔다.

당황스러웠다. 이런 자세를 취해 본 적도, 사정 직후 쉬지 않고 몸
여기저기에 자극이 가해진 것도 처음이었다. 물론 남자와 몸을 섞은
것 자체가 처음이었지만……. 그럼에도 자신을 올라타 혀를 내어 입
술을 핥는 태성을 보고 있노라면……. 기현은 저도 모르게 고개를
끄덕였다. 여자든, 남자든 진태성은 본인이 원한다면 누구의 몸이든
열 수 있으리라.

눈앞에서 흔들리는 열이 오른 화려한 얼굴이, 따뜻한 살이 맞닿은
느낌이, 이 원색적인 환락에 몸이 즐겁지 않다면 솔직히 거짓말이었
다. 그래, 기현은 이 점이 가장 당황스러웠다.

"아, 잠, 깐……!"

길고 커다란 손이 두 개의 성기를 꼼꼼히 그러쥐었다.

"다른 생각 할 여유가 있다 이거지?"

태성이 천천히 움직이기 시작하자 달뜬 쾌감이 성큼 밀려왔다.

"웃, 그…… 아……."

기현이 저도 모르게 허리를 흔든 것은 더 큰 자극에 닿고 싶은 본
능이었다. 단단하게 조여 오는 태성의 손과 미끈한 성기끼리 맞닿아
비벼지는 느낌이 아찔했다. 기현은 수리도 지르지 못하고서 한 번
더 절정을 맞았다.

"이사, 님, 정말, 아픕…… 그만…… 웃!"

제발 그만. 진태성은 입 모양을 읽었으면서 어림도 없다는 듯 재게 허리를 놀렸다.

"천만에. 난 이제 시작인데."

낮게 속삭이는 태성의 목소리에 결국 기현은 속절없이 눈을 꾹 감을 뿐이었다.

기현은 천근만근인 몸을 일으켰다. 자는 시간은 대중없어도 일어나는 시간은 대충 고정이 되어 있는 편이었는데 지금이 몇 시인지 짐작도 가지 않았다. 시선의 끝에 어제 아무렇게나 빼 버렸던 링거가 닿았다. 진태성의 말대로 기절한 듯 푹 자긴 했지만, 이래서야 기껏 수액을 맞은 게 아무 소용도 없었을 것 같다.

'어떻게 잠들었더라.'

기억의 끝은 두 사람분의 정액으로 질펀해진 아랫도리였다. 기진맥진해서 늘어져 있는데, 태성이 잠시 기다리라며 나가서는 젖은 수건을 들고 왔다. 직전까지 좆을 쥐고 흔들던 매끈한 손가락이 척척하게 젖은 아랫도리를 닦아 주기 시작했고, 그걸 가물가물한 의식으로 지켜봤던 것 같다. 이후로는 암전이었다.

'이걸 잠들었다고 할 수 있나. 거의 의식을 잃은 것과 비슷한 느낌이었는데.'

눈을 감기 직전까지 멍하니 바라보았던 태성의 움직임을 떠올리던 기현은 화들짝 놀라 고개를 거세게 내저었다. 속도 좋지, 뭐가 좋다고 넋을 빼고서 떠올리고 있었던 건지. 욕은 퍼붓지 못할망정. 그렇게 맨몸에 감긴 이불을 거두고 일어나려는 찰나, 별안간 태성이 뒤에서 허리를 잡아채는 바람에 맥없이 고꾸라지고 말았다.

"효과는 있었죠?"

잠긴 목소리가 목과 어깨에서 흩어졌다. 한 손으론 허리를 감고, 다른 쪽 팔을 뻗어 목 아래를 받쳐 주는 손길이 답지 않게 퍽 다정한 것도 같았다.

"······누구라도 잘 자게 됩니다. 그렇게 쥐여 짜이면."

점잖게 말하려고 노력했지만, 목소리에서 숨길 수 없는 짜증이 배어났다. 그게 퍽 마음에 들었는지 태성이 웃음을 크게 터뜨렸다. 기현은 자신의 어떤 행동이 태성을 저렇게 웃게 하는지 도통 감이 오질 않았다.

태성은 참, 하고 허리를 감았던 손으로 머리맡을 더듬더니 핸드폰을 쥐고는 바싹 달라붙었다. 아까까지 뭘 보고 있었던 듯 띄워 놓고 있는 인터넷 브라우저의 숫자가 꽤 많았다.

"지금 막 기현 씨가 검색어 1위로 올랐습니다."

"왜요?"

그는 대꾸 없이 핸드폰을 넘겨주었다. 썩 좋지 않은 모양새였다. 뒤에서 태성이 자신을 껴안고 있기라도 한 것 같은 자세가. 아니, 솔직히 자세보다는 뒤에서 빤히 느껴지는 그의 시선이 부담스러웠다.

기현은 불편함을 굳이 감추지 않은 채 그가 건네준 핸드폰을 뒤적였다. 검색창에 뜬 자신의 이름을 누르니 동일한 썸네일을 차용한 기사가 한가득했다.

"생각보다 잘 나왔죠."

여야에서 야심만만하게 내놓은 예비 후보자들이었다. 이미 그 순간부터 서로를 흠집 낼 온갖 기사와 이야기가 풀리기 시작했을 터였다. 그럼에도 불구하고 뉴스를 장악한 것은 기현 자신이었다.

"이서 혹시⋯⋯ 그때 조 실장님에게 지시했던 게 이 사진입니까?"

현장에 있던 누군가가 올린 사진이 우연히 퍼진 것으로 포장되어 있었지만, 기현은 태성이 돈을 주고 산 우연이라는 걸 알고 있었다. 태성은 민망한 자세를 고수한 채로 가타부타 말이 없었다. 제가 먼저 자신과 관련한 미담을 널리 퍼뜨리길 종용했다지만 이렇게 노골적으로 천사표 왕자님으로 포장된 건 좀······.

"이제 직접 접촉하는 건 피해야겠지만 오후에 여야 당 대표들에게 전화 정도는 넣도록 해요. 우리 쪽에서 크게 한 건 터뜨리긴 할 거라고 미리 언질을 주긴 했는데, 그래도 예의상."

태성의 나직한 목소리가 귀 바로 옆에서 들렸다. 음탕한 말을 잔뜩 쏟아 냈던 그 입에서 향후의 판을 조정할 술수들이 잘도 흘러나왔다. 여당의 이미지는 악화시키고, 야당의 이미지는 기현의 힘이 필요할 정도로 희미하게 보이게 만드는 것.

"모레쯤 1차 지지율이 나올 테니까 그 직후에 국제지구 관련해서 하나 터뜨려 주세요."

"좋습니다. 그리고?"

"형님이 어떻게 준비하고 있을지 염탐해야겠죠."

"음? 형님이라면, 윤인범?"

"네. 애초에 우리 목표는 당선이 아니잖아요."

윤 회장은 목표를 달성하면 자동차 계열사를 놓고 윤인범과 경쟁할 수 있게 해 준다고 했다. 모든 것을 자신이 직접 틀어쥐고 있어야 직성이 풀리는 윤 회장의 성격상 윤인범도 가진 정보가 그리 많을 것 같지는 않았다. 그렇다면 그렇게까지 불리할 것도 없지 않은가.

"그리고?"

갑자기 태성이 기현을 향해 몸을 휙 돌렸다. 얼굴이 가까워져서 저도 모르게 움찔 몸이 튀었다.

"······말했잖습니까."

"아니. 당신의 패로서, 다음에 내가 어떻게 움직여야 할지를 묻는 겁니다. 구체적으로. 명하시는 대로 따를 테니까."

당신의 패? 기현이 대놓고 언짢은 얼굴을 할수록 태성의 입가가 씰룩였다.

기실 전체적으론 기현이 원하는 대로 움직이고 있었다. 물론 자잘한 계획에서 좀 더 경험이 있는 태성이 도움을 주기는 했다. 널리 퍼뜨린 아까의 기사처럼. 어쨌든 모든 게 기현이 바라던 대로였고, 계획했던 대로였다. 하지만 기현은 이상하게도 자신의 안에서 태성의 영향력이 점점 커진다는 생각을 지울 수 없었다.

무슨 말을 해야 할지 잠시 뜸 들이는 사이, 허리에 얌전히 올려져 있던 태성의 손이 불온한 기색을 보이기 시작했다.

"생각할 시간이 필요하다면 일단 어제 하다 말았던 일부터 해결해 볼까요."

말은 그랬지만, 생각할 시간을 주겠다는 말이 무색할 정도의 괴롭힘이었다. 뭐, 진태성을 탓할 것은 없다. 화가 나는 건, 척추를 따라 느리게 훑는 손길에 또 희미한 기대를 품는 자신의 몸이었으므로.

+ ♟ +

밤부터 아침까지 사정을 얼마나 했던 건지 정확한 횟수를 셀 수 없었다. 느리고 간헐적으로 오는 자극, 귀에서 속삭이던 진태성의 목소리, 뜨끈한 체온……. 전부 엉망진창이었다. 기현은 그대로 또 기절하듯 짧게 잠이 들었다. 아무 생각도 하지 못하고 숙면하게 될 거라던 진태성의 호언장담대로였다. 그리고…….

"하……."

그때의 일을 조금만 떠올렸을 뿐인데도 고개가 푹 꺾였다. 기현은 조금 붉어졌을 게 뻔한 얼굴을 신경질적으로 문질렀다. 이런 건……이상했다. 기현이 생각했던 '몸을 준다'는 것은…… 폭력과 다름없이 뒤를 꿰뚫는 행위였다. 태성에게도 딱 그 정도만을 바랐다. 쾌락이든 수치심이든 진태성과 고통 그 이상의 무언가를 공유하고 싶지 않았다.

뭐가 문제였을까. 사실 기현은 거절할 수 있었다. 좀 더 강경하게 화를 낼 수도 있었다. 그랬다면 진태성은 무도한 손길을 거두었을 것이다. 아쉬운 소리까지 하며 억지로 누군가를 취할 성미로는 보이지 않았으니까. 그런데 왜…… 결국은 꺾여 버렸을까. 왜 그 남자가 멋대로 하도록 내버려 두었을까.

"윤기현?"

역시 저 얼굴이 문제인 걸까.

"뭐 하고 있습니까, 여기서."

"……아."

기현은 하릴없이 눈을 깜빡였다.

"뭐야……."

바보 같은 탄식이 툭 튀어나왔다. 그러니까…… 상상이 아니라 진짜 진태성의 얼굴이 코앞에 있었다. 이 이상 그와 닿으면 위험하다는 생각을 박살이라도 내듯 요사스럽고 아름다운 얼굴이, 건조한 시선이 무심히 기현을 향하고 있었다.

그 또한 이렇게 바로 마주칠 줄 몰랐는지 물끄러미 기현을 바라보기만 했다. 어색하고 설레는 기묘한 분위기가 두 사람의 주변을 둥실둥실 떠다녔다.

"신기하네요. 봐야겠다고 생각하자마자 바로 눈앞에 있다니."

태성은 제법 낭만적인 말을 뱉으면서도 혀를 쯧 찼다. 또 기현이 혼자서 삽질이나 한다고 여기는 모양이었다. 어이없을 정도로 커다랗고 화려한 AR쇼핑의 화환을 보고는 아예 고개를 절레절레 저었고.

"연락도 없이 어떻게……."

"조 실장에게 확인할 게 있어서 왔는데……. 그것보다는, 지금 윤기현 씨 따로 일정 있습니까?"

"아뇨. 잠깐……."

목소리가 조금 갈라져서 작게 헛기침을 하고 말을 맺었다.

"쉬는 중이었습니다."

"잘됐네요. 우리, 얘기 좀 하죠."

진태성이 오기 바로 전까지도 그와 저질렀던 미친 짓들을 떠올리던 중이었다. 즉, 둘이서 얘기 좀 하자는 은밀한 말에 배덕한 몸이 뻣뻣해지는 건 어쩔 수 없었다.

바지를 털고 일어서며 무슨 얘기냐고 고개를 기울이자, 잠자코 기현이 하는 양을 지켜보던 태성이 잇새로 씨근거리더니 그대로 몸을 잡아끌었다. 잡아채서 휘두르고, 처박았다고 할 수밖에 없는 거친 움직임이었다.

"갑자기 무슨, 읏……."

덜컹! 찰카닥. 계단 바로 위에 있는 화장실로 끌고 가더니 문을 잠가 버렸다. 어찌나 거셌는지 등 뒤로 닿는 철문이 미미하게 진동했다.

"내가 한동안 안 해서 그렇다고 핑계를 대기엔, 이상하게 당기더란 말이죠."

"미쳤어요? 바로 앞으로 나가면 사무실입니다!"

"그러니까 소용히 해요."

텅, 텅. 태성이 들이받을 때마다 문이 크게 들썩였다. 진짜 발정이라도 난 모양이었다. 쉼 없이 키스하고, 아무렇게나 아랫도리를 주무르더니, 마음껏 남의 체취를 들이켰다. 훑는 시선과 그 숨결로 알 수 있었다. 진태성은 너덜너덜해질 정도로 기현을 이미 범하고 있었다.

"밀린 일들 해결하고, 잠이나 자도 모자랄 시간인데. 집에서 눈 감고 있으려니까 자꾸 생각이 나서 미칠 것 같더란 말이지."

조금 전까지 음탕한 생각을 떠올렸던 몸은 기다렸다는 듯 태성의 손끝에서 반응했다. 셔츠가 들리고 바지 버클이 풀렸다. 못된 기대로 허리가 잘게 떨렸다. 그렇지만, 그래도, 여기서 이러는 건 좀…… 많이 아니지 않나 싶었다.

기현은 필사적으로 태성의 주의를 돌리려고 했다. 자동차 계열사를 차지해야 할 준비를 할 것이란 꽤 건설적인 이야기부터, 아까 조실장이 말했던 점쟁이의 말만 믿고 건물을 올린다던 J그룹의 회장 등등. 헐떡이며 여러 가지 주제를 입에 올렸다.

애쓴다는 눈빛으로 피식거리며 들어 주던 태성은 말문이 막히는가 싶으면 그대로 불쑥 키스해 왔다. 멋대로 입안을 헤집다가, 진득하게 혀를 빨아 주기도 했다.

"으읏……."

태성이 손끝으로 살짝 비빈 것만으로도 유두가 바짝 부풀어 올랐다. 자꾸만 불안해하며 몸을 뒤치자 태성이 옆으로 슬쩍 와서는 기현을 아예 뒤로 돌려세웠다. 그러면서 벽을 짚은 건 고꾸라지지 않기 위해서였는데, 엉겁결에 그가 편하게 만질 수 있도록 도와준 셈이 되었다.

허리를 움켜쥐었던 태성의 손이 잘했다고 다독이듯 귀두를 어루만져 주었다. 미쳐서 달려드는 건 진태성인데, 밖의 사람들에게 죄스러워지는 건 기현이었다.

"지난번과 다를 것 없습니다. 그냥 가볍게 싸고 마는 겁니다."

움찔거리는 몸을 들키고 싶지 않았는데 태성은 이미 눈치를 챈 모양이다.

긴장했는지 기현의 가느다란 목을 따라 시퍼런 핏줄이 툭툭 도드라졌다. 언제 봐도 사람 홀리는 목덜미라고 생각하며 태성이 느긋하게 핥았다. 습해진 피부를 실컷 만끽하던 태성이 드디어 지퍼를 내렸다. 엉덩이골에 단단해진 그의 것이 닿았다. 기현의 몸이 크게 떨리자 넣지는 않을 거라고 태성이 속삭였다.

"지금, 그걸…… 안심하라고, 하는…… 소립니까."

웃음을 머금은 더운 숨이 귓가에서 흩어졌다. 기현은 몸서리를 쳤다. 누가 올지도 모른다. 그를 신처럼, 혹은 천사처럼 여기고 있는 사무실의 자원봉사자들이 당장 이곳의 문을 두드리거나, 수상히 여기며 열어젖힐지도 모른다. 불안하고 무서웠다. 그러나 그 배덕한 긴장감이 당장에라도 터질 것처럼 기현의 좆을 부풀게 하는 것은 부정할 수 없었다.

"으응……."

벽을 짚은 기현의 손끝이 잔뜩 힘을 준 탓에 하얗게 질렸다. 상체를 약간 숙이자 등 뒤로 태성의 단단한 몸이 바싹 닿았다. 뒤에서 끌어안은 태성의 손이 부드럽게 움직이며 이전처럼 엉덩이를 흔들기를 종용했다.

물론 기현도 못 이긴 척 그러고 싶었다. 태성이 원하는 대로 움직여 주었을 때, 그가 얼마나 강렬한 쾌감을 선사했던가.

"으, 안…… 안, 됩니다."

하지만 아무리 그래도 그럴 순 없었다. 사무실 근처의 화장실에서, 이 이른 시간에, 진태성에게, 내 몸에 제발 싸 달라고, 나도 제발 싸게 해 달라고 아양을 떨 순 없는 노릇이었다.

"귀엽게 노네."

"안······ 됩니다, 안에 넣으면······."

자꾸만 수상한 곳을 침범하려 드는 태성의 것이 혹여라도 그대로 찔러 오진 않을까 걱정이 돼서 한 소리였다. 그러나 불안에 떠는 기현의 목소리가 도리어 기폭제가 되었는지, 태성은 억누르는 것 같은 욕설을 짧게 뱉고는 그대로 미친 듯이 몸을 부딪쳐 왔다.

"아, 으응······!"

엉덩이골에 비벼지던 것이 미끄러져 허벅지 사이를 불쑥 파고들기도 했다. 단단한 성기가 고간을 찔러 오는 감각이 아찔했다.

"후우······."

급박한 숨이 들려오더니 왈칵 끈적한 액체가 기현의 살결에 끼얹어졌다. 동시에 아랫도리에 가해지는 악력이 세졌다. 쥐어짜는 느낌에 기현도 길게 액을 사출했다.

"아으, 윽······."

"하······."

터질 듯 끌어안았던 태성이 잠시 기현의 어깨에 얼굴을 묻고 숨을 골랐다. 땀에 약간 젖은 앞머리가 목을 간지럽게 했다.

"······역시 당신은 그런 구석이 있어."

이윽고 고개를 든 태성은 꼭 키스할 것처럼 얼굴을 슬쩍 비끼며 다가와 영문 모를 소리나 늘어놓았다. 그런 구석? 뭔지는 몰라도 정확히 알고 싶지 않았다. 분명 사람 속 뒤집는 말이겠지.

"참. 아까 J그룹 건물 올린 얘기 했었죠. 윤 회장도 그런 미신 좋아하잖아요?"

태성이 아프지 않게 코끝을 깨물었다. 그렇게 생각하고 싶진 않았지만, 저를 퍽 귀엽게…… 여기는 것 같은 행동이었다.

"지금 생각해 보니 이번에 AR기획 주식이 확 오른 게 그 사람 때문이란 말도 있었는데."

"기획이요? AR기획은 독립 계열사나 마찬가지인데."

"왜, AR 신입 사원 연수 때마다 이상한 매스 게임인지 뭔지 시키면서 대표 뽑는 거. 그거 다 관상으로 뽑는 거라면서요. 이번에 AR 기획 사원들이 선봉 맡았다던데."

"AR기획 신입 사원들 기운이 좋다고 하던가요?"

"그렇다던데요."

"뭐라고요? 그런 이유로 주가가 오릅니까?"

"그럼요. 노름 좋아하는 사람들이 왜 주식에 환장하겠습니까."

그제야 어제부터 지금까지 드문드문 태성에게 뱉었던 이야기들의 퍼즐이 이어졌다. 검색어 1위에 올랐던 자신의 기사 사진, 선거 이후의 추이, 자동차 계열사와 윤인범, J그룹 회장과 윤 회장의 이야기……. 태성은 그 와중에도 단 한마디 놓친 것이 없었던 거다. 쾌락에 젖어 들떠 있던 터라 진 기분이 들어 기현은 조금 우울해졌다.

"선거는 선거고, 이제 형님 꺾어야겠다면서요. 그리고……."

태성은 잠시 망설이다 아무렇지도 않게 툭 말을 내뱉었다.

"슬슬 어머님도 찾아야 할 거고."

"……."

"조 실장에게도 물어봤다면서."

기현은 입을 꾹 다물었다. 피하고 싶은 주제였다. 아마 누구와도 그랬겠지만, 특히 태성과는 나누고 싶지 않은 이야기였다.

"이미 짐작하고 있었겠지만 어쨌든 내 쪽에서도 최선을 다해 움직이고는 있으니까."

태성 또한 이 주제가 껄끄럽기는 마찬가지였는지, 덧붙이는 목소리는 귀 기울이지 않으면 거의 알아듣기 힘들 정도로 작았다. 문득 기현은 그 밤, 그리고 지금도 태성이 자신을 위로해 주려는 건 아닐까…… 하는 어이없는 생각이 들었다. 물론 위로라고 하기엔 심히 삐뚤어진 방법이었지만.

"선거 끝나면 AR기획 쪽 지분도 노려보는 거 어때요. 지분이라도 확보해 두는 건 좋을 것 같은데."

"……지금 상황에서 AR기획을 어떻게 해 보는 건 무리입니다. 그 정도 장악력이 있었더라면 애초부터 이사님께 손 벌리지도 않았겠죠."

그럼 어떻게 하려고? 태성이 눈으로 물어 왔다.

"윤 회장이 믿고 쓴다는 그 사람에 대해 알아봐 주실 수 있을까요."

"점쟁이를 설득이라도 하게요? 그게 더 미친 소리 같은데."

"도와 달란 어설픈 소린 안 할 겁니다. 그냥, 어떤 사람인지 궁금해서요."

태성조차 윤 회장이 박수무당인지 관상가인지를 신뢰하는 걸 알고 있는데, 윤인범이 그걸 모를까. 분명 그쪽에서도 접근할 계획을 세웠을 것이다. 그럼 기현도 가만히 있을 수는 없었다.

어쩌면 그자는 가족들도 모르는 윤 회장의 모든 것을 알고 있을지도 모른다. 거기다 윤 회장과 함께 숱한 세월을 보내 왔다. 온갖 비밀을 움켜쥐고 오랜 시간 곁을 지켜 온 사람. 돈이든, 어설픈 회유든…… 무엇으로도 쉽게 넘어올 상대가 아니라는 뜻이다.

"윤기현 씨의 궁금함을 그 관상가는 다르게 받아들일 겁니다."

"압니다."

"역효과를 부를 수도 있어요. 그 양반이 윤 회장에게 무슨 소리를 할 줄 알고."

"그렇다고 이렇게 아무것도 안 할 순 없는 노릇이니까요."

그리고 솔직히 말하자면…… 기대하는 구석이 아예 없는 건 아니었다. 만약 이전의, 그러니까 진태성과 조 실장, 현아를 비롯한 많은 사람을 만나기 이전의 기현이었더라면 몰랐을 것이다. 그렇지만 짧은 시간이나마 다양한 사람들과 함께 일하다 보니 자연스럽게 절박함을 깨닫게 되었다. 요즘처럼 '내 사람'이 절실했던 적이 없다.

그러나 윤인범은 이 간절함을 모를 터. 기현의 배다른 형님은 진짜 황태자였다. 태어날 때부터 사람을 거느리는 게 당연했다. 모든 것이 거칠 게 없던 그가 사람 귀한 줄 알 리가 없다. 당연히 돈이나 이익 관계를 앞세우며 관상가를 포섭하려 들겠지. 기현은 간절한 자신의 빈곤함과 윤인범의 무능함에 한 번 더 기대 보기로 했다.

"만나서 뭐라고 할 건데요."

"누가 뭐라고 압력을 넣든 윤 회장에게 나에 대해 거짓말은 하지 말아 달라고 할 겁니다. 실제로도 전 그거면 충분하고요."

"하……."

시시한 말에 태성은 조금 김이 샜다. 하지만 여태까지 기현의 계획이 늘 그러했듯 나쁜 수는 아니었다. 태성이 만약 윤 회장이라면, 자신을 설득할 강력한 히든카드가 있는데 지레 겁먹고 접근할 시도도 안 해 보는 아들에겐 다음을 기대하지 않을 것 같았다.

그러니 그 관상가 양반에게 어차피 눈도장은 찍어야 한다는 소린데…… 척 봐도 어설픈 임기응변이나 협상이 통할 상대는 아닐 게 뻔했다. 그래. 그럴 바엔 기현처럼 애달파 보이기라도 하는 게 나을지도 모르겠다.

"혹시 다른 정보는 없습니까? 어디 산다거나. 어디 가면 만날 수 있다거나……."

"음, 내가 듣기론 독립문 근처에서 작은 음식점을 하는 사람이라고 했습니다."

"음식점이요?"

"네. 그래서 아는 사람들만 안다고 하더군요. 보통 사람들은 식당인 줄 알고 있고. 점 보러 왔다고 운을 떼더라도 다 봐 주는 것도 아니라고 하고."

"음, 굉장히…… 유명한 사람인가 보군요. 정작 저는 전혀 모르고 있었는데."

기현의 시선을 빤히 되받아치던 태성이 조금 늦게 아, 하고 어깨를 으쓱했다.

"얘기 안 했나? 대원의 초기 자본은 윤상중 명예 회장님에게서 나왔다고."

조금 놀란 듯 기현이 눈을 동그랗게 떴다. 처음 듣는 소리였다. 존경하는 인물로 늘 순위권에 꼽히는 사람이자, 윤 회장을 비롯한 AR 그룹 일가가 그 지겨운 뼈대와 근본을 외칠 수 있게 해 준 조부가 대원과 관계가 있었다니.

"아버지와 인연이 있다 들었습니다. 갚을 생각은 안 해도 된다며 사업 자금을 좀 대 주셨다고."

"그랬…… 습니까. 전혀 몰랐습니다."

"이런, 기현 씨는 정말 나에게 관심이 없군요. 이거야말로 조금만 뒤져 보면 나오는 이야기인데."

"……그런가요."

"네. 대원의 위상이 달라진 요즘은 좀 쉬쉬한다지만, 그래도요."

기현은 겸연쩍은 듯 귓불을 만지작거렸다. 이로써 태성은 안타깝게도 기현에게 이 정도의 이야기도 들려줄 사람이 없다는 걸 확인할

수 있게 됐다. 윤기현과 그 살벌한 왕국의 연결고리가 되어 줄 수 있
는 사람은 오로지 자신뿐인 거다. 결론이 어쩐지 무척 마음에 들어
서 태성은 조금 더 자비롭게 굴기로 했다.

"아버지는 그 돈으로 땅을, 술을, 사람을 사고팔았습니다. 정권에
납작 엎드려 비비면서 돈을 쓸어 모았죠. 그걸 발판으로 이것저것
건드려서 지금의 대원을 만든 게 나고."

음…… 기현은 뭐라고 반응해야 할지 몰라서 작게 헛기침을 하고
말았다. 신무원 사람들이 질색할 법한 전형적인 졸부라고 생각했기
에 대원 미술관을 찾아갔던 건 맞지만, 조부와 얽힌 사연이 있을 줄
은. 게다가 그 돈으로 술장사를 해서 사업이 커진 거라곤 상상도 못
했다.

아랫도리를 대충 정돈한 태성이 이번엔 기현의 젖은 성기를 빤히
응시했다. 호기롭게 물고 빨고 싼 건 좋았는데 기현의 몸은 닦는다
고 될 일이 아니었다. 태성이 그러든 말든, 내내 그의 말을 곱씹던
기현이 어색하게 입을 달싹였다.

"왜 그래요?"

"아뇨…… 음."

기현은 괜히 엄지로 검지 끝을 갉작이다 조심스레 운을 뗐다.

"이사님도 고생 많이 하셨겠다, 싶어서……."

"고생이라는 표현으로는 부족하죠. 계모와 이복형이란 작자는 멍
청한 주제에 욕심이 많았거든."

그러고 보니 저번에 그랬던 것도 같다. 자신은 본처의 자식인데도
서러움이 많았던 터라 혼외자인 기현이 불쌍히다는 생각이 들지 않
는다고.

"계모는 아버지 밑에 있던 술집의 마담이었습니다. 사실혼이나 다

름없었죠. 아들도 낳았으니까. 그런데 이제 돈 좀 벌었겠다, 보는 눈
도 있으니 술집 여자를 안주인으로 들이긴 영 마뜩잖았던 아버지는
제 어머니와 결혼하기로 결심한 겁니다."

"그랬…… 군요."

"뭐, 이미 다 지난 일이긴 합니다만 가끔 피는 못 속인다는 생각은
합니다. 나도 결국은 별걸 다 팔아 치우면서 이 자리까지 올라왔거
든요. 계모가 나를 볼 때마다 영원한 개새끼라고 부를 정도니까."

"아……."

태성은 그저 어깨를 으쓱하고 말았다. 기분이 상한 것 같지도, 그
렇다고 떠보려는 것 같지도 않았다. 그럼 조금 더 물어봐도 되는 걸
까. 기현은 이런 자신의 태도가 공적으로 보일지, 사적인 선을 넘는
것으로 보일지 가늠할 수 없었다.

저 남자의 어디까지 파고들 수 있을까. 확신할 수 있는 것은 없었
지만 기현은 용기를 내 보기로 했다. 어쩐지 그래도 될 것 같았다.
직전까지의 은밀했던 행위 덕에 쓸데없는 자신감이 샘솟았다.

"그럼…… 아버님은 이제 일선에선 물러나신 겁니까?"

짧은 침묵이 흘렀고, 태성은 웃었다. 다행히도 불쾌해 보이진 않
았다.

"병원에 계십니다. 계모의 아들, 그러니까 형도. 친어머닌 요양원
에 계시고요."

이상하게 그 말을 듣는데 마음에 뭔가 쿵 하고 얹히는 기분이었
다. 기현은 병원과 요양원의 차이가 무엇일지 짐작할 수 있을 것 같
았지만 애써 그 추측을 머릿속에서 지워 버렸다.

"그렇…… 군요."

"시시한 반응인데요. 그래서, 나에 대해 궁금한 건 그게 끝입니까?"

"일단은, 네."

"왜요. 더 이야기해 줄 수도 있는데요."

물으면 묻는 대로 더 대답해 줄 것 같긴 했다. 사실 그때도 제대로 묻지 못했던, 자금의 출처가 가장 궁금했다. 그런데 지금은 그래선 안 될 것 같았다. 딱 여기까지가 적정한 선이지 싶었다.

"됐습니다. 충분해요. 말마따나 누가 더 고달팠는지 재고 싶은 것도 아니고."

과연 이번에도 기현의 답이 옳았는지 태성이 눈부신 미소를 피워 올렸다. 잘 만들어진 것 같은 그 웃음이 조금 덜 불편한 이유는…… 그래. 이제는 그를 바라보는 태성의 눈이 그렇게까지 건조하지만은 않아서다. 여전히 태성이 던지는 신호를 다 읽을 수는 없지만, 조금이나마 인간미를 느낄 수 있어서. 빚어낸 조각 같은 것이 아니라 살아 숨 쉬는 사람이라는 걸 느낄 수 있는 순간이 분명 있었기 때문에.

"그럼 일단은 이것부터 수습해 볼까요?"

그제야 기현이 난장이 된 제 아래를 보고 인상을 썼다. 태성과 자신의 정액으로 범벅이었다. 휴지 같은 걸로 닦는다고 될 수준이 아니었다.

"일단 씻어야겠습니다. 혹시 근처에 사우나 있나요?"

"사우나라. 그냥 잠깐 집에 들르죠?"

"퍽이나 믿음직스러운 소릴 하시는군요."

기현의 꿍얼거림이 어쩐지 귀여워서, 태성은 손을 뻗어 볼을 톡톡 쳤다. 이건 정말 순수한 마음이었는데. 하지만 기현은 이 작자가 무슨 꿍꿍이인지 의심스러운 눈초리를 할 뿐이었다.

"흐음."

기대했던 바와 어긋난 반응에 태성이 누구 들으라는 듯 크게 한숨을 쉬었다.

"윤기현 씨는 참 쉬운 듯 어렵군요."

어렵다, 라. 그 말에 반사적으로 언젠가 넌 좀 헤퍼질 필요가 있다고 했던 말이 생각났다. 뒤따라 그때 나누었던 키스가 생각나자, 자연스레 직전에 몸을 얽었던 밤이 또 생각나고…… 순식간에 말아 쥔 손바닥 안쪽이 뜨끈하게 달아올랐다. 기현은 이런 상태를 태성에게 들키고 싶지 않아 주춤하며 한 걸음 물러섰다.

"억이 넘는 시계를 구색이나 갖추는 정도로 편안하게 여기는 몸이니 비싼 선물에도 감동하지 않을 게 뻔하고. 여기서 윤기현 씨에게 뭘 어떻게 해 줘야 나를 덜 경계하려나."

언론과 선거판에 아무리 뿌려 대도 끄떡 않는 당신의 통장은 참 매력적이라고 받아쳐 주려던 기현은 문득 이상한 생각이 치밀어 미간을 꽉 찌푸렸다. 자신을 빤히 보는 태성의 낯이 수상했다. 지나치게 평화로운 얼굴. 대수롭지 않은 듯 느물느물하게 구는 목소리의 끝이 더없이 안온하다.

'진태성은…… 이렇지 않았는데.'

그는 이런 남자가 아니었다. 사람을 곤란하게 만들면서 즐거워하고, 질이 낮은 장난을 치면서 시정잡배처럼 굴었다. 한숨이 나올 정도로 잘난 얼굴 하나만 믿고서 제멋대로 구는 인사였다.

그런데 요즘 들어서 그가 하는 행동이. 마운팅이라도 하는 것처럼 굴었던 처음과는 확연히 달라진 최근의 키스. 푹 잘 수 있게 해 주겠다고 개소리를 했던 그 밤이라거나, 지금처럼 구애라도 하듯 건네는 농담의 종류가…… 맨 처음 몸을 달라고 운운했던 때와는 확연히 달랐다. 단순히 모욕을 주려고 하는 말이나 행위가 아니었다.

거기까지 생각이 미친 후 다시 바라본 저 남자는, 진태성은…….

'아.'

기현은 그의 얼굴에서 처음과는 달라진 눈빛을 읽었다. 예전엔 웃고 있어도 차가웠는데, 이제는 무표정하게 있어도 그렇게까지 한기가 느껴지지 않는다. 기현의 행동이 의외라는 듯 눈썹을 치켰다가 고개를 얕게 기울이며 피식 웃는다. 뭘까.

날카롭게 벼려졌던 기현의 눈매가 나긋하게 꺾였다. 동공이 커지고, 침을 삼키는 제 목울대의 움직임이 쩌렁쩌렁하게 귓전을 때렸다. 알고 싶지 않은 비밀의 복선을 읽은 자의 몸부림이기도 했고, 밀어내고 싶은 예감에 몸을 떠는 비극의 주인공 같은 몸짓이기도 했다.

설마.

설마…….

"이사님."

뒷수습을 마치고 문을 열려던 태성이 힐끔 기현을 돌아보았다. 지나친 확대해석일 수도 있다. 그래도 조금은 가까워졌으니까. 처음보다 공유하게 된 비밀이 많으니까. 친근해졌으니 처음과는 눈길을 주는 방식이 다를 수도 있겠지. 아마도 그럴 것이다. 보통은 그렇게 생각하는 게 당연하다.

"혹시…… 저 좋아하십니까?"

하지만 이상하고 찜찜한 마음에 충동적으로 말이 튀어나왔다.

"아닙니다. 제가 실언을…….."

기현은 손등으로 붉어진 뺨을 꾹 누르며 허겁지겁 변명했다. 스스로 생각해도 은근한 기대를 품은 목소리였다. 꼭 그러기를 바라는 것처럼. 태성이 저에게 마음이라도 품었을까, 열에 들뜬 것처럼.

툭 늘어뜨린 반대편 손의 주먹을 너무 세게 말아 쥐는 바람에 손톱이 살갗을 아프게 파고들었다. 미쳤구나, 윤기현. 진짜 미쳤어……. 첫사랑에 들뜬 미성년도 이보다는 성숙하게 굴 것 같았다.

"그러니까, 이건……."

자글자글 끓는 쾌감에 푹 절었던 상태에서 생각지도 못한 태성의 이야기를 듣고 나니 저도 모르게 마음이 흐물흐물해져서. 더는 날을 세워도 될 것 같지 않아서. 그러다 보니 요즘 자꾸만 입술을 맞대려고 드는 당신의 그 키스가, 눈빛이, 목소리가 이전과는 확연히 다르다는 생각이 들어서. 그래서…….

어설픈 변명이 혀끝을 맴돌다 사라졌다. 기현이 듣기에도 엉성한 핑계였다. 차라리 대뜸 찾아가 왕으로 만들어 달라고 했던 어이없었던 첫 만남이 더 설득력이 있을 정도로.

"그럼요. 좋아해 마지않는 윤기현 씨."

놀란 듯 눈을 동그랗게 뜨는 태성에게서 짓궂은 즐거움이 묻어났다. 누가 봐도 놀리는 말투였다. 기현은 그다지 달라지지 않은 태성의 태도에 안심했고…… 한편으로는 조금 실망했다. 까닭 없이 울렁이는 속을 감추려 일부러 무표정한 가면을 쓰고 태성을 노려보기만 했다. 어쩌면…… 그러길 바랐던 걸까. 진태성이 좋아해 줬으면…… 좋겠다고.

"아, 계속 이렇게 귀엽게 굴면 곤란한데."

웃음기를 머금은 채로 태성은 못생긴 게 귀여우면 답도 없다는데, 하고 어이없는 소릴 했다. 기현은 무표정을 유지한 채로 그를 스쳐 지나 엘리베이터 앞에 서 대시보드를 바라보기만 했다. 얼굴만큼이나 고운 손가락이 즐거운 듯 엘리베이터의 버튼을 더듬었다. 헛소리나 내뱉고 있지만 몽롱한 사정의 여운에 젖은 손짓은 여전히 관능적이었다.

태성은 상대방을 무장 해제하는 방법을 잘 알고 있었다. 자연스러운 습관이라 죄질이 더 나빴다.

"……진태성 씨가 저보다 한 살 어린 거 압니다."

제대로 수습도 하지 못해 아랫도린 축축하고. 충동적으로 내뱉은 헛소리 때문에 쪽팔리고. 하여튼 태성에게 잔뜩 휘둘린 것 같아 기분이 나빠진 기현이 괜히 시비를 걸었다.

"그래요?"

흡사 어린아이를 어르는 대꾸가 되돌아와서 민망해진 기현의 귓불이 점점 붉게 물들기 시작했다. 오늘은 어째 고르는 수마다 최악인 것 같다.

"그렇게 은근히 자꾸 반말하는 거, 그리 기분이 좋지는 않습니다."

"그랬어요?"

어이구, 하고 맞장구쳐 줄 기세로 기현의 다음 말을 기다리던 태성은 결국 웃음을 크게 터뜨렸다. 짜증이 난 기현은 엘리베이터 문이 열리자마자 올라타서는 닫힘 버튼을 연달아 눌러 댔다. 허리까지 꺾으며 파안하던 태성은 엘리베이터가 완전히 닫히기 직전, 손으로 우악스럽게 문을 열어 버리고는 기현에게로 성큼성큼 다가와 한 번 더 키스를 퍼부었다.

♟

차를 댈 수도 없는 애매한 골목이었다. 아니, 고급스러운 차 자체가 어울리지 않는, 소담스러운 냄새가 물씬 풍기는 곳이다. 물론 윤인범의 눈엔 지저분하고 불쌍한 인생들이 집합한 곳이었지만.

윤인범의 비서가 안내를 한 곳은 그중에서도 가장 작고 지저분해 보이는 가게였다. 바닥은 콘크리트를 그대로 굳혀 쩍쩍 갈라져 있고, 테이블 대신 드럼통 같은 데 스테인리스 재질의 상을 아무렇게나 올린 가게.

그야말로 태어나서 처음 보는 풍경이었다. 옆으로 열어야 하는 유리 미닫이문의 손잡이는 반쯤 떨어져 있었고, 그나마도 이음매가 맞지 않아 잘 열리지 않았다. 윤인범이 잠시 인상을 찡그리며 바라만 보고 있자 비서가 빠르게 문을 열어 주며 허리를 굽혔다.

조심스러운 걸음임에도 발소리가 크게 울릴 정도로, 들어선 식당 안은 썰렁했다. 손님은커녕 종업원도 없었다. 오래된 TV의 야구 중계 소리가 귀 아플 정도로 울렸다.

'아무도 없나.'

하릴없이 글자가 거의 벗겨진 메뉴판을 들여다보고 있는데, 안쪽에서 쟁강쟁강 그릇이 부딪치는 소리가 들리더니 드디어 누군가가 걸어 나왔다.

"안녕하십니까, 어르신."

"아이고! 이게 누구야?"

꼬질꼬질한 국방색 티셔츠에 추리닝 바지를 입은 노인이 코를 훔치며 반색했다. 평소 같았다면 어림도 없었겠지만, 윤인범은 잔뜩 때가 낀 그의 손을 맞잡고 정중히 악수를 나누었다. 오 씨라고 본인을 소개한 노인은 잠시만 기다리라더니 금세 국밥을 말아 왔다.

조악한 플라스틱 의자에 물때가 잔뜩 낀 수저, 자극적인 조미료가 범벅이 된 싸구려 음식. 그러나 윤인범은 한마디 불평도 없이 노인이 내준 음식을 싹 비웠다. 성격이 급하고 허영심이 큰 것도 사실이었지만 윤 회장의 눈과 귀가 되어 준 사람 앞에서 이런 걸 음식이라고 내놓았느냐고 할 정도로 천치는 아니었다.

"돈은 안 받을 테니 밥 다 먹었음 어여 가 봐."

"어르신."

"지금은 윤 회장 말 잘 듣고, 자네 할 일만 열심히 하면 되는 거야."

"저를 도와주셔야 합니다. 어르신 아니면 안 됩니다."

"허허. 글쎄, 자네는 지금 할 일만 열심히 하면 된대도."

오 노인은 사람 좋게 웃으며 완곡한 거절의 의사를 밝혔다. 예상 못 한 바는 아니었으므로 윤인범은 개의치 않고 말을 이었다.

"저, AR그룹의 장남으로, 하나뿐인 아들로 모두의 기대와 부담을 한 몸에 받으면서 그렇게 살아왔습니다. 물론 회장님 눈엔 못 미더울 때도 많았지만 늘 최선을 다해 왔어요."

"암만. 그걸 내 모르겠누."

"장차 AR그룹을 지휘하기 위해 맞추어진 삶이었습니다. 그런데 지금 와서, 이 나이에, 그것도 밖에서 낳아 온 새파랗게 어린놈 때문에 불안해서 잠도 못 자야겠습니까."

오 노인은 말없이 윤인범이 깨끗하게 비운 국밥 그릇과 그 옆에 가지런히 놓인 수저를 응시했다. 한 치의 흠도 없이 정갈하게 정돈된 식기. 꼭 윤 회장의 버릇과 닮아 있었다.

"나는 그냥 살아온 모양새를 남들보다 좀 더 잘 읽을 뿐이라네. 윤 회장과는 막역한 사이니까 그저 그 양반 생각하는 거 다른 사람보다 잘 알 뿐이고. 내가 무슨 대단한 입김이라도 불어넣을 수 있는 그런 위치가 아니란 말일세."

"저도 대단한 것을 바라는 게 아닙니다. 윤기현은 안 된다, 그건 신무원을 다 흔들어 놓을 몹쓸 종자다. 그 한마디면 충분합니다."

"글쎄, 내가 윤 회장에게 이래라저래라 할 위치가 되는 사람이 아니래도."

"글쎄요. 독립 계열사 지분을 이 정도까지 끌어 올리신 분이 하실 말씀은 아닌 것 같습니다만."

끌끌 혀를 차며 오 노인이 담배를 물었다. 불이 잘 안 켜지는 듯 에잉, 하며 싸구려 라이터를 내던지기에 윤인범이 한숨을 쉬며 직접 불을 붙여 주었다.

당장 금융 계열사들을 어떻게 정리할 건지, 자동차 계열사 창립은 어떻게 진행되고 있는지⋯⋯. 윤 회장은 그 누구에게도 계획을 털어 놓질 않았다. 그가 부리는 사람들을 구슬려 보고, 협박도 해 보고, 별짓을 다 해 봤지만 좀처럼 입을 열지 않았다.

그렇게 속이 타는 와중에 윤기현까지 일을 쳤다. 김 관장이 습관 처럼 지칭하는 말대로, 윤기현과 그의 생모는 버러지만도 못한 것 들이었다. 수치를 모르고 본가에 빌붙어 살아가는 기생충과 다를 바 없었다.

그런데 그런 놈이 AR그룹의 후광을 얻어 선거에 출마하다니. 윤기 현이 당선되든 말든 그건 중요한 문제가 아니었다. 그 버러지가 정말 로 지역구 의원이나 하겠답시고 이렇게 설쳐 대는 게 아닐 테니까.

게다가 윤기현이 손잡은 사람은 대원의 기생오라비 같은 놈이라고 했다. 아무리 그쪽엔 관심 안 뒀어도 들리는 말들이 있다. 윤인범은 밑의 사람들로부터 진태성 그 새끼가 어떻게 돈을 굴렸는지 정도는 들 었다. 어디 기댈 곳이 없어서 그런 근본도 없는 곳에 기댄단 말인가.

인범을 비롯한 형제들의 격렬한 항의에 윤 회장은 아무렇지도 않 게 대꾸했다.

'돈만 있으면 좌지우지할 수 있는 게 정치판인데, 그것도 저 원하 는 대로 결과 못 내면 받아 줄 이유가 없으니 사서 걱정하지 마라.'

"윤 회장이 그러든가?"

"예."

윤 회장은 윤기현의 역량을 알아보기 위해 몇 가지를 시켜 보았다고 했다. 우선은 일정 수치 이상의 지지율 확보, 야권 단일화로 당선되는 것.

"어차피 전수 조사도 아닌데, 여론 조사 결과를 제가 원하는 대로 끌어내는 것쯤은 일도 아닙니다. 하지만 그렇게 내쳐지면 윤기현은 그나마 가지고 있던 모든 걸 잃게 될 겁니다. 그렇게 되면 너무 가엾지 않습니까."

"허허, 그렇게까지 인정이 넘치는 사람인 줄은 내가 미처 몰랐구먼."

"윤기현을 위해서가 아니라 저를 위해서입니다. 반쪽짜리여도 신무원의 사람인데, 최소한의 품위는 지켜 주고 싶습니다."

"최소한의 품위?"

"예, 최소한의 품위요. 그러니 더 험한 꼴 나기 전에 모두에게 아름다운 결말을 맞으려면 어르신께서 당장 윤기현이 미국으로 떠나야 한다고 말씀해 주시면 됩니다."

노인은 대꾸 없이 담배만 뻐끔뻐끔 피웠다. 생활의 피로함이 잔뜩 묻어나는 모습이었다. 윤 회장으로부터 받아먹은 게 제법 있을 텐데 왜 아직도 이렇게 구질구질하게 살고 있을까. 그 이유를 물으려는데, 부실한 문 너머로 비서들이 기웃거리는 게 보였다.

"자네 그만 가 봐야겠는데. 아랫사람들 똥줄 타는 소리가 여기까지 들려."

"또 오겠습니다."

"허허…… 누구 아들 아니랄까 봐 고집하고는."

"예, 윤 회장님 아들은 접니다. 그 빌어먹을 꼬맹이가 아니라요."

가격표의 앞자리도 희미한 것이, 영 얼마인지 알 수가 없어서 윤인범은 성의껏 빳빳한 수표 몇 장을 꺼내 테이블에 올려 두었다.

"어차피 곧 AR그룹을 이어받을 사람은 저입니다. 당장의 상속 구조로는 그렇습니다."

윤 회장이 잘못되기라도 하면 당신도 끝일 텐데 나와 잘 지내서 나쁠 것 없지 않으냐는 속내였다. 해석하기에 따라서는 여차하면 윤 회장을 어쩔 수 있다는 뜻으로도 들렸고.

생각에 잠긴 노인을 보던 윤인범은 정중하게 인사를 하고 식당을 나섰다. 식탁에서 문까지 이동하는 그 짧은 순간에도 그가 걸친 값비싼 코트는 움직일 때마다 차르르 윤기가 흘렀다. 의도한 것은 아니었겠으나 충분히 과시하는 듯한 모양새였다.

오 노인은 인범이 놓고 간 수표와 그 수표 위에 눌러둔 값비싼 라이터를 잠시 바라보다, 손을 뻗어 담배에 불을 붙여 보았다.

"별 차이도 없구먼."

노래 클럽이라고 촌스럽게 쓰인 싸구려 라이터나, 누가 봐도 최고급품인 이 라이터나. 아무렇게나 담뱃재를 털다 보니 죄 수표 위로 떨어져서 쓸 수 없게 되어 버렸다. 그러나 무슨 상관일까. 노인은 반쯤 피운 담배를 수표 위에 비벼 껐다.

타닥타닥 불이 붙을락 말락 한 하얀 종이들을 잠시 바라보다 윤인범이 손도 대지 않은 물컵을 들어 쪼르르 물을 부었다. 3,000만 원이 순식간에 못 쓰는 종이가 되었다.

"모두에게 아름다운 결말이라……."

오 노인은 윤인범과는 안 어울리게 몹시 순진하고 감상적인 표현이라고 생각했다.

태성은 한 손으로도 다 잡을 수 없는 두께의 등기부 등본을 계속해서 넘겼다. 이번에 경매로 넘어온 것들이었다. 정확히는 경매에 오르게끔 만든 거지만. 그래도 공들인 보람이 있는 실속 있는 건물과 부지들이었다. 몇 개는 이번에 수고한 중역들에게 넘겨줘도 될 것 같았다.

"조 실장은?"

"오늘은 미술관으로 가셨습니다."

그래. 의도치 않게 윤기현 일까지 떠맡느라 요즘 조 실장이 고생이긴 했다. 아까 넘어온 것 중에 아파트도 있었던 것 같은데. 그건 조 실장에게 줄까. 하지만 다시 뒤져 볼 엄두가 안 나서 그냥 옆에 대충 두었다.

'뭐, 찾아보고 알아서 고르라고 하면 되겠지.'

"윤 변호사님도 아마 집으로 가셨을 겁니다. 조 실장님이 내일까지는 무리하게 안 움직일 거라고 하셨거든요."

하긴. 영양실조라는 말에 윤기현이 딱해 죽겠는지 죽을상을 했었지. 사실 기현이 당장은 더 할 일이 없기도 했다.

모든 것이 순조로웠다. 국제 업무지구를 엮을 생각을 한 윤기현이 옳았다. 당장 피해가 큰 서부이촌동은 물론이고, 강남 일대는 갈 수 있어도 가지 않는다는 여유로운 이미지를 추구해 왔던 그 동네 중산층들에게도 큰 골칫덩어리가 된 게 국제 업무지구였다. 그런데 그 빌어먹을 국제 업무지구 덕에 특혜를 봤다는 의혹이 있으니 아무리 여당 표밭이래도 민심이 흉흉할 건 뻔했다.

물론 사실은 아니었다. 조문래 전 차관이 다양한 특혜를 주고받으며 살아왔던 건 맞았지만 이 일만큼은 직접적인 관련이 없었다. 하지만 그게 뭐가 중요하단 말인가. 원래 사돈의 팔촌까지 엮으려고 들면 못 할 게 없는 것이 정치다.

그에 반해 윤기현은 승승장구하고 있었다. AR그룹의 후광에 변호사로 일해 왔던 이력, 또 가장 최근에는 전당 대회를 불사하던 그때 누군가를 구해 냈던 것까지. 어쨌든 사람들은 그렇게 믿고 있고, 여론은 그렇게 흘러가는 중이다. 그거면 됐다.

"날씨가 꽤 추워졌네요. 내일 더 따뜻하게 입으셔야겠습니다."

잠시 차가 멈춘 사이 기사가 살뜰하게 말을 건넸다. 그 말에 태성은 창밖을 흘끔 내다보았다. 벌써 계절이 그렇게 바뀌었나. 무감하게 사람들을 관찰하던 태성은 문득 편의점 앞에 나부끼는 현수막에 시선을 주었다. 막 편의점을 나선 고등학생들이 입김을 불어 가며 손에 하얀 뭔가를 꼭 쥔 채 지나가고 있었다.

"잠깐만."

갑작스러운 지시에 기사가 황급히 도로변에 차를 댔다. 태성은 재미있는 마음 반, 어쩐지 쑥스러운 마음 반으로 차에서 내려 편의점을 향해 걸어갔다.

못난이 같은 게 똑 닮아서 사 왔다며 찐빵을 내밀면 윤기현은 어떤 얼굴을 할까. 이런 걸 먹어 보긴 했을까. 태성은 사실 자신도 편의점 찐빵 같은 걸 사 먹어 본 적 없는 주제에, 그저 기현을 놀리려고 이것저것 쓸어 담는 이 상황이 좀 어이없었다. 일단 확실한 건, 이렇게 저렴한 걸 선물하면서 누군가에게 수작을 걸어 보는 건 처음이라는 거다.

윤기현에게 줄 찐빵을 눈치껏 앞에 놓인 봉지에 가득 담아 편의점

문을 열자 비로소 기분이 묘해졌다. 누군가에게 길 가다 갑자기 생각 나서 샀다며 뭘 건네줄 궁리를 하는 것도 이번이 처음이지 싶었다.

계산을 마치고 비닐봉지를 건네받은 태성은 문득 용산역에서 기현 의 사진을 찍을 때 자기도 모르게 한 걸음 물러섰던 순간을 떠올렸 다. 잘 모르겠지만 위험하다고 생각했던 그때. 이어 머뭇거리는 얼굴 로 혹시 자기를 좋아하는 거냐고 물었던 아침의 기현이 생각났다.

잠시 멈칫했던 태성은 이내 픽 웃으며 차로 걸음을 옮겼다. AR그 룹의 핏줄이 섞인 점은 여전히 마음에 들지 않지만…… 그래도 처음 부터 그쪽 집안 다른 사람들처럼 구역질이 올라오진 않았으니까. 아 니, 굳이 호오(好惡)를 구분해 보자면 그래, 싫지는 않으니까.

눈물이 뚝뚝 떨어지는 것도 모른 채 어떻게 울면 되는 거냐고 물 었을 때라거나, 자신이 저질스럽게 굴어도 침착함과 품위를 잃지 않 는 점이라거나, 음액을 쏟으면서도 단정함을 잃지 않으려 필사적인 점도.

오늘은 어떻게 그 도도한 얼굴을 무너뜨려 볼까. 즐겁고 난잡한 상상에 빠진 와중에 진동이 길게 울렸다.

—이사님.

조 실장이었다. 경매 건도 무사히 끝났고 다른 기업, 특히 AR 계 열사 지분 따먹는 놀음은 잠시 미뤄 두고 있는 상태라 그가 요즘 하 는 일이라곤 윤기현과 관계된 일뿐이다.

"무슨 일이야."

또다시 자연스레 윤기현을 떠올리며 가벼운 마음으로 받았는데, 태성을 부르는 조 실장의 목소리가 심상치 않았다.

—저…… 일단 지금 본가로 좀 오셔야겠습니다.

처음 친부를 끌어내리고 이사 자리에 올랐을 때. 본가 관리에 관해 이런저런 지시를 내리면서 되도록 이 여자와 관련한 일이 자신의 손까지 넘어오지 못하게 하라고 못 박아 둔 바 있었다. 그럼에도 조 실장이 급한 목소리로 자신을 부를 정도니, 오래간만에 큰일이 하나 터진 모양이다.

흑석동에 있는 태성의 본가는 접근성과 보안, 조망권이 동시에 충족되는 곳이라 일대에 연예인들도 제법 살았다.

위압적인 외관의 주택은 화려한 생김을 자랑했지만, 조금의 눈썰미만 있어도 전혀 관리가 되지 않는다는 걸 알 수 있을 정도로 방치되고 있었다. 듣기 싫은 쇳소리가 나는 대문이라거나, 온갖 잡초가 무성한 정원이라거나, 실타래 같은 거미줄이 엉켜 있는 화단의 조약돌이라거나.

환하게 켜진 창문 너머, 날뛰는 사람들의 그림자가 눈에 들어왔다. 태성은 치밀어 오르는 답답함에 넥타이에 손가락을 걸어 느슨하게 풀었다. 대기하고 있었는지 조 실장이 냉큼 문을 열어 주었다.

"무슨 일이야."

"그게……."

설명을 기다렸지만 말을 못 하고 머뭇거리기에 그대로 안으로 걸음을 옮겼다. 흥분과 두려움이 섞인 계모의 목소리가 희미하게 들렸다. 그리고 이 집에서 절대 날 리가 없는 화장품 냄새 같은 것이 어렴풋이 나는 것 같았다. 백화점 1층에 들어서면 확 느껴지는, 그런 향긋한 분 냄새였다.

"그러니까 이건 당연한 권리란 말이지! 내가 그 미친 새낄 무서워해야 하는 이유가 없다는 거야!"

"사모님, 그래도 이건 너무…… 이, 이사님!"

거실로 들어선 태성은 지금 자신이 뭘 보고 있는 건지, 황당함에 잠시 말을 잇지 못했다. 사방이 쇼핑백으로 가득했다. 얼핏 보이는 것들로 봐서는 백화점의 이번 시즌 제품들을 그대로 옮겨다 놓은 것 같았다. 아니, 같았다가 아니라 실제로 그런 모양이었다. 한쪽에 놓인 쇼케이스에 화장품이 가득 들어차 있는 걸 보면.

태성의 시선이 4열 종대로 늘어서 넓은 거실을 끝까지 메운 쇼핑백과 바닥에 놓인 이름값 하는 와인들, 테이블과 소파에 길게 늘어진 세 개의 모피 코트를 훑고 마침내 그 한가운데 서서 눈을 굴리고 있는 여자에게로 향했다. 중년이라기엔 조금 젊고 예뻤으나 이 모든 호사를 누리기엔 한없이 가벼워 보이는 여자였다.

"서 마담, 나는 이런 것들을 허락해 준 기억이 없는데. 이게 대체 무슨 난리지?"

주머니에 손을 찔러 넣은 태성이 근처에 있는 쇼핑백을 툭툭 찼다. 그저 구두코로 건드리기만 했을 뿐인데 자기 몸이 차이기라도 한 양 가사 도우미가 덜덜 떨며 무릎을 꿇고는 되는대로 말을 쏟아 냈다.

"사모님 말씀으로는, 그러니까, AR그룹에서 호의로 보내 준 것이라고 하셨습니다. 제가 집에 왔을 때는 이미 이런 상태였습니다. 저는 정말, 정말 모르는 일입니다, 이사님……."

태성의 발에 챈 와인병이 무거운 소리를 내며 길게 굴러갔다. 잠시 끔찍한 정적이 흘렀다.

"어디서, 뭘 보내?"

설명하라는 듯 조 실장을 쳐다보자 여태 부들부들 떨기만 하던 서 마담이 히스테릭하게 소리를 질렀다.

"진태성, 너!"

마치 비명과도 같은 높은 목소리였다.

"요즘 그 집 막내아들이랑 무슨 작당 모의하고 다닌다면서!"

이 말도 안 되는 상황에 대한 설명을 듣기 위해 조 실장 쪽으로 몸을 틀었던 태성은 저 여자가 미쳤나, 하는 눈으로 서 마담을 바라보다 이내 표정을 싹 지우고 걸음을 옮겼다. 차가운 대리석 바닥을 울리는 발걸음이 위압적이었다. 저런 얼굴을 할 때의 태성이 얼마나 잔인한지 익히 잘 아는 도우미는 어쩔 줄을 몰라 하며 태성과 그의 계모, 서 마담을 번갈아 바라보았다.

"그래서."

태성은 발끝에 거슬리는 것들을 모조리 걷어차며 계모의 코앞까지 걸어갔다. 어쩐지 바닥을 뒹굴던 와인의 라벨이 낯익다 싶더니. 아려 호텔에서 자주 리스트에 올리는 것 중 하나였다. 시중에서 구하기 어려운 것을 언제든 갖춰 둘 수 있다는 자존심인 동시에 총수 일가의 고상한 취향을 자랑할 수 있는, 그런 종류의 와인들.

"그것과 이 난장판이 무슨 상관관계냐고 물었어."

보틀에서 눈을 뗀 태성의 시선이 무미건조했다.

"그리고 지금 두 번째로 묻는 거야."

세 번은 없을 거라는 경고였다.

서 마담은 목 안으로 긁는 이상한 소릴 내며 숨을 고르더니 질 수 없다는 듯 다시 목소리를 높였다. 조잡하게 만들어진 연극이라도 보는 듯 과장되고 정신없는 작태였다.

"거, 거기 막내가 대원 쪽에 신세 지고 있다면서 호의로 선물했을 뿐이야! 내가 뭘 어떻게 한 게 아니라고!"

"하…… 신세? 호의?"

"그리고 어차피 지금 대원 이렇게 일으킨 돈, 다 어디서 나왔어, 어? 어차피 다 그 집안에서 나온 거 아냐. 이왕 주는 거 다 챙겨 받고 이 기회에 잘 보이면 너한테도 이득일 텐데…… 아악!"

더 들어 줄 수가 없어 테이블을 발로 엎어 버리자 바락바락 소리를 지르던 서 마담이 덜덜 떨며 쇼핑백 무덤에 몸을 웅크렸다. 이 지경이 되어서도 저런 것들이 욕심이 나는 모양이다.

"조 실장."

"말씀하신 그대로입니다. 다만…… 제가 알아보니…….

"알아보니?"

"윤진서 사장이 다섯 시간 전 여기로 직접 방문했다고 합니다. 서마담에겐 저런 구실로 선물이라고 한 모양이지만…… 사실…….

"사실, 뭐."

"사실, 전부 아려 백화점의 디스플레이 상품들이었던 것으로 확인됩니다."

너무 어이가 없어서일까. 조 실장의 말이 들리긴 하는데 머리까지 제대로 전달되지 않았다. 뭐가, 어떻다고?

"그게 뭐가 어때서! 디스플레이 된 건 뭐 가짜라든? 어차피 VVIP들한테도 세일 절대 안 해 주기로 유명한 아려 백화점인데! 고맙게 받으면 되는 일 아냐!"

그러니까 말이다. 세일도 안 한다는 그 콧대 높은 백화점의 주인이, 재계 순위권 안에 드는 기업 사람들에게 호의를 베푼답시고 할인을 해 주거나, 이런 말도 안 되는 양의 선물을 안겨 주는 일이 가당키나 하냐고. AR이 아니라 어디에서도 들어 보지 못한, 굉장히 무례한 행동이었다.

차라리 구하기 어려운 한정 상품을 대신 예약해 준다거나, 편하게 쇼핑할 수 있도록 영업시간 외에 운영하는 등의 서비스를 해 준다면 모를까. 아니, 그 정도의 호의도 충분히 수상쩍을 마당에. 심지어 각종 선물을 답례품이랍시고 던져 주고 갔단다. 그것도 디스플레이 되어 있던 상품들을.

태성은 저 멍청한 여자에게 퍼붓고 싶은 말이 너무 많았다. 간신히 욕지기를 삼키고 말을 고르는데, 모피 아래 깔려 있던 옷이 눈에 들어왔다. 굉장히 낯익은 것이었다.

'어디서 본 거였더라. 저건 분명히⋯⋯.'

"그 잘난 아려 백화점 사장이, 윤진서가 직접 여기까지 와서, 고개 숙여 인사하면서 선물을 바치고 갔다고! 내가 아직도 이 정도다, 이 말이야!"

그래, 윤진서. 아려 백화점 사장. 국립중앙박물관에서 윤진서가 입었던 그 원피스였다. 색이 마땅하지 않아서 그냥 공장 돌려 한 벌만 따로 만들어 봤다던, 다른 재벌가 사모님들의 기를 죽였던 그때 그 원피스. 태성이 몸을 굽혀 원피스를 집어내자 서 마담이 더더욱 뿌듯한 듯 고개를 치켜들었다.

"딱 한 벌밖에 없는 거고, 더 만들 계획도 없다는데 나 생각해서, 고마워서 가져다준 거라니까?"

아까 거실과 응접실 전반에 걸쳐 범람하는 쇼핑백들을 처음 봤을 땐 최소한 기가 막힌다는 생각이라도 할 수 있었는데⋯⋯ 지금은 아무것도 느껴지질 않았다. 허리에 손을 짚고 바닥을 보며 한참 마음을 고르던 태성은 이제야 정신을 차린 듯 흘러내린 머리를 쓸어 넘겼다. 그러곤 돌연 품에서 라이터를 꺼내 원피스에 가져다 댔다.

"그러니까 네 아버지 당장⋯⋯ 뭐, 뭐 하는 짓이야! 미친 새끼! 너 지금 뭐 하는, 아니, 아줌마! 조 비서! 뭘 보고만 있어! 아악!"

라이터의 벌건 불빛에 태성의 눈이 탁하게 빛났다. 불을 붙이고 우그러들며 타들어 가기 시작하는 옷을 무감하게 들여다보고 있자 옆에서 눈치를 보던 조 실장이 발로 급히 밟아 불을 껐다.

'서문희 저 여자는 이 집에 가둬 두고 내가 평생을 지켜볼 거야.'

정신병원에 갇혔던 친모를 빼내어 요양원으로 모시고, 반대로 아버지와 배다른 형을 어머니가 갇혀 있던 병원에 처넣은 그날, 태성은 이를 아득 갈면서 그렇게 말했었다. 그러니 진짜로 지금 서 마담을 불태워 죽일 심산은 아니었을 거다. 진심이었더라면 아예 수습할 수 없도록 크게 불을 냈겠지.

과연 조 실장의 짐작이 맞았는지, 태성은 불을 끄는데도 별다른 제지를 하지 않았다. 그저 서 마담이 주저앉아 왁왁 비명을 질러 대는 걸 물끄러미 바라볼 뿐이었다.

"……다 치워. 태우든, 묻어 버리든."

"안 그래도 다른 수행 비서들 불러 뒀습니다. 곧 도착할 겁니다."

합성 섬유 특유의 불쾌하고 매캐한 냄새가 온 집 안에 진동을 했다. 서 마담은 전부 치우라는 말을 이해하지 못한 건지, 이해하기 싫은 건지 그저 멍청하게 태성과 조 비서, 그리고 거실을 가득 메운 쇼핑백들을 둘러보았다. 깨진 와인병과 그을려 엉망이 된 원피스를 망연자실하게 쳐다보던 서문희는 밀려오는 여러 명의 발걸음 소리에 몸을 부르르 떨었다.

"부르셨습니까."

"거실부터 저기 응접실까지, 채워진 것들 전부 수거해서 폐기하세요."

"어떻게 폐기할까요."

"태우든 묻든 마음대로 하라고 하셨습니다. 방법이 뭐든 완벽하게 폐기만 하세요."

알겠다며 고개를 끄덕인 수행 비서가 이내 난감하다는 듯 '그런데 저 건⋯⋯' 하고 물었다. 어느새 서문희가 조금이라도 챙기겠다는 듯 재킷을 몇 겹이나 걸쳐 입고서 미친 사람처럼 쇼핑백을 헤집고 있었다.

"뭘 물어."

옷을 입는 건 한계였는지 이젠 목걸이를 막 두르려는 참이었다. 추했다.

"네. 알아서 처리하겠습니다."

그나마도 전부 빼앗기게 생기자 서문희가 거의 거품을 물 듯 발작을 했다.

"진태성, 너, 이 개만도 못한 새끼야! 내가 네놈 아빠가 그년이랑 결혼하는 거 허락 안 해 줬으면, 어? 너 지금 이 세상에 없었어! 저게 은혜도 모르고! 놔! 이거 안 놔?"

서 마담은 비서들에게 붙들려 온갖 저주를 퍼부어 댔지만, 상관없는 일이었다. 익숙한 일이기도 했고.

"오늘 당신이 벌인 멍청한 짓거리 때문에 내일부터 당신 아들에게 꽂히는 약이 더 많아질 거야."

"뭐? 어, 어째서⋯⋯ 어째서! 아악! 어째서!"

"몰라서 물어?"

잠시 눈을 깜빡이던 서문희의 얼굴이 일그러졌다. 돌아선 등 뒤로 아까와는 비교도 되지 않는 무시무시한 비명이 쏟아졌다. 을씨년스러운 정원을 가로질러 대문까지 도착했을 무렵엔 가구들 넘어지는 소리와 유리 깨지는 소리로 머리가 아플 정도였다. 태성은 제 몸이 여자에겐 꿈쩍도 하지 않게 되어 버린 원인의 9할 정도는 서 마담에게 있을 거라 확신했다.

윤 회장이 딸들을 전면적으로 내세우는 걸 좋아하지 않은 탓에 김 관장이나 윤인범에 비해 존재감이 크지는 않았지만, 과연 윤진서도 신무원의 딸이었다.

굳이 남들에게 숨기려 들지는 않았지만 서 마담은 확실히 진태성의 역린이긴 했다. 그를 살살 긁으려 들었던 사람 모두가 이 지저분한 가족사를 붙들고 늘어졌지만 여태 눈썹 하나 까딱하지 않았었는데. 윤진서는 여태껏 시비 걸었던 사람 중 가장 귀족적인 방법으로 사람 기분을 시궁창에 처박을 줄 알았다.

태성은 차에 올라타자마자 간신히 목에 걸려 있는 넥타이를 완전히 풀어 대충 시트 위로 던져 놓았다. 아니, 그러려던 참이었다. 한데, 아까 편의점에서 샀던 것들이 발치에 걸렸다. 옆자리에 앉은 조 실장이 의아한지 봉지를 기웃거렸다.

"저, 이건……."

"윤기현 뒤에 붙은 놈이 누구라고 했었지? 그 양아치."

"김진덕 말씀입니까?"

"그 새낀 뭐 하고 다녀?"

"접촉하는 사람들이 불법으로 사람 옮겨 주는 조선족 계열이기에 저희도 그쪽으로 알아보고 있었습니다. 지난번에 말씀하신 것처럼 중국 본토와 홍콩으로 넘어가는 루트와 연결하면서 찾고 있으니 그리 오래 걸릴 것 같진 않습니다. 비밀스럽게 진행해서 시간은 좀 걸리고 있지만요."

그래. 조심스럽게 움직이느라 그렇지, 이렇게 뒤쪽에서 사람 쓰는 건 김 관장보다야 빠를 거다. 게다가 그쪽에선 피해야 할 사람들의 눈이 훨씬 더 많고, 무려 윤 회장까지 버티고 있으니 쉽지 않겠지.

"대충 라인 잡힌 거면 더 이상 필요 없잖아. 처리해."

"예?"

"김진덕. 처리하라고."

앞 좌석에 앉은 운전기사와 수행 비서의 어깨가 움찔 떨렸다.

"이 정도 시간이면 자기가 접촉할 수 있는, 관계자일 것 같은 사람은 다 만나 봤을 것 같은데. 굳이 내버려 둘 이유가 있나?"

"하지만…… 그럼 윤 변호사님께는……."

"김진덕 핸드폰 있을 거 아냐. 그걸로 가끔 연락해 줘. 전화하면 아무나 시켜서 받으라고 하고. 막역한 사이도 아닌데 목소리 정도로는 알아채기 어렵겠지."

어느새 AR의 막내 도련님이나 윤기현 씨라는 호칭 대신 윤 변호사님이란 친근한 말이 입에 붙은 조 실장이 조금 먹먹한 얼굴을 했다.

안 그래도 태성의 의사 결정과 연관된 중요한 사안이 아니라면, 어머니의 일 정도는 기현에게 조금 눈치를 줄 계획이긴 했다. 그런데 방금 태성의 지시로 그마저도 거짓이 섞이게 되었다. 기댈 사람이 아무도 없으니 자기 좀 도와 달라던 간절한 기현의 얼굴이 생각이 나서 조 실장의 낯빛이 울적해졌다.

그러나 태성의 명령을 따르지 않을 수 없었다. 조 실장에겐 다시 서늘한 가면을 꺼내 든 지금의 태성 역시 기현 못지않게 안쓰러웠으므로.

차내에 구비된 미니바에서 냉수를 꺼내 들이켜던 태성은 머리가 지끈거리는 듯 얕게 인상을 썼다.

"저건 가는 길에 버려."

뭘 말하는가 싶었는데, 차 안에서 버리라고 할 정도의 낯선 물건은 찐빵과 온갖 과자로 꽉 차 태성의 발치에 놓인 비닐봉지뿐이었다.

"이것 말씀입니까? 하지만 봉지 안에 뭔가 가득 들어 있는데요."

찡그린 미간의 주름이 깊어졌다. 다 식어서 말라붙었을 게 뻔한 하얀 빵과 알록달록한 간식거리들. 이유는 모르겠지만 괜히 윤기현에게 사 주고 싶었던 것들⋯⋯. 왜 잊고 있었을까. 왜 같이 있을 때 즐겁다고 생각했을까. 윤기현도 결국은 그 신무원의 핏줄인데.

"그래. 다."

조 실장은 바로 대답하지 못하고 태성의 눈치만 살폈다. 혹시 기현에게 주려던 게 아닐까 싶었지만⋯⋯ 이와 관련해서 더 말하고 싶지 않은 듯 태성이 눈을 질끈 감아 버리는 바람에 더 물어볼 수도 없게 되었다.

"윽."

눅눅한 느낌이 싫어서 기현이 인상을 쓰며 발로 비벼 양말을 벗었다. 온종일 걸어 다니다 보니 날씨가 쌀쌀한데도 땀에 젖어 축축해지기 일쑤였다.

여당 후보자의 국제지구 관련 스캔들이 터지면서 기현의 주가는 하늘을 찌르기 시작했다. 야권과의 단일화를 긍정적으로 생각하고 있다는 답변도 한몫했으리라. 이제는 열성적으로 기현의 이름을 외치며 연호하는 사람도 많아졌다. 뿌듯하면서도 한편으론 가슴이 무거워졌다.

솔직히 기현은 처음부터 발을 뺄 생각이었던지라 다른 예비 후보자들에 비해 명확한 공약이 있는 것도 아니었다. 무슨 속셈인지도 모르고 선하다는 만들어진 이미지 하나로 자신을 믿어 주는 사람들에게 죄를 짓는 기분이어서 마음 한 언저리가 계속 불편했다. 그럼에도 멈출 수 없다는 점에서, 더더욱.

앞으론 이런 일이 수없이 되풀이될 터였다. 이보다 더한 짓도 할 수 있다고 영혼 없는 다짐을 또 해 보지만…….

"하……."

얼마나 더 이런 일을 겪어야 아무렇지도 않아질까. 기현은 고개를 떨구며 폭신한 실내화에 발을 끼워 넣었다. 그러곤 걸음을 옮기면서 의미 없이 핸드폰을 건드려 보았다. 통화 기록과 메시지, 메신저까지 모두 훑어보았지만, 오늘 내도록 기다리던 사람들에게선 하나같이 연락이 없었다. 조 실장에게도, 김진덕에게도, 그리고…… 진태성에게도.

김 비서를 통해 뒤에서 집사님의 추적을 시도하고 있다는 얘길 들었는지, 점심 먹을 무렵 윤 회장으로부터 전화가 왔었다. 내가 아무 문제 없다고 결론 내린 일이다, 더 의심하지 마라, 네 섣부른 행동으로 더러운 꼬리들까지 붙으면 그거 치우는 일이 더 힘들다, 이런 일로 약해질 거였으면 당장 집어치우고 미국으로 돌아가라. 신랄한 말투에 비해 덤덤한 목소리였다.

진심이었을 거다. 기현이 배수의 진을 치지 않았다면 이런 기회도 주지 않았을 인사니까.

우두커니 서서 핸드폰만 들여다보고 있는데, 뒤에서 도어 록 버튼 누르는 소리가 들렸다. 왜 하필 지금이야. 민망함에 손에 든 벗은 양말을 뒤로 감추자마자 태성이 문을 열어젖혔다.

인사를…… 해야 할까. 한다면 뭐라고 해야 하나. 잠시 망설이는 걸 눈치챘는지 태성이 한쪽 입꼬릴 당기며 픽 웃었다.

"이게 누굽니까. 내가 좋아해 마지않는 윤기현 씨 아닙니까."

대놓고 놀려 대는 말투에 기현의 얼굴이 홧홧하게 달아올랐다. 아니, 처음의 잡아먹을 것처럼 굴었던 때와 전혀 다르게 사람을 대하니까 헷갈려서 대뜸 그런 말이 튀어나온 것 아닌가.

"지금 왔습니…… 음, 그런 것 같군요."

살짝 젖은 기현의 맨발을 보고 태성이 고개를 끄덕이더니 날씨도 추운데 같이 온천욕이나 즐기자고 했다.

"온천이요?"

"겨우 흉내만 낸 아주 작은 규모긴 하지만."

태성은 따라오라며 짧게 손짓하더니 계단으로 걸음을 옮겼다. 기현은 침을 삼키며 조심스레 발을 뗐다. 사실 같이 씻자는 말보다, 온전한 그의 공간에 발을 들인다는 것이 이상하게 더 긴장되었다.

똑같이 생긴 몇 개의 문을 지나 가장 안쪽의 문을 열자 각종 보틀이 빼곡하게 들어찬 와인 셀러와 작은 책장이 보였다. 중간 칸은 매일 정리하는 듯 최신 신문과 시사지, 학술지들이 말끔하게 정리가 되어 있었지만, 그 위아래로는 책들이 두서없이 널브러져 있었다. 그때그때 태성이 보고 던져두는 것들인 듯했다.

"들어가서 물 좀 받아 줄래요."

진지한 얼굴로 와인 셀러를 살피기에 그러마, 했다. 불투명한 유리문 근처로 다가가자 자동으로 문이 열리고, 바로 제법 큰 편백 욕조가 눈에 들어왔다. 흉내만 낸 수준이라고 했지만, 온천이라고 부르기에 손색없을 정도의 크기와 꾸밈이었다.

욕조 오른편에 계단을 두고 샤워 부스의 옆면을 터서 바로 연설되게 한 점이 특이했다. 어릴 때의 트라우마 때문인지 꽉 막힌 좁은 공간을 불편해하는 기현은 그 부분이 가장 마음에 들었다.

욕조 옆의 버튼을 누르자 바닥에서부터 물이 보글보글 솟아올랐다. 동시에 조명의 채광이 조절되고, 블라인드가 적당히 걷혔다. 가지런히 정돈된 정원의 키 큰 나무들과 그 너머로 조용한 주택가의 불빛이 들어왔다. 감상하기 나쁘지 않은 정경이라 기현은 잠시 물끄러미 바깥을 내다보았다.

그렇게 평온을 가장하고 있었으나 한편으론 좀, 그랬다. 가슴 안쪽이 간질간질했다. 진태성의 같이 씻자는 말이나 물 좀 받아 달라는 편한 부탁이 더는 이상하지 않았다. 분명히 뒤틀린 관계인데 태성과 주고받는 모든 것이 자연스러워져 버렸다.

'……그래, 너무 태연해서 문제야.'

잠시 풍경을 감상하며 이런저런 생각을 하던 기현은 여태 손에 쥐고 있던 꼬질꼬질한 양말을 보고 화들짝 놀라 세탁 바구니에 던져두고서 손을 씻었다. 그 무렵, 드디어 마음에 드는 것을 골랐는지 와인 병을 아무렇게나 쥔 태성이 안으로 들어섰다. 이미 병째로 한 모금 마신 모양이었다.

"꽤 괜찮은데요."

"제대로 쉴 곳이 있으면 좋겠다고, 특히 욕조가 그랬으면 좋겠다고 했더니 건축하면서 신경 좀 썼다고 하더군요."

"일본 건축 양식을 좋아하시나 봅니다. 프라이빗 료칸에서 자주 본 것 같은 스타일인데."

"아뇨. 굳이 따지자면 싫어하는 편인데, 깔끔하게만 해 달라고 했더니 젠 스타일로 해 주겠다고 했습니다. 그땐 그게 뭔지도 몰라서 알아서 하라고 했더니 이렇게 됐어요. 지금은 한물갔죠, 이런 인테리어는."

무식한 게 죄였다며 탄식하던 태성은 욕조 옆 선반에 와인병을 두고 아무렇게나 옷을 떨구었다. 오늘은 유독 그가 피곤해 보였다. 그러고 보니 넥타이도 없고, 늘 말끔하게 넘겼던 앞머리도 좀 헝클어져 있었다.

태성은 거침없이 옷을 벗어젖히고는 또 와인을 벌컥 들이켰다. 야만스럽고 성급한 움직임에 미처 목구멍으로 넘기지 못한 와인이 입술과 목선을 타고 흘러 빗장뼈에 고였다. 손등으로 젖은 입술을 훔친 진태성은 그대로 기현의 앞으로 성큼 다가오더니 키스를 퍼부었다.

키스에 반응하기에 앞서 익숙한 와인의 맛이 혀끝에 닿는 바람에 기현의 몸이 조금 굳었다. 집안사람들이 즐겨 마시는 와인 중 하나였다. 그래서 절대 일부러 찾아 마시지 않는…….

그러나 그마저도 잠시였다. 이내 다른 생각 자체를 할 수 없도록 태성이 밀어붙여 왔다. 이미 단단해진 그의 성기가 적나라하게 느껴졌다. 단단히 끌어안고 혀를 섞어 오는 힘이 대단해서 몸이 자꾸 어딘가로 떠밀렸다. 몰아치는 와인 향과 타액에 숨을 쉬기 어려워서 잠시 입술을 떼려고 하면 더 강한 힘으로 압박해 왔다.

"잠시…… 만……."

샤워 부스가 등 뒤에 닿자 차가운 유리에 몸이 움찔 떨렸다. 그 움직임에 태성이 잠시 입술을 떼어 낸 틈을 타서, 거나하게 취하기라도 한 것 같은 단단한 남자를 밀어냈다.

바로 코앞에서 더운 숨이 흩어졌다. 그제야 기현은 거리낄 것 없이 나체인 눈앞의 남자와 달리 본인은 아직도 제법 단정한 차림새라는 걸 깨달았다. 한쪽 팔 안에 기현을 가두어 두고 다른 손으론 불량스럽게 와인병을 흔드는 태성은, 이번엔 옷을 벗겨 줄 생각이 없는 것 같았다. 어떤 행위나 상황을 염두에 두고 그런 것이 아니라, 기현이 직접 벗길 바라는 듯했다.

잠시 침묵이 흐르는 가운데, 다시 와인을 들이켠 태성이 이번엔 가볍게 입술을 맞대었다. 꾹 누르고 살짝 깨물었다 떨어지는, 태성답지 않은 사랑스러운 입맞춤이었다.

가만히 받아 주던 기현은 결국 손을 들어 스스로 넥타이와 셔츠 단추를 풀어 내렸다. 이러지 말라고 거부하기엔 처음부터 태성이 내세웠던 조건이 있었고, 그동안 함께 보냈던 몇 번의 밤이 있었다. 비록 삽입 섹스까지 이어진 것은 아니었더라도 말이다.

아니, 애초에 태성의 도움을 받는 대신 몸을 주기로 한 그 조건은 둘 중 누구도 진지하게 여기지 않았으니…… 조금 더 솔직해지자면, 익숙하지 않은 감질나는 쾌감에 몸이 달았다. 이 이상의 행위가 가져다줄 열락이 궁금했다.

기현은 조금 들뜨는 마음 반, 못할 것도 없다는 오기 반으로 걸친 옷을 전부 벗어 내렸다. 그제야 들고 있던 와인병을 욕조 위에 내려놓은 태성이 칭찬하듯 키스를 퍼부으며 탈의를 도와주었다. 제법 여유 있던 두 사람의 손길은 숨을 주고받을 때마다 급해졌다.

샤워 부스 안으로 세게 밀쳐져, 등이 다른 쪽 벽에 가볍게 부딪혔다. 동시에 태성이 깊게 파고들었다. 닿은 코끝이 목빗근을 간지럽혔다. 남자의 너른 품에 안긴 것은 기현이었지만, 어쩐지 자신이 그를 품어 주고 있다는 생각이 들었다.

시야가 제법 정신없이 바뀌는 가운데, 옷이 전부 벗겨져 춥다고 생각하면서도 바로 닿는 진태성의 맨살이 따뜻하다는 생각이 들어 자조 섞인 웃음이 흘렀다. 이 남자는 늘 기현에게 이런 상반된 감정을 느끼게 했다.

"이사님, 이 와인 좋아하십니까?"

"왜요."

"저는 별로 안 좋아해서요."

글라스도 아니고 병째 들이켠 태성에게서 기현이 가장 싫어하는 향기가 났다. 불편했던 언젠가의 조찬이 생각나서, 필사적으로 그들의 생각을 잊고 싶어진 기현은 태성이 주는 열기에 온몸을 내던지기로 했다.

태성이 아래쪽으로 기현의 손을 끌었다. 제 손이 아닌 듯 어색했다. 한 손으로 잡기엔 버거운 크기였다. 피부가 희어서 그런지 보통의 남자들보다 옅은 색인 태성의 것은 게이 포르노에 나올 것처럼 완벽한 모양이었다. 생김까지 완벽한데 크기까지 크다니. 적어도 진태성은 외적인 부분에서는 신의 사랑을 듬뿍 받은 게 분명했다.

"그쪽이야말로 쉬웠을…… 것 같습니다."

"쉽다니요?"

"그냥, 스트레이트든 게이든 원한다면 쉽게 가질 수 있었을 것 같습니다."

"음. 단순히 섹스만 놓고 보자면, 그랬죠. 그래서 좀 심심하기도 했습니다."

모든 게 너무 쉬웠거든요.

속삭인 태성의 말끝은 기현의 입술에 부딪히느라 채 마무리가 되지 못했다. 급한 키스만큼이나 아래를 문지르는 태성의 손이 저번보다 훨씬 거칠고 뜨거웠다. 그만큼 빨리 몸이 달아오르는 것도 사실이지만 이상하게…… 불편해졌다. 뭐라 흠잡을 수 없는, 미묘하게 달라진 그의 태도 때문에.

태성의 혀가 입천장을 스치고 목젖에 닿을 듯 깊게 찔러 왔다. 와인을 마실 때만큼이나 게걸스러운 움직임이었다. 반사적으로 헛구역질이 올라왔지만 능숙하게 혀를 놀리며 이끌자 종래엔 기현 또한 목구멍을 조이며 태성의 혀를 어설프게나마 받아들이게 됐다.

"훗—!"

말갛게 젖은 귀두를 쓰다듬다 아래 기둥을 반복적으로 빠르게 훑자 기현이 단 숨을 헐떡이며 몸을 움찔대더니 이내 파정했다. 밀려오는 사정감에 눈을 꾹 감고 파르르 떠는 얼굴은, 뭐. 봐 줄 만한 것도 같았다. 콧등을 찡긋거리며 느리게 눈을 깜빡이는 기현의 모습이…… 그래. 확실히 나쁘지 않았다.

처음부터 몇 번 먹다 버릴 상대로는 나쁘지 않겠다 생각했다. 일단 뻔하지 않은 점이 가장 좋았고, 자신 앞에서 절대 기죽지 않는 점도 마음에 들었다. 그다음은…… 묘하게 시무룩해지는 얼굴이 눈에 들어왔다. 감정적인 부분을 건드렸을 때, 태성이 불쌍하다는 생각이라도 드는지 곤란해하며 미미하게 눈썹을 팔자로 꺾는 게 꽤 귀엽다고 생각했다.

또 그다음은…… 괜찮지 않아 보인다는 게 문제였다. 잠도 제대로 못 자고, 땀에 흠뻑 젖어 간신히 깨어나서는 아무 일도 아니라고 우겨 댔다. 전혀 괜찮지 않은 윤기현을 보고 있으니 태성 또한 덩달아 괜찮지가 않았다.

분명 그랬었는데, 오늘은 유난히도 윤기현에게서 신무원 사람들의 흔적이 조금씩 눈에 들어왔다. 걸친 옷의 취향부터 걷는 자세부터, 허벅지 옆으로 가지런히 놓이는 손의 위치까지. 평소에는 그렇게 눈여겨보지도 않았던, 오랜 습관과 훈련으로 빚어진 일련의 행동들을 보고 있으려니까 몸은 달아오르는데 머리는 자꾸 차갑게 식었다. 덥고 습한 곳에서 와인을 그렇게나 들이켰는데도 취기가 올라오지 않았다. 오히려…….

"……사귈까요, 우리."

"예?"

되묻는 말은 빨랐고, 뻐끗한 목소리의 끝이 파르르 떨렸다.

"정식으로 만나 보는 건 어떨까요."

기현은 황당함에 눈만 깜빡였다. 오늘 태성이 저를 몰아가는 방법이 평소와 다르다고는 생각했지만…… 이건 좀 뜬금없었다.

"몸이나 달라고 했던 건…… 처음에야 윤기현 씨가 어떻게 반응할지 궁금했던 마음이 더 커서 했던 소리였지만. 결국은 이렇게 서로의 좆까지 만져 주는 사이가 됐는데. 이럴 거면 그냥 마음 편하게 몸 섞는 사이가 되는 것도 나쁘지 않을 것 같습니다만."

"섹스, 흠, 섹스 파트너를 말씀하시는 거라면……."

헛기침하며 기현이 말을 이었다. 놀라서 눈을 동그랗게 뜬 것치곤 차분한 반응이었다. 속이야 어떨진 모르겠지만.

"아뇨. 그러기엔 기현 씨가 너무 못해서 재미없습니다. 내 손해죠."

"그럼……."

"내가 대체 당신이랑 뭘 어쩌고 싶은 건가 생각해 봤는데, 아까 기현 씨 말을 듣고 있으려니까 문득 생각났습니다. 사귀는 것도 괜찮을 것 같다고."

"농담…… 이시죠?"

"왜 농담이라고 생각하는데?"

"다, 당연한 것 아닙니까. 저는 이사님이 진짜 절……."

나를, 좋아하느냐고. 차마 그 말은 입 밖으로 나오질 않아서 기현은 입술을 가만히 감쳐물었다.

"기현 씨는…… 압니까? 누굴 좋아한다는 감정이 뭔지?"

"먼저 사귀자는 말을 해 놓고 저한테 그런 걸 물어보면 어떡하라는 겁니까?"

저 종잡을 수 없는 남자가 이번엔 무슨 속셈으로 저러는지 가늠할 수 없었다. 요즘 업무와는 상관없는 쪽에서 태성이 호의를 베푼다는 걸 알고 있었다. 아주 조금은 다정해진 눈빛 같은 것을 느끼긴 했다. 그래서 대뜸 자길 좋아하느냐고 물었던 거였다.

"남자여도 거북하지 않을 정도로 내 얼굴이 맘에 들고, 어차피 내 돈도 필요한 상황에 정식으로 교제하는 사이가 되면 기현 씨에겐 오히려 좋은 일 아닙니까?"

"그런 이유로 연애…… 를 하던가요? 보통."

"글쎄요. 보통의 교제가 뭔진 나도 잘 모르겠는데. 대부분 그렇게 시작하지 않나요. 뭘 알고 사귀는 사람이 얼마나 되겠습니까. 외모나 재력에서 호감을 느꼈으니 일단 만나 보는 거죠. 물론 개인의 취향 차이라는 건 있겠지만."

"그럼 이사님은 어떤 이유입니까?"

"이유?"

"못생겼다고 하셨으니 제 외모가 취향인 건 아닐 테고, 지금 상황에선 제 명의의 재산은 무용지물인 데다 AR그룹에 호의적이지 않으신 건 저도 아는데요."

"오, 역시 변호사."

"……이해가 안 가서요. 저에게만 좋은 상황이잖습니까. 설마 사귀는…… 사이가 되어서까지 빚을 지우진 않을 테니."

태성은 몸을 숙여 기현의 어깨에 이마를 기댔다. 윤기현과 대치하는 것 같은 이 상황이 갑자기 무척 피곤해졌다. 기현의 정액이 묻어 미끌미끌해진 손을 들어 눈앞의 마른 허리를 끌어안았다. 곧은 척추뼈를 천천히 더듬고, 움푹 팬 꼬리뼈 바로 위를 느릿하게 쓸었다. 긴장한 듯 팽팽하게 땅겨진 근육이 느껴졌다.

"나도…… 아무 생각 없이 편히 잠들고 싶어서라고 해 둡시다. 독하고 머리 회전이 빠른데도, 정을 품고 다가오는 사람들한테 한없이 약해져 버리는 윤기현 씨와."

"……이것도 심심해서인가요?"

"그렇다고 해도 좋고."

잠시 침묵이 흘렀다. 물이 전부 차오른 듯 짧은 알람이 울렸다. 완벽한 정적 속에서 기현이 결국 길게 한숨을 쉬었다. 그게 긍정의 답이라는 걸 안 태성이 좀 더 힘주어 기현을 끌어안았다.

"피곤하군요, 특히 오늘은."

기현은 어이가 없었다. 혼자 와인을 퍼마시더니 대뜸 사귀자고 하질 않나. 반 억지 끝에 무언의 허락을 받아 내고선, 앞으로 잘해 보자는 형식적인 말도 없이 오늘은 일이 많아 피곤하다는 말 따위나 하는 남자와 정식으로 교제하는 사이가 되었다니.

"오늘 아주…… 많은 일이 있었습니다."

길게 한숨을 쉬던 태성은 안았던 팔을 풀며 기현을 거대한 욕조로 이끌었다. 발을 담그면 살갗에 따가운 기포가 달라붙는 것처럼 느껴질 정도의 온도였다.

다 나았다지만 아직 고장 난 것 같은 기현의 손목을 쥐고 뜨거운 물 속으로 서서히 가라앉으면서, 태성은 진심으로 그가 자신을 좋아하게 되길 바랐다. 사람이 그리웠던 어린아이처럼, 호의를 보이는 사람들에게 누그러지고 마는 그 선한 마음이 부디 나에게도 허락되길. 서서히 모든 것을 열어 결국 내 권역 아래 잠식시킬 수 있기를.

기현의 반응이 재미있어서 잠시 잊고 있었다. 기현이 아니라, 기현이 가진 혹은 갖게 될 모든 것을 손안에 넣어야 비로소 이 해묵은 독이 가시리라는 걸.

아직도 정신을 못 차리고 발악하던 서문희와 나가 죽으라며 뒷골목으로 내몰았던 아버지. 윤진서가 준 우아한 모욕. 윤기현 모르게 김진덕을 처리하라고 조 실장에게 지시를 내렸던 오늘. 결국 차를 세워 신물마저 다 게워 낸, 다 지우지 못한 어린 날. 과거와 현재가 추악한 덩어리로 한데 엉킨 채 태성의 속을 죄 뒤흔들고 있었다.

만약…… 그걸 기현에게 주었더라면. 말라비틀어진 식은 찐빵과 귀여운 과자들을 보는데 이상하게 네 생각이 나서, 그래서 샀다고 내밀었더라면. 그랬다면 기현은 과연 어떤 얼굴을 했을까.

태성은 깍지를 낄 듯 말 듯 기현의 손가락을 얽어 잡았다. 따뜻한 물에 부유하듯 몸을 푹 담그며 눈을 감아 버려서, 그의 표정이 어떻게 변했을지는 알 수 없었다. ……알고 싶지 않았다. 군것질거리를 받아 든 기현이 어떤 얼굴을 하고서, 저에게 어떤 말을 했을지…… 그런 건 평생 모르고 싶었다.

♟

"어제 닐슨 쪽에서 연락을 받았는데 35% 넘을 것 같다고 합니다."

"그래?"

"예. 내일 바로 단일화 발표하신답니다."

조문래 전 차관으로선 억울했을 것이다. 농담으로라도 깨끗하게 살았다고 할 수 없다지만 그렇다고 이 정도로 천문학적인 이권이 오가는 사건에 개입한 적은 없었을 테니. 애초에 그럴 주제도 못 되는 인사였다. 그러나 대중은 그렇게 믿고, 생각하고 있고, 그럼 그걸로 끝이었다.

"여당에서는?"

"원내대표가 다음 주에 출판 기념회를 열 예정이라며 연락해 왔습니다."

출판 기념회는 정치인이 합법적으로 돈을 받을 수 있는 거의 유일한 방법이었다. 그 자리에서 막 출간한 따끈따끈한 책을 사 갈 수 있는데, 당연히 참석한 모두가 현금으로 값을 지불했다. 책의 정가보다 돈을 더 넣은 누군가가 있다고 한들 추적할 방법이 거의 없다는 뜻이기도 했다. 선거철 혹은 자식 결혼 앞둔 정치인들이 매번 해 먹는 방법이었다.

기현의 기자 회견도 대원의 이름으로 열어 줬으니, 실질적인 돈은 태성에게서 나온다는 걸 짐작하고서 이쪽으로 연락한 듯했다. 대표적 여당 표밭인 지역구를 내놓게 생겼는데 그 이유가 AR그룹 아들이라고 하지. 게다가 민 의원이 대뜸 나오는 걸 보면 뭔가 자기들끼리 짜고 친 것이 있겠거니 싶어서, 일단 돈이라도 뜯어먹겠다는 심산인 것 같았다.

이참에 말 많았던 국제 업무지구 건도 조문래에게 뒤집어씌워 치워 버리고, AR과 대원 모두에 빚을 지울 수 있으니 결국 이쪽이 훨씬 이득이라고 판단한 모양이다. 결국 조문래만 낙동강 오리알이 된 셈이었다.

"경매 성공한 소식도 들었다며, 자기는 복권 없이는 절대 꿈도 못 꿀 일이라 부럽다고 하더군요."

보통 복권을 언급할 땐 1등 단독 당첨금 정도를, 영양제에 신경을 쓰고 있다는 말 같은 걸 할 때는 자양강장제 박스나 과일 상자를 꽉 채우는 정도로 알아서 준비하는 게 관례였다. 그런데 경매 얘기부터 꺼내는 걸 보니 정말 작정하고 받아 가려나 보다.

"이번 경매가 보도된 적 있나? 크게 진행했던 것도 아닌데."

"I일보 문화 섹션에서 다룬 적 있습니다. 최근입니다."

"I일보면 여당 선전 기관이나 다름없잖아. 알고서 덤비는 거였네. 경매가 비슷한 정도로 준비해. 70% 정도는 세탁 한 번 돌리고."

조 실장이 조그맣게 한숨을 쉬었다. 누구나 다 하는 일이라지만 태성의 돈세탁 방식은 너무 위험했다. 그래서 그렇게 말렸는데도…….

"참, 나 윤기현과 사귀기로 했어."

태성의 말을 받아 적던 조 실장의 손이 살짝 삐끗했다.

"예?"

"내가 남자랑 자는 게 한두 번도 아닌데. 뭘 그렇게 놀라?"

"아니, 저…… 그렇기야 하지만, 누구와 사귄다고는 한 번도……."

조 실장이 놀라 말을 더듬거렸다. 태성은 여자를 싫어했다. 그냥 끌리지 않는다고 했다. 서문희, 그러니까 서 마담이 태성에게 자행했던 짓을 곱씹고 있노라면 여자에게 혐오감이 생기지 않는 게 이상할 정도긴 했지만…… 사실 가장 결정적 문제는 그를 종마 취급했던 부친, 진영복에게 있었다.

돈은 둘째가라면 서럽게 번 진영복은 점점 다른 것들이 욕심나기 시작했다. 예를 들자면, 아무리 돈이 많아도 그에게는 발급되지 않는 고급 골프장의 회원권이나 갈라의 초대와 같은 것들. 고상한 귀족의 반열에 오르는 것, 특히 AR그룹 같은 명문가로 거듭나는 것이 진영복의 소원이었다.

그래서 진영복은 명예 또한 사들이기로 결심했다. 돈으로 못할 것이 없다고 믿는 사람이었고, 실제로도 대부분의 일은 그렇게 흘러갔다. 족보와 선산을 사고, 겉으로 보기엔 그럴듯하지만 자금 사정은 좋지 않았던 집안의 여자와 결혼해 태성을 낳았다.

그러면서도 서 마담과의 정도 있어 실질적 자산은 첫째에게 내줄 준비를 했다는 게 문제였다. 돈으로 살 수 없는 문제. 이를테면, 가족 설계와 단속 같은 문제는 조금도 방비하지 못했던 게 진영복의 실수였다.

그는 태성에겐 무엇도 쥐여 주지 않은 채 결혼만을 강요했다. 반질반질하게 생긴 얼굴로 집안의 질을 높여 줄 것을 강요한 것이다. 그래, AR그룹처럼. 사는 집을 신무원, 근희원 이런 그럴싸한 이름으로 부를 수 있고, 또 전 국민이 그것을 아는 그 잘난 집안처럼.

말이 점잖아 강요였지, 진영복이든 서 마담이든, 심지어 친모조차도 태성을 그냥 두질 않았다. 어린 태성이 결혼과 AR그룹, 그 두 단어만 들어도 먹던 걸 전부 게워 낼 정도로 스트레스에 시달렸을 만큼.

태성이 예쁜 얼굴을 하곤 상상도 못 할 잔인함을 드러내는 것을 하루에도 몇 번씩이나 지켜보면서, 다른 사람들을 어떻게 짓밟고 여기까지 올라섰는지 뻔히 지켜보면서도 조 실장은 태성을 떠날 생각을 못 했다. 자신이라도 없으면 누가 태성의 이런 마음을 알아줄까 싶어서.

"좋아…… 하십니까? 윤 변호사님을?"

"하……. 윤기현도 그렇고, 조 실장도 그렇고. 대체 왜 그런 것부터 물어보는 거지? 그게 그렇게 중요한 문제인가?"

처음엔 남녀를 가리지 않고 하룻밤 상대 정도로만 여기는 것 같았는데, 어느 순간부터 태성은 남자와만 관계를 갖기 시작했다. 소모적인 관계를. 그랬던 태성이 누군가와 만나기로 했다고 직접 통보한 것은 처음이었다. 그것도 기현과. AR이라는 이름만 들어도 구역질을 하던 그 AR그룹의 윤기현과.

"죄송합니다. 제가 너무…… 사생활을 캐물은 것처럼 되어 버렸네요. 이럴 땐 축하드린다고 해야 하는 게 맞겠죠?"

조 실장은 태성이 기현과 교제한다는 말에 상당히 들뜬 것처럼 보였다. 미심쩍은 부분은 있었지만 그래도 환영할 수밖에 없는 소식이었다. 열렬한 사랑이 아니면 어떤가. 동정심으로 시작된 사이라면 또 어떤가. 중요한 것은 어딘가 고장 난 것 같았던 태성이 고정적으로 만나는, 사귄다고 말할 수 있는 사람이 생겼다는 것이다.

"저, 그럼 김진덕은……."

환희에 찬 그 얼굴에 대고 이런 말을 해서 유감이라는 듯, 태성이 한쪽 입꼬리를 삐딱하게 당겼다.

"조 실장. 내가 제일 싫어하는 게 되묻는 일이라는 거, 잘 알 텐데."

"예? 하지만, 방금……."

"윤기현과 사귀기로 한 것과 김진덕의 일이 대체 무슨 상관이지? 알아서 처리하고 저녁까지 보고해."

"이사님……."

조 실장이 망연한 얼굴로 중얼거렸다. 태성은 조 실장이 제가 좋은 사람을 만나서 행복해지는 걸 얼마나 바라고 있는지 잘 안다. 고마운 일이다. 하지만 안 되는 건 안 되는 거다. 사랑이라니. 행복이라니. 말도 안 되는 소리지.

"윤기현이 여러모로 재미있긴 한데…… 참 쉽지? 아닌 것 같으면서도 자길 좋아해 주는 사람들에겐 굉장히 약하잖아."

태성이 반은 한심해하면서도 반은 착잡한 듯 툭, 말을 던졌다.

"처음엔 신무원의 약점이 하필이면 내 손에 굴러들어 왔다는 생각에 재미있었어. 예상대로 재수 없었지만, 예상외로 흥미롭기도 했고. 그래서 가까이 두고 사업 정보들이나 빼돌릴 수 있으면 최고라고 생각했는데……."

잠시 태성은 말이 없었다.

"그런데 생각해 보니까 아깝잖아. 고작 그 정도로 써먹기엔."

"……이사님."

"윤기현을 나에게만 기대게 하는 게 더 많은 걸 얻을 수 있는 방향일 거야. 이렇게 조금만 잘해 줘도 자길 좋아하나 보다 생각할 정도니까. 어차피 그렇게 곁에 둘 거, 나도 적당히 재미 보면 더 좋고."

아아. 조 실장은 깊게 침음했다. 처음엔 어땠을지 몰라도 확실히 지금의 태성은 기현을 마음에 들어 하는 게 분명했다. 그렇지 않고서야 이렇게 세심하게 사람을 챙겨 줄 리가 없다. 당장 기현의 건강 상태 하나하나에까지 기민하게 반응하지 않았던가.

"그러니까 윤기현에게 주었던 모든 것, 전부 잘 정리해 놔. 사람들 눈이 무서워서 첩 자식인 걸 아무도 모르게 처리해 왔던 집안이야. 실제 내부 서열이 어느 정도든, 윤기현은 그 자체로 가장 훌륭한 협상 카드가 될 테니까. 정 안 되면 나랑 윤기현이 섹스하는 영상이라도 찍어서 터뜨려 버리든지."

"……."

"생각해 봐. 이건 기회야. 뒤에서 작전주나 공모하고 사업 부지 가지고 장난질하는 것과 비교도 되지 않아. 모두를 엿 먹일 수 있는 가장 화려한 무대라고."

죽음을 각오했던 일을 멋지게 해치우고, 그 대가로 대원의 주식을 싹쓸이한 태성의 남은 꿈은 단 하나였다. 진영복이 그렇게 소원했던, 이름만 들어도 속이 울렁거렸던 AR그룹을 뒤흔들어 발아래 두는 것. 당신이나, 그의 친자인지 누구의 자식인지도 모를 그 새끼가 아니라. 자신이. 당신이 그렇게니 벗이딘지고 싶어 애썼던 가장 비열하고 졸렬한 방식으로.

그래, 원래 이게 목적이었다. 애초부터 윤기현의 허무맹랑한 제안을 받아 준 이유도 숙원에서 기인한 것이었다.

"하지만……."

뭔가 말하려던 조 실장은 무감한 눈으로 저를 바라보는 태성의 시선에 얼어 아무 말도 하지 못했다. 이건…… 좋지 않았다. 후회하실 수도 있다는 말이 목구멍까지 차올랐다. 기현을 그런 식으로 마지막 패로 쓰는 것도, 태성 스스로가 미끼가 되는 것도. 결국 두 사람 다 상처받을 게 뻔히 보였다.

"……그렇게 하겠습니다."

그럼에도 조 실장은 결국 고개를 끄덕이는 것으로 태성의 지시에 대한 답을 갈무리하고 말았다.

언젠가 누구도 자신을 이해할 수 없을 거라 자조했던 기현의 말처럼, 태성 또한 평범해서 아름다운 것들을 이해하지 못했다. 곁을 오래 지켰다는 이유로 함부로 입을 댈 수 없는 사정이, 아픔이, 태성에게도 분명 있었다.

새벽인데도 아직 밤처럼 캄캄했다. 비로소 겨울이 온 모양이다. 계절이 어떻든 허름한 식당가 근처는 빠르게 하루를 시작하고 있었다. 기현이 서성이고 있는 이 골목만 빼고.

찬 바닥 위에 딱딱한 구두를 신고 서 있자니 발이 더 시렸다. 새벽이 몰려오는 하늘을 보며 기현은 멍하니 어제의 태성을 떠올렸다.

'아무리 그래도 그렇지. 무려 정식으로 만나 보자 해 놓고서, 진짜 나를 좋아하느냐는 물음에 그런 식으로 받아칠 줄은 몰랐는데.'

긍정도 부정도 하지 않았지만 그게 기현의 대답이었다. 태성의 말대로 기현은 제안을 거절할 이유가 없었다. 어쩌다 보니 자연스럽게 키스하고 몸도 맞대는 사이가 됐는데, 목하 열애라는 수상쩍은 타이틀 하나 생기는 것쯤이야.

그렇다고 마냥 긍정을 할 수도 없었던 것이, 첫째로는 진태성의 의중을 알 수 없던 탓이고. 둘째로는 진태성이 말한 '사귄다'는 것이 어떤 것인지 모르기 때문이었다. 합의 없이 다른 사람과 관계해선 안 되는 정도로 여기는 것 같았는데…… 그건 고정적인 섹스 파트너와 다를 바 없지 않나?

티를 내진 않았지만 속은 혼란스러운 기현을 두고 태성은 욕조에 늘어져 혼자서 와인병을 다 비웠다. 그러곤 어지러운지 기현에게 기대어 있다가 또 가벼운 손장난을 주고받았다. 그러다 태성의 손이 회음을 꾹 눌러 올 땐 결국 세게 밀어내고 말았는데, 그는 또 짓궂게 그랬다.

가능한 천천히 열어 주려고 노력할 테니까 여기도 어서 익숙해졌으면 좋겠다고. 모쪼록 사귀는 사이는 그래야 한다고.

'정말 머리가 어떻게 된 거 아닐까. 진태성이든, 나든.'

작게 한숨을 내쉬고 있자니, 마침내 가게의 불이 느리게 들어왔다. 외관의 모양새도 그렇지만, 좋은 조명이 아닌 듯 누런 불빛이 한참을 깜빡이다 천천히 밝아졌다. 안쪽에서 요란한 기침 소리가 들렸다. 기현은 서성이던 걸음, 쓸데없는 생각을 멈추고 공손히 두 손을 모았다. 조금 긴장되었다.

어제 태성과 그런 이야기를 주고받고, 복잡한 기분으로 게스트룸까지 내려오자 김 비서로부터 몇 통의 전화가 와 있었다. 바로 전화를 거니 닐슨으로부터 발표 전에 미리 자료를 받아 보았고, 기현의 지지율은 35.3%라고 했다. 축하드리며 남은 일정도 무사히 끝내시길 바란다는 목소리가 건조했다.

각오했던 것보다 쉬운 일이었다. 어차피 상당수의 통계자료는 이런 식으로 특정인들의 원하는 결과를 달성하기 위해 처음부터 교묘하게 짜여 있었다. 돈으로 무엇이든 만들 수 있는 세상 아니던가.

억울하다며 호소하던 여당의 후보자는 솔직히 신경 안 쓰였다. 그런데 그를 응원해 주었던 사람들이 자꾸 마음에 얹혔다. 현아나 현아의 어머니는 물론이고, 기현 덕분에 국제 업무지구의 일이 해결되길 간절히 바라던 이름 모를 사람들까지 전부…….

각오한 바이긴 했지만, 앞으로 얼마나 더 이렇게 많은 사람 가슴에 못을 박게 될까. 알게 모르게 자신과는 무관한 사람들의 인생을 망치고 있다는 생각이 들었다.

착잡한 마음에 입술을 지그시 깨무는데 뒤에서 불쑥, 빈약한 문이 덜컹거리며 열렸다. 꾀죄죄한 몰골의 노인은 배를 벅벅 긁으며 나오려다 기현을 보고 걸음을 멈추었다.

"으응?"

"안녕하세요."

"아니, 꼭두새벽부터 왜 그러고 서 있어. 오래간만에 헛것 봤나 했네."

노인이 말하는 헛것이 무엇일지 뻔해서 기현은 괜히 식은땀이 흘렀다. 귀신 같은 걸 믿는 편이 아닌데도.

"아무것도 없긴 한데 일단 들어와. 밥이나 먹어."

"먹으면 바로 가라고 하실 거죠."

"밥집에서 밥 먹었으면 가야지, 무얼 더할까?"

"그럼 안 먹을 겁니다."

"형제가 괜히 형제는 아니구먼. 안 그래도 윤인범이도 왔다 갔는데, 내 대답은 똑같으니 밥이나 한술 뜨고 어여 가 봐."

"형님이 무슨 말씀을 했을지 짐작은 갑니다. 그런데 전 그런 부탁을 하려는 게 아니에요. 그냥…… 제 이야기를 들어 주셨으면 해서요."

노인은 절레절레 고개를 젓곤 몇 번 더 식사를 권했다. 그조차 기현이 끈질기게 거절했더니 밥 안 먹을 거면 빨리 가 버리라고 조금 짜증을 냈지만.

이후 허름한 미닫이문이 삐걱거리며 닫혔다. 기현은 뿌연 유리문 너머로 노인의 뒷모습을 지켜보다가 주위를 둘러보았다. 어느새 동이 트고, 채소나 이런저런 재료를 운반하는 트럭들이 바쁘게 골목을 오갔다. 해가 드니 그래도 발은 덜 시렸지만 내내 서 있었던 터라 다리가 천근만근이었다.

가끔 구두코를 바닥에 툭툭 부딪혔을 뿐 일절 움직이질 않았더니 점점 감각이 무뎌졌다. 점심시간인 듯 북적이던 골목이 다시 또 한산해졌다. 배가 고프다 못해 아팠다. 삼키는 침이 달게 느껴질 정도였지만 굶은 채 버티는 건 기현이 꽤 잘하는 것 중 하나였다. 그래도 아직까지는 견딜 수 있었다.

다리가 저렸다 풀리기를 몇 차례 반복할 때쯤, 기현은 수업이 끝났는지 하교하는 아이들로 떠들썩한 반대편 길을 담담히 보고 있었다. 몇 시간째일까. 동이 트기 전에 왔는데 벌써 저녁 무렵이 되었으니 열두 시간은 족히 넘기지 않았을까. 나무의 그림자가 진 방향으로 시간을 셈해 보고 있는데 낡은 문이 벌컥 열렸다. 부실한 유리가 한참 동안 파르르 진동했다.

"어디서 피죽도 못 얻어먹을 것처럼 생겨 가지고선, 독하긴 뭐 이렇게 독해?"

말은 그렇지만 누기가 묻어나는 음성은 아니었다. 에잉, 히고 혀를 쯧 찬 노인이 다시 안으로 쑥 들어갔다. 아까와는 다르게 문을 그대로 열어 둔 것을 보니, 들어와도 좋다는 뜻인 것 같았다. 기현은 굳은 몸을 삐걱삐걱 움직였다.

허름한 곳이었어도 밖보다는 훨씬 따뜻하고 괜찮았다. 주방 쪽에서 부스럭거리던 노인이 이내 밥과 찬 몇 가지를 아무렇게나 늘어놓았다.

"잘 먹겠습니다."

"거, 네 형은 멋대로 쳐들어와서는 지 할 말만 다하고 쌩 가 버리드만. 너는 왜 그 모양으로 궁상을 떨고 앉았어?"

기현은 별말 없이 수저를 크게 떴다. 어차피 크게 기대하는 바는 없었다. 이 초라해 보이는 노인이 윤 회장과 움직여 온 세월이 대체 몇 년이란 말인가. 태성의 말마따나 어설픈 설득이 통할 위인이 아니었다.

다만 그가 저에게 조금이라도 마음이 쓰였으면 했다. 천하의 윤 회장도 모든 걸 다 물려준 이후엔 집사님과 오붓하게 살고 싶다고 했었다. 이 노인 또한 세월이 만든 마음의 틈 같은 것이 있을지도 모르는 일 아닌가.

"대충 배 채웠으면 그만 가라."

"어르신께서 회장님과 어떤 사이인지, 무슨 이야기를 나누셨는지는 모릅니다. 처음 어르신의 말씀을 들었을 때 솔깃했던 건 사실이지만, 관심도 두지 않으려고 노력했습니다. 감히 제가 끼어들 일이 아니라고 생각했으니까요."

"그런데 왜 예까지 와서 보란 듯이 사람 마음 불편하게 만드누."

"저 얼마 전에 죽을 뻔했습니다. 지금까지 생모의 생사도 모르는 상태고요."

역시 모르는 바는 아닌 듯 노인이 착잡한 얼굴을 했다. 그 일에까지 이 사람의 의견이 들어갔을 것 같진 않고, 그저 언제든 일어날 수 있는 일이라 예상했겠지.

"더는 그렇게 살기 싫습니다. 버러지 취급받으면서 살기 싫어요. 제가 태어나고 싶어서 이 집에 태어난 것도 아닌데……. 이제는 저도 사람답게 살고 싶습니다."

"말하지 않았어, 내가 해 줄 수 있는 게 없다고."

"예, 그걸 부탁드리고 싶었습니다."

"뭐?"

"윤인, 아니, 형님이 뭐라고 하셨든 휘둘리지 말아 주셨으면 합니다."

"휘둘리지 말라고?"

"형님이 다녀가셨다고 하셨지요."

"그랬지."

"형님이든, 아니, 다른 누군가가 뭐라고 하든 어르신이 보시기에 제가 못 써먹을 놈이면 못 써먹겠다고. 뭔가 해 볼 만한 놈이다 싶으면 맡겨도 될 것 같다고……. 그냥 느끼신 그대로 말씀해 주십시오. 제가 바라는 건 그것뿐입니다."

꼭두새벽부터 꿈쩍도 하지 않고 가게 앞에서 기다린 것치고는 상당히 싱거운 부탁이었다. 노인은 김이 샌 듯했지만, 비로소 조금 편안해진 얼굴로 기현을 지긋하게 바라보았다. 관상이라도 보는 것 같아 기현의 얼굴이 불편하게 경직되자 그런 거 아니라며 휘휘 손을 내저었다.

"사람 얼굴은 계속 변하는 거라 아무짝에도 쓸모가 없어. 물론 살아온 흔적을 대충 짐작이야 할 수는 있겠지만…… 진짜 상이라는 게 있어서 내가 조언을 해 줬으면 코쟁이들 상을 어떻게 읽고 회장님한테 이 사업 해라 접어라, 훈수를 뒀겠누."

관상을 보는 게 아니라고? 기현이 조금 의아한 낯을 하자 노인이 잠시 망설이다 입을 열었다.

"큰 신을 모시긴 했는데 이미 가신 지 오래다. 하던 가락이 있으니 이젠 감으로 몇 개 좀 때려 맞히는 정도일 뿐이야."

"그래도 결국 훈수를 두시긴 했고요?"

그 말 하나를 안 놓치고 파고드는 기현이 아주 징글징글하다는 듯 노인이 혀를 찼다. 너도 결국은 윤 회장 핏줄이라는 속내가 읽혀서 괜히 부실한 반찬을 뒤적였다.

"아려, 그러니까 AR그룹에서 벌어진 모든 일은 결국 다 윤 회장 뜻이다. 난 그냥 그 양반 속이나 가끔 들어 주고, 의중이 뭔지를 아니까 그대로 밀어붙이라고 힘을 줬을 뿐이야."

"……"

"너무 가진 것이 많아서 그래. 그 양반도 괜찮다는 말 한마디가 필요했을 뿐이야."

그러고 보니 윤 회장이든 다른 누구든…… 이런 사람들이 찾는 역술인들은 대부분 기가 좋다는 곳에 으리으리한 집을 짓고 살던데. 이 사람은 왜 이렇게 궁곤한 몰골로 살고 있을까. 뒤늦게 의문이 들었지만, 저조차 재벌가 도련님이면서 배를 곯고 살았던 나날이 있지 않았는가. 기현은 어련히 나름의 사연이 있겠거니 싶어서 더 캐묻지 않기로 했다.

스스로 문을 열고 들어와도 좋다고 하기 전까진 몇 번이고 계속 올 생각이었는데 오늘 바로 만나 주기도 했고……. 제가 하고 싶은 말도 전했으니 그걸로 됐다.

"내가 그러려고 그랬던 것은 아니지만 그래도 자네한테, 정확히 말하면 자네라기보단 자네의 모친이겠지만…… 어쨌든 그쪽에 미안한 점이 있어서 하나 일러 주자면…… 쉽게 사람 좋아하지 마시게."

"예?"

슬슬 기현이 일어설 기미를 보이는 것을 눈치챘는지 노인이 흘러

가듯 말을 꺼냈다.

"고되고 외로웠으니 금세 마음 여는 딱한 상황이 이해는 가지만, 결국 상처받게 되는 건 자네란 말이야."

세월의 무게가 그대로 느껴지는 깊은 눈동자. 정말 예언이라도 하듯 형형해진 노인의 안광에 조금 오싹해졌다. 기현은 집사님께 무엇이 미안하다는 것인지 궁금해졌지만, 그보다도 하필 지금, 쉽게 사람 좋아하지 말라는 말을 들은 것이 이상하게 더 신경이 쓰였다.

"자네가 원하는 대로 사람답게 살게 되거든 자네가 제일 먼저 해야 할 일이 무엇일 것 같은가? 자산 정리? 명의 변경? 지분 재분배? 아니, 윤인범이 처자식부터 처리해야 해. 그래야 일이 성공하고 나서도 후환이 없지."

그 부분은…… 생각지도 못했던 거였다. 마음에 돌덩이가 쿵 내려앉는 것 같았다.

"그게 복수라는 걸세. 그래서 업인 거고……. 그럼에도 불구하고 꼭 해야겠다면, 그런데도 원하는 게 있다면 자네 같은 무른 마음 가지곤 안 될 말이지."

검버섯이 핀 피부와 나이테같이 축 늘어진 주름을 가만히 들여다보던 기현이 천천히 고개를 끄덕였다. 차가운 물벼락이라도 맞은 기분이었다.

이제 시작인데, 모든 게 순조롭게 진행되어서 전부 다 이루어진 것처럼 우쭐했던 것도 사실이었다. 호의를 가지고 지지해 주는 사람들만 주위에 두다 보니 요즈음 가장 푸근한 감정을 만끽했던 것 또한, 사실이었다.

그래…… 그래선 안 되었다. 다시 마음을 다잡아야겠다고 생각하면서도, 기현은 끝을 알 수 없는 피곤함에 아득함을 느꼈다. 한 번도 생각해 보질 않았는데 바라던 대로 AR그룹을 손에 넣고 윤 회장과 관장 모두를 비참하게 만들어 주고 나면. 그러면 그다음엔 무엇을 하면 좋을까…….

"그래서 제가 원하는 대로 이루어지긴 하나요?"

"모든 걸 갖게 될 수도, 모든 걸 잃게 될 수도 있겠지. 그게 인생 아니겠나."

흠잡을 곳 없는 적당한 대답이었다. 기현은 수저와 그릇을 정리하고 일어섰다. 허리 숙여 인사하자 노인은 귀찮다는 듯 뱃가죽을 북북 긁을 뿐이었다.

분명 아까 해가 지고 있었는데 벌써 사방이 어둠이었다. 기현은 무거운 발을 재촉해 걸음을 옮겼다. 속이 시원하면서도 우울해지는 것은 어쩔 수 없었다.

'내 삶은 왜, 약하고 무른 감정을 가져선 안 되도록 설계가 되었을까.'

"점점 더 엉망진창이군."

태성이 거실의 꼴을 보고 혀를 찼다. 자동차 산업에 대한 각종 보고서, 책의 탑이 곳곳에 쌓여 있었다. 미안해했던 것도 처음 잠깐이었을 뿐이다. 기현은 이제 태성의 집을 대놓고 마음대로 사용하는 중이었다.

단일화 선언 이후 작게 해단식을 가졌다. 후보자로 등록하기 직전이었으니 해단식이란 말도 좀 뭣하지만. 대의를 위해 야당 후보에게 기꺼이 자리를 양보한 모양새가 된 탓에 기현의 인기는 나날이 고공행진하고 있었다.

이렇게 화려하게 얼굴도장을 찍고 다시 미국으로 돌아갈 리가 없으니, 기현의 다음 행보를 분석하는 기사가 쏟아졌다. 기현의 테마주가 장을 뚫을 기세로 상승하고 있는 것은 물론이었다. 조 실장은 그때라도 미리 주식을 사 두지 않았던 것을 두고두고 아쉬워했다.

다만 태성과는…… 크게 달라진 점이 없었다. 기현을 신경 써 주느라 가끔 선거 사무실에 얼굴을 비췄지, 그는 원래부터 바쁜 일정을 소화하고 있었다. 정확히 무슨 일을 하는지 모르겠지만 아주 많은 사람을 만났고, 그때마다 돈을 쓸어 모으고 있는 것 같기는 했다. 때론 그 배로 돈을 쓰기도 하면서.

그의 몸과는 점점 익숙해져 가는데 이렇게 아는 게 없어서야…….

그리고 말은 안 했지만, 진태성은 여전히 어머니의 일에도 신경 쓰고 있는 모양이었다. 김진덕에게서 오는 문자에 대원 쪽 이야기가 많아진 걸 보면.

이 일에 대해서는 태성에게 뭐라고 먼저 입을 떼기가 어려웠다. 고마운 마음은 점점 커져 가는데, 그만큼 껄끄러운 구석도 여전히 남아 있었다.

"뭘 그렇게 웃습니까."

가볍게 샤워만 하고 내려왔는지 물기 맺힌 머리카락을 털며 태성이 의심쩍은 눈으로 물었다. 그래도 이전까진 편한 옷이나 샤워 가운 정도는 입어 줬던 것 같은데, 이젠 대놓고 타월 한 장만 대충 두르고 나온다.

"웃고 있었나요? 내가."

"좀 수상쩍게요."

옆에 털썩 앉으며 머리칼을 대충 쓰다듬어 주는 손길이 투박했다. 기현이 머리를 만져 주는 것을 좋아한다고 생각하는 듯했다. 하지만 아무리 생각해 봐도 키우는 동물 만지는 것과 다를 바 없는 느낌이었다. 성적인 손짓에는 그렇게 익숙하면서. 사귀기 전이든 후든 다정함이라곤 눈곱만큼도 없는 남자였다.

허리와 장골에 아슬아슬하게 걸쳐진 타월의 모양새를 지적하고 싶었지만 그랬다간 괜히 의식하네 어쩌네 그딴 소리나 할까 봐서 아무 말도 하지 않고 속으로만 흉을 봤다.

"착실하게 경영 공부하는 것도 좋긴 하지만, 이미 세팅은 다 되어 있을 것 같은데요. 디자이너, 제품, 유통망…… 그런 것 전부가."

"그렇겠지요."

"그럼 굳이 이런 데 매달리는 것보단 다른 자료를 보는 게 낫지 않겠습니까. 차를 팔든 립스틱을 팔든 원리는 똑같은데."

맞는 말이었다. 재벌가에서 후계자를 괜히 영업부서나 재무부서부터 돌리는 게 아니다. 어디서 어떻게 돈을 벌고 쓰는지 눈을 감고도 외울 수 있어야 했다. 그다음부터는 정보 전쟁인데, 이건 어차피 부리는 사람들이 떠먹여 주니까 어려울 것 없다. 그래서 누가 어떤 계열사를 맡더라도 흐름은 비슷하게 흘러갔다.

"기본이 괜히 기본이 아니니까요. 공부해서 나쁠 건 없습니다. 지금은 자동차지만, 앞으로 어디를 맡게 되더라도요."

"성실하군요."

"바로 그 점이 윤인범이든 다른 후계자들이든, 그들과 나의 가장 큰 차이점이 되겠죠."

의외의 발언이었는지 태성이 한쪽 눈썹을 슬쩍 추켜세웠지만, 이내 만족스러운 표정을 지었다. 태성은 기현의 이런 의외성을 가장 기꺼워했다.

"그래서 어떤 기본을 공부하고 있었습니까."

가까이 닿은 몸에서 아까 기현이 썼던 것과 같은 샤워 콜로뉴의 향이 났다. 기본적으론 다른 층에서 생활하고 있었지만, 이런 식으로 태성과 같이 산다는 것이 확 실감이 나는 일들이 생길 때마다 조금 간질간질한 기분이 들었다.

그리고 진태성은 이런 타이밍을 놓칠 남자는 또 아니라서. 금세 그의 입술이 가까워지고, 손이 기현의 상의를 파고들려는 찰나 태성의 핸드폰에서 날카로운 알림음이 울렸다. 그간 관찰한 결과, 메일이든 문자든 뭔가 긴급한 사안을 통보받을 때 저런 소리가 울리곤 했다. 난데없는 훼방에 태성은 얼굴을 찌푸렸다, 점점 무표정해졌다, 재미있게 됐다는 듯 픽 웃었다.

"윤인범이 드디어 일을 친 모양인데요."

"무슨 일입니까?"

"국제 업무지구 관련해서 AR그룹은 조금도 뭘 어떻게 할 생각이 없다고 기자에게 말을 흘린 모양입니다."

기현이 주먹을 꾹 쥐었다. 여당 후보를 무너뜨리고 기현의 지지율이 올라갈 수 있었던 게 바로 국제 업무지구 건이었다. 물론 관련한 구체적인 공약으로 내세운 것은 아무것도 없긴 했지만, 기현의 배경이 굉장히 긍정적인 영향을 주었던 것도 사실이다. 이렇게 되면 단일화를 통해 암묵적으로 기현의 지지층을 약속받은 야당 후보의 지지율 또한 추락할 게 뻔했다.

"안 그래도 원래 여당의 지지율이 높은 구역인데 곤란해지겠군요."

"아뇨, 어쩌면 기회일 수도 있겠습니다."

"기회?"

"기자에게 말을 흘린 거라고 했죠. 그럼 이번 기회로 경솔하고 욱하는 이미지로 윤인범을 몰아가면 됩니다."

기회라, 하며 중얼거리던 태성이 기현의 얼굴을 감쌌다. 똑똑한 것이 최고의 섹시함이라고 했던가. 맞는 말이었다. 가끔 기현이 생각해 내는 임기응변은 듣기만 해도 아래를 저릿저릿하게 만들었다. 내용이 특출하게 참신하고 대단해서가 아니라, 초라한 몰골로 찾아왔던 그 남자가 점점 당돌하게 변해 가는 모습이 신선하고 기꺼워서였다.

"이런. 나 섰는데."

"그거 병입니다. 시도 때도 없이 서는 거."

기현이 황당하다는 표정으로 태성에게 쏘아붙였다.

아, 저 서늘한 얼굴에 비벼 대고 싶었다. 빨아 주느라 무릎을 꿇으면, 저를 올려다볼 때 얼마나 야한 얼굴이 될까. 하지 말라고 소리 지르려다가도 마음이 약해질 말을 늘어놓으면 결국은 못 밀어내고 입을 벌리겠지.

태성은 기현이 가진 모순과 배덕함에 몸이 반응하는 것이라 결론 짓기로 했다. 애초에 진심으로 끌리면 곤란해질 상대이기도 했고. 역할극에 흥분하는 것과 비슷한 이치 아닐까? 그렇게 생각하니 마음이 편해지는 것 같았다.

이상하게 윤기현에게 뭘 자꾸 먹이고 싶고, 편히 재우고 싶었던 것도 그런 이유라면 납득이 갔다. 윤기현 그 자체가 신선한 자극제였던 셈이다. 최근 강렬하게도 자신을 괴롭혔던 의문을 조금이나마 해결한 태성이 산뜻한 얼굴로 고개를 숙였다. 손가락이 턱을 잡아채자 그 반동으로 기현의 입이 작게 벌어졌다. 키스하기 딱 좋은 각도였다.

"좋습니다. 해 보죠, 진짜 사냥을."

그 이전에 한 번 싸고요.

나른하게 말을 흘린 태성이 먹어 치울 듯 기현의 입술을 파고들었다.

5장
사람은 무엇으로 사는가
(진태성 외전)

사람은 무엇으로 사는가(진태성 외전)

"아무리 봐도 이거 오빠 자식 아닌 것 같은데?"

"나도 이상해서 검사해 봤어. 맞아."

"진짜로? 차라리 나랑 오빠 아들이면 몰라, 그년 사이에서 어떻게 이런 얼굴이 나왔지?"

"야. 내가 사모님 소리 듣고 싶으면 말버릇 좀 고치라고 그랬지."

"오빠가 하도 쑤시고 다녀서 그런 거 아닐까? 그래서 반반한 년들 유전자가 오빠 거기에 달라붙었을지도 몰라."

검은색으로 칠해진 번쩍이는 손톱이 위협적으로 내 턱을 쥐었다. 물러설 새도 없이, 순식간이었다. 내 얼굴을 성의 없이 획획 둘러보는 여자의 목소리는 낯설면서 익숙했다. 아아. 가만히 생각해 보니 어머니가 방 밖으로 나오지 못하게 할 때 들렸던 목소리였디. 빙문에 가만히 귀를 대고 있을 때도 움찔 놀라게 하던 날카로운 음성.

이 여자가 집에 올 때면 언제나 어머니의 언성이 높아졌다. 아버지도 소리를 지르고, 무언가가 깨지고…… 시끄러움의 끝은 늘 어머니의 눈물이었다.

'태성아, 이래서 사람은 배워야 해. 배운 집의, 교양 있는 그런 좋은 사람 만나야 해. 그래야 엄마처럼 안 살지.'

어머니가 그 말을 하면서 어떤 부분에서 숨을 삼키는지 기억할 수 있을 정도로 매일 들었다.

화려하게 생긴 여자는 벌써 내 얼굴에 흥미를 잃었는지 거실을 둘러보기 시작했다. 테이블이나 소파, 선반을 쓸면서 촌스럽다고 눈을 찡그리기도 했다.

"오빠. 일단 우리 가구부터 싹 바꾸자."

"너 물장사 접은 지가 언젠데 호칭 좀 고쳐."

"어머, 웃긴다. 지금 격 따져? 하긴. 다른 년이랑 결혼까지 한 남자였지. 이제 좀 높은 급에서 살아 보시겠다고. 그래, 다 내가 잘못했네. 됐어?"

"내가 미안하다고 몇 번을 말했냐. 결국 그 덕분에 나 더 잘됐잖아. 실질적 안주인은 늘 너였고, 너랑 태준이 유학까지 보내서 어엿한 사모님으로 다시 모셔오기까지 했고. 이제 방해되는 것들도 없는데 이 얘긴 그만 좀 하자. 우리 좋게 좋게만 생각해도 되잖아, 응?"

"나랑 태준이 생각하면 오빠는 나한테 평생 잘해야 해, 알아?"

여자가 새침하게 말하며 아버지의 어깨를 밀었다. 저렇게 다정하게 웃으며 말하는 아버지를 본 적이 없어서 조금…… 놀랐다. 큰 손이 여자의 가느다란 허리와 엉덩이를 마구 주물러 대서, 그것 또한.

댕그래진 내 눈을 보는 여자의 입꼬리가 씰룩였다. 뭔가 더 말하고 싶은 모양인지 아버지의 손을 뿌리치곤 내 쪽으로 몸을 숙였다. 진한 향수 냄새에 뒷골이 울려서 한 발 물러선 순간, 저쪽 복도에서 무슨 소리가 났다.

둔탁하던 발소리는 점점 가까워졌다. 빼꼼 모습을 드러낸 것은 나랑 비슷한 나이로 보이는 남자애였다. 나보다 키는 조금 더 컸고, 조금 더 말랐고…… 그리고 신기하게 아버지를 많이 닮은 것 같은.

"엄마! 나 저기 장난감! 저거 가져도 되는 거야? 커다란 거, 변신하는 거!"

"얘는 어디 갔나 했더니 언제 또 그런 걸 보고 있었대?"

"그거 내 거야."

내 로봇을 말하는 것 같아서 안 된다고 말했다. 사실 비슷한 로봇은 많이 있었다. 생일, 크리스마스. 아버지는 저 두 날만큼은 꼬박꼬박 선물을 부쳐 주셨다. 정작 나한테 뭘 갖고 싶은지 묻지는 않아서 늘 비슷한 장난감만 가득했다. 그것도 아버지가 아니라 아버지를 따라다니는 아저씨들이 대충 사 준 거라는 걸 얼마 전에야 깨달았지만…….

어쨌든 이제 장난감을 가지고 놀 나이도 아니고, 더는 소중히 여기는 것도 아니었지만, 그렇다고 해서 처음 보는 남자애한테 주기는 싫었다. 어쨌든 내 거는 내 거였다.

"이게 어디서 버릇없이 큰소리를 내고……!"

"어휴, 오빠! 애가 뭘 알겠어. 태준아, 그거 동생 물건이야."

"동생?"

"그래. 애가 이제 태준이 동생이야. 진태성. 이름도 비슷하지? 엄마가 사 줄게. 이제 가지고 싶은 거 마음대로 사도 괜찮으니까 남이 쓰던 거에 그렇게 목매지 마."

그제야 나는 조금 이상하다는 생각이 들었다. 동생? 내가 어떻게 처음 보는 내 또래의 동생이 될 수 있어?

"어머니는요?"

어머니를 찾는 나의 말에 아버지의 기색이 단박에 사나워졌다. 아버지가 저런 얼굴을 할 땐 뭔가를 집어 던지거나 옆에 선 누군가를 때렸다. 이 경우는 높은 확률로 내가 맞을 게 뻔해서 살짝 몸을 움츠렸다. 거북이처럼 목을 쏙 집어넣고 눈치를 보고 있으려니, 낯선 여자가 손가락으로 머리를 빙글빙글 꼬면서 웃었다.

"오빠, 그만해. 아무것도 모를 텐데 설명은 해 줘야지. 얘, 이제 내가 네 엄마야."

엄마라고?

"그래. 내가 널 낳은 건 아니지. 그런데 일이 그렇게 됐어."

내 속마음을 읽었는지 여자가 말했다. 나는 침을 꼴깍 삼켰다.

"태준이가 뭐 사 달라는 거 있으면 다 사 주고, 얘한텐 그냥 신경 쓰지 마."

피곤한 듯 손목을 주무르던 아버지가 대수롭지 않게 말을 꺼냈다. 그런데 여자가 갑자기 빽 소리를 질렀다. 조금 전까지만 해도 계속 웃는 얼굴로 아버지와 이야길 나누고 있었는데. 눈을 반쯤 뒤집어 까며 소리를 지르는 게 진짜 미친 사람 같았다.

"뭐? 신경을 꺼? 어떻게 애한테 신경을 끄고 살아. 아니, 내가 뭐 해코지라도 할까 봐 그래? 그년이랑 낳은 것도 자식은 자식이라 이거야?"

"그런 말이 아니잖아."

"아니긴 뭐가 아니야!"

아버지가 호칭을 고치라고 말했는데도 여자는 아랑곳하지 않고 끝까지 오빠라고 불러 댔다. 그뿐만이 아니었다. 신던 구두를 소파에 집어 던지고는 계속 소리를 질렀다.

점잖게 달래 주려던 아버지는 결국 지친 얼굴로 지갑을 뒤적이더니 무언가를 건네주었다. 신용 카드 같았다. 어머니는 그렇게 받기 어려웠던 것이 저 미친 여자의 신경질 한 번에는 그렇게도 쉬웠다.

"태준아, 가자. 거지처럼 남이 쓰던 거 줍는 거 아니야."

태준이랬나? 걔는 그저 신나서 발을 구를 뿐이었다. 이젠 자기가 엄마라고 우기는 미친 여자가 손에 쥔 카드로 새빨갛게 칠한 입술을 톡톡 두드렸다. 우리 태준이, 오빠 하는 다정한 말이 술술 흘러나왔지만, 시선의 끝엔 언제나 내가 있었다. 자랑하고 싶은 건가? 뾰족하고 아픈 눈이라고 생각했다.

나에게서 대꾸가 없자 흥미를 잃었는지 여자는 곧 눈길을 돌려 버렸다. 아깐 그렇게 미친 사람처럼 소리를 지르더니 이젠 평범하게 이야기를 늘어놓았다. 태준이, 학교, 앞으로 유학……. 지친 듯 여기저기를 꾹꾹 주무르던 아버지도 희미하게나마 웃으며 대꾸해 줄 수 있는 평범한 주제들이었다.

그래서 어머니는? 아까 나의 물음은 묵살당한 채로 모두가 웃었다. 물끄러미 낯선 풍경을 바라보다 방으로 올라왔다. 늘 그랬듯 아무도 나를 찾지 않았다. 문득 이 서글픔에 익숙해져야 할 것 같다는 생각이 들었다. 몸을 웅크리고 누웠다. 정체 모를 묵직한 무언가가 가슴 안을 멋대로 할퀴고 가는 것 같았다.

♟

내가 다니는 사립 초등학교는 교복을 입어야 했는데, 키가 무섭게 자라서 벌써 몇 번째 교복을 새로 사야 했다. 물론 아버지는 무척 귀

찮아했지만, 발목이 덜렁 드러나니 추워 보이지 않느냐는 누군가의
말에 두말없이 약속을 잡았다. 아버지는 사람들의 저런 평가에 굉장
히 민감하게 반응했다. 찔리기라도 하는지 없어 보인다고 자신을 깎
아내리는 것처럼 들리는 모양이었다.

뜻하지 않게 교복을 맞추러 가는 바람에 오후 레슨은 취소되었다.
좋아하지도 않는 바이올린이어서 내심 다행이라는 생각을 했다.

"미술을 배워 보는 건 어떠냐?"

"미술이요?"

아버지가 불쑥 다른 이야기를 꺼냈다. 당황해서 목소리가 높아졌
다. 수업을 빼먹은 즐거움이 티가 났던 걸까.

"내로라하는 집에선 다 미술 공부하더라. AR그룹도 그렇고. 계열
사 서너 개를 팔아도 기어코 그림 하나 사겠다고 난리라던데."

아버지는 미술을 배우라고 하면서도 도통 이해할 수 없다는 얼굴
이었다. 사실 나도 그랬다. 그림 같은 건 있어도 그만, 없어도 그만
인 것인데 그 욕심을 채우려고 멀쩡한 회사를 아무렇지도 않게 팔아
버린다는 게 이해가 안 갔다.

"아무튼 미술 선생 붙여 줄 테니까 한번 배워 봐."

별로 좋은 생각 같지는 않았다. 나는 미술에 딱히 재능이 있는 편
이 아니었으므로.

같은 학년에 D그룹 손자가 있는데, 걔는 잘 그리는 법을 배우는 게
아니라고, 그림이든 악기 연주든 손재주는 개판이지만 그런 거 조금
도 신경 안 쓰고 미학 교수와 유명한 큐레이터를 붙여 줘서 역사와
안목을 배운다고……. 하지만 군이 그런 이야길 아버지에게 꺼낼 정
도로 눈치가 없진 않아서 그냥 얌전히 고개를 끄덕이고 말았다.

"아무리 그래도 첫째가 사업을 일으켜야 모양이 살지. 너는 그냥

태준이 하는 거 보고 잘 서브해 주면 된다. 얼굴 반반하니까 괜찮은 집 여자 하나 물어서 편하게 살면 되고. 얼마나 좋냐. 하여튼 돈 아끼지 말고 제대로 배워 놔. 윤소형이 정도 되는 애를 며느리로 들이려면 그 정도는 해야지."

조동수─아버지 밑에 있던 사람의 아들이었는데, 사고로 부모님이 돌아가시는 바람에 우리 집에서 살면서 밥값으로 날 챙겨 주고 있다─의 말로는 내가 표정이 참 없는 편이라고 했는데, 그 말이 아버지 앞에서도 통하길 바랐다.

멍청한 진태준을 그저 서브만 하라는 것도, 난데없이 나타난 그 새끼가 첫째라는 것도, 나더러 그저 족보의 위신 좀 살릴 장기 말로나 살라는 것도, 전부 인정할 수 없는 일이었다. 당연히 착하게 대꾸해 줄 맘이 안 났다.

그래도 나에겐 아버지 지갑 속의 카드가 없으니까. 어른이 아니니까. 여기서 당장 쫓겨나면 먹고 살길이 막막하니까. 성의 없이 고개를 끄덕이고 그저 창문 너머만 바라봤다.

"씨발…… 야, 속도 좀 내 봐."

갑자기 아버지의 눈에서 불꽃이 튀었다. 뭔가 싶어서 두리번거리니, 집 앞까지 거의 다 왔는데 낯선 자동차 몇 대가 아슬아슬하게 골목을 빠져나왔다. 이 동네에선 잘 볼 수 없는 종류의 차였다.

"그래. 애들이 다 레슨 중이니 지금 비는 시간이긴 하지."

무슨 말인진 모르겠지만…… 아버지가 먼저 내 등을 떠밀었다. 일단 네가 먼저 들어가 있으라고. 차고의 버튼을 누르면 안에도 알림이 가는데, 그런 상황을 원치 않는 것 같았다. 무슨 일인진 모르겠지만 분위기가 심상치 않아 보였다. 나는 토 달지 않고 빠르게 움직였다.

─어머, 도련님? 왜 벌써 오셨어요?

"레슨 취소됐어요."

―…….

그러고도 한참 말이 없었다. 어떻게 하죠, 하는 아줌마의 목소리와 부스럭거리는 소리만 들렸을 뿐이다.

―어디 봐 봐. 아, 쟤밖에 없잖아. 열어.

인터폰을 타고 안도한 것 같은 서문희의 목소리가 들렸다.

언젠가부터 나에게 저 여자는 그냥 서문희, 서 마담이었다. 새어머니라는 호칭도 아까웠다. 출신은 지우고 교포인 척하며 다른 집 사모님들처럼 행세하려고 노력하고 있다지만 내가 보기엔 이미 글러 먹었다. 이런 식으로 인정하고 싶지 않았지만, 확실히 아버지에겐 어머니보다 서문희 같은 여자가 더 잘 어울렸다. 둘은 참 닮았다. 여러 가지로.

그저 돈 좀 되는 것이라면 닥치는 대로 가져다 놓은 탓에 정신 사나워진 정원을 지나 현관을 여는데, 이상한 냄새가 풍겼다. 어수선하고 웅성대는 분위기가 날 불안하게 만들었다.

"어머. 너무 예쁘게 생겼다. 근데 벌써 중학생이야?"

딱 봐도 문제가 상당해 보이는 여자가 불쑥 고개를 들이밀었다.

"아직 아니야."

"응? 그럼 국민학생? 근데 교복을 입어?"

"아, 이거 진짜 무식하네. 이제 국민학교 아니고 초등학교라고 하거든?"

"그래?"

"어. 뭐, 사립학교라 꼴에 입어야 한다더라."

이쪽은 돌아보지도 않고 서문희가 대꾸했다. 넓은 거실에 모인 여자들은 하나같이 담배를 물고 있었다. 술을 마시며 고스톱을 치는 사람들도 있었다. 아버지 지갑에서나 보이던 하얗고 빳빳한 수표들이 오갔다.

"사립학교? 우리나라에 그런 것도 있었어?"

"저기 미아동 구석에 있어. 뭐 재벌 아들, 국회의원 손자 다 거기 다닌다곤 하는데 내가 보기엔 그냥 돈 주면 다 들어가는 데야."

누군가의 감탄에, 서문희는 내가 다니는 곳이 별스러운 데가 아니라고 바로 깎아내렸다. 하지만 딱히 틀린 말은 아니었다. 시험도 아니고 추첨을 통해 가는 곳이었고, 그저 다른 공립학교에 비해 수업료 같은 게 비쌀 뿐이었으니까.

"미아동? 텍사스 거기?"

"무식한 년아. 그건 미아리고."

"그러니까 그거, 미아동에 있는 거 아닌가?"

"그런가? 몰라, 씨발."

젊은 여자가 담배를 깊게 빨았다. 아니, 자세히 보니 담배처럼 생겼는데…… 담배는 아닌 것 같았다. 일단 냄새가 확연히 달랐다.

"태준이는 왜 이런 데 안 다녀?"

"그 얘기 꺼내지도 마! 짜증 나니까."

서문희가 신경질을 내며 입에 물고 있던 걸 집어 던졌다. 옆에 있던 여자가 이 언니는 왜 성질이냐며 날름 그걸 주워 가서 물었다. 매캐한 연기에, 술 냄새에…… 또 묘하게 속을 뒤집는 낯선 향 때문에 점점 속이 메슥거리기 시작했다.

"근데 언니, 쟤 있는데 우리 이러고 있어도 되는 거야?"

"신경 쓸 거 없어. 쟨 애초부터 덮이라고 못 박아 놓고 시작한 기니까."

급하게 운전하라고 닦달하더니 나한테도 빨리 들어가 보라고 난리기에 뭔가 더 있을 줄 알았는데. 정작 아버지는 감감무소식이었다. 다시 나가 볼까. 걸음을 떼려는데 또 얼굴을 붙잡았다.

"그나저나 앤 뭐 이렇게 생겼대. 크면 여러 여자 홀리겠다, 너. 아니지. 보통 여자는 뭐 겁나서 옆에 서겠어? 이렇게 예쁘게 생겨서."

"그러게. 마음먹으면 남자고 여자고 다 꼬실 수 있을 것 같은데? 우리 애기 요거보다 커지면 와. 누나가 쪽쪽 잘 빨아 줄게."

가까이서 말하는 여자들에게서 어쩐지 서문희와 비슷한 냄새가 났다. 감추고 싶은 게 있어 뿌린 게 분명한 독하고 머리 아픈 향기. 경호원이랍시고 집 안팎을 쏘다니는 덩치들이 예전에 아버지와 일했던 사람들이라면, 여기 있는 이상한 여자들은 서문희와 일했던 사람들일 것 같았다.

아버지와 일했던 사람들은 사실 전부 조폭이었다고 아줌마들이 수군거리는 걸 들은 적이 있다. 그럼 이 여자들은 뭐였을까.

"씨발, 내가 이럴 줄 알았지!"

한 번만 더 함부로 내 얼굴을 만지작거리면 내가 할 수 있는 모든 욕을 퍼부어 주려고 했는데, 아버지가 문을 벌컥 열었다.

"오, 오빠! 어떻게 벌써 왔어?"

여자들이 혼비백산해서 입에 물던 걸 비벼 끄고 화투를 모아 소파 밑으로 밀어 넣었다.

"그래도 양심은 있어서 남자들은 안 불렀나 보다?"

"그, 그럼. 그냥 잠깐 옛날 생각나서 애들 부른 거야. 나 그렇게 가게 문 닫고 애들 갈 곳도 없었잖아."

"맞아요. 사장님. 잘 지내셨어요?"

거실 꼴을 둘러보던 아버지는 살갑게 안부를 묻는 여자의 머리를 잡다가 그대로 벽에 들이받아 버렸다. 미세한 진동이 여기까지 느껴질 정도였다.

여자는 그대로 쓰러졌다. 그 흔적을 따라 벽에 길게 피가 그어졌다. 내 신발 바로 옆으로 쿵, 하고 무거운 머리가 떨어졌다. 염색한 노란 머리에 피가 찐득찐득 엉겨서 징그럽고 무서웠다.

"내가 다 좋으니까 일 복잡해진다고, 약은 손대지 말라고 몇 번을 말했지."

평소 같았으면 차라리 한 대 치라고 바락바락 대들었을 서문희가 한마디도 대꾸를 못 하고 벌벌 떨었다. 내가 보기에도 지금의 아버지의 모습은 심상치 않았다.

"내가…… 내가 가져오라고 안 했어! 얘, 얘가 가져온 거야!"

서문희가 웬 여자를 아버지 앞으로 떠밀었다. 여자는 당황한 듯 눈이 댕그래졌다. 딱 봐도 제일 어리고 만만해서 뒤집어씌운 게 뻔했다. 아버지의 눈이 젊은 여자의 큰 가슴과 훤히 내놓은 다리를 스쳤다. 음험한 구석이라곤 조금도 없는, 상품을 평가하는 것 같은 날카로운 시선이었다.

"얘 장미라고, 민철이네 새로 들어간 애라는데 이거 할당 안 채우면 뒷구멍 따이게 생겼대서 이번 한 번만 도와준다고 한 거야. 진짜야, 오빠. 민철이한테 전화해 봐."

말이 끝나기가 무섭게 아버지가 앞에 선 젊은 여자의 뺨을 내려쳤다.

사장님, 그게, 사실, 죄송……. 장미란 이름의 여자는 뭔가 말하고 싶은 듯 뭐라고 웅얼거리다 끝내 울음을 터뜨렸지만, 아버지는 대꾸도 없이 기계적으로 손을 올렸다. 숨소리도 안 들릴 정도로 조용한 가운데 훌쩍이며 애원하는 여자의 목소리와 그러든 말든 아버지가 뺨을 내려치는 소리만 가득했다. 그 자체로도 공포였다.

짝, 하고 울리던 마찰음은 이젠 퍽, 하는 어딘가 뭉툭한 소리로 변했다. 보고 있기 괴로웠다. 아버지가 오든 말든 바로 내 방으로 올라가 버릴걸. 나는 뒤늦은 후회를 했다.

"내가 서문희한텐 미안한 게 있어서 오늘은 그냥 넘어가 주는데. 너희 계속 장사하고 싶으면 집에 약 같은 거 들고 오지 마라, 응?"

아버지가 장미란 여자의 가슴을 쥐고 흔들다가 확 내팽개쳐 버렸다. 거의 형체를 알아볼 수 없는 얼굴이 된 여자는 이쪽 구석으로 힘없이 쓰러졌다. 아까 벽에 머리 박고 쓰러진, 지금 살아 있을지도 의심되는 그 여자 바로 옆으로.

"서문희. 내가 이 집 사모님 소리 듣는 순간부터 마담 짓은 그만하라고 했지."

"오빠, 그게……."

"이러려고 김숙영 병원 처넣고 너 데려온 줄 알아?"

난데없이 들린 엄마의 이름에 고개가 번쩍 들렸다. 이러다 수틀리면 죽도록 맞을 걸 알면서도, 2년 만의 소식이 반가워서 나도 모르게 아버지 곁을 기웃거렸다.

"내가 무슨 결심을 하고 데려온 건데 이게 고마운 줄을 모르고!"

화분들이 날아갔다. 서문희는 기어 와 아버지 바지에 바싹 매달리며 엉엉 울었다. 여기저기서 울부짖는 소리가 요란했지만 시끄러우니 입들 다물라는 아버지의 고함에 잠잠해졌다.

나는 가만히 그 광경을 들여다보다 무거운 걸음을 옮겼다. 삐걱삐걱 계단을 올라가는 소리가 났을 텐데도 아무도 이쪽을 보지 않았다. 심지어 아버지조차도. 생각했던 것보다 훨씬 더, 나의 존재감은 아무것도 아니었나 보다.

한참을 또 뭔가 깨지고, 비명이 난무하고…… 다 지겨웠다. 모든 것이 다 멀게만 느껴졌다. 나는 방문을 닫고 천천히 주저앉았다. 괜

히 발가락만 꼼지락거리고 있는데, 점점 형체가 흐려졌다. 눈물이
후드득 떨어져서 천천히 입을 막았다.

그렇구나. 서문희를, 저 여자를 이 집에 데려오려고 어머닐 병원
에 처넣었구나. 그래서 갑자기 볼 수가 없게 되었구나.

서문희와 아버지에게 말로 할 수 없을 만큼 화가 나면서도…… 한
편으론 다행이란 생각이 들었다. 어느 날 갑자기 어머니가 사라진
이후로 연락 한 통 없었던 것이, 내가 미워서가 아니라 어쩔 수 없어
서란 걸 알아서.

어머니가 병원에 갇혔다는데 이런 일로 안심을 하는 나도, 마음속
어딘가가 고장이 난 게 분명했다. 지금 이 눈물도 어쩌면 불쌍한 나
자신을 위해 흘리는 것일지도 모르겠다.

나는 무릎에 얼굴을 묻었다. 오늘 새로 맞춘 교복에는 정체를 모
를 역겨운 냄새가 이미 잔뜩 배어 버렸다. 아버지나 서문희를, 진태
준을 욕할 것도 없었다. 내가 제일 못돼 먹은 새끼였다.

그날부터 나의 모든 꿈은 악몽이었다.

이후 몇 번 더 이런 일이 있었다. 때론 사모님 소리 듣고 우아하
게 살기로 하지 않았냐는 아버지의 불호령이기도 했고, 때론 딱 봐
도 견적이 나오는데 어디서 여자 데리고 논 거냐는 서문희의 히스테
릭한 비명이기도 했다. 뭐가 되었든 피곤해지는 건 주변 사람들이었
다. 특히 내가 가장 큰 피해자였다.

나도 발라당 까진 요즘 애들인 탓에 욕이나 뭐, 여러 가지 안 좋
은 말이 뭘 뜻하는지 잘 알았다. 원래도 조숙하단 소릴 듣기도 했고.
하지만 갈보가 뭐고 걸레가 뭘 뜻하는지까지 자세히 알 필요는 없는
나이였다. 알다 못해 눈앞에서 그런 사람들을 볼 필요는, 더더욱.

날이 갈수록 두 사람의 싸움 빈도는 잦아졌고 규모는 커졌는데, 그 지랄 속에서 대충 들은 걸 정리해 보자면 아버지는 큰 술집 여러 개를 운영하고 있었다. 물론 술만 파는 술집은 아니었다. 이 나라 모든 높으신 분의 좆은 전부 아버지 가게를 거쳐 갔다고 해도 과언이 아니라고 했다. 그리고 서문희는 그런 아버지의 사업 파트너, 쉽게 말해서 아버지가 초기에 키우던 술집의 마담이었다고.

"그놈의 AR이 뭔지 진짜."

조동수가 찢어진 이마에 반창고를 붙여 주고, 볼에는 얼음주머니를 올려 주었다. 오래간만에 거하게 터진 날이었다. 아버지는 며칠 전부터 KNB펠로우[4]에 가입할 거라며 난리를 쳤는데 물먹은 모양이었다. 조동수의 반응을 보아하니 AR그룹 사람들이 가입을 반대한 모양이다.

"불쌍하네."

"예?"

"아버지 말이야. 그렇게 AR그룹과 가까워지고 싶어서 난리를 치는데도, AR그룹 때문에 후원회 하나 가입도 못 하고 이러고 있는 거잖아."

"어…… 그게요. 저도 주워들은 거긴 한데 사장님 사업 자금이요, 사실은 AR그룹에서 나온 거래요."

처음 듣는 이야기에 귀를 쫑긋 세웠다. 서문희의 훼방으로 일과 관련된 데 철저히 배제되었던 탓에 들을 수 있는 뒷이야기들이 많이 없었다.

"AR그룹 윤상중 명예 회장하고 사장님의 아버님, 그러니까 도련님 할아버지가 동향이었나? 그렇대요. 뭐, 그 회장님 집안일을 도와

---

4. KNB펠로우: 국내 재계 인사들로 구성된 국립발레단 후원회.

주셨다던가. 하여튼 그래서 어찌어찌 아들인 사장님한테 무이자로 사업 자금을 대 주셨는데, 사장님이 그걸 홀라당…… 안 좋은 데 써 버리신 거죠."

"술집 차리는 데 쓰일 줄 모르고 빌려줬다는 거야?"

"아마도 그렇겠죠? 거기다 보통 술집이 아니었으니까요. 도련님께는 다 설명하기 좀 그렇지만, 아무튼 나랏일과 관계가 있어서 사정이 좀 복잡한 곳이었어요. 물론 그 덕에 사장님이 이렇게 자리 잘 잡고 떵떵거리면서 살게 되셨지만…… 아무래도 보기는 좀 그렇죠."

조동수가 순한 얼굴을 긁적이며 말을 늘어놓았다. 속도 없는지 어린 나한테도 꼬박꼬박 존댓말이었다. 부친부터 자신까지 거두어 준 은혜가 있고, 도련님을 모시는 조건으로 여기 들어오게 되었으니 나에게 잘해야 하는 건 당연하다면서. 심지어 자기가 학교에 가 있는 동안 내가 서문희나 아버지에게 무방비하게 노출되는 걸 상당히 걱정하고 또 미안해했다. 꼴에.

"완전히 헛꿈 꾸고 있었네, 아버지."

"그래도 이번엔 그쪽이 심했어요. 누가 사장님이 하는 회사가 뭐 하는 곳이냐고 물어봤는데, 윤의택 회장이 공개적인 자리에서 알 필요도 없다고 무시를 했대요."

"그런 무시야 늘 있던 일 아니었어?"

"윤의택 회장이 직접 말을 한 적은 없었죠. 근데 무서운 건요, 윤 회장이 그 말을 하니까 진짜로 사장님한테 연락을 다 끊더래요. 알짱거리는 사람도 아무도 없고요. 알고 지내던 정치인들이야 신경 쓰지 말라고 한다지만, 그 양반들은 원래 여기저기 그런 식으로 다리 걸치니 그렇다 치더라도……."

AR그룹에 대한 아버지의 집착은 무서울 정도였다. 매시간 쉬지 않고 그들과 자신을 비교했다.

사실 이런 식으로 거절당한 것이 처음은 아니었다. 골프 클럽, 회원제 풀빌라 리조트, 고급 스포츠 사교 모임……. 아버지가 아무리 돈이 많아도 발 들일 수 없는 계급의 격차라는 게 분명히 존재했다. 그럼 포기하면 좋을 텐데, 꾸역꾸역 그 세계로 끊임없이 진입하려고 드니 이런 사달이 벌어지는 거였다.

"그냥, 아버진 서문희랑 진태준이랑 돈이나 펑펑 쓰면서 지지고 볶고 사는 게 행복했을 거야."

분수라는 걸 모르고 괜한 욕심을 내서, 또 괜히 어머니를 만나서, 왜 나를 낳아서…….

"왜 그런 소릴 하세요."

됐으니 가져가라며 얼음주머니를 떨구어 냈다. 녹기 시작한 얼음 때문에 얼굴이 한가득 젖어 있었다. 나는 눈을 감았다. 이제 이런 일 정도로는 꼴사납게 눈물이 나지도, 또 놀랍지도 않았다. 다행이었다.

♟

"왜 우리 태준이는 떨어진 건데!"

"그걸 내가 어떻게 알아? 국회의원 딸내미도 추첨 떨어지면 끝이라는데."

"그걸 말이라고 해? 성공하겠다고 처자식 내버리고 다른 년이랑 식까지 올렸으면 그 정도 힘은 써 봐야 할 것 아냐!"

"야, 서문희! 내가 작작 하라고 했어, 안 했어!"

집어 먹으려던 반찬의 그릇이 날아갔다. 저거, 서문희가 본인이 태어난 연도에 만들어진 접시라며 호들갑 떨면서 장식장에 진열했던 건데.

젓가락을 놀릴 새도 없이 상 위의 접시 절반이 쓸려 나갔다. 나는
결국 밥 먹는 것을 포기했다. 진태준 저 병신은 자기 일인데도 멀거
니 싸움을 관망하다 이내 재미없어졌는지 백화점에서 보내 준 잡지
만 들여다보고 있었다. 또 쓸데없는 걸 사 오겠지. 나에게 저 돈을
준다면 훨씬 더 가치 있게 쓸 텐데. 저런 식으로밖에 돈을 못 쓰니까
사람들이 무시하는 걸 왜 모를까.

예를 들면 이런 거다. 저 여자는 바로 며칠 전에도 고급 브랜드 매
장에서 식사와 쇼핑을 하면서 온갖 난리를 부렸다. 쇼룸에 앉아 몇
만 원짜리 샌드위치를 먹으며 컬렉션을 하나하나 설명 듣는 게, 그
렇게나 중요한 걸까?

서문희가 룩북이 어쩌고저쩌고 뭐가 어쩌고저쩌고하며 유세를 떨
어 대는 동안, 급하게 들어와 스카프 몇 장을 집어 간 할머니에게 점
원이 훨씬 더 깍듯하게 고개를 숙였던 사실은 몰랐을 거다. 그 할머
니에겐 거기가 동네 슈퍼만큼 쉬운 곳이었겠지.

아버지고 저 여자고 원래부터 돈이 많은 사람인 척 굴려고 노력했
지만 이런 결정적인 것들에서 결국 싸구려인 티가 났다.

"그까짓 거 돈만 있으면 다 붙는다는데! 나 이제 쪽팔려서 어떻게
나가라고! 자주 가는 곳마다 우리 태준이 사립 중학교 붙을 거라고
다 말해 놨는데!"

"태준이는 운이 좀 안 좋았지만 그래도 태성이는 붙었잖아. 그러
니까……."

"뭐? 지금 그걸 말이라고 해? 저 새끼가 내 애 아닌 걸 이 바닥에
서 모르는 사람이 있어? 말 좀 해 봐! 있어, 없어?"

서문희가 눈을 까뒤집었다. 불쌍하게도 발작이 날이 갈수록 심해

지는 것 같았다.

"AR그룹 같은 회사를 만들겠다고? 개풀 뜯어 먹는 소리 하네!"

"이게 좋게 해 주려고 해도 말이 안 통하네? 아줌마, 사람 좀 불러요. 빨리!"

밖에서 눈치를 보던 아줌마가 밖에 선 아저씨들을 부르러 나갔다. 곧 험악한 얼굴을 한 남자들이 우르르 몰려와 서문희를 질질 끌고 갔다. 고래고래 소리를 지르는 입에서 거품과 침이 뚝뚝 떨어졌다.

"저 미친년이 진짜 보자 보자 하니까……."

허리에 손을 짚은 채 한숨을 들이쉬던 아버지와 눈이 마주쳤다. 평소였으면 분위기 파악 못 한다고, 안 꺼지냐고 당장 손이 날아왔겠지만, 오늘만큼은 아버지의 눈매가 부드러웠다.

"알아봤는데 입학 선서 네가 한다더라."

"선서요?"

"그래. 가서도 공부 잘해야 해. 고등학교도 뭐더라? 민사고? 외고? 뭐 이런 거로 알아보고."

발에 치이는 그릇과 음식물 찌꺼기를 밀어내며 아버지가 한숨을 쉬었다.

"윤기현이가 미국 가 버려서 아쉽다. 한국에 있었으면 걔도 너랑 같은 중학교 다녔을 텐데."

가까워질 수 있는 절호의 기회였는데 아깝게 됐다며 아버지가 혀를 찼다.

윤기현. 몇 년 사이 지겨울 정도로 자주 듣는 이름이었다. 아버지는 여전했다. 매일 AR그룹을 욕하면서도 가까워지지 못해 안달이었다. 선망과 질투 섞인 욕설의 끝은 항상 너희들이 윤기현과 친해져야 어떻게 뭘 해 볼 수 있을 텐데, 였다. 도대체가 지치지를 않는 집착이었다.

"있어 봐라. 내가 조만간 너랑 윤소형이랑 엮을 자리 꼭 하나 만들어 볼 테니까."

나는 헛기침을 하는 척 손등으로 입을 가렸다. 농담이 아니라 이젠 그 이름만 들으면 속이 메슥거렸다. 아버지는 윤소형, 그러니까 윤기현의 막내 누나와 날 결혼시킬 거라고 했다. 물론 아버지만의 생각이다. AR그룹에선 우리 집 따위는 안중에도 없을 테니까.

아버지는 늘 그렇듯 공부 열심히 하라고, 그래야 우리 집안도 AR 그룹처럼 될 수 있다며 어깨를 툭툭 쳤다. 그러곤 곧장 어딘가로 전화를 걸었는데, 조금 전과는 달리 목소리가 무척 상냥했다. 새로운 여자인 것 같았다. 아버지의 목소리가 멀어질 때까지 멀거니 그쪽을 바라보던 나는 고개를 돌리고 마저 밥을 밀어 넣었다.

"징그러운 새끼."

이때다 싶었는지 진태준이 끼어들었다. 얼마나 험하게 읽었는지 잡지 모서리가 다 해져서 팔랑팔랑 나부끼고 있었다.

"너처럼 독하고 징그럽고……."

진태준이 뭐라고 계속 말을 늘어놓긴 했지만, 아버지의 독설과 매타작도 아무렇지 않게 견디는 난데 저런 모자란 놈이 지껄이는 말이 생채기라도 남길 수 있을 리 없었다.

"넌 네가 잘난 것 같지? 사람들 다 너 징그러워해. 그리고—"

"시비를 걸려면 제대로 걸든가. 넌 할 말이 그것밖에 없냐, 병신아?"

"뭐? 야!"

진태준이 벌떡 일어났다. 식탁을 박차고 일어난 덕분에 간신히 버티고 있던 나머지 반찬들이 다 흐트러졌다. 오늘은 밥 먹긴 글렀나 보다. 나는 젓가락을 내려놓았다.

좀 더 어릴 땐 저 징그럽다는 말이 돌처럼 마음에 쌓이던 때도 있었다. 그림같이 예쁜, 이라는 건 동화에서나 통하는 말이었다. 대부분 나를 보면 무서워했다. 너무 인형 같아서 사람이란 느낌이 안 나요. 내 눈을 똑바로 바라보면서 다들 그랬다. 아니면 신기하다고 자꾸 만져 보려고 하거나. 어떤 반응이든 나에겐 전부 스트레스였다.

하지만 요즘은 무시무시하다는 이 얼굴이 결국 나의 가장 큰 장점이라는 걸 깨닫게 되어서 그냥저냥 적응해 보려고 노력하는 중이다. 적어도 나에게 해로운 요소라면 서문희가 그렇게 얼굴을 가지고 사사건건 트집을 잡지 않았겠지.

"너 내가 실제론 몇 살인 줄 알고 까부냐? 어?"

"내가 너라면 그 나일 먹고도 말하는 수준이 그 정도밖에 안 되는 걸 쪽팔려 했을 것 같은데."

"너, 이 씨발! 뭐라고 했어?"

"사고 싶은 건 정했고? 그럼 그 전에 서 마담이나 구해 드리지? 그래야 엄마 손잡고 쇼핑 갈 거 아냐."

진태준은 엄마가 어떻게 되든 손 놓고 카탈로그만 보던 자신을 비난하는 걸 알았는지 얼굴이 벌겋게 달아올라서는 그대로 밖으로 나가 버렸다. 더듬더듬 의미 없는 협박을 한차례 더 쏟아부으며 발길질을 해 대는 바람에 엎질러진 접시와 반찬들이 한 번 더 요란한 소리를 냈음은 물론이다.

그간 호적에 오르지도 못했던 진태준은 결국 강제로 나이를 낮추어 나와 열 달 차이인 동갑내기로 위장됐다.

서문희는 내가 다니는 사립 초등학교로 진태준을 밀어 넣으려 애썼지만, 상황이 녹록지 않았다. 원래 전학 대신 편입이라는 말을 쓰고, 그마저도 까다로운 학교였다. 그게 어지간히도 서러웠는지 중학교 입학만큼은 벼르고 있었는데, 어제 있었던 추첨 발표에서 나는 붙고 진태준은 떨어졌다.

초등학교도 사립 출신이라 다른 애들보단 유리할 거라고 짐작은 하고 있었다. 물론 그렇다고 해서 내가 손 놓고 놀았던 것은 아니다. 실제로 합격하기 위해서 다른 애들보다 배의 노력을 해야 했다.

아버지의 매서운 손찌검이나 빈정거림이 유일하게 수그러들 때가 대회에서 큰 상을 받아 왔을 때였다. 맞기 싫어서 공부를 하고, 경시 대회 참가 신청서를 썼다.

대체 어디서 굴러들어 왔는지 모를 저 면상이 싫다며 심심하면 패던 아버지도, 갈수록 내가 내놓는 결과물이 제법 좋아지자 손을 올리는 일이 점점 적어졌다. 어렵고 거창해 보이는 상일수록 용돈이 들어오는 통장의 숫자가 춤을 췄다.

물론 그 돈은 서문희가 눈치챌 수 없도록 들어오는 족족 조동수의 통장으로 돌려놓았다. 혹시라도 조동수가 튀어 버리면 끝이지만 서문희에게 빼앗길 바엔 다른 사람 손에 들어가는 게 나을 것 같아서 얼마 전부터 그렇게 하고 있었다.

처음의 모양을 잃고 흉하게 뭉그러진 음식물 찌꺼기들을 보면서 생각했다. 이대로 있다간 저 쓰레기들처럼 망가질 게 뻔한데, 어떻게 해야 이 거지 같은 집구석에서 벗어날 수 있을지. 뻑뻑한 눈을 비볐다. 아니, 그 이전에 일단은, 좀 자고 싶었다. 편하게 아무 생각 없이 잠들고 싶었다. 제발.

진태준은 여전히 병신이었고, 서문희의 히스테릭은 입원이 필요한 수준이었다. 아버지, 진영복의 광증도 나날이 심해졌다.

AR그룹처럼 되고 싶어 하다가도 그 재수 없는 새끼들 싹 밀어내고 손에 넣을 거라 하고. 하다못해 이젠 아려 미술관을 따라 해서 대원 미술관을 지을 생각이라고 했다. 또, 세계적인 컨설팅 컴퍼니에 자문을 구해 제대로 된 기업의 체계를 갖출 거라 했지만 내가 보기엔 음지에 깔린 자금줄부터 회수하는 게 먼저였다.

그뿐일까. 진영복은 여전히 윗사람들에게 휘둘리고 다녔다. 과거의 불법적인 짓들은 물론이고, 가장 최근에는 어디 시골에다 정신병원이랍시고 하나 지어서 눈엣가시들을 거기서 다 처리해 주고 있었다. 아마 어머니도 그곳에 계시겠지.

만약 나였다면 오히려 그걸 약점으로 삼아서 발목을 잡을 텐데 그저 바보같이 끌려다니기만 했다. 이해할 수가 없었다. 열심히 발길질해도 늘 제자리걸음이고, 들이마시는 건 흙탕물뿐이다. 뭐, 자기 역량이 그거밖에 안 되니 어쩔 수 없는 노릇이긴 했다. 그런데 그 감정의 배설구로 나를 써먹는다는 게 문제였다.

나는 이제 AR그룹, 윤소형이란 이름만 들어도 구토했다. 진지하게 조동수가 가출을 권했다. 여기서 계속 이러고 살다간 도련님 큰일 나겠다고. 단박에 싫다고 했다. 누구 좋으라고 그런 짓을 하나 싶은 마음으로 꾸역꾸역 버텨 왔다.

그런데 점점 한계가 오는 것을 느꼈다. 당장에라도 터질 풍선처럼 안에서 무언가가 자꾸 부풀어 오르고 있었다. 더 환장하겠는 건, 답이 없다는 점이다. 여기서 도망친다고 해서 못 찾아낼 사람들도 아니고. 또, 당장 몸과 마음은 편해질지 몰라도 꿈에서까지 그럴 수는 없을 테니까.

아버지가 때리고, 서문희가 신경을 긁는 것은 이제 아무것도 아니었다. 어느 순간부터 내가 꾸는 꿈은 늘 정해져 있었다. 나는 꿈에서, 제삼자처럼 침대에 누운 나와 어머니를 관찰했다. 머리맡에 앉은 어머니는 내내 울었다.

'태성아, 이래서 사람은 배워야 해. 배운 집의, 교양 있는 그런 좋은 사람 만나야 해. 그래야 엄마처럼 안 살지.'

늘 나를 붙들고 하던 말을 이젠 꿈에서도 계속했다. 지치지도 않고 날마다 중얼거리는 어머니에게 진저리를 치며 꿈에서 깨면 잠든 지 한 시간도 채 지나질 않았다.

복수라도 하는 것 같았다. 없어졌다는데 찾지도 않고 가만히 사는 나에게 화라도 내고 싶은 모양이었다. 매일이, 그런 밤이었다. 어김없이 아래층에선 뭔가가 깨지고 엎어지고 있었다. 서문희의 비명이 고막을 찔렀다. 미칠 것 같았다. 또 울컥 토기가 치밀었다.

+ ♟ +

민사고 진학을 진지하게 고민했던 것은 기숙학교였기 때문이다. 합법적으로 떨어져 살 좋은 기회. 그러나 진영복이 반대했다. 민사고에서는 AR그룹은 물론이고 다른 재벌가 자제들을 찾아보기 어렵다는 점에서였다. 오직 그 이유……. 나는 할 말을 잃었다.

오늘 상담에서도 과고든 외고든 내가 원하는 곳은 어디든 갈 수 있을 거란 담임의 말에 그는 흡족해하면서도, 주소를 옮겨서라도 경복고로 보낼 생각이라고 했다. 담임이 당황한 얼굴로 계속 진심이시냐고 물었다. 나는 한심하고 부끄러워서 입을 다물고 있었다. 이 정도면 종교고 맹신이었다.

"어머, 우리 태성이 이제 남자 다 됐다."

씨발. 절로 미간이 찌푸려졌다. 진영복이 하도 지랄을 해 놔서 이제 약은 안 빨았지만, 서문희가 부리던 여자들은 이렇게 가끔 집에 대대적으로 모이곤 했다. 물론 나 이렇게 잘살고 있다 과시하고 싶은 서문희의 부름일 터였다. 약만 안 하면 술을 마시든 뭘 하든 진영복도 뭐라고 하지 않아서인지 점점 모이는 횟수가 잦아지는 것도 같았다.

"쪼그말 땐 마냥 이쁘고 그랬는데. 벌써 이렇게 키가 큰 거야? 몸도 좋고…… 어쩜, 이젠 진짜 남자 같다."

술에 취해 잔뜩 꼬인 발음으로 얼굴이며 어깨를 쓰는 손길이 진짜 손님을 대하는 투였다. 몸에 벌레가 기어가는 것 같은 느낌이었다. 더러워서 바로 쳐 냈더니 좋다고 깔깔대며 웃었다. 부끄러워한다고.

미친. 술 처마셨으면 잠이나 자든가. 속으로 혀를 차고 계단으로 올라가려는데 아까 그 미친년이 입맛을 다시며 자꾸 달라붙었다.

"태성아, 원래 이런 건 누나들한테 배우는 거야. 오나니도 이젠 좀 질리잖아, 응?"

순간적으로 오나니가 뭘 말하는 건지 헷갈렸었는데, 엄지와 검지를 동그랗게 말고, 다른 손 검지로 쑤시는 동작을 하는 걸 보고 섹스나 자위 같은 걸 말하는구나 짐작했다.

"언니도 다 늙어서 주책이유. 얼른 와서 술이나 마저 자셔. 태성아, 넌 올라가."

"왜, 어차피 쟤는 팔려 갈 앤데 여자들이 뭘 좋아하는지 알아야 가서 소박 안 당하고 살지."

마찬가지로 잔뜩 술에 취해 구석에 구겨져 있던 서문희가 좋다고 낄낄거렸다.

"사장님 꿈이 태성이는 AR그룹 딸내미랑 결혼시키는 거라더니 아
직도 그래?"

"그럼, 그럼. 왜, 경마할 때도 씨받이 말 따로 두잖아. 쟤가 딱 그
거야."

"씨받이? 에이, 언니! 태성인 씨내리지."

"아니지. 씨야 쟤가 뿌려 줄지 몰라도 결국 그 집안 족보 받으러
가는 건데, 결국 그게 씨받이지 뭐야."

문희 언니 비유 좀 보라며 여자들이 숨넘어가게 웃었다. 나는 주
먹을 쥐었다 폈다 하며 숨을 골랐다. 간신히 잘 버티던 몸속의 시한
폭탄이 카운트를 세는 것 같았다.

"그럼 누나가 씨 받는 법 좀 알려 줘야겠다, 그치? 어쩜 얼굴도 뽀
얘 가지고…… 어머. 피부 반들반들한 것 좀 봐."

"손대지 마."

"어린애들은 이래서 귀엽다니까. 풋풋해서, 응? 태성아."

"걸레 냄새나니까 손대지 말라고."

참으려고. 끝까지 참아 보려고. 말 섞고 소리 높여 봤자 결국 우스
워지는 건 나니까 그냥 무시하려고 했는데 툭, 말이 튀어나왔다. 엉
겨 붙으며 주책을 떨던 여자가 어머, 하고 말끝을 흐리며 겸연쩍은
지 손을 거두었다.

"창녀면 창녀답게 주제 파악하고 살 것이지, 어디서 자꾸……!"

처음에는 저 사람들도 사연이 있겠거니 생각했다. 빚 때문에 넘어
왔거나 피치 못할 사정이 있었을지도 모른다고. 순진한 생각이었다.
진짜 빚 때문에 몸 파는 여자들은 바로 빡촌으로 팔려 갔지, 서문희
가 마담으로 있는 그런 종류의 술집으론 안 빠졌다.

힘 있는 사람들이 눈치 안 보고 원하는 모든 취향을 실현해 볼 수 있

는 그런 비싼 술집. 불쌍하게 생각할 필요도 없었다. 처음부터 그런 사람들인 거다. 편하게 돈 벌려고 제 몸 내돌리는 데 주저함이 없었던.

"뭐? 너 지금 뭐라고 했어? 걸레 냄새?"

서문희가 휘청거리며 일어났다. 술을 얼마나 마셨는지 눈에 초점이 나가 있었다.

"걸레를 걸레라고 하고, 창녀를 창녀라고 했을 뿐인데. 왜, 뭐 문제 되는 거라도 있어?"

"와. 너 미쳤냐? 내가 곱게 받아 주고 키워 주니까 이제 뵈는 게 없어?"

어쩌면 이렇게 자기 아들과 말하는 수준이 똑같을까.

"아버지 돈 갚아먹으면서 사는 주제에 날 안 받아 주면 어쩔 건데, 당신이."

잔뜩 흐트러진 앞머리에 허옇게 굳은 것이 매달려 있었다. 다른 남자의 정액일 게 뻔했다. 역겨웠다.

"손님 모셔올 수 있으면 후장까지 다 까는 것도 아무렇지 않아 했다며. A그룹 손자가 자기 아빠한테 들었다던데? 그래서 나나 진태준이랑은 절대 어울리지 말랬다고."

나의 신랄한 말에 사람들이 서문희의 눈치를 봤다. 당사자도 멍한 얼굴이었다. 어쩌면 다른 누구도 아니고 A그룹 손자가 저런 이야기를 했다는 데 충격받은 걸 수도 있다. 며칠 전에 A그룹의 며느리와 요리 학원에서 말을 트게 됐다며 자랑을 했으니까. 결국, 그쪽 세계에서 서문희 정도야 가지고 노는 가십거리, 한물간 창녀일 뿐이었다.

언제나 무시로 일관하던 내가 처음으로 대든 것에 놀랐는지, 아니면 그 말의 내용에 충격을 받은 것인지. 서문희는 잠시 그대로 멀거니 굳어 있었다. 그 꼴을 보고 있자니 제대로 잠을 이루지 못해 무거웠던 머리가 아주 잠깐이나마 개운해지는 기분이었다.

"야. 벤 안에 연장 있지."

"연장은 왜…… 알았어."

벌거벗은 꼴을 한 여자가 눈치를 보더니 화급히 밖으로 달려 나갔다. 진영복과 싸울 때처럼 게거품을 무는 건 아니었지만 내가 본 것 중 가장 맛이 간 눈이었다. 서문희도 이렇게 인생이 개같이 꼬이게 된 사정이 있을지도 모른다. 그러나 그것까지 내가 헤아려 줄 이유는 없었다. 그러기엔 나 또한 충분히 지치고 고달픈 삶이었다. 지금 난, 고작 중학교를 졸업할 나이인데.

혀를 차고 계단으로 올라가려는데 서문희가 뭐라고 괴성을 지르면서 나에게 달려들었다. 술을 마셔서인지, 미친년이어서인지 힘이 대단했다. 몇 번을 내동댕이쳐도 지치지도 않고 달려들었다.

"언니!"

"너 그거 불에 달궈 오고, 넌 와서 애 잡아."

"어, 언니…… 그래도 연장이라니. 이건 아닌 것 같아…….."

"이 좆같은 것들이, 어? 사람 알기를 무슨 개잡년으로 보고!"

이미 서문희는 아무 말도 안 들리는 것 같았다. 무슨 일이냐며 안으로 들어온 경호원들이 난장판이 된 꼴을 보고 당혹스러워했다.

"어어, 너희 잘 왔다. 얼른 이 새끼 좀 붙들어 봐."

"이게 대체 무슨…….."

"염병할, 야! 너네도 나 무시하냐? 내가 이 집 사모님이야! 내가, 어? 서 마담이 아니라 서 여사라고! 당장 내 말 안 들어?! 다 잘리고 싶어?"

"미친…… 이거 안 놔?"

서문희의 발악에 떡대들이 일단은 내 어깨를 붙들어 맸다. 성인 남자 셋이 눌러 대니 빠져나갈 수가 없었다. 놓으라고 몸부림을 치려는데, 서문희가 갑자기 내 바지 지퍼에 손을 댔다.

"미친, 뭐 하는 짓이야!"

황당해서 말이 안 나왔다. 놀라서 몸을 마구 비틀었지만, 경호원들이 단단하게 붙들고 있어서 소용이 없었다.

"저, 사모님. 아무리 그래도 이건 좀……."

"버릇없이 굴면 오빠가 이 새끼 어떻게 패는지 못 봤어? 나도 똑같은 거야. 주제를 모르고 설쳐 대는 걸 부모가 되어서 어떻게 그냥 보고 있어?"

억척스러운 손이 바지와 속옷을 끌어 내리려고 했다. 몸을 비틀어 발로 걷어차자 그대로 나가떨어졌던 서문희는 좀비처럼 벌떡 일어나 달려들었다. 내 뺨을 내려치는 손길이 매서웠다. 물론 진영복보다 아프진 않았지만, 그것보다 훨씬 더 모욕적이었다.

"야, 와서 애 이거 벗겨 봐. 미친 새끼가 진짜……."

서문희가 아까 그 늙은 창녀를 불렀다. 눈치를 보면서 여자 몇 명이 내 다리를 붙들어 맸다. 속옷을 벗기는 여자의 얼굴이 발갛게 달아오른 게, 진짜 내 걸 빨고 싶은 것 같은 얼굴이었다. 구역질이 일었다.

"가게에 꼭 주제를 모르고 너같이 구는 년들이 있었어. 그때마다 내가 궁둥이 까 놓고 이걸 새겨 줬었지. 주제 파악하고 방뎅짝이나 잘 흔들라고."

무슨 쇠꼬챙이 같은 걸 들고서 서문희가 가래침을 아무렇게나 뱉었다. 가까이 올수록 뜨거운 열기가 훅 끼쳤다.

"그 연장을 너한테 쓰게 될 줄은 몰랐는데 말이야."

설마……. 그게 뭐냐고 묻기도 전에 달구어진 쇠꼬챙이가 단번에 배 아래를 습격했다.

"이, 미친, 뭘 하는, 거야!"

"사모님! 이건 안 됩니다, 어서 치우세요! 야, 빨리 애들 불러와서 말려!"

아버지에게 얻어맞을 때와는 전혀 다른, 강렬한 아픔이었다. 예민한 성기 바로 위로 꽂힌 불덩이가 온몸의 혈관을 타고 넘실거렸다. 몸이 굳고 절로 허리가 꺾였다. 살이 타는 누린내가 진동했다. 경호원들은 서문희를 뜯어내려다 혹시 내가 다칠까 봐 어쩌지도 못하고 발만 동동 굴렀다.

"잘 찍혔네."

서문희가 반쯤 돌아간 눈을 희번덕거리며 웃었다. 내장 안쪽까지 찌를 기세로 세게 살을 누르던 쇠꼬챙이가 천천히 떨어져 나갔다. 그슬린 음모 끄트머리에서 타닥타닥 튀는 소리가 났다.

"고작 좆질이나 하러 팔려 갈 새끼가 뭐? 창녀? 걸레? 야, 너랑 내가 다를 게 뭔데."

몸이 부들부들 떨렸다. 허리 아래로 감각이 없을 정도로 뜨끈한 와중에도, 서문희에게. 고작 저 여자에게 이런 취급을 당하는 지금이 견딜 수 없을 정도로 화가 났다. 떨군 고개 아래 축 늘어진 자지와 불알이 볼품없이 덜렁거렸다. 지져진 부위에서는 뭉글뭉글 검은 피가 솟아났다.

"콧대 세우고 다니던 년들이 엎어질 때 이 흔적이 보이면 높으신 분들도 다들 뻑이 가더라고. 왜, 네놈 마누라도 그럴지 모르잖아?"

무슨 글자인지는 눈에 들어오질 않았다. 머리가, 터질 것 같았다.

"이게 무슨 냄새…… 도련님!"

멀리서 조동수가 비명을 질렀다. 몸이 흔들거렸다. 점점 정신이 아득해졌다. 누군가에게 아슬아슬하게 붙들린 채로 속을 게워 냈다. 다릴 붙잡고 있던 여자들이 기겁하며 물러났다. 자고 싶었다. 그대로 깨기 싫었다. 하나같이 버겁고 좆같은 일투성이었다.

+ ♟ +

"괜찮으세요?"

눈이 팽팽 돌았다. 조동수가 물과 약을 건넸다. 일단은 주는 대로 받아 삼키고, 마셨다. 입이 깔깔했다.

"저 여자 진짜 미친 것 같아요. 어떻게 이런 짓을⋯⋯."

몸을 일으키자 피가 벌겋게 번진 거즈가 눈에 들어왔다. 어설프게 얼기설기 붙인 테이프를 보니 조동수 솜씨일 게 뻔했다. 그럼 주치의도 안 불렀단 소린데⋯⋯. 자기가 저지르고도 뒤늦게 겁이 났는지 서문희는 이대로 조용히 묻어 둘 심산인 것 같았다.

"떼시면 안 돼요!"

검게 굳은 피. 상처에 달라붙은 거즈가 찌적 소리를 내며 떨어졌다. 조동수가 발을 동동 굴렀다. 너덜거리는 거즈를 아무렇게나 내던지고 방과 연결된 화장실 문을 열었다. 머리가 띵해서 잠시 세면대를 붙잡고 눈을 감고 있었다.

뻑뻑한 눈을 천천히 들었다. 빛이 번져 그런지 온통 새하얗고, 시커멨다. 그러다 천천히 색깔이 덧입혀졌다. 피와 재가 뭉개진 가운데, 조그만 글자가 눈에 들어왔다. 한 글자였고, 한자인 것 같았으나 자세히 보이질 않았다. 속옷을 아슬아슬하게 끌어 내리고 거울 가까이 다가갔다. 그런데⋯⋯.

"씨발⋯⋯."

나는 눈을 비볐다. 내가 알고 있는 그 글자가 맞는가 싶어서 몸을 바싹 기울였다. 믿을 수가 없었다. 세면대를 쥔 손에 힘이 잔뜩 들어가 끝이 새하얗게 질려 버렸다. 온몸이 덜덜 떨렸다.

婢(비). 노비 할 때 그, 계집종에게 쓰는 그, 비(婢)였다. 기가 막혀서 허, 하고 바람 빠지는 소리만 내던 나는 문득 미친 사람처럼 서랍장을 다 뒤지기 시작했다. 칼……. 면도칼 같은 것도 없다.

"씨발!"

손에 집히는 것마다 쓸모없어 다 내던져 버렸다. 그렇게 비웃었건만, 진영복의 저급한 유전자는 어디 가지 않는 모양이었다.

"도련님? 무슨 일 있으세요?"

목 끝까지 숨이 차올랐다. 씩씩대며 서랍장의 물건을 다 쓸어 내고 있는데, 세면대 위쪽에 놓인 묵직한 초가 눈에 들어왔다. 서문희가, 그 미친년이 고급 호텔 스파에서 쓰는 캔들 운운하며 특별 주문했다고 했던 거였다. 나는 촛대의 장식대까지 통째로 들어 거울로 내쳤다.

"도련님!"

거울이 깨지는 소리에 뒤늦게 조동수가 달려오는 듯했다. 나는 조각난 파편을 손으로 마구 헤집었다. 간신히 쥔 유리 조각으로 그 끔찍한 낙인을 힘껏 긁었다. 신경이 미쳐 날뛰는 것 같았다. 쇠꼬챙이로 살을 지져 댈 때보다 아픈데도, 이상하게 아무 느낌이 없었다. 감각과 감정이 완전히 분리된 기분이었다.

"도, 도련님!"

문을 연 조동수가 기겁했다. 괴기한 광경에 어떻게 하지도 못하고 충격을 받은 듯 입을 쩍 벌리고 서 있었다. 글자의 흔적도 찾을 수 없을 정도로 몸에 난도질해 대고 나서야 현기증이 몰려왔다. 바닥에 손을 털어 유리 조각을 떼어 내고, 손을 씻었다. 조각나 부서진 거울에도 섬뜩하게 핏물이 고여 있었다.

"조동수. 진영복이 예전에 사업할 때 밑에 부리던 사람들이랑, 아 직도 알고 지낸다고 했지."

그래도 적어도, 남들 앞에선 꼬박꼬박 아버지라고 불렀었다. 속으 로야 어떻게 부르든. 적나라한 호칭에 움찔 어깨를 떨던 조동수가 고개를 끄덕였다.

"내가 준 돈도 있지?"

"따로 빼 두신 거요?"

"그걸로 사람들 좀 모아 봐."

"예? 뭘 하시려고……."

"그래 봤자 소소한 금액인 거 알아. 지금 당장 뭘 어쩌려는 건 아 니고, 일단 계속 잘 지내봐. 지금도 진영복이 주는 시시껄렁한 일들 있을 거 아냐. 그거 처리할 때 그 사람들 같이 끼워 넣으면서 따로 돈 좀 뿌려 줘."

내가 또 무슨 짓을 할지 모르겠는지 조동수는 무조건 알겠으니 제 발 약 좀 바르자고, 이러다간 진짜 큰일 날 거라고 벌벌 떨었다. 무 조건 시키는 대로 하겠다고 또 한차례 다짐을 받고서야 침대로 걸음 을 옮겼다.

환부로 소독약을 들이부을 땐 너무 아파서 잠깐 눈이 뜨였다가 다 시 또 모든 게 희미해졌다. 머리맡에 앉아 있는 게 조동수인지, 어머 니인지. 이제 지금이 꿈인지, 실제인지도 구별이 안 되기 시작했다.

+ ♟ +

진태준은 여전히 빌빌거렸고, 진영복과 서문희의 광기는 극에 달하고 있었다. 안쓰러울 정도로 상류 사회로의 진입을 소망하면서도 온갖 천박한 짓거리는 다 하고 다녔다. 출신 성분이란 말을 그리 좋아하지 않는 나였는데, 저 인간들 하는 짓을 보면 믿을 수밖에 없었다. 그리고 그 안에서 나도 조용히 미쳐 가고 있었다.

애초부터 진영복이 문제였다. 정말 격을 바꾸고 싶었다면 어머니를 그런 식으로 버려선 안 됐다. 마음 편하게 살고 싶었다면 처음부터 서문희와 살았으면 될 일이었다. 욕심은 과하고, 능력은 부족하고. 그런 주제에 다 가지려고 드니 이 꼴이 난 거다. 온갖 추악한 감정과 분노가 뭔지 깨닫게 해 준 건 서문희 그 미친년이었지만 가장 한심한 건 역시 진영복이었다.

나는 조용히 반란을 준비하고 있었다. 조동수를 통해 뒤에서 구린 일을 해 줄 사람들을 꾸준히 포섭해 두고, 돈줄을 확보했다.

하지만 회사원 연봉 수준의 용돈이 꽂힌다고 해도 한계가 있었다. 그래서 조동수가 모은 사람들을 시켜 밑바닥 일수부터 시작해 봤다. 서문희 발을 핥아 주러 드나드는 창녀가 하는 이야기를 슬쩍 듣고 시도해 보기로 한 거지만, 거창한 금액을 바랐던 건 아니었다. 코 묻은 돈 이자로 받아 봤자 뭐가 남을까 싶어서. 그냥, 그간 돈으로 모은 사람들을 얼마나 움직일 수 있을까 시험해 보려는 마음이 더 컸다.

그런데 기대 이상이었다. 소문을 듣고 사람들이 찾아오고, 그걸로 채권을 사고, 또 사람들이 오고…… 돈이 돈을 불렀다. 통장에서는 피 냄새가 마를 날이 없었다. 생각보다 쉬웠다.

부리는 사람은 다양했다. 진영복의 옛 사업에 얽혔던 사람들이나, 어디서 구르던 양아치들이나, 약을 들여오는 사람들이나…… 한 번은 조동수가 그들과 만나는 자리를 마련해 주기도 했다. 물주이자 고용주가 이런 어린애라는 걸 알면 우습게 여길 것 같아서 망설였는데, 오히려 반응이 좋았다.

몇 년을 자기들과 부대꼈던 성실하고 착한 조동수보다, 내가 대원 실업의 아들이란 말에 눈에 띄게 안심하는 얼굴이었다. 그들은 돈의 원천이 확실해지자 더욱 충성을 맹세했다. 한때 뒷골목에서 이름 높던 대원의 아들이 뒷배가 되어 준다는 이유로, 시시한 양아치들과는 다르다는 자부심마저 느끼는 것 같았다. 그때 처음으로 왜 사람들이 핏줄에 집착하는지를 실감할 수 있었다.

적당히 성적을 유지하며 진영복의 미움을 사지도, 또 서문희의 견제를 받지 않으면서 사람들을 부려 자금을 확보하는 일에 골몰하기 시작했다.

견딜 수 없을 때도 있었다. 참다못해 한두 번 무릎이 꺾일 뻔했지만, 그래도 어떻게든 살아남았다. 끝까지 참지 못했다가 배 아래 무슨 굴욕이 찍혀야 했는지를 떠올리며, 전부 다 견뎌 냈다. 아직도 진영복과 서문희를 바닥으로 끌어내리지 못했다는 그 이유 하나가 나를 살게 했다.

그렇게 스무 살을 맞았다. 진태준은 도피 유학을 결정했고, 나는 적당한 명문대에 이름을 올렸다. 서문희는 진태준의 유학길보다는 내 성적으로 서울대에 합격할 수 있는지 없는지 알아보느라 정신이 없었다.

성인이 되자마자 좀 더 크게 판을 벌여 보기로 했다. 가장 만만한 게 연예 쪽 사업이었다. 나에게 손해일 게 하나도 없는 분야. 돈의 출처가 어떻든 투자라는 명목으로 세탁할 수 있었고, 만약 손해가 나더라도 사람을 볼모로 삼을 수 있으니 괜찮았다. 내가 알고 지내고 싶은 사람들, 주로 정치인들을 대상으로 잠자리에 연예인들을 밀어 넣을 수 있었으니까. 그래, 바로 지금처럼.

"그쪽에서 사 달라는 건 다 사 줄 테니까 그건 나한테 말할 거 없이 받으면 되고, 돈만 따로 요구 안 하면 됩니다. 이것도 다 신뢰의 문제니까."

예능 프로그램에서 인기를 끌어 한참 주가가 높다던 신인 배우였다. 멍한 눈으로 나를 보다가 눈이 마주치자 놀란 듯 어깨를 움찔 떨었다. 이상하게 낯설지 않은 느낌이 들었다. 몇 살이냐고 물었더니 스물셋이랬다. 보자, 그럼 우리 의원님하고는 마흔 살 차이네.

"삼선 의원이라는데 연예인이랑 자 보는 건 처음이래요. 의외로 순진하시더라고."

신인의 무릎에 손을 짚으며 몸을 숙였다.

"잘할 수 있죠?"

눈높이를 맞추며 은근하게 물었더니 신인 배우가 고개를 세차게 끄덕였다.

"저, 그런데 스폰은 따로 안 하시나 봐요."

"없어요? 원하면 소개해 줄 순 있는데. 대신 나는 조건이 좀 있어요. 아, 돈 떼먹는 건 아니고, 간단한 심부름 하나 해 줘야 합니다."

흠. 이 정도 급이면 누구에게, 얼마나 써먹을 수 있을까.

무슨 수를 써서라도, 아주 사소한 것이라도 상대방의 약점 하나를 반드시 손에 넣어야 했다. 누구든 무릎 꿇릴 수 있는 치부책을 만드는 게 내 목표였다. 아직도 따까리 노릇을 벗어나지 못해 여기저기 질질 끌려다니는 진영복에게서 배운 유일한 것이었다.

"아니, 그게 아니라……."

신인은 조금 부끄러운지 새침하게 머리를 귀 뒤로 넘겼다. 갑지기 왜…… 아. 설마.

"혹시 내가 그쪽 스폰서가 돼 줬으면 좋겠다는 건가?"

"꼭 그렇다…… 기보단……."

아아. 생각해 보니 내가 누군가의 스폰서가 되어서 그 사람들과 구르라고 지시하면, 그게 소모 비용이 더 적게 드는 거 아닌가?

"글쎄, 내가 누구 해 준 적은 없긴 한데…… 음, 그것도 나쁘지 않을 것 같네."

이름이 뭐랬더라. 볼을 툭 치고 고민 좀 해 보겠다고 하자 여자가 천진하게 웃었다. 그제야 생각났다. 그때 서문희가 처음 약을 하다 걸린 날, 진영복에게 대신 흠씬 얻어맞았던 그 어린애와 비슷한 느낌이었다. 그 여자 이름이 뭐였더라. 꽃 이름이었던 것 같은데.

♟

"아, 아아!"

"거 참 시끄럽게. 빨리 뭐라도 물려 봐."

몸이 달았는지 서툰 손가락들이 두서없이 구멍을 헤집었다. 엎드린 남자의 몸이 퍼드덕 튀었다. 다른 한쪽에는 남녀 서넛이 한데 뭉쳐 뒹굴고 있었다. 소돔을 재현이라도 한 것 같은 난교 현장이었다.

그리고 이 세기말을 창시한 장본인인 나는, 지금 몹시 관대한 상태였다. 약을 빨고 질리도록 싸고 나니 졸음이 밀려와 반쯤 비스듬하게 누웠다. 평범한 것들은 더는 나에게 자극을 주지 못했다. 그래서 가끔 이런저런 사람들을 끌어모았다.

돈을 못 받아 가면 죽는 애들, 곧 터질 뉴스를 막아야 할 연예인, 아니면 보통 평범한 사람들…… 딱히 기준은 없었다. 넣고 쌀 수만 있으면 그만이었고, 이렇게 영화 보듯 남들이 흘레붙는 걸 지켜보는 것도 나쁘지 않았다.

단, 여자의 몸엔 반응을 안 했다. 남이 하는 걸 보는 건 상관없었는데 내 몸에 들러붙으면 팍 식다 못해 불쾌해지기까지 했다. 필요하다면 할 수는 있었지만, 그렇게까지 여자를 안을 이유가 없었다. 언제부터 남자하고만 자게 됐는지는 모르겠다. 정신 차리면 그렇게 뒹굴고 있었다. 욕구는 풀고 싶고, 적어도 여자보단 기분 더럽지 않으니 계속 남자만 불러들였다.

"많이…… 세요."

아까부터 내 아래에 달라붙어 있던 남자가 지친 듯 거친 숨을 쉬며 뭐라고 말을 했다.

"뭐라고?"

소리가 잘 들리지 않아 몸을 좀 숙였다. 내 얼굴이 확 가까워지자 좀 놀랐는지, 남자가 목을 큼큼 가다듬고 다시 말했다. 침에 젖은 입술이 번들거렸다.

"생각보다 많이 의외시라고요."

"생각보다, 라. 날 어떻게 생각했었는데?"

묻긴 했지만 딱히 대답을 듣고 싶은 건 아니었다. 음, 이름이 뭐라고 했더라. 하루 내내 여기서 뒹굴었더니 제대로 기억이 나는 게 없었다. 떠오르는 것은 전부 단편적인 것들이었다. 아, 남자와는 경험이 없다고 했다는 건 기억났다. 그래서 처음엔 살짝 꺼려졌던 것도. 그래도 제법 눈치가 빠른 점은 마음에 들었다.

"후……."

괜한 참견을 사죄하듯 남자는 더욱 정성을 다해 내 것을 빨았다. 목구멍을 세게 찔렀는지 컥컥댔지만 이내 능숙하게 다시 자세를 잡았다. 목 깊은 곳, 볼 안쪽을 찔러 대기를 한참, 한 번 더 느릿하게 사정했다.

몇 번째 삼키는 거라 계속되는 비린 맛에 울컥한 듯 입을 바로 틀어막았지만 이내 내 정액을 한 방울이라도 흘릴세라 조심스럽게 전부 삼켰다.

"역시 눈치가 빠르네."

칭찬에 답하듯 말랑말랑한 혀가 귀두를 마저 싹싹 훑었다. 그가 입술을 뗐을 땐 지저분한 사정의 흔적은 온데간데없고 남의 따뜻한 타액으로 적셔진 좆뿐이었다.

몸이 한없이 꺼졌다. 달랑 한 장 걸치고 있는 셔츠마저 귀찮았다. 나른한 오른손을 치켜들자 곁에 선 누군가가 술잔을 쥐어 주었다. 목이 마르긴 했지만 지금 바라는 건 술이 아니었다. 술잔을 쥔 손의 힘을 풀었다. 괜한 심술이었다.

쨍그랑! 잔이 떨어져 깨지는 소리에 뒤에 선 사람들의 몸이 일제히 굳어지는 것이 느껴졌다.

"저런."

귀찮아서 그대로 손을 내밀고 있자 발아래 있던 남자가 무릎걸음으로 기어 와 내 몸 여기저기에 튄 술을 닦아 내고 허전한 손바닥에 코카인이 깔린 얇은 유리판을 놓아 주었다.

"난 이 정도 약은 안 하는데."

"예?"

"의심이 많아서. 대마 정도는 모를까. 왜, 이것도 의외야?"

빤히 쳐다보자 남자가 빨갛게 달아오른 얼굴로 도리질을 쳤다.

"그래, 뭐가 필요하다고 했더라?"

멍하니 내 얼굴을 쳐다보던 남자가 여전히 허전한 내 손가락에 재빨리 담배를 끼워 주었다. 드디어 자신이 원하던 주제가 나온 모양이다.

"꼭 주연을 맡고 싶은 영화가 하나 있습니다."

영화라……. 허연 게 엉겨 붙은 남자의 아랫도리와 얼굴을 천천히 훑었다. 그 말을 듣고 나니 TV에서 본 것 같기도 하고. 음, 그래. 지난 분기 AR전자의 캠페인 모델이었던 것 같다.

"더 필요한 건 없고?"

"더 안 바랍니다."

"착하네."

옆의 테이블을 더듬어 지갑을 열었다. 생각보다 현금이 많았다. 엉망진창이 된 머릿속을 되짚어 보았다. 기부 행사였던가. 뭔가가 있었지.

"이런 건 안 주셔도 괜찮은데…… 감사합니다."

손에 집히는 대로 대충 현금 뭉치를 꺼내 주자 괜찮다고 하면서도 거절은 하지 않았다. 가 보라고 눈짓을 했는데도 할 말이 남은 듯 우물쭈물했다.

"돌려 말하는 거 안 좋아하는데."

"이사님께서 직접 스폰서도…… 해 주신다고 들었습니다."

땀인지 술인지에 절어 셔츠가 자꾸 몸에 감겼다. 어지간히 내 눈에 들고 싶은 모양인지 아직도 무릎을 꿇고 있던 남자가 공손한 손길로 셔츠를 정돈해 주었다.

"해 주기는 하는데."

한 모금 더 빨고 담배를 비벼 껐다.

"저기 쟤들도 내가 스폰 해 줬던 애들인 건 알아?"

타이밍도 좋게 거기요, 하고 아양을 떠는 남자들과 여자들의 뒷구멍 뒤로 수표들이 꽂혔다. 물고 안 놔주는 만큼 돈을 쑤셔 넣어 주겠다는 누군가의 상스러운 말에 더욱 신이 나서 엉덩이를 흔들기 시작했다.

"같이 자든, 심심해서 밥을 같이 먹든. 지금처럼 그날 하루 계산 끝내는 관계면 모를까, 스폰 관계라면 얘기가 달라져. 내 말이라면 무조건 다 들어주는 게 내 조건이라."

'필요하면 여기저기 다 돌리는데. 내가 공사가 좀 다망해서' 하고 덧붙이며 씩 웃었더니 그건 겁이 났는지 죄송하다며 고개를 꾸벅 숙였다.

"언제든 불러 주세요. 꼭 돈이나 배역 문제가 아니어도 괜찮으니까요."

이 바닥에서 얼굴과 재력이 비례 곡선을 그리는 스폰서를 찾기 쉽지 않아서인지 저렇게 먼저 달려드는 애가 꽤 많았다. 여기 부른 애들 전부 험하게 굴리는 가운데, 자기만 얌전히 입이나 뒷구멍만 대게 했으니 착각했던 것도 같고.

"아아. 나도 그러고 싶은데 내가 곧 외국으로 나가서."

눈에 띄게 아쉬워하는 얼굴이었다.

"그럼 들어오시면……."

귀찮아서 고개를 끄덕여 주자 얌전히 물러섰다. 녹진한 알몸으로 뻣뻣한 지폐를 손 가득 쥔 모습이라. 저거 미술사에 많이 나오는 장면이었는데.

"진짜 나가시게요?"

뒤에서 얌전히 노트북이나 두들기던 조동수가 낮은 목소리로 끼어들었다.

"별수 없잖아. 잘 찍혔어?"

힐끗 조동수의 노트북을 들여다보았다. 내장 캠이 난교 현장을 고스란히 기록하고 있었다. 희미하지만 얼굴은 다 식별이 될 정도이니 이거면 됐다.

"그렇긴 한데 영상을 찍고 있다는 게 밝혀지면 신뢰도가 떨어지지 않을까요."

"영상까지 터뜨릴 정도의 일이 닥칠 때쯤엔 내가 이 정도 위치가 아니어야지."

진영복의 표현을 빌리면, 헛짓거리를 하고 있다는 걸 들켰다. 이건 내가 간과하고 있던 부분이기도 했다. 새파랗게 어린놈이 정치판과 연예계 여기저기를 들쑤시고 다니는데, 그게 진영복의 귀에 안 들어갈 리가 없었다.

그나마 다행인 것은 뒤에서 사람들 데리고 돈놀이했던 건 아직 모른다는 거다. 조동수 명의의 통장은 동결 당했지만, 진즉 여러 곳에 분산해 두었던 터라 심각한 타격은 아니었다.

진영복은 허튼짓하지 말고 이참에 유학이나 다녀와서 재단을 맡으라고 했다. 미술관, 장학재단 뭐 이런 것들. NYU가 한국인들이 제법 선호하는 학교긴 했지만, 그런 고려는 안중에도 없었을 거다. 그저 윤기현이 그 대학 나왔으니 가라고 한 거겠지.

어릴 땐 이상하게 생각했었다. 그렇게 아끼는 막내아들이라는데 이 정도로 정보가 없을 수가 있나? 하고. 나야 진태준의 그림자처럼 자라길 바랐으니 진영복이 딱히 드러내고 키우지 않았다지만.

그런데 나이를 먹을수록 윤기현, 그 대단한 AR의 막내아들이 집안에서 얼마나 엄청난 배려를 받으며 살고 있는지 실감하게 된다. 이 세계에서 아무 근심 없이 자기 하고 싶은 일 하면서 살아도 된다는 것. 그 자체로 큰 사랑을 받고 있다는 증거다. 한 번도 본 적이 없는데도 프로필을 줄줄 외우게 된, 이름만 들어도 진절머리가 나는 상대를, 때론 부러워하고 질투하다가 이젠 그 흔적까지 뒤따르게 생겼다.

"잘된 거야. 언제까지 사채나 연예인 포주 노릇이나 하면서 돈 굴릴 순 없으니까. 미술관 하나 차려 놓으면 일단 보기엔 그럴싸해 보일 거고."

✦♟✦

"돈 좀."

어릴 땐 살벌하게 싸우기라도 했지만 크고선 거의 무시로 일관해 왔던 사이다. 게다가 이복형제. 이렇게 새벽에 문을 두드려 찾아와 돈 좀 달라고 할 상대는 결코 아니란 말이다.

"돈은 은행 가서 달라고 해야지."

"장난하는 거 아니야, 새끼야."

"나도 장난하는 거 아닌데."

진태준의 소비는 엄청났다. 현금이 끊이질 않던 집에 딱 한 번 돈이 마른 날이 있었는데, 바로 저 새끼 때문이었다. 그때가 열여덟 살 때였나. 서문희는 어릴 때 하도 없이 살아서 그런 거라며 진태준을 가여워했고, 지금도 진영복 몰래 갖다 바치는 돈만 꽤 되는 것으로 안다. 타국에서 얼마나 고생하겠냐며 애가 끓겠지.

"돈이 없으면 카드를 써."

"있기야 있는데……."

"한도가 막혔으면 본가에 연락하거나 카드사에 연락해. 한밤중에 찾아와서 나한테 지랄하지 말고."

"카드로 될 문제가 아니니까 그렇지! 너 아는 사람들 좀 있다며."

진태준이 소리를 빽 질렀다가 내 눈치를 보며 점점 웅얼거렸다. 아는 사람이라. 직감적으로 어떤 종류의 사람들을 말하는지 알 것 같았다. 내가 언제 망하나 고사라도 지낼 기세인 서문희였으니, 알

고 보니 내가 더러운 술수로 돈을 꽤 모으고 있었노라고 미주알고주
알 다 이야기했을 수도 있겠다.

"그것도 한국에서 있을 때나 이야기지."

"내가 당장 급해서 이것저것 맡기고 돈 좀 가져다 썼는데 찾아올
게 있어서 그래. 부탁 좀 하자."

전당포 같은 걸 말하는 것 같은데. 뭔가 마뜩잖은 구석이 있었다.
진태준이 달라면 가산 다 팔아서라도 돈다발 안겨 줄 서문희인데,
일단 나에게 먼저 와서 연락한다는 것도 그렇고. 상대로부터 무엇을
얻어 낼 수 있을까를 가늠해 보는 것은 이제 내 버릇이 되어 버렸다.

내 서늘한 시선에 식은땀을 닦으며 진태준이 주머니에서 구겨진
메모를 내밀었다.

"여기에서 내 이름 말하고 돈 주면 될 거야."

"얼만데."

"9만 달러."

"얼마라고?"

"9만 달러라니까."

진태준은 왜 자꾸 묻느냐는 듯 아무렇지 않은 얼굴로 다시 한번
말했다. 9만 달러면 거의 억이었다. 한심해하는 내 눈빛을 읽었는지
그제야 주섬주섬 변명거리를 꺼냈다. 어디에서 요트를 빌려서 뭘 했
는데 누구누구가 있었고, 앞으로 내가 회사를 물려받을 예정이니까,
사람의 소셜 포지션이라는 게 있는 건데 창피하게 그건 무리라고 할
순 없었고…….

결국, 다 개소리였다. 애초에 여긴 미국이었다. 진영복이 술장사
와 땅장사로 돈을 쓸어 모았다곤 하나 미국 상류층이나 버블 시절
뉴욕의 알짜배기 땅을 사들인 일본 부자들과는 견줄 수가 없었다.

중국이나 중동 쪽은 말할 것도 없다. 하물며 국내에서도 다른 재벌들에게 자산 순위에서 한참 떨어지는 마당인데, 저 미친 새끼는 아직도 자기 분수를 모르나?

내 쪽으로 슬금슬금 내민 메모의 주소를 얼핏 보니 외지고 음습한 곳이었다. 진태준은 혹시라도 내가 주소를 보고 마음을 돌릴까 싶어 염려됐는지 종이를 슬쩍 구기며 쓸데없는 변명만 계속 늘어놓았다.

"뭘 맡겼는데."

"그냥…… 시계랑 가방이랑 와인이랑 이런저런 거."

"그럼 그건 내가 가져도 되는 거겠지?"

"그래, 당연히 그래야지. 고맙다."

어릴 때부터 물욕이 엄청났던 놈이 아무렇지도 않게 제 물건을 가져도 된다고 할 정도면 상황이 아주 안 좋다는 소리다. 게다가 시계에 가방에 와인…… 온갖 번잡스러운 것들을 닥치는 대로 가져다 넘길 정도로 손에 쥔 게 없단 거고, 심지어 그걸 서문희에게도 알릴 수 없는 상황이란 거겠지.

"좋아."

드디어 떨어진 허락에 진태준이 호들갑을 떨며 어깨를 툭툭 쳤다. 뒤돌아서기 직전 나를 비웃는 듯 입매가 슬쩍 올라갔던 것도 같다. 머저리 같은 새끼. 지금 자기 무덤을 자기가 파고 있다는 것도 모르고서.

메모에 쓰인 주소와 가까워질수록 진태준이 한심해서 헛웃음이 나왔다. 처음 오는 내가 보기에도 뭔가 문제가 많을 곳이라는 게 느껴지는데.

"그 새끼는 대체……."

간판이 군데군데 벗겨져 정체를 알 수 없는 음식점에서 한 블록을 지나자 바로 진태준이 말했던 건물이 있었다.

「뭐야. 연예인?」

계단에서 낡은 신문을 펼치고 위에 이것저것 늘어놓던 노파가 뚱하게 물었다. 중국식 억양이었다.

「그건 아닌데, 최근에 한국인 하나가 여기서 돈 빌려 가지 않았어? 성은 진.」

「아아. 대신 갚아 주려고 왔어?」

「음, 비슷하지만 좀 달라. 나도 그 새끼한테 빚이 있는데 갚을 생각을 안 해서.」

「그래?」

「그런데 내가 그놈을 엿 먹일 방법을 알거든. 그 새끼 빚에 이자까지 쳐서 갚아 줄 테니까, 나한테 약 좀 구해다 줘. 물론 약값은 별도로 지불할게.」

노파가 끌끌 웃다가 가래 섞인 침을 뱉었다.

「대낮에, 이런 데서 그런 이야길 하는 미친놈은 또 처음이네.」

「빨리 말해. 싫으면 다른 사람 찾아봐야 하니까. 나도 시간 없어.」

「고객이 원한다면야. 그런데 벌금이 좀 붙었어. 겁도 없는 새끼가 와인으로 사기를 쳤더라고? 안 그래도 곧 찾아갈 생각이긴 했는데.」

건물 바로 앞의 작은 텃밭 같은 데 낡은 신문지가 한가득했다. 둥그렇게 포장된 어떤 것은 핏물에 절어 있기도 했다. 그게 대체 뭔지 알 것 같았지만 나는 애써 피어오르는 몹쓸 상상력을 눌렀다

「그래서 얼마지?」

「21만 달러.」

진태준에게 들었던 것보다 몇 배는 되는 금액이었다. 누가 거짓말을 하는 건진 모르겠지만, 어차피 내가 갚을 빚은 아니니 상관없었다.

「그런데 넌 누군데 그놈에게 약을 먹이겠다는 거야?」

「이복형제인데 회사를 물려받을 1순위가 그 새끼라서. 참고로 그 새끼 엄마는 미친년이고, 여태 나한테서 뜯어 간 돈도 이미 상당하거든.」

그 정도면 충분히 엿 먹이고 싶어질 이유라며 노파가 고개를 끄덕였다.

「종류는 상관없고. 내가 자주 올 수 없어서 한 번에 충분히 구하고 싶은데.」

「소량이면 당장도 줄 수 있는데 한 번에 많이 사 갈 거면 시간이 좀 더 필요해. 3일 정도? 그럼 그 이자까지 계산해서 31만 달러야.」

씨발, 내가 한국에서 사채 할 때도 이 정도는 안 받았는데. 하지만 일단 지금 아쉬운 건 나니까 알겠다고 고개를 끄덕였다. 노파가 검버섯 가득한 손을 내밀었다. 악수하자는 건가? 손을 맞잡으려 하자 아프게 후려쳤다.

「네놈이 3일 후에 올지 안 올지 어떻게 알아. 시계라도 맡겨.」

……진짜 씨발이었다. 일그러진 얼굴로 시계를 풀어 주자 그제야 노파가 좋은 거래가 되었으면 한다며 대충 손을 맞잡고 흔들어 주었다. 노파의 손에서 썩은 고기의 냄새가 났다.

「오늘 너무 좋았어.」

남자가 뒷구멍에 정액을 길게 매단 채로 가슴팍에 매달려 애교를 떨어 댔다. 에세이 때문에 갤러리에 들렀을 때 알게 된 남자였다. 대뜸 남자와도 가능하냐고 묻는 게 재밌어서 응해 줬는데, 끼를 떠는 게 너무 심해서 점점 질렸다.

이상형 같은 게 있는 건 아니었지만…… 평소엔 담백해도 씹질 할 때 빼지 않는, 그러나 가끔 골 때리는 구석도 있어서 심심하진 않은, 그런 정도가 딱 좋았다.

「돌아가면 한국에서 갤러리 오픈한댔지?」

「아마도.」

조동수가 전달하기로 장학재단은 이미 설립됐고, 미술관은 이제 막 시공에 들어갔다고 했다. 미술관은 재단 산하로 들어갈 예정이라고도.

이사장은 서문희랬나. 미친 소리였지만 그거야 밀어내면 그만이고, 일단 장학재단이나 미술관 이런 걸 손에 쥐는 건 여러모로 편리할 것 같았다. 물론 진영복이 그걸 내 손에 쥐여 주려는 이유는 못마땅했지만, 어쨌든 합법적으로 세금을 안 내고 돈을 굴릴 수 있을 테니까.

「한국은 어떨지 모르지만 조심해. 이번에 록펠러 방계 쪽에서 미술품 경매로 재미 좀 보다가 IRS[5]에 완전히 털렸거든. 당분간 미술품 시장은 계속 주시할 것 같아.」

「IRS?」

「응. 자기는 국적이 다르니 그렇게 심하진 않으려나? 아니야. 그래도 모를 일이다. 앨 커폰[6] 잡은 것도 결국 IRS잖아.」

완전 지독한 새끼들이라며 과장되게 어깨를 들썩였다.

「아무튼…… 그런데 자기, 전화 계속 오는 것 같은데.」

---

5. IRS: Internal Revenue Service. 미국 국세청. 재무부 산하기관이다. 미국 내 세금 징수에 대한 모든 권한을 가지고 있으며 힘이 센 기관 중 하나다.
6. 앨 커폰: 이탈리아계 거물 마피아 알 카포네의 미국식 발음.

「아아. 신경 꺼.」

보나 마나 약 달라는 전화겠지. 진태준을 폐인으로 만드는 데 딱 두 달 걸렸다.

내가 무사히 돌아올 거라고 예상을 못 했는지 놈은 날 다시 본 날, 눈이 휘둥그레졌었다. 그래도 진영복 밑에서 허투루 배우진 않았는지, 노파가 요구하는 걸 다 치를 돈은 대체 어디서 났냐 진지하게 묻기도 했다. 물론 몰래 알아보지 않고 직접 물었다는 점에서 여전히 멍청했지만.

진태준이 약에 관심을 보이게 만드는 건 술수라고 하기도 민망할 정도로 쉬웠다. 노파에게 받은 장물을 꺼내면서 적당량의 약이 든 봉투도 실수로 같이 흘린 척했다. 내가 떨군 수상한 게 무엇일까 궁금해서라도 슬쩍할 게 뻔했고, 그렇다면 당장은 아니더라도 언젠가는 반드시 손을 댈 거라고 생각했다.

소개받지 않는 이상 그런 지독한 곳에서 돈을 빌릴 이유가 없었다. 곁에 지인이라고 있는 것들이 멀쩡한 와인도 가짜라며 날강도처럼 구는 노파를 소개해 줄 정도의 수준이라면, 당연히 약을 발견하면 권하겠지 싶었다.

「참, 자기. 내 친구들이 요즘 한국에 관심 많다던데.」

「그래?」

「응. 주식 시장이 괜찮다고. 근데 북한 뉴스만 터지면 난장판 되잖아. 난 불안하다고 생각했는데, 그렇지도 않은가 봐?」

남자는 불안했는지 내 관심을 끌어 보려 필사적이었다. 시큰둥하게 답을 하다, 불현듯 스쳐 가는 것들이 있었다. 방금까지 머리를 휘저었던 말의 꼬리들을 간신히 붙들었다. IRS, 탈세, 주식…….

「자, 자기? 갑자기 왜 그래?」

잡아채 키스하자, 좋으면서도 당황한 듯 남자는 벌겋게 된 볼을 했다. 허니라는 속 부대끼는 부름도 참고 들어 줄 만했다.

「방금 네가 나에게 엄청난 힌트를 줬어.」

「힌트?」

「그래.」

아무리 어릴 때부터 이런저런 방법으로 굴려 봤자, 당장 진영복을 찍어 누를 정도의 자금력은 부족했다. 그래서 투자도 해 보고 연예인 포주 노릇도 한 거지만, 내가 궁극적으로 바라는 건 돈이 아니었다. 뉴스에 나올 법한 유명한 사람도 결국 내 손에서 벗어날 수 없을 정도의 힘을 갖고 싶었다. 거미줄처럼 촘촘하고 끈끈한 영향력을 원했다.

정치한다는 새끼들 시다바리를 자처하며 수발 다 들어준 이유가 뭔데. 결국 치부책을 완성하기 위해서였다.

그런데 굳이 그럴 것 없이, 해외의 거물들이 내가 없으면 안 된다고 압박을 넣게 되면 훨씬 더 일이 쉬워질 거 아닌가. 어떻게 IRS를 피해 탈세를 할지 골머리 썩는 사람이 많다면, 내가 그걸 도와주면 된다. 불안한 한국 시장을 이용해서.

「우리 자리 좀 만들어 볼까, 한국 시장에 관심 있다는 친구들하고.」

아직 뜨끈한 몸을 은근하게 쓸었다. 엎드린 피부가 기대감으로 얇게 떨리는 게 느껴졌다. 아무리 남자에게 관심이 없다 한들 이 정도의 상을 내려 주는 건 어려운 일이 아니었다.

90년대 들어서야 금융실명제가 도입됐으니 그 이전까지 국내 금융시장은 스위스 못지않은 차명 계좌와 재산 은닉의 장이었다. 당장은 북한, 크게는 미국, 일본, 중국…… 심지어 AR과 같은 대기업까지. 시장을 불안하게 하는 요소가 많아 치고 빠져야 하는 게 도박과 같았지만, 도박과 같다는 건 그만큼 중독시킬 수 있단 소리다.

내가 없는 동안에도 한국에서 착실히 씨를 뿌리고 밭을 갈군 조 실장 덕분에 모든 게 순조로웠다. 미국에 머무르며 손에 꼽는 유명한 가문들과 인연을 만들지 못한 게 아쉬웠지만, 그들이 한낱 동양인 하나만 믿고서 재산 관련한 문제를 맡길 순 없을 테니 이 정도 성과로도 만족하기로 했다.

"어린 친구인데 머리 돌아가는 건 확실합니다. 이번에 제주도에 외국인 투자자들 유치한 것도 다 이 친구 덕분이고요. 귀국한 지 얼마 안 됐는데, 장관님께 인사 좀 올리라고 제가 부랴부랴 불렀습니다."

이제는 내 개가 된 의원 중 한 사람이 술을 따르며 침이 마르도록 내 칭찬을 했다. 집안 대대로 모 대학 총장과 정부 요직에 있었던 장관은 불퉁한 얼굴이었다. 말이 투자지, 결국 사기와 다를 바 없지 않냐면서 툴툴거렸다.

"우리 장관님이 돌려 말하는 걸 좋아하지 않으셔서 그러니까 진 이사도 너무 기분 나쁘게 듣지 말고."

대원 실업이든 재단이든 아직 명확한 자리가 정해진 건 아니었는데, 다들 자연스럽게 나를 진 이사라고 불렀다.

"원하는 결과를 만들기 위해서 다른 요인들을 움직인 건 사실입니다. 묘하게 법망을 피했다는 것도 맞습니다. 하지만 그저 그런 얕은수에 기대기만 했다면 지금 장관님과 마주할 주제까지도 못 되었겠지요."

"그럼요. 진 이사 투자는 아트입니다, 아트."

술을 넘기는 장관의 몸짓에 비웃음이 서려 있었다.

"알겠지만 내 동생이 G대학 총장인데, 적립금 운용 과정에서 문제가 좀 있었으이. 어디 투자를 좀 했는데 그걸 메꿔야 할 일이 급히 생겨서."

대학에서 돈으로 헛짓하는 게 하루 이틀이 아니긴 했다. 하지만 대개 연구비라는 명목하에 장부를 갈음하는 것으로 아는데. 이렇게 남에게 도움을 요청할 정도면 딴엔 문제가 좀 커진 건가.

"여기저기서 믿을 만하다고 하니까 나도 맡겨 보긴 하겠지만……"

당연히 처리해 주어야 한다는 말투였다. 낮게 보고, 부리는 걸 당연하게 여기는 태도가 고까웠다. 내가 만만치 않은 성격이라는 걸 아는 국회의원만 땀을 찔찔거리며 양쪽의 비위를 맞춰 주느라 바빴다.

"진 이사, 기분 상했던 건 아니지? 저 인간이 원래 저래. 오죽하면 이번에 감사 공문까지 내려왔겠어."

"감사 공문이요?"

적어도 접대로 만났으면 식사는 다 마치는 게 예의인데, 이 장관이란 작자에게선 그런 것도 찾아볼 수 없었다. 일방적 통보와 훈계질만 늘어놓고는 알아서 잘 처리하라며 일어나 버렸다. 내가 하도 급해서 널 찾긴 했다만, 이란 생각이 여실히 느껴지는 태도였다. 어리석게도, '내가 지금은 이렇게 너와 마주하고 있지만'이라고 생각하는 순간부터 이미 바닥으로 떨어졌다는 걸 모르고서.

"어찌나 해 처먹었는지 진짜 일 터지기 직전이었어. 그래서 위에서 사람들 말 덮을 겸 감사받는 척이라도 해라, 하고 공문 보낸 거지. 보통은 적어도 장부상 회계는 정리가 되어 있으니까. 어차피 조지려고 터는 것도 아니니 장부만 깔끔하면 그냥 넘어가 줄 생각이었던 건데, 저 미친놈 꼬락서니를 보니 그렇지도 않았나 봐."

그래서 어디다 도와 달라고 말도 못 하고, 날 소개받고 싶어 했던 거고……

"그런데 진 이사. 어디서 그렇게 돈을 융통하는 거야? 소문으론 이제 짤짤이도 접었다며. 진짜야?"

"대부업은 자잘하게 신경 쓸 게 너무 많으니까요."

"나도 어디서 주워들었는데 미술품이나 국채로 돈세탁하는 것도 해 준다며. 진짜야?"

아주 틀린 말은 아니긴 하지만…….

"제가 어떻게 국채 발행을 합니까."

의원놈은 '그, 그렇지?' 하고 머리를 긁적였다.

"그냥 부도 채권으로 이익 좀 노렸을 뿐입니다. 돈세탁은…… 미술품으로 하는 게 아니라 북미의 투자자들에게 중국 미술 시장을 소개했을 뿐이고요."

"부도 채권? 그게 이익이 된단 말이야? 어느 나라?"

"많죠. 가장 가까이는 북한도 있고."

"북한? 북한 채권으로 이익을 노렸다고? 그게 어떻게…….."

"의외로 인기 많습니다. 일단 독일 사례도 있잖아요."

"독일? 설마, 그럼 통일되면 그 빨갱이들 빚을 우리가 갚아 줄 거라고 생각한다는 거야?"

"그렇죠."

"그래도 명색이 장관인데 그런 방법으로 자금 융통해 줘도 괜찮을까?"

"부도 채권 매입이 잘못된 방법은 아니니까요. 세계 부호 순위에 매번 이름을 올리는 유명한 투자자도 러시아 부도 채권으로 대박 터뜨렸는데요, 뭐."

실제 사례를 슬쩍 들먹이자, 비로소 안심을 한 듯 그러냐며 반색을 했다.

북한 채권이 반등을 보이기 시작한 건 2,000년대 초반이라고 들었다. 발행하는 곳 중 하나가 스위스 쪽인지라 거기서 돈을 돌리던 사람들이 재미 삼아 시작했다고. 잃어도 손해 안 볼 금액이기도 했다.

결과는 나쁘지 않았다. 불안감을 조장하는 민감한 이슈가 터질 때마다 부도 채권 가격은 바닥을 쳤지만, 방산 테마주나 풋옵션으로 이익을 노리고, 가격이 폭락한 채권을 또 사들였다가 나중엔 반등시켜서 되팔고…… 하는 식으로 이용해 왔다. 그리고 이제 나는, 필요하다면 그 불안감을 조장할 이슈를 직접 만들어 낼 수도 있었다.

"그럼 합법적인 거니까 문제없는 거겠네."

본인이 말하고도 합법이란 단어가 민망했는지 의원은 괜히 안주를 이리저리 뒤적거렸다.

"문제는 없습니다."

부도 채권이나 여러 옵션을 이용해 투자금을 회수하는 건 문제가 될 일이 아니었다. 물론 그 타이밍을, 그것도 안보 관련 이슈 터뜨리는 것을 조절할 수 있도록 여기저기에 압박을 넣는다는 점에서 결코 합법적이진 않았지만.

사실 이익을 내는 비율로만 따지면 미술품으로 자금 세탁하는 거나 다른 작전주를 공모하는 게 압도적이다. 그러나 국내 인사들을 상대할 때는 반드시 부도 채권을 일부 끼워 넣었다. 일종의 안전장치인 셈이다.

물론 나에게도 독이 될 수 있었다. 나를 섣불리 건드리기 어려워진 가장 큰 이유는 국외와 국내의 권력 사이에서 위험한 줄타기를 하고 있기 때문이다. 그러니 조금이라도 그 균형에 금이 간다면, 적어도 난 곱게 죽지는 못할 거다.

"아무튼, 저 인간 저러는 거 하루 이틀 아니니까 너무 기분 나빠하지 말고."

"그건 상관없으니 약속만 잘 지켜 주시면 됩니다."

"약속? 아, 대원 실업 영장? 근데 이거 결국 진 이사한테 화살 돌아가는 거 아냐?"

"아닙니다. 그렇게 풀려야 회사가 완전히 저한테 넘어오죠."

"뭐…… 그래. 진 이사가 알아서 잘하겠지. 하여튼 이것도 잘 좀 부탁해."

자리를 차지하기 위해 본가를 뒤져 달라는 내가 어지간하다고 생각했는지, 의원 놈이 저도 모르게 고개를 절레절레 저었다.

♟

"아니, 쟤가 왜……."

오랜만에 보는 면면이었다. 특히 서문희는 얼굴이 많이 변해 있었다. 처음 봤을 땐 그래도 화려하고 예쁘장한 외모라고 생각했었는데. 표독스러움과 험악한 인생이 구구절절 묻어나는 인상으로 변해있었다.

서문희는 불만스럽게 진영복을 쿡 찌르며 쟤가 여기 왜 있냐고 계속 물었다. 분명 학위 마치고 귀국했다는 이야길 들었을 텐데도 새삼스럽게 굴고 있다.

"앉아라."

미술관 개관을 앞두고 진영복은 꽤 들뜬 것처럼 보였다. 그렇게나 바라던 고상한 상류층에 합류하는 기분이라도 들었을까?

"너는 기껏 뉴욕대 보내 놨더니 왜 이상한 데로 또 옮겨? 공부하기 어려웠니?"

"그만 좀 해. 나이가 몇인데 아직도 애한테 그래."

"내가 뭐 틀린 말 했어요?"

세월이 대단하긴 하구나. 진영복과 서문희가 정상적인 사람들처럼 대화를 나눌 수 있게 되리라곤 생각도 못 했는데.

"우리 태준이도 얼른 마치고 와야 할·텐데. 좋은 데서 공부하느라 바쁘다고 하니 얼굴도 못 보고."

'좋은 데서'를 강조하며 서문희가 나를 힐끔거렸다. NYU에서 컬럼비아로 입시를 다시 치른 나를 비하하려는 것 같았다. 서울대처럼 뉴욕대가 더 높은 곳인 줄 아나 보다. 저렇게 상식이 없다. 심지어 진태준이 있는 곳은 NYU가 아니라 SUNY 계열 중 하나인데, 제 아들이 다니는 곳도 혼동하고 있는 모양이다.

그나저나 진태준이라……. 지금 그 새끼가 어떤 꼴로 빌빌대며 사는지 듣는다면, 저 여잔 어떤 얼굴을 할까. 성인이 된 이후로 일부러 웃는 가면을 쓰고 사람들을 대했지만, 지금의 미소는 진심이었다.

장학재단에 대한 홍보 자료와 미술관 개관에 대한 서류들이 오갔다. 연봉이 중요한 건 아니었으니 계약 사항과 지분 관련한 부분만 변호사에게 확인시킨 다음 사인하고 인감을 찍었다.

"이제 나이도 있으니 헛짓거리 그만하고. 선도 좀 보고 그래라. 결혼은 네 형보다 늦게 하더라도 약혼하고 박사까지는 받아 와. 그래야 체면이 살 거 아냐."

"선이라뇨! 태준이가 아직 있는데!"

"그러니까 결혼 말고 약혼부터 해 놓고 같이 유학 다녀오라고 하잖아! 말귀를 못 알아들어."

그래도 선을 보란 소리를 하는 걸 보면 윤소형과 결혼시키겠다는 집착은 좀 버린 걸까. 서문희는 씩씩거리며 우는소리를 했다. 우리 태준이는 공부 열심히 해야 한다고 몇 년째 집에도 못 오고 그러고 있는데, 하면서.

벌써 지루해진 나는 시계를 흘끗 봤다. 음. 이쯤이면 올 때도 됐는데.

"내 생각으로는 L그룹이 제일 괜찮을 것 같다."

하…… 결국은 AR그룹과 친인척 관계로 얽힌 그룹이었다.

"내가 이번 주 중으로 말을 넣어 볼 테니까……."

"회장님!"

비서가 문을 벌컥 열었다.

"검, 검찰입니다."

"뭐?"

"저도 잘 모르겠습니다. 갑자기 수색 영장이라고……."

"뭐? 수색 영장? 저게 무슨 소리야. 그럼 나 잡아가겠다는 소리야?"

"수색 영장과 소환 통보는 다릅니다. 검찰이든 어디서든 우리 쪽이 마음에 안 드는 구석이 있었던 모양인데, 일단 댁으로 돌아가셔서 여기저기 전화 넣어 보시죠."

별일 아닐 테니 우선 돌아가자며 변호사가 안심을 시켰다. 검찰이란 말에 놀라 벌떡 일어났던 서문희도 그 말에 머리를 짚으며 도로주저앉았다. 진영복은 하여튼 나랏일 한다는 새끼들은 다 저 모양이라며 혀를 차며 자리를 떴다.

"나, 물 좀."

서문희의 지랄 같은 성격을 아는지 비서가 빠르게 걸음을 옮겼다.

"너는 네 아빠한테 일이 생겼다는데도 웃음이 나와? 진짜 징그러운 새끼야, 저거."

젊고 예쁜 비서의 뒷모습을 노려보던 서문희가 문득 나에게로 화살을 돌렸다. 그 초라한 몰골에 심장이 터질 것 같은 환희가 몰려왔다. 드디어, 라는 말로도 부족했다. 지금 이 순간을 얼마나 고대해 왔던가.

"진영복은 소환 통보가 오더라도 응하지 못할 거야. 병원에 입원하게 될 거라서."

"뭐?"

비서가 문을 열려는 걸 도로 밀어 쿵 닫았다. 저 너머로 물잔이 깨져 뒹구는 소리가 희미하게 들렸다.

"약물 중독, 정신 착란까지 있으니 어떻게 할 수가 있나. 그러니 이사장인 당신이 대신 소환에 응해야 할 거고, 마침 공범자이기도 하니 형도 좀 살아 줘야 할 거고. 여기까지는 어떻게든 가능하도록 합의를 봤으니까."

내가 하는 말이 제대로 입력이 안 됐는지 서문희가 눈동자를 데굴데굴 굴렸다. 그 시선의 끝은 조 실장과 내 전담 변호사였다. 둘이서 머릴 맞대고 아까 쓴 계약서 중 수정이 필요한 부분을 상의하는 모습을 보고서야 지금 상황이 장난이 아니라는 걸 깨달은 모양이다.

"이게, 무슨……. 너 지금 무슨 미친 소릴 하는 거야! 오빠가 약물이라니? 형을 살다니!"

"정신병원에 처넣을 구실이면 뭐든 상관없었는데, 첫째 아들도 같은 이유로 치료 중이니 설득력이 있을 것 같더라고. 장남이 누구를 통해 약을 배웠을지 설명이 될 테니까."

서문희가 멍하니 입을 벌렸다. 첫째 아들이라는 간과할 수 없는 말을 들은 탓이다. 그 낯짝을 보고 있자니 내가 알고 있는 모든 쾌감이 밀려왔다. 사람이 환희에 벅차면 섹스가 아니어도 아랫도리가 뻐근해질 수 있다는 걸 처음 알았다.

"태준이가…… 너 무슨 짓을, 방금, 태, 태준이가……."

미친놈처럼 비식비식 흘리던 웃음은 걷잡을 수 없이 커졌다. 멍하니 서 있던 서문희가 달려들어 넥타이를 구기고 가슴팍을 내려쳤다. 무슨 말인지 설명하라고, 무슨 짓을 한 거냐고.

귀에 닿을 듯 솟았던 입꼬리가 조금씩 내려앉았다. 애석하게도…… 달콤한 환희의 끝은 결국 또 분노였다. 저런 형편없는 인간들을, 이렇게 되고 말 인간들을 위해 엉망이 된 내 지난 모든 시간은 돌아오지 않는다. 아, 그렇게 바라마지 않던 순간이 왔는데도 그 환희는 5분도 채 가지 않았다. 당황스러웠다.

"내가 이럴 줄 알았어! 이 미친 새끼가 결국은, 악!"

더 참고 봐줄 수가 없어서 아무렇게나 내쳐 버렸다. 서문희는 의자에 부딪혔다 튕기며 축 늘어졌다. 배터리가 다 된 고장 난 인형 같았다. 화를 참을 수 없는지 손끝이 파르르 떨리는 채였다.

"얼마 전까지도 공부 열심히 하고 있다고 그랬는데…… 우리 태준이, 우리 태준이……."

"여태까지? 그거 전부 내가 보낸 거야."

서문희의 떨림이 뚝 멈추었다.

"아, 먼저 사채 끌어다 쓰고 약 빨겠다고 설친 건 그 새끼야. 이건 확실히 해 둬야 할 것 같아서."

설마, 영어에 익숙해져야 하니 연락도 줄이고 한국 오는 것도 자제하겠다는 어설픈 말을 믿을 줄은 몰랐다. 나는 모자가 쌍으로 멍청했던 것을 신의 한 수로 여기기로 했다.

"어디…… 어디에……."

"진태준 어디 있냐고? 나도 몰라."

외곽의 병원에 집어넣긴 했는데 그 이후론 알아서 처리하라고 했으니. 상속 정리도 할 겸 나중에 한국으로 데려올 생각은 있었다.

"걱정하지 마. 당신이 감방 갔다가 오더라도 계속 본가에 머무를 수는 있을 테니까. 물론 거기서 한 발자국도 못 나올 테지만."

서문희가 알아들을 수 없는 괴성을 지르며 달려들었다. 오랜만에 보는 발악이었다. 미친년처럼 손을 휘두르기에 죽일 듯 목덜미를 조르면서 밀어냈다. 날카로운 손톱이 내 손등을 마구 할퀴었다. 피가 방울방울 맺히자 오래전 서문희가 내 배에 찍었던 낙인이 생각났다.

"이 개새끼, 커억, 개, 큭…… 그렇게 영원히, 개새끼처럼……!"

아아, 영원히. 좋은 말이지.

"그래. 나는 영원히 개새끼 할 테니까. 당신은 혼자서, 평생 그 집에서, 그렇게 구질구질하게 살아."

컥컥대는 계모의 얼굴에 대고 또박또박 말했다. 서문희의 절박한 눈동자에 비친 나는 싱그럽게 웃고 있었다.

"죽고 싶다고 해도 절대로 그렇게 두지 않을 테니까."

할퀴던 서문희의 손톱이 손등에 꽂히다시피 매달리더니 서서히 힘을 잃어 갔다.

"이사님, 설마……."

"기절했어."

침이 뚝뚝 떨어진 데다 피까지 엉겨서 지저분해진 손등을 쓱 닦아 냈다.

"일단 아까 쓴 계약서에는 상무로 되어 있는데, 이건 그대로 두시는 게 어떨까요. 어차피 대외적 직함이야 미술관장이나 이사로 쓰실 것 같으니. 세금 문제도 고려하면 당장은 상무 정도가 나을 것 같습니다."

"좋아. 그래야 이목이 덜 쏠릴 테니. 호칭이든 직위든 그거 대충 정하고. 분명 장부 엉망일 테니까 정리한 다음에 서문희, 진태준 재산 추적해서 알아서 처리해."

"예. 수고하셨습니다. 그동안."

언제부터인가 나처럼 가면 같은 낯을 고수하려 애쓰는 조 실장이 어설프게 위로를 건넸다. 이상한 일이었다. 그렇게 기분이 좋았는데. 내가 이 말을 꺼내는 순간 서문희가 지을 표정을 오랫동안 상상해 왔는데.

"······그간 아주 쉬웠잖아."

"에이. 쉽지는 않았죠."

"내가 생각한 대로 흘러갔잖아. 어릴 때부터 돈 이렇게 굴려야지, 하면 그렇게 됐고. 이런 식으로 해 봐야지, 하면 그것도 그대로 잘됐고······. 놀라울 정도로 마음먹은 대로 다 해냈단 말이지, 내가."

조 실장 말대로 어려움이 없었던 건 절대 아니지만 결국은 다 좋게 흘러갔다. 이렇게 살아선 안 되겠다, 내 자리를 만들어야겠다고 다짐한 그 순간부터.

"그럴 거면 말이야······."

문득 그런 생각이 들었다. 그럴 거면 아예, 처음부터 조금 쉬울 순 없었던 걸까. 나도 다른 사람들처럼. 조금이라도.

"이제 좀 쉬세요. 평범하게 여행도 다니시고. 진짜 하고 싶은 공부도 하시고."

"평범?"

안타까움이 뚝뚝 떨어지는 조 실장의 말에 풍선 바람 빠지듯 푸우우, 하는 소리를 내며 웃었다.

"여기서 멈추게 되면 이제 진짜 내 모가지 날아가는 거야."

부지런히 치부책을 채워 나가고, 내 삶을 갉아먹던 쓰레기들을 다 치워 버렸는데도 끝이 나질 않았다. 이제 와 모든 일에서 손을 놓으면 제일 비참하게 박살이 나는 건 내가 될 게 뻔했다. 그러니까 앞으로도 난 이렇게 평생, 위험하고 더럽고 비열한 수로 연명하며 살아야 하는 거다.

"사람 불러. 저거 본가에 옮겨 놔야 할 거 아냐."

"저…… 상무님."

"됐으니까."

피곤함이 밀려왔다. 달콤함은 오래가지 못했다. 머리가 지끈거렸다. 날 잡아먹지 못해 안달이던 오랜 악몽은, 이제 실체를 잃었는데도 계속 날 잡고 놔주지 않을 것 같았다. 그런 예감이 들었다. 그리고 이런 종류의 예감은 기가 막힐 정도로 틀린 적이 없었다.

+ ♟ +

"그래서 AR유통 쪽 지분은 얼추 확보한 셈입니다."

"수고했네. 인센티브 얹어 줘."

"네. 저…… 그런데 진심이십니까?"

"뭐가."

조 실장이 눈치를 보다 말을 이었다.

"요사이 부쩍 AR그룹 계열사를 건드리고 계시잖습니까."

"글쎄. 그냥…… 심심하니까."

"예?"

돈은 평생 다 못 쓰고 죽을 정도로 불어났다. 필요하다면 자기 돈도 끌어다 쓰라고 쥐여 줄 인사가 여럿 있었다. 그렇지만 다 소용없는 일이다. 순식간에 목표를 잃은 나는 마음이 붕 떠 버렸다. 모든 게 무료하고 시부했다. 서문희가 기절하고 진영복이 길길이 날뛰던 그 찰나를 위해 10년이 넘는 세월을 허비하고 나니, 나에겐 아무것도 남는 게 없었다.

"……이래서 피는 못 속인다고 하는 걸지도 모르지."

거의 반쯤 미쳐 버린 진영복에게, 혹은 서문희에게 그렇게 닮으려 애쓰던 그 AR그룹을 내가 망쳐 버렸다고. 당신들에겐 굴복하지 않았던 그 철옹성이 내 손에서 박살이 났다고 이야기하면. 그땐 무슨 표정을 지어 줄까. 찰나일지라도 무너뜨릴 당시의 환희가 몰려올까.

"뭐든 좋으니 일단은…… 어?"

말을 잇던 조 실장이 말을 멈추었다. 나도 걸음을 옮기다 말고 고개를 들었다. 미술관 로비에 웬 거지꼴을 한 남자가 직원과 실랑이를 하고 있었다. 남자는 한참 생각이 많은 것 같더니 내가 다가오는 것을 보고는 반색을 하다 아, 하고 그대로 멈추어 버렸다.

"누구?"

어디서 실컷 맞기라도 한 몰골이었다.

"아……."

물끄러미 내 얼굴만 들여다보기에 앞에 대고 손가락을 딱 튕겼더니 그제야 주섬주섬 용건을 꺼냈다.

"죄, 죄송합니다."

"정말로 죄송할 일인지는 그쪽이 누군지 들으면 확신이 설 것 같은데."

"네? 아, 그…… 저는 윤기현이라고……."

"누구라고? 벌써 두 번째 묻는 것 같은데."

"처음 뵙겠습니다. AR그룹의 윤기현이라고 합니다."

잠시 잊고 살았지만, 얼굴 한번 마주친 적 없었는데도 내 유년 시절을 빼곡하게 지배했던 이름 중 하나였다.

"소문의 막내 아드님이 약속도 없이 여기까진 어인 행차이신지?"

몰골을 노골적으로 훑었는데도 남자는 의연했다. 퉁퉁 부은 얼굴을 하고서도 서늘한 눈매를 하고 있는 꼴이 마음에 들었다. 갑자기 심장이 뛰기 시작했다. 지금까지와는 달리 조금 재미있는 일이 생길 것도 같았다.

그래, 윤기현. 드디어 만났구나. 너를.

6장
Now is The Time

Now is The Time

여러모로 껄끄러워진 상황이었다.

돌연 귀국한 소문의 AR그룹 막내 아드님의 행보가 본사 출근이 아닌 출마 선언인 데에 당연히 모두가 의문을 품었다. 이와 관련한 보도 자료도 무엇도 없으니 그저 소문을 타고 말이 점점 와전되었고, 급기야 자극적인 인터넷 기사들이 뿌려지기 시작했다.

그런데 그것도 모자라서 이번엔 장남이 나서서 막내아들이 첫 삽을 뜬 일에 초를 치고 있었다. 숨겨진 내막이 있을 거라는 소문이 결국 사실임을 드러내는 꼴이 되어 버렸다. 지금 쏟아지는 모든 뉴스의 행간은 결국 용산구 선거전의 행방이 아니라, AR그룹 내부의 알력 싸움을 가리키는 셈이었다.

"아무리 기사 꼭지가 좋아도 뭐합니까. 위에서 다 자르는데."

"그러게요. 방금 말씀하신 아이템은 정말 아깝네요."

"그렇죠? 역시 뭘 아신다니까."

"하하. 제 잔도 좀 받으세요. 그런데 대체 뭐라고 불러 드려야 합니까? 언제까지 예비 후보자님이라고 부를 순 없잖습니까."

"지금은 윤 변호사 정도면 충분합니다."

주요 일간지의 경제, 정치, 사회부 국장들과 함께하는 오찬이었다. 오찬이라기엔 조금 늦은 감이 있었지만, 데스크 마감 시간을 고려해야 했으므로 어쩔 수 없었다.

"음, 어쩌면 곧 바뀌게 될지도 모르겠지만요."

잘 빚어진 고급 전통주가 시장통 막걸리처럼 정신없이 순배하는 가운데, 기현의 말에 몇 사람이 손을 잠시 멈추었다. 다른 누구도 아니고 윤기현의 입에서 나온 말이었다. 향후 AR그룹의 지배 구조가 통째로 바뀔 수도 있음을 시사하는 것이기도 했다.

"역시 회사로 들어가시는 겁니까?"

"혹시 쇼핑? 요즘 쇼핑 잘나가던데요. 제가 주식 사 놓은 게 있었는데 변호사님 덕 좀 봤습니다."

"하하, 쇼핑은 제가 지분이 조금 있어서 테마주로 잠깐 반짝했을 뿐이고요. 자동차 쪽으로 가는 것만 정해졌습니다."

"자동차요? AR모터스?"

기현이 고개를 끄덕이자 기자들이 탄성을 질렀다. 안 그래도 국산 자동차는 선택지가 부족했다며 호의적인 반응이었다. 뭐, 속으로야 B기업과 견제하며 세미나니, 콘퍼런스니 하는 장난질로 후원금을 뜯어낼 궁리를 하고 있을지 몰라도.

"저도 아버님께 대략적인 이야기만 들었지 자세히 결정된 사항은 아직 없어서요. 아직 제가 무슨 일을 맡을지도 모릅니다."

"하하, 윤 변호사님은 회장님이 아니라 아버님이라고 하시는군요? 다른 분들은 회장님이라고 하시던데."

"아, 이런. 어쩔 수 없이 이런 데서 막내인 티가 나나 봅니다."

공과 사를 구별하지 못했으니 벌주 한 잔 마시겠다며 기현이 술잔을 들었다. 우리 윤 변호사님은 인간적이고 화끈해서 좋다며 기자들이 환호를 보냈다. 한편으로는 어지간히 윤 회장이 예뻐하는가 보다, 하며 얕잡아 볼 게 뻔했다. 한마디를 하면 두 마디를 계산해야 하는 데다 잘 못 하는 술까지 들어가니 딱 죽을 맛이었다.

"그럼 AR모터스 상장도 바로 초읽기 들어갑니까?"

"글쎄요. 일단 아버, 아니, 회장님은 자동차 관련 계열사를 아우르는 그룹을 만들고 싶어 하셔서요. 예를 들자면 AR모터스 그룹, 이런 식으로요. 그래서 상장 이전에 지주사부터 설립하지 않을까 싶습니다. 상장도 원한다고 바로 할 수 있는 것도 아니고요."

"지주사요? 그렇게 될 수가 없을 것 같은데……."

경제부 국장이 아리송한 얼굴을 했다. AR기획 같은 독립적인 몇 계열사를 제외한 나머지 AR그룹 계열사들은 하나의 큰 덩어리였다. 모두가 서로의 지분을 소유하고 있는 환상형 순환출자[7] 구조. 많은 맹점이 있음에도 AR그룹이 쉽게 지주사 체제로 돌아서지 못하는 이유는 비용의 발생 이전에, 휘하에 둔 금융 계열사가 너무 많은 탓이었다.

그럼 일부 계열사를 매각하거나 합병한다는 건가. 기자들이 이해가 안 간다는 듯 고개를 갸웃거렸다.

"우선은 비슷한 계열사끼리 묶어서 범주를 나눌 겁니다. 자동차가

---

7. 환상형 순환출자: 약한 계열사의 지분을 독식 시 엮여 있는 다른 계열사의 경영권까지 손에 넣을 수 있게 되어, 최소한의 자본으로 그룹 전체를 손에 넣을 수 있는 구조이다. 국내에선 IMF 이후로 순환출자 구조의 위험성이 대두되어 상당수의 기업이 지주사로 전환하였다.

그 시발점일 거고요. 최종적으론 그 그룹의 전체를 아우르는 지주사가 하나 또 만들어지겠지요."

"음, 어떤 느낌인지 알겠습니다. H그룹과 비슷한 느낌이군요."

"결국 AR도 전환을 하네요. 사실 그대로 둘 수 없긴 했죠."

"아이고야. 난 허구한 날 국회의원들 뒤만 빨다가 경제 이야기 나오니까 뭔 소린지 하나도 모르겠다. 순환이 뭐? 자동차 그룹은 뭐고, 지주사는 또 뭔데?"

"선배, 봐 봐요. 제일 위에 뭐가 있고, 그 밑에 뭐가 있어. A사가 지주사면 밑에 B사, C사, D사 이렇게 있죠? B, C, D는 각각 별개고 그저 A사가 제일 꼭대기에 있을 뿐이에요. 그러니까 피라미드 같은 거죠. 그런데 순환출자 구조는……."

경제부 기자가 답답한지 고민을 하다 앞접시를 끌어다 김치를 세 점으로 찢었다.

"봐요. 이게 A사, B사, C사야. A사가 B사 대주주예요. 그럼 B사에 이래라저래라 경영에 간섭할 정당한 권리가 있겠죠."

가장 왼쪽에 있던 A사 김치가 가운데 있던 B사 김치를 포갰다.

"한편 B사는 C사의 대주주잖아요? 그럼 어떻게 되겠어요."

그리고 겹친 두 개의 김치를 마지막 김치에 다시 포갰다. A사로 명명된 김치가 가장 위에서, C사로 명명된 김치까지 전부 포갠 모양새였다.

"B사를 소유한 A사는 C사까지 다 끌어안을 수 있다는 거죠."

"그런데 그게 뭐가 문젠데?"

"그런 와중에 C사가 A사의 대주주일 수도 있지 않겠습니까."

기현이 젓가락을 들어 포개어진 배춧잎들을 뒤집으며 끼어들었다.

"그러면 이렇게 꼬리잡기처럼 서로가 둥글게 맞물리게 되는 셈이죠. 이걸 환상형 순환출자 구조라고 부릅니다. 그런데 실질적으론 대주주가 겹치다 보니 이 과정에서 필연적으로 서류상 가공의 자금이 생기게 됩니다."

"가공의 자금이라……. 없는 돈이 생겼으면 그건 문제겠네."

"그것도 그렇고, 음…… 윤 변호사님 앞에서 이런 말 하기가 껄끄럽긴 하지만 이렇게 되면 윤 회장님의 경우는 아주 적은 지분만 가지고서도 그룹 전체를 지배할 수 있어요."

"아아……. 근데 그게 뭐가 나빠?"

"누가 작정하고서 윤 회장님 지분이 큰 계열사를 공격하기라도 하면 작전세력이 그룹 전체를 먹을 수 있잖아요."

"어? 그러게?"

"그리고 문제가 또 있어요. 금산 분리법 때문에 국내 기업들은 1금융권 지분을 4% 이상 가질 수 없거든요. 그런데 지금 AR모터스가 출범 과정에서 다른 회사들을 인수하는 바람에 이미 저 비율이 초과했단 말이죠. 그래서 AR모터스가 정식 개장하려면 이 부분부터 다시 조정해야 해요."

"그럼……."

"결국 아버님을 비롯한 저희 직계 가족 지분을 처음부터 다시 전부 배분해야 하는 거죠."

기현이 다시 끼어들어 마무리했다.

"우와……. 돈 장난 아니게 깨지겠네."

"하하, 지출 비용도 문제지만 그거야 저희 집안사람들의 개인적인 문제이고……. 그보다 너 중요한 건, 지분 배분하는 과정에서 차기 후계자가 누군지 극명하게 밝혀지게 되는 것 아닐까요."

차기 후계자……. 대담한 말에 기자들이 할 말을 잃고 기현을 쳐다보았다.

사실 후계는 정해져 있다고 보는 게 옳았다. 윤진서가 윤인범보다 낫다는 평이 지배적이었지만, 그녀가 차기 총수가 될 가능성은 없었다. 윤 회장은 못나도 아들이 후계여야 가문과 기업이 이어진다는 고루한 가치관을 가지고 있었으므로. 죽이 되든 밥이 되든 결국은 윤인범이 물려받겠거니, 하던 것이 업계의 정설이었다.

너무 아껴서 꼭꼭 감춰 두고 자유롭게 살 수 있도록 해 준다는 막내아들이 있긴 했지만……. 하다못해 미국 법인에라도 이름을 올릴 법한데 여태 코빼기도 비추지 않길래 그는 아예 경영에는 관심이 없나 보다, 하고서 늘 예외로 치부해 왔다.

그런데 그렇게나 사랑받는다는 막내아들이 난데없이 나타나 누가 윤 회장의 뒤를 이을지 모를 일이라고 말한다. 그러니까, 윤인범이 아닌 자신이 차기 후계자가 될 수도 있다는 선전포고와 다를 바 없었다.

기현이 손에 쥔 것이 무엇인지 아직 구체적으로 밝혀진 건 아니지만, 그렇다고 그가 후계 운운하는 것이 영 허무맹랑한 소리는 아니었다. 윤인범이 윤진서보다 우위에 있는 이유는 오로지 아들, 그것도 장남이어서 그런 거다. 그동안 윤인범이 까먹은 돈만 해도 작은 나라 하나는 통째로 살 수 있을 정도였을 거란 말이 있었다.

다소 실수가 잦았던 윤인범과 달리 이미지도 좋고, 인기도 많고, 또 회장이 그렇게 사랑해 마지않는다는 윤기현. 앞으로 기현이 자동차 계열사를 어떻게 운영하느냐에 따라 아주 못 해 볼 게임은 아니었다.

"저희야 소스를 퍼 주시니 감사하긴 한데…… 이런 거 막 이야기해 주셔도 되는 겁니까?"

"국정감사 기간도 다가오니 어차피 우리 그룹 지주사 문제나 금융 계열사들 어떻게 할 거냐는 압박도 들어올 것 같아서, 아마 조만간 전략실에서 공식 보도 자료 배포할 겁니다. 그때 잘 좀 부탁드립니다."

"모쪼록 잘돼야 할 텐데요. AR그룹 없으면 한국 경제 망하는 거나 진배없지 않습니까."

기업 하나 무너졌다고 나라가 망할 지경이면 그 나라가 처음부터 답이 없었던 것 아닌가. 기현은 애써 뾰족한 말을 삼켰다.

"말씀만으로도 감사합니다."

그간 뵐 기회가 없어서 친해질 기회가 없었는데 큰일이라며, 이제부터라도 윤 변호사님 뒤로 줄 서야 하는 거 아니냐고 국장들이 너스레를 떨었다. 잘 부탁드려야 하는 건 이쪽이라며 기현이 다시 잔을 돌렸다.

술을 따라 주며 흘끔 시계를 보니 이쯤이면 태성에게 부탁했던 일이 시작됐을 것이다. 태성이 심어 둔 사람들이 여기저기에 금융 계열사 관련한 말을 흘리기로 했다.

오늘 기자들에게 자동차 계열사가 어떻게 될 것이라는 둥 직접 경영에 참여하게 됐다는 둥 넌지시 언질을 주기도 했으니 이제 사람들은 멋대로 상상할 터였다. 그래서 윤 회장이 미국에 있던 기현을 불렀구나, 선거 출마도 어쩌면 지주사 전환을 앞둔 쇼였을지도 모른다, 아마도 이런 식으로.

이런 건 일도 아니라며 삐딱하게 웃던 태성의 얼굴이 생각났다. 잠시 멍한 채 술병을 제대로 기울이지 않자 신나게 기현에게 아부를 떨던 기자 한 사람이 조심스럽게 물어 왔다.

"변호사님? 어디 안 좋으십니까?"

갑자기 술이 올라왔다고 변명하자 옆에서 정치부 국장이 괜찮냐며 어깨를 짚어 준다. 자기 나름 친근함의 표시였겠지만, 어쨌든 윤인범보다 만만하니 이렇게 스스럼없이 행동하는 것일 터. 사람들 앞에선 괜찮다고 웃었지만, 여러모로 전혀 괜찮지 않았다. 특히, 진태성을 그냥 떠올렸을 뿐인데 술기운이 갑자기 올라오는 기분이 가장 마음에 걸렸다.

+ ♟ +

"그래서 이 업체 백화점 입점 비율을 늘릴 거라고?"

"예. 신촌점과 강남점에 시범 운영해 봤는데 반응이 좋았습니다."

옆에 선 비서가 시범 지점의 매출 그래프와 브랜드 콘셉트 자료를 보기 좋게 늘어놓았다. 왜 이 매장이 필요한지 윤진서가 진지하게 설명하고 있는데, 기현이 보기엔 좀 어색한 광경이어서 자꾸 비식비식 웃음이 새어 나왔다. 아려 호텔 라운지, 그것도 총수 일가가 전부 모인 자리의 테이블 위에 요즘 인기 있는 카페의 알록달록한 테이크아웃 컵과 디저트들이 늘어놓인 모습이라니.

웃음기를 머금은 기현이 거슬리는 듯 윤인범이 사납게 눈을 부라렸다.

"신촌이나 강남이야 젊은 사람도 많고 유동 인구도 많으니까. 다른 지점에 들이기엔 너무 가볍지 않아요? 서민들도 백화점에서 몇만 원짜리 아이스크림을 아무렇지 않게 사서 먹는 요즘인데."

윤희연이 불쑥 끼어들었다. 기존에 가지고 있던 이그제큐티브 라운지와 별개로 스위트룸 투숙 고객만 이용 가능한 라운지 하나를 더마련한 것으로 적지 않게 매출을 올린 이후 부쩍 자신감이 붙은 모습이었다.

AR그룹이 파는 재화가, 제공하는 서비스가 평범한 사람들에겐 함부로 갖기 어려운 것이어야 한다고 윤희연은 늘 주장해 왔다. 비쌀수록 사람들은 지갑을 연다는 것이 평소 그녀의 경영 철학이었다. 물론 그런 전략이 통하는 시장도 분명 있기는 했으나, 윤희연의 그런 태도가 경영자로서 썩 적합한 것이라곤 할 수 없었다.

"그런 거 보면 우리나라 어렵다는 거 결국 다 거짓말 같지 않아요? 사람들 해외여행도 못 가서 안달이지, 비싼 음료는 못 사 먹어 안달이지."

세상 물정 모르는 망발에 윤 회장이 미간을 찌푸렸다. 안타깝게도 눈치 없는 윤희연은 가라앉은 분위기를 읽어 내지 못하고 계속 헛소리만 했다.

"고객이 변하면 기업도 발을 맞춰야지요. 미국과 유럽에서 이미 입소문을 타고 있는 브랜드라 단발성 유행으론 끝나지 않을 거란 자신 있습니다."

"그러니까, 언니."

"진행해라."

경쟁 백화점과의 비교 자료를 넘겨 본 윤 회장이 마침내 고개를 끄덕여 주었다. 윤진서와 윤희연의 표정이 엇갈렸다.

"진서 말도 일리가 있다. 하물며 M호텔도 아파트 형식으로 하위 브랜드 운영한 지 오래됐고, S기업은 이번에 다운그레이드된 풀빌라 콘셉트로 새로 리조트 짓는다던데, 우리는? 이젠 인터넷으로 해외에서 직접 제품 주문해 쓰는 시대다. 비싸고 고급스러운 것에 기꺼이 돈을 낼 수 있는 고객들이 굳이 우리 호텔만 선택할 이유기 뭐가 있느냐 말이야. 멀리 봐야지."

당황한 윤희연은 입술만 달싹이다 더 노력하겠습니다, 하고 꼬리를 내렸다. 한심하다는 듯 시선을 주던 윤 회장은 이만하면 됐다고 생각했는지 손짓을 했다. 그제야 며느리와 사위, 아이들이 조심스럽게 안으로 들어섰다.

"저 사람이 왜 있어?"

윤인범의 둘째 딸, 민하가 기현을 발견하고 해맑게 소곤거렸다. 워낙 조용했던지라 모두에게 그 말이 들렸지만 제지하는 사람은 아무도 없었다. 핏줄이 아닌 사람에겐 기현이 사생아라는 것을 함구하도록 했지만, 윤 회장이 그를 아들 취급하지 않는다는 건 신무원 모두가, 하다못해 부리는 관리인들까지 다 알고 있었다.

"저 사람 여기 있으면 안 되잖아. 왜 나보다 좋은 자리에 앉아 있어?"

그러니까 바로 이렇게, 어린 조카들까지 무시할 정도로. 그간 제 부모에게서 꾸준히 들어 온 것이 있으니 이렇게 안하무인이 되었겠지. 윤민하는 기현이 자기를 쳐다보자 노골적으로 고개를 팩 돌리곤 제 앞에 놓인 웰컴 드링크에만 몰두했다.

이 집 사람들이 밥맛없게 구는 게 하루 이틀이 아니었으니 그냥 넘어갈까 했지만, 김 관장의 만족스러운 낯을 보자 기현도 심사가 좀 뒤틀렸다.

"윤민우. 윤민하."

감히 '저 사람'이 자기들의 이름을 부를 거라곤 생각하지 못했는지 아이들이 눈을 동그랗게 떴다. 아니, 저 맹랑한 조카 둘뿐만 아니라 모든 시선이 자신을 향하는 게 느껴졌다. 특히 윤 회장의 눈길은 강렬하다 못해 벼락처럼 내리꽂히고 있었다.

"숙부에게 그렇게 버릇없이 굴어도 된다고 누가 그래."

놀란 사람들이 숨을 들이쉬는 소리마저 생생할 정도로 둘러싼 공기가 싸해졌다. 위의 형제들에게 눌리며 자라 비교적 소심한 편인

소형은 당황해 딸꾹질했을 정도로.

"엄마…… 저 사람 왜 저래?"

"저 사람? 너흰 그게 집안 어른한테 할 말이야? 여태 뭘 배웠기에 어디서 이렇게 건방지게 굴어?"

그 무서운 조부는 자신들에게 관심이 없었고, 조모는 오히려 뭘 하든 귀여워해 주는 편이었다. 이렇게 자신들을 무섭게 다그치거나, 심지어 건방지다고 나무라는 사람은 아무도 없었다. 학교에서도 친구들은 물론이고, 선생님들도 자신들에게 함부로 대하지 못하는 게 당연했다. 돈과 권력에 대해 제대로 인지하고 있던 두 아이가 황당하고 분한지 아빠, 하고 윤인범을 불렀다.

"아버질 왜 찾아. 지금 부모님 욕먹이고 있는 건 너희들인데."

기가 막힌 윤인범이 박차고 일어나려는 찰나, 윤 회장이 크게 웃음을 터뜨렸다. 생각지도 않게 한 방 먹인 기현의 행동이 퍽 유쾌했던 모양이다.

"그래. 틀린 말은 아니지. 첫째 너, 애들 데리고 나가 봐라."

"아, 아버님……."

"가서 다시 똑바로 가르쳐. 한 번만 더 애들이 천지 분간 못 하고 설쳐 대면 너희 둘 책임으로 알겠다."

차마 윤 회장 앞에서 큰 소릴 낼 순 없어서 천천히 숨을 죽이는 윤인범의 표정이 살벌했다. 김 관장은 새파랗게 질려 물러나는 첫째 며느리와 손주들을 물끄러미 쳐다볼 뿐이었다. 생각을 알 수 없는 얼굴이었지만 단단히 심사가 뒤틀렸을 게 뻔했다.

"짐작했겠지만 자동차 계열사 준비도 대충 마무리되어 간다. 튼튼한 회사를 인수했던 게 큰 도움이 되어서 어려울 건 없었지만…… 어쨌든 처음 출시할 제품도 대충 구상은 끝낸 상태다."

기현 때문에 황당해하던 윤진서와 윤희연도 표정을 갈무리한 채 회장의 말에 집중하는 가운데, 윤인범만 정신을 못 차리고 여태 분한 얼굴을 하고 있었다.

윤 회장은 속으로 크게 혀를 찼다. 저렇게 표정도 다스릴 줄 몰라서야. 큰일 도모하는 역량이나 사람들 부리는 자질이나, 여러모로 윤인범은 윤진서에 비해 한참 떨어졌다. 윤 회장은 진심으로, 윤진서가 왜 아들로 태어나지 않았는지 안타까웠다.

"……그리고 전에 말했던 것처럼 자동차 계열사는 인범이, 기현이에게 맡겨서 믿을 만한 성과를 내는 쪽에게 넘길 생각이다. 우선은 모터스라는 이름으로 자동차만 다룰 거고. 그 후에 연구소, 부품 관련한 계열사 설립해서 그룹으로 묶을 예정이다."

"하지만 조건이 있으셨잖습니까. 지금 상황으로 봐선……."

윤인범이 다급하게 말을 잘랐다. 기현이 아슬아슬하게 지지율 35%를 넘겼고 단일화 반응도 좋았지만 결국 국제 업무지구 건이 발목을 잡아 다시 주춤한 상황이다. 얼추 들어맞기 마련인 방송 3사 여론조사 결과도 상당히 아슬아슬해졌고. 야당의 당선 여부는 알 수 없는 일이 되어 버렸다.

"그래, 그 이야기를 놓칠 뻔했구나. 윤인범, 너."

"……예."

"국제 업무지구가 얼마나 민감한 사안인지 알면서 어떻게 함부로 AR그룹은 끼어들 생각이 있다, 없다 말을 흘려?"

"하지만 관여할 생각은 조금도 없었는데 AR이 그 일을 맡을 것처럼 보이는 것도 결코 그룹에 득이 되는 것은 아니잖습니까. 그리고 저도 생각이―"

"내가 너에게 실망한 것은 첫째, 네 발언으로 인해 누구든 그룹 내부에 문제가 있는 것 같다 확신하게 되었기 때문이고. 둘째, 일개 사장 주제에 그룹 총수라도 되는 것처럼 입장을 밝혔기 때문이며. 마지막으로, 금융 계열사 관련한 문제들이 터졌다. 네 그 생각 없는 입 놀림 때문에."

"금융 계열사가 여기서 왜 나와요?"

잠자코 지켜보던 김 관장이 이 건은 그냥 넘길 수 없는지 끼어들었지만, 윤 회장의 노기에 찬 시선은 윤인범에게 그대로 고정된 채였다.

"내부에 뭔가 문제가 생긴 걸로 보이니까 이때다 싶어서 달려드는 거겠지. 모터스 설립을 앞당기고자 한 것도 이 일 때문이다. 지주사로 전환 준비하고 있다는 노력이라도 보여야 국감에서 탈이 없을 테니까."

"수단과 방법 가리지 말고 자리 보존하라는 게 아버님 가르침 아니었습니까? 저도 제 자리 지켜야 했습니다. 이렇게 말씀하시면 저 정말 서운합니다. 말단 사원에게도 이렇게 박하게 대하지 않아요. 제가 여태껏 얼마나 열심히—"

"빈대 잡자고 초가삼간 다 태워 먹을 심산이야? 네 자리 지키고 싶다고 그룹을 통째로 날려도 상관이 없느냔 말이다!"

"그건……."

"자리? 나야말로 묻자. 아직도 네 자리가 어떤 자리인지 제대로 파악이 안 돼? 기현이가 기자들 만나서 다른 미끼 뿌렸기에 망정이지, 아니었으면 지금이라도 당장 기자 회견 열어야 할 판이었다! 지금은 레임덕, 그다음은 새 정권…… 뭐 하나 트집 잡으면 그걸로 물어뜯는 거 몰라? 대체 그동안 뭘 배웠어?!"

사람이 어떻게 이렇게 경솔해. 노기가 가시지 않는 듯 윤 회장이 씨근덕거렸다.

"절 파세요."

아무도 손대지 않은 디저트를 포크로 쿡쿡 찌르며 기현이 대수롭지 않게 말했다.

"뭐?"

"제 이름으로 덮으시라고요."

"야, 윤기현. 주제 파악 못 해? 지금 네가 뭔데 끼어들어?"

"자동차 계열사 출범을 앞둔 윤기현의 앞으로의 행보, 윤기현의 노블레스 오블리주, 윤기현의 공약을 대거 수용한 야당과의 단일화……. 당장은 시선 돌리기 충분하잖아요."

이제야 이 촌극이 어떻게 벌어졌는지 짐작이 간 윤진서가 코웃음을 쳤다. 물론 먼저 말을 흘린 건 윤인범이겠지만 뒤에서 잔망스러운 불씨를 피워 올린 건 윤기현이 맞는 모양이었다.

윤인범이 크게 사고를 친 직후, 누구의 소유인지도 모를 조그만 언론사에서 그룹 내부 사정을 비교적 상세히 다룬 기사들을 뿌려 댔다. 평소 같았으면 조용히 묻히고 말았을 텐데, 하필 윤인범이 흘려둔 말이 있었던 터라 그와 맞물려 기사가 일파만파로 번져 갔다.

그렇게 저기압인 윤회장의 눈치를 보며 납작 엎드려 있는 동안, 갑자기 주요 매체에서 연락이 오기 시작했다. 얼마 전 기현과 오찬을 했는데, 그때 자동차 계열사 출범과 지주사 문제가 관련이 있다는 말을 들었다고. 기현이 틈을 봐서 보도 자료 넘긴다고 했었는데 이 문제 좋게 넘어가려면 지금이 그 타이밍 아니겠냐는 거였다.

그때부터 좀 수상하다 싶었건만. 지금 준비라도 한 것처럼 술술 말을 뱉는 걸 보니 이 판을 더 키운 건 기현일 게 확실했다. 하지만 누굴 탓할까. 판을 키운 건 기현이었어도 애초부터 책잡힐 짓을 한 건 저 생각 없는 오라비였다.

윤진서가 바로 읽어 낸 수를 윤 회장이라고 몰랐을까. 하지만 이런 되바라진 계략은 오히려 윤 회장이 기꺼워하는 것 중 하나였다. 게다가 결과적으론 기현이 수습했어야 할 일까지 윤인범이 해결하게 생겼으니……. 적도 처리하면서 내 일도 해치워 버리는 셈이라 효율적이기까지 했다.

"그럼 전 모터스 경영에 참여해도 문제없는 거겠죠?"

"윤기현. 너 혼자 선거해? 선거 끝났어?"

"제 이름 써서 이목 돌리라고 아까 말씀드렸잖아요. 그보다 더 좋은 방법이 있습니까? 없잖아요."

"그래서 뭐."

저 멍청한 놈. 듣고 있기 답답한 듯 윤진서가 물을 벌컥 들이켰다.

"하…… 정말 답답하시네요. 형님이 나서서 수습 잘해 주시면 제가 선거에서 질 이유가 없지 않겠습니까? 절 이슈로 삼아 금융 계열사 문제 덮으려면 국제 업무지구 이야긴 당연히 수면 위로 올라와선 안 될 테고. 그럼 제 지지율이 흔들릴 일도, 여당이 당선될 일도 없겠죠."

"윤기현, 너!"

"형님 덕에 편안히 선거 마무리 지을 수 있게 됐네요. 감사합니다."

윤인범이 자리를 박차고 일어나 삿대질을 한 찰나, 윤 회장이 만족스럽게 목을 울렸다. 오늘만 두 번째였다. 보기 드문 그의 미소가 전부 기현으로 인한 것이었다.

"김 비서."

"예."

"별채 정리해 드려."

"아버님!"

"기현이 말 틀린 것 없다. 수습할 자신 없는 거냐? 그럼 지금 말해라. 어설프게 나서서 더 망쳐 놓을 거면 내가 직접 해결할 테니까."

윤인범은 손에 잡히는 대로 집어 던지지 않기 위해 냅킨을 꾹 쥐어야 했다.

그대로 두었다간 꼼짝없이 AR그룹이 국제지구 책임을 안 진다며 욕먹을 상황이어서 기현도 물먹일 겸 던져 본 거였다. 윤 회장이 뭐라고 하지 않아도 다른 이슈를 던져서 좋게 마무리할 계획이었단 말이다. 그런데 근본 없는 것들이 손을 잡고 더러운 수나 쓰는 바람에, 기현의 경영 참여 조건까지 제 손으로 마무리 지어 주게 생겼다.

"그리고 나라면, 쓸데없는 사람 찾아가서 나 밀어 달라는 협박이나 할 시간에 좀 더 생산적인 일에 골몰했을 거다."

윤인범도, 윤기현도 공손하게 숙였던 고개를 번쩍 들었다.

"차라리 자기 능력대로라도 일해 볼 수 있게 말 얹지 말고 지켜봐 달라는 놈이 낫지, 쯧."

그때 그 노인을 말하는 건가……. 기현은 입술을 꾹 말았다. 이번에 윤 회장이 손을 들어 준 쪽은 모르는 사람이 봐도 자신을 가리키는 것 같아서. 반대로 윤인범의 낯은 흙빛이나 다름없었다.

"참, 그리고 진서 너는 대원에 무슨 짓을 한 거냐."

승리감에 고취되었던 기현의 눈빛이 조금 흔들렸다. 여기서 대원이, 진태성이 왜 또 나온단 말인가.

"개인적인 설욕이었을 뿐입니다."

"아까도 자리 이야기가 나왔지만, 너도 네 위치를 생각해라. 그런 사람들 하나하나 상대하다간 제 명에 못 사는 법이야."

"예."

"기현이는 나중에 연락받는 대로 본가로 들어오고."

"……예."

오늘은 여기서 마무리를 지으려는 듯 윤 회장이, 그리고 뒤이어 김 관장이 일어섰다. 기현을 흘기고 가는 눈초리가 꽤 무시무시했다. 하지만 기현이 평온한 표정으로 자신을 무시하자 김 관장은 참으려는 듯 숨을 깊게 들이쉬며 그대로 시선을 돌려 버렸다.

생각보다 일이 잘 풀려서 붕 뜬 기분으로, 윤진서가 태성의 본가에 무슨 짓을 한 걸까 골몰하던 기현은 뒤늦게 떠오르는 것이 있어 남아 있는 사람들에게 묵례하고 윤 회장을 쫓아 걸음을 빨리했다.

"잠시만요!"

방정맞게 뛰어온 모양새가 별로였는지 윤 회장이 혀를 찼다.

"저…… 김 비서님께 드릴 말씀이 있습니다."

"내가 아니라 김 비서?"

"예. 잠깐이면 됩니다."

잠시 기현을 훑어보던 윤 회장은 달리 의심스러운 구석을 읽지 못했는지 고개를 끄덕였다. 어쩌면 오늘 의외로운 모습으로 자신을 즐겁게 해 준 대가일지도 모르겠다.

"그럼 김 비서는 기현이와 옆의 엘리베이터로 이동하지."

"예, 아래에서 뵙겠습니다."

회장과 관장이 먼저 내려가고 기현과 김 비서는 옆의 엘리베이터에 몸을 실었다. 이 층의 엘리베이터들은 프레지덴셜 스위트룸이 위치한 최상층에서 라운지까지만 움직였다. 그래서 다시 로비까지 운행하는 보통의 엘리베이터로 갈아타야 하는 번거로움이 있었다.

윤희연이 호텔로 온 이후, 가장 먼저 손을 봤던 게 엘리베이터의 운행 방식이었다. 일정 등급 이하의 투숙객들은 발도 못 들이게 만든 방식이 참 윤희연다웠다. 마음에 들진 않았지만, 그 덕에 김 비서와 이야기할 시간은 벌 수 있었으니 다행이라고 해야 하나.

"시간이 없으니 본론부터 말씀드리겠습니다. 계속 말씀드렸지만, 집사님의 정확한 행방이 궁금합니다."

김 비서가 질렸다는 얼굴을 하며 꾹 감은 눈두덩이를 문질렀다.

"저도 계속 말씀드렸습니다만…… 제가 회장님이 아닌 분께 보고 드려야 할 이유가 없을 텐데요."

"출마 선언 직후 김 관장이 회장님 눈을 피해 무슨 일을 어떻게 꾸몄는지 본인 입으로 직접 들었습니다. 회장님이 알고 계시던 사실과 다르던데요."

"중간에 납치 시도가 있었던 것은 사실입니다만 불발로 그쳤습니다. 회장님이 원래 계획하셨던 대로 일은 무사히 마무리되었고요."

기현이 셔츠 아래 목걸이를 끄집어냈다.

"불발로 그쳐요? 이거, 집사님이 끼시던 반지입니다. 김 관장이 저에게 직접 던져 주고 갔고요."

김 비서가 미간을 찌푸렸다. 아예 아무것도 모르면 대충 둘러대고 말 일인데, 김 관장이 괜히 들쑤셔 놓는 바람에 기현이 어설프게 알게 되어서 골치가 아파졌다.

"……지금은 말씀드릴 수 없는 일이고, 또 도련님께 알려 드릴 이유도 없습니다. 다시 말씀드리지만 안전하게 계시고, 회장님께선 이미 모든 일을 다 알고 계십니다."

완고한 김 비서의 말에 기현도 더 캐묻기 곤란해졌다. 다른 사람들처럼 감정적인 호소가 먹힐 인물도 아니었고. 뭐, 어차피 신무원으로 들어가게 될 테니 좀 더 지켜보면서 어떻게 된 일인지 파헤쳐 보면 되지 않을까 싶었다.

좋지 않은 결과였다면 차라리 더 빨리 흔적을 찾을 수 있었을 텐데.

생각 외로 더뎌지는 것을 보니까, 무엇보다 태성과 김 관장 휘하의 사람들…… 이 전부 덤벼들고 있으니까 아직 희망이 있는 것 같았다. 그렇지만 누구의 말이 맞는 건지 도통 알 수 없어서 머리가 아팠다.

이건 아주 중요한 문제였다. 생모의 생사는 물론, 이 일로 인해 윤 회장과 김 관장의 내부 장악력을 파악할 수 있을 테니까.

"그럼 아까, 윤진서 사장이 말한 대원에 대한 개인적인 설욕이란 건 혹시 무엇인지 아십니까?"

"사장님께서 대원 실업 본가에 이번 시즌 백화점 상품 전부를 선물로 주셨다고 들었습니다."

"본가라면……."

"진태성 이사의 모친에게요. 어디까지나 호적상으론 그렇지만."

난데없이 선물이라니. 의문스럽긴 했지만, 그 정도를 가지고 딱히 설욕이라고 할 것 정도는 없어 보이는데…….

"그 선물들이라는 게 전부 디스플레이 상품이라는 게 문제였지만요."

"……뭐라고요?"

"진태성 이사의 모친은 뭐가 됐든 그저 좋아하며 받아들였다고 합니다. 그러니 더욱 진 이사의 화를 돋웠겠죠."

"아……."

태성은 조금도 그런 내색을 보이지 않았다. 오히려 기현에게 영양제는 제대로 먹고 있느냐고 물어 왔고, 부탁하는 것도 전부 다 들어주었다. 오늘 윤인범에게 역으로 모든 책임을 미룰 수 있었던 것도 태성이 물밑에서 여론을 만들어 준 덕분이었다.

클래식이 울려 퍼지며 엘리베이터 문이 스르륵 열렸다. 김 비서가 가볍게 묵례한 후 먼저 자리를 빠져나갔다. 기현은 멍하니 서 있다가 그대로 닫힐 뻔한 문을 가까스로 다시 열었다. 태성에게 조금…… 미안해졌다. 저와 얽히는 바람에 돈은 돈대로 쓰고, 수고는 수고대로 해 놓고선 윤진서에게 당하지 않아도 될 모욕을 당한 셈 아닌가.

힘껏 눈을 감았다 뜨는 바람에 곧게 뻗은 기현의 속눈썹이 파르르 흔들렸다. 당장, 태성의 얼굴이 보고 싶어졌다. 그에게 무슨 말이라도 해야 할 것 같았다. 속이 와글와글 시끄러워졌다. 붙들고서 무슨 이야길 하고 싶은 건진 모르겠지만, 당장 그의 얼굴을 보면 혀끝에 머문 문장들이 알아서 와르르 쏟아질 것 같았다.

"음……? 벌써 왔습니까?"

평온한 시간을 방해한 불청객을 확인하려던 태성의 사나운 눈빛이 다시 나른하게 젖어 들었다. 따뜻한 물살을 헤치고 다가온 그가 욕조 헤드에 팔을 얹으며 기현에게 턱짓을 했다.

"그건 또 뭡니까?"

"케이크요."

"케이크?"

"오늘 윤인범 한 방 먹이고, 정식으로 모터스 경영 참여해 보라는 허락 떨어졌거든요."

"오."

물기 어린 손가락이 조그만 상자를 톡 밀었다.

"샴페인도 있습니다."

기현이 샴페인 병을 쥔 반대편 손을 흔들었다. 태성이 작게 웃음을 흘렸다.

"그렇게 생색내 봤자 어차피 내 카드로 긁은 거 아닙니까?"

"곧 돌려드리게 될 겁니다. 이제 본가로 돌아가게 될 테니까요."

"그래요? 언제?"

"글쎄요, 조만간? 오늘은 안 바쁘셨습니까?"

"나도 좀 쉬어야죠. 이러다 골로 가겠어."

그다지 취향은 아니었는지 샴페인 라벨을 확인한 태성이 코를 찡긋거렸다.

기현이 부탁한 일, 그러니까 AR그룹의 지주사 문제를 대두시키는 일쯤은 아무것도 아니라고 했지만…… 결코 쉽지 않았을 거다. 함부로 기사화하려는 곳이 없었으니 직접 언론사까지 만들었던 거겠지. 게다가 원래 하던 업무도 있었을 거고. 그래서 요즘은 그의 그림자를 보는 것도 어려웠다.

"……같이, 씻어도 됩니까?"

의외의 물음이었는지 잠시 물끄러미 바라보기만 하던 태성은 이내 씩 웃으며 손을 내밀었다.

"뭘 새삼스레."

태성에게 케이크 상자를 건네고 단추를 풀었다. 기현은 되도록 아무렇지도 않은 척하려 애쓰며 옷을 벗었다. 그리고 태성이 한 손바닥으로 마개를 누르며 철사를 벗겨 내느라 쳐다보지 않는 틈을 타 재빨리 욕조에 몸을 담갔다.

"잘 마무리된 겁니까?"

"안 그래도 제가 애들에게 한 소리 하는 바람에 약이 오른 상태였는데 자기 손으로 제 성과를 이뤄 주게 생겼으니 황당할 노릇이었겠죠. 이사님이 윤인범 얼굴을 봤어야 했습니다."

"애들?"

"아. 조카들 말입니다. 절 보고 저 사람이 왜 자기보다 상석에 앉아 있냐고 하더라고요. 그래서 집에서 그렇게 배웠냐고, 어디서 숙부에게 건방지게 구냐고 한마디 했죠."

태성이 기가 찬 듯 짧게 혀를 찼다. 윤인범의 아이들이라면 첫째가 초등학교 졸업도 안 했을 텐데. 벌써부터 말하는 본새가 저따위라니. 그럼 그렇지, 신무원 종자가 어디 가겠나. 고작 그 정도의 훈계로 윤인범의 속이 뒤집혔다는 것으로 보아, 그간 집안 내에서 윤기현의 취급이 어땠을지 뻔했다. 그 생각을 하니 기분이 더 나빠졌다. 아무래도 자신은 이 역할극에 상당히 몰입한 게 분명했다.

"덜렁 한 조각이 뭡니까? 이걸 누구 코에 붙이라고."

"제가 단 걸 안 좋아해서요. 어차피 이사님도 별로 안 좋아하실 것 같고……. 그래도 뭔가 축하할 때 케이크 먹잖아요. 한번 기분 내 보고 싶었습니다. 어차피 곧 본가로 돌아갈 테니 시간도 없을 것 같아서……."

벌써 몇 번째인가. 돌아간다는 말이. 중얼거리며 상자의 리본을 푸는 기현의 모습을 보노라니, 괜히 착잡해져서 태성은 손에 든 것을 그대로 한 모금 들이켰다. 머리가 띵할 정도로 달았다. 이래서 샴페인은 별로다.

몸을 일으켜 기현에게로 좀 더 다가가자 물결이 파동을 그리며 번져 나갔다. 늘 곧은 자세를 고수하는 청승맞은 기현의 몸이 더 뻣뻣하게 굳었다. 긴장이라도 하는 것처럼.

"와인이든 샴페인이든 마실 거야 병째 마시면 된다지만. 케이크는 맨손으로 먹어야 합니까?"

"아. 오는 길에 생각나서 급하게 산 거라……."

손가락으로 생크림을 푹 떠서 콧등에 찍어 주자 기현이 동그랗게 눈을 떴다. 태성이 본 것 중 가장 천진한 기현의 모습이었다. 단정한 코끝을 가볍게 물었다가 생크림을 핥아 주고, 그 아래 인중과 입술에 가볍게 입 맞추었다.

"그만 나가죠."

많은 뉘앙스를 품고, 태성이 목을 좌우로 꺾으며 스크린을 눌렀다. 쏴아, 모래가 곱게 부서지는 소리가 났다. 뭔가 했더니 물이 빠져나가는 소리였다. 특수한 장치를 설치한 모양이었다. 바닷가에 있는 것처럼 모래가 부서지는 아득한 소리. 그 소리를 듣고 있자니 기현은 왠지 지금 태성에게 결심했던 일을 말해야 할 것 같았다.

"해도…… 될 것 같습니다."

타월로 뻗던 태성의 손이 뚝 멈추었다.

"해도 된다고요?"

앉았을 때 가슴까지 오던 물이 이제 거의 허리 근처에 머무를 정도로 빠르게 줄어들었다. 급격히 차가워진 온도 차로 살갗에 바람이 이는 것 같았다.

"이제 한숨 돌리기도 했고, 이런…… 걸, 네. 하여튼 주고받는 게 썩 나쁘지도 않은 것 같고……."

그리고…… 미안하고, 고맙기도 하고.

대원의 초기 자본 문제로 태성이 AR그룹 사람들을 껄끄러워하는 걸 알면서도 계속 무리한 부탁을 했다. 그리고 그는 지금까지 기현이 바란 모든 것을 이루어 주었다.

대수롭지 않게 이런저런 이야기를 나누고 있노라면, 싸늘했던 처음의 태성의 떠오르기도 했다. 흥미롭다는 듯 빛나면서도 속을 알 수 없는 탁한 눈을 했던. 지금도 그의 속을 알 수 없기는 마찬가지지만…… 이제는 충분했다.

생각시도 않은 세심한 방법으로 유리한 판을 짜 준 것도, 최근 얼굴을 거의 보지 못했을 때도 아침에 일어나면 옆에 사람이 누웠다 간 것처럼 움푹 팬 자국이 있었던 것도, 그리고 윤진서에게 견디기 어려운 수모를 당하고서도 한마디 내색도 안 했던 것도. 그 모든 일이 기현의 가슴에 찰랑찰랑 감정이 차오르게 만들었다. 그저 고마웠다. 그래서 태성에게 뭐라도 해 주고 싶어졌다.

"남자와 섹스할 때는 하고 싶다고 바로 할 수 있는 게 아닙니다."

말은 그렇게 하면서도, 태성은 이미 샴페인 병을 수면 위로 내던지고는 몸을 바투 붙여 왔다. 아직 욕조에 물이 고여 있어 둥둥 떠 있는 게 천만다행이지, 아니었으면 깨진 병을 수습하느라 관리인들이 고생했을 터였다.

"……압니다."

몸을 감싸던 물이 허리에서 엉덩이까지 점점 내려갔다.

"미국은 적어도 한국보다는 성적인 이야기가 자유로운 곳이라 주위들은 이야기가 많고, 그리고 저도 나름대로……."

하얗고 탄탄한 몸이 시야에 가득 들어왔다. 등과 허리가 차가운 벽에 닿는 바람에 놀라 몸을 뒤틀자, 태성이 꾹 깨문 잇새로 뭐라고 중얼거리며 대뜸 허벅지를 잡아 벌렸다. 아마도 상스러운 욕을 했던 것 같다. 그의 무게에 눌려 욕조에 몸을 기댄 채 다리를 벌리려니, 민망한 건 둘째치고 허벅지 근육이 얼얼하게 땅겼다.

"그래서?"

계속 말해 보라며 태성이 또 코를 살짝 깨물고 핥았다.

"그래서 저도…… 나름대로, 준비를 하긴 했습니다."

처음 태성의 카드를 받았을 때, 3억 조금 넘는 금액을 썼던 것 같은데 그는 눈 하나 꿈쩍하지 않았다. 반대로 말하자면 태성 또한 값비싼 선물에는 감흥을 느끼지 못한다는 뜻이다.

곧 돌아갈 예정인 거지 아직 정식으로 모든 것이 넘어온 게 아니다. 그러니 태성에게 뭘 선물한다고 해 봤자 어차피 그의 돈을 써야 할 거고…… 그건 의미가 없었다. 가진 게 아무것도 없는 와중에 태성이 무엇을 가장 좋아할까, 고민한 결과가 이거였다.

단지 그런 이유로 태성과 몸을 섞을 생각부터 떠올린 스스로가 이해가 안 가긴 했다. 자신의 손으로 화대나 받는 싸구려로 전락하는 기분이었다. 근데 그런 기분이…… 꼭 나쁘지는 않다는 게 문제였다. 태성에게 길들기라도 했는지 아무 생각 없이 쾌락만을 탐하는 그때가 문득 떠올라 혼자 있을 때도 허리 아래가 떨려 올 때가 있었다.

눈앞의 이 아름다운 남자가, 좀 더 함부로 대해도 괜찮을 것 같았다. 어떤 이성적인 말로도 포장할 수 없는, 기현이 느낀 최초의 본능이었다. 그리고 무엇보다, 좀 더 진태성에게 닿고 싶었다. 말할 수 없는 부분까지 가까워지면 지금 느끼는 이 불분명한 감정이 설명하지 않아도 절로 그에게 가, 닿을 것만 같았다.

"준비를 했다고요."

"네."

"어떤 준비였는지, 무엇을 위한 준비였는지는 내가 마음대로 해석해도 되는 겁니까."

"아마…… 도요."

"어떻게 했습니까. 적당한 기구도 없었을 텐데."

"약을…… 샀습니다. 그래서 호텔에서……."

"약?"

"아……."

태성의 손이 조금 급하게 아래를 쓸었다. 빠르게 훑어 주는 손길도 손길이지만 무슨 약, 하고 채근하는 목소리가 몸을 들썩이게 했다.

"잘 모르겠지만 그냥…… 액체가 들어 있는, 입구가 긴 풍선 같은…… 거 였, 아!"

태성이 기현의 마른 목덜미를 물어뜯었다. 핥고 깨무는 게 아니라, 그야말로 물어뜯는다는 말이 어울릴 강도였다. 청승맞게 길게 뻗은 기현의 목을 볼 때마다 늘 이렇게 범하고 싶었다. 조금 씹고 빨았을 뿐인데 여린 살점은 벌써 실핏줄이 다 터져서 검붉은 멍이 올라왔다. 달았다. 아까 몇 번 핥은 생크림의 여파인지 기현에게서 자꾸 단맛이 났다.

"애널 섹스라곤 관심도 없던 스트레이트가 스스로 뒤를 열고 깨끗하게 했다고?"

미국에서의 가벼웠다던 만남 가운데 남자도 몇 있었던 것 아니냐고, 태성이 집요하게 추궁하며 허리를 감아 끌어당겼다. 아직 얕게 고여 있는 욕조의 물 덕에 살결이 쑥 미끄러졌다. 머리를 받쳐 주던 태성이 물이 거의 빠져나가자 천천히 몸을 뉘어 주었다. 낯 뜨거운 말을 하는 것과는 정반대의 행동이어서 그 퉁명스러운 다정함에 가슴이 간질거렸던 것도 잠시.

"흐읏……!"

이어진 행위에 태성이 베풀었던 친절은 그게 마지막이었다는 것을 깨달았다.

"그대로 박으면 몸 망가집니다."

"잠깐, 뭘…… 으, 그만! 미쳤습니까! 그런, 그런 걸!"

태성이 뒤에 샴페인 병을 밀어 넣으려 하고 있었다. 기현이 기겁을 하자 위험하다며 가만히 있으라고만 했다. 아니, 지금 가장 위험한 상황을 만드는 게 누군데?

"병목만 겨우 들어갔을 뿐인데요. 조이지 말아요, 혹시 깨지면 큰

일 나니까."

구멍을 조금 벌려 둬야 덜 아플 거라면서 태성이 병을 살살 돌렸다. 현재로선 아프다기보다는 불쾌했다. 조금 의아하기도 했다. 원래 남자끼리 할 때는 이렇게 하나. 그러지는 않을 것 같은데……

"자꾸 뒤치면 안에서 깨질지도 모른다니까요."

"아, 웃……."

샴페인인지 물인지 모를 액체가 꾸역꾸역 안으로 쏟아지는 느낌이 이상했다. 아슬아슬하게 뒤에 병목을 꽂아 둔 상태로, 태성이 고환을 주물러 댔다. 차가워진 온도에 평소보다 뾰족하게 솟은 젖꼭지를 핥아 올 무렵엔…… 이 상황을 이성적으로 생각하는 것을 그만두기로 했다. 뒷구멍에 은근한 압박감이 느껴지는 와중에도 몸이 쉽게 달아올랐다.

기현의 다리 사이에 자리 잡은 태성이 상체를 일으켰다. 단단한 손이 귀두 아래 움푹 팬 곳을 긁으며 기둥을 빠르게 훑었다. 기현은 점점 머릿속이 새하얗게 되는 와중에 뒤로 힘을 주지 않으려 노력했다. 태성의 말대로 혹시라도 뭔가 문제가 생길까 봐서. 그러나 육체적인 껄끄러움이나 불쾌감과는 별개로 부끄러운 곳을 자꾸 의식하게 되는 상황 자체가 묘한 흥분을 불러일으켰다.

"좀 더 벌려 봐요."

손을 이끌어 무릎 뒤를 잡게 하자 뒷구멍이 좀 더 훤히 드러났다. 태성이 뭔가를 가늠하는 듯 병을 살살 돌려 보다 천천히 빼냈다. 그의 말대로 깊게 들어간 것은 아니었다. 하지만—

"무, 무슨……. 이건 싫습니, 아……!"

고개를 숙인 태성이 병을 빼자마자 다시 빠르게 수축하려는 구멍을 혀로 헤집었다. 상체가 접히듯 구부러졌다. 불쑥 파고든 혀에 몸이 절로 튀었다.

이건 싫었다. 굳이 하지 않아도 되는 행위 아닌가. 기현은 몸부림을 쳤지만 그럴수록 아까 몸 안에 쏟아졌던 물이 다시 질금거리며 흘러나와서, 꼭 내벽이 스스로 젖어 애액이라도 흘리는 것처럼 보였다.

"맛있네. 잘 젖고."

물기 어린 입술을 핥으며 태성이 픽 웃었다.

"지금, 그런, 말이……."

태성은 개의치 않고 구멍을 벌려 보며 풀린 정도를 확인하고는, 다시 혀로 아래를 헤집기 시작했다.

"흐읏, 읏……."

체감으로는 이렇게 깊은 곳까지 혀가 닿을 수 있나 싶을 정도였다. 사실 기현은 수치심보다는 고통을 각오했었다. 그런데…… 태성과의 관계는 육체적인 것마저 늘 이상한 방향의 의외성을 선사하는 것 같다. 이렇게 대뜸 병목으로 뒤를 쿡 찔러 온다거나, 부끄러운 곳에 혀가 닿는 일 같은 건 짐작한 바 없었는데.

그러나 우습게도, 기둥을 훑는 태성의 손이 빨라질수록, 질척이며 뒤를 빨아 주는 소리가 적나라해질수록 터질 것처럼 아래가 부풀어 오르기 시작했다. 이미 엉망으로 흐트러진 기현은 태성을 밀어내지도, 그렇다고 붙잡지도 못하고 끙끙 앓고만 있었다.

녹진하게 풀린 구멍에서 회음을 거쳐 고환까지 핥으며 태성이 시선을 슬쩍 들었다. 발갛게 달아오른 저 얼굴부터 꾹 힘을 쥔 발가락까지. 어느 한 군데도 청승맞고 가녀리지 않은 곳이 없었다.

할딱이는 기현의 가슴에 입을 맞추고, 물어뜯어 상처를 낸 목덜미를 길게 핥고, 볼에 입술을 묻었다. 습관처럼 음란한 말을 속삭이려는 순간, 기현의 손이 머뭇거리며 태성의 등을 끌어안았다.

'아.'

밭은 숨으로 맞닿은 가슴이 크게 부풀었다. 태성은 그게 꼭, 흉통이 아니라 기현의 마음이 울렁이며 크기를 키워 나가는 것처럼 느껴졌다. 터질 것 같은 심장 박동이 누구의 것인지 구분이 안 되었다.

태성은 눈을 질끈 감았다. 자신이 어떤 마음으로 그를 도와줬는지, 그러기 위해서 뒤에서 무슨 짓을 벌였는지 기현은 아직 모른다. 윤기현의 죄는 그저 그 집안에서 태어난 것뿐이었다. 자신이 그랬던 것처럼.

처음부터 신무원의 연결고리로 기현을 받아들였다. 평소엔 겪어 본 적 없던 상황에 자꾸 윤기현을 어떻게 해 보고 싶다는 생각이 들긴 했지만…… 그건 금기된 데 누구나 호기심을 갖는 것과 다를 바가 없다고 결론 내린 바였다.

그저 기현이 자신을 신뢰하는 것이 편하기에 사귀자는 말을 툭 내뱉었을 뿐이다. 그가 상처받아도 어쩔 수 없는 일이라고 생각했다. 어차피 이 과정에서 기현은, 언젠가 그가 했던 말처럼 오로지 자신의 수단에 불과했으니까. 그런데 윤기현의 서툰 손짓 하나에 이상하게 명치 아래가 뜨끈해졌다.

태성은 괴로운 숨을 삼키며 다시 기현의 몸에 입술을 묻었다. 그리고…….

"흐윽……!"

단번에 아래가 꿰뚫렸다. 그 외에는 적당한 표현이 없었다. 격통에 숨을 제대로 쉬지 못하는 가운데, 태성의 것이 꾸역꾸역 밀고 들어왔다. 기현은 처음 느껴 보는 이물감에 몸이 자꾸 뒤틀렸다. 서툴게 관장했던 것과는 차원이 달랐다.

문득 남자를 좋아하는 선 아니지만 섹스는 남자와만 가능하다고

했던 태성의 말이 떠올랐다. 어떤 의미인지 알 것 같았다. 그의 키스
는 능숙했고, 빠르게 상대의 몸을 달굴 줄 알았지만, 행위 그 자체에
선 조금도 다정하지 않았다. 중요한 무언가가 빠져 있는, 잔뜩 뒤틀
린 섹스였다. 아니, 최소한 뒤를 빨아 풀어 주기는 했으니 그나마 고
마워해야 하는 걸지도.

일정한 속도로 꾸역꾸역 태성의 것이 밀고 들어오는 광경을 직접
보면 더럭 겁이 날 것 같아서 기현은 욕실의 조명만 쳐다보며 괴로
운 감각을 견뎌 냈다. 찡그린 눈 너머 불빛이 몇 개씩 겹쳐 보일 때
쯤, 태성이 기현의 턱을 당기며 몸을 숙였다.

갑작스러운 움직임에 아까까진 간헐적으로 올라오던 압박감이 강
하게 밀려왔다. 누군가 몸 안으로 손을 넣어 모든 장기를 쥐어짜는
기분이었다.

"너무…… 좁은데."

"당연한 거…… 아닙니까."

"후…… 나한텐 당연하지 않은 일이니까."

태성이 슬쩍 허리를 밀어 올렸다.

"안에 싸도 돼?"

"당연히 안, 앗! 조금…… 만, 천천, 으읏!"

원하던 답이 아니었는지 태성의 허리 놀림이 빨라졌다. 목걸이가
쟁강거리는 소리, 욕조 바닥에 옅게 고여 있던 물이 살과 마찰하며
찰박이는 소리, 그리고 무엇보다 눈앞에서 흔들리는 진태성 때문에
기현은 정신이 하나도 없었다.

어설프게 태성의 등을 감싸 안았던 손이 자꾸만 미끄러지기에, 힘
을 주어 단단한 몸을 끌어안았다. 뭔가 의지할 곳이 필요해서 그렇
게 했을 뿐인데, 그럴 때마다 태성의 숨이 자꾸 거칠어졌다. 그제야

기현은 어렴풋이 어떤 것들이 태성을 달구는지 알 것 같았다.

"가끔 보면 꼭 누가 널, 하아, 일부러 심어 놓은 것 같단 말이지."

"아……!"

"봐. 남자 처음이라면서, 응? 이렇게 뒤로 잘 받아먹는 게 어떻게 가능하냔 말이야."

"그런 말 좀, 하지, 하지 말…… 흐윽!"

땀에 젖은 살결이 부딪히며 철썩이는 소리를 더했다. 다른 복잡한 사정을 다 날려 버리고 오로지 기현만 보자면, 정말 누가 작정하고 취향인 부분만 수집한 게 틀림없었다.

골 때리는 생각으로 사람 놀라게 하는 것도 그렇고, 싫다고 혀를 물어뜯을 정도로 과격하게 굴다가도 막상 한번 허락하니 뒷구멍에 병을 밀어 넣어도 거절할 줄 모르는 것도 그렇고, 이렇게 다시없을 것처럼 찰싹 붙어 매달리는 점도 그렇고……. 전부 태성을 환장하게 만드는 요소였다.

허리를 추어올리며 박는 깊이를 더해 가자 기현이 흐으, 하고 애써 숨을 참았다. 방식은 거칠었어도 어쨌든 풀어 준 덕에 발갛게 벌어진 뒤는 다행히도 출혈 없이 태성의 것을 잘도 물어 삼켰다.

아무리 그래도 이대론 심심하지 싶어서 아픔으로 시들어 버린 기현의 것을 쥐었다. 귀두 바로 아래를 문질러 주자 확실히 구멍이 움찔거리는 정도가 달라졌다. 긴장으로 쿵쿵 뛰기 시작하는 혈맥이 고스란히 느껴졌다.

포피에서 귀두까지 천천히 쓸던 손이 요도를 슬쩍 누르자 기현의 몸이 펄떡거렸다. 그 감각을 간절히 기다려 왔던 것처럼 몸을 비트는 게 꽤 볼만했다. 땀으로 끈적끈적해진 손가락으로 지긋하게 눌렀다 떼는 것을 반복하자 완전히 단단해진 기현의 것이 선액을 질금질금 쏟아 냈다.

"아웃, 응······."

기현이 가쁜 숨을 골랐다. 우스운 일이었다. 이렇게 철저히 태성 위주의 쾌락으로 점철된 행위를 하면서도, 그 배려 없음에 몸이 자꾸 떨렸다. 창부라도 대하듯 구멍에 쑤셔 넣고, 성기를 쥐어 흔들고, 유두를 깨물고 핥는 수치스러운 일련의 행동이 자꾸 기현의 허리를 움찔거리게 했다.

'내가 원래, 이랬었나. 꼴사납게 이런 것들에 흥분하는······.'

"아웃, 아픕, 아······!"

가볍게 눌러 주다 손가락으로 후벼 내듯 요도 부근을 더듬자 수십 배로 밀려드는 쾌감에 제대로 말을 이을 수 없었다. 태성은 다른 손으로 기현의 가슴을 그러쥐며 유륜을 넓게 문지르다 세게 유두를 비틀었다. 그가 몸을 숙이는 바람에 찌르는 각도가 달라졌는지, 기현이 더는 참지 못하고 긴 숨을 흘렸다.

태성은 기현의 것을 빠르게 훑어 주며, 꼭 그만큼 박는 속도를 올렸다. 끝까지 닿지도 않았는데 그의 묵직한 고환이 회음과 엉덩이에 철썩이며 부딪혔다.

"나 이제 싸고 싶은데."

"안에는, 싫습····· 응!"

천사 같은, 그러나 더없이 퇴폐적인 얼굴로 태성이 안에다 싸게 해 달라고 계속 졸랐다.

"아으······."

"싫어?"

제대로 된 말을 잇지 못하자 또 목을 씹어 댔다. 아리고 쓰린 와중에도, 흥분한 태성의 숨결이 귓가에서 흩어지자 조금 더 몸이 달구어졌다. 진태성은 제 얼굴만큼이나 효과적으로 몸을 쓸 줄 아는 남자였다.

"다시 말해 봐. 싫어?"

"싫…… 아……!"

태성이 손바닥에 굳은살이 박인 부분으로 귀두 끝을 문질렀다. 사정하기 직전까지 내몰린 기현이 발가락을 잔뜩 오므리자 태성이 손을 떼 버렸다. 그리고 또 비벼 대다가 사정 직전에 멈추는 것을 여러 차례 반복했다. 이쯤 되면 고문이었다.

"아, 제발, 그만……."

또 태성이 장난을 치려는 기미가 보이자 기현이 잔뜩 붉어진 눈으로 애원했다.

"그럼 네가 직접 말해. 안에, 여기에, 싸도 된다고."

안에, 여기에, 라고 말하며 쿡쿡 박아 대자 잔뜩 일어선 성기가 반쯤 뜬 허공에서 꺼떡거렸다.

"괜찮…… 니다……."

"뭐가?"

"아, 안에……."

"안에, 뭐."

"안에 싸, 싸도 괜찮…… 으응!"

지금까지와는 비교가 안 될 정도로 거친 움직임이었다. 몸이 자꾸 밀려났다. 제대로 된 말이 나오지 않을 정도로 아팠다. 아프면서도 태성이 주는 자극들이 좋았다. 극한의 고통과 쾌락이 공존했다. 수습이 안 될 정도로 벌어진 구멍에서 말간 물이 왈칵 흘러나왔다. 지옥이 있다면 꼭 이런 풍경일 것 같았다.

"아……!"

"크윽……."

내벽이 터질 것처럼 박아 대던 태성이 비로소 움직임을 멈추었다. 기묘한 감각이었다. 내벽이 뜨끈해지진 않았지만, 뒤를 헤집던 성기가 안에 파정했다는 것은 확실히 느껴졌다. 기현이 조금 얼떨떨한 얼굴을 하자, 남은 정액마저 전부 털어 버리려는 듯 태성이 허리를 잘게 떨며 기현의 것을 다시 빠르게 쓸었다.

"하아…… 기억합니까. 윤기현 씨가 좀 헤퍼질 필요가 있다고, 했던 말."

"아, 으읏……!"

"나한테만, 입니다."

"무슨……."

"나한테만 이렇게 헤퍼지라고."

민망했는지 기현이 고개를 팩 돌렸다. 태성은 정신없는 와중에도 교과서에나 나올 법한 품위를 지키려 애쓰는 기현을 보니 또 몸이 슬슬 달아올랐다. 몇 번 더 빠르게 훑자 기현의 것도 마침내 울컥 정액을 토해 냈다. 여태 그런 자세로 벌어질 일이 없던 허벅지가 파르르 경련했다.

붉어진 눈가를 한 윤기현이 느릿느릿 제 얼굴을 쓸었다. 뒤로는 조금도 느끼지 못했지만 어쨌든 애널 섹스 끝에 사정을 했다는 사실이 스스로를 착잡하게 만드는 것 같았다.

"곧 익숙해질 겁니다. 더 좋아질 거고."

"……정말 좋은 겁니까, 이게?"

"결국은 좋아서 쌌잖아."

남은 한 방울까지 쥐어짤 심산인지 태성이 계속 기현의 좆을 주물러 댔다. 이제 됐으니 그만하자며 밀어내자 태성이 장난스럽게 코를 찡긋하고는 몸을 더 붙여 왔다. 아직 뒤로는 삽입을 한 상태여서, 익숙하지 않은 거북함이 울컥 치밀었다.

"언제 돌아갑니까."

"글쎄요. 오늘 윤 회장이 별채를 치우라고 했으니…… 정말 곧일 겁니다."

"그렇군요."

"……그래도 자주 보게 되겠지요. 같은 배를 탔으니."

"따로 정해진 것은 없고요?"

"네. 말씀드린 것처럼 별거 없지만…… 지주사로 전환할 예정이라고 윤 회장이 직접 말했으니 그 준비를 하기는 해야겠죠."

지주사라는 말에 태성의 눈에 잠시 어두운 빛이 어리는 듯했지만, 기현이 눈치챌 틈도 없이 곧 사라져 버렸다.

"일단 제가 알게 된 것은 이 정도뿐입니다. 참, 윤 회장이 멋대로 제 밑에 부릴 사람들을 배치해 놨을 텐데 그것만 좀 알아봐 주셨으면 합니다."

"어려울 것 없죠. 그리고?"

"당장은 그 정도면 충분합니다. 그런데 이것 좀…… 그만 빼면 안 됩니까?"

내내 안에 넣은 채로 있어서일까. 이상하게도 태성의 것이 점점 단단하게 부풀어 오르는 것 같았다. 불안한 듯 묻는 말에 선심 쓰듯 뒤로 몸을 물렸던 태성은, 기현이 안심한 듯 몸의 힘을 풀자 다시 거칠게 박아 넣었다. 무슨 짓이냐는 듯 커진 눈은 놀람과 아픔으로 파르르 떨리고 있었다. 속눈썹을 길게 내리깐 그 청순한 모양새가, 씨발 사람을 또 환장하게 했다.

"안에 씨 딜라는 말은 들어 봤으니 됐고. 내 자지가 너무 맛있어서 구멍이 벌렁거린다고 말해 주면 빼 줄 수도 있습니다.”

“대체, 당신은……!”

“듣기 좋네, 당신이라는 말.”

그럼 난 여보라고 해 주면 되나? 질이 낮은 농담이나 하며 태성이 한쪽 발목을 움켜쥐고는 옆으로 몸을 팩 돌려 버렸다. 그 바람에 그와 이어진 곳이 불에 덴 것처럼 홧홧하게 달아올랐다. 아픔에 채 적응하기도 전에 태성의 것이 한 번 더 푹, 몸을 갈랐다.

“내기할까? 누가 이기는지.”

기현은 바를 간신히 쥐고 무릎을 조금 벌렸다. 태성이 지탱해 주지 않았다면 바로 무너졌을 테지만.

녹진해진 구멍으로 불쑥 침입한 태성의 손이 내벽을 천천히 긁어 내렸다. 힘을 빼라며 엉덩이를 치는 반대편 손이 매서워서 시키는 대로 하려고 했지만 의지대로 되는 일이 아니었다. 안에 들어온 손가락이 두 개에서 세 개가 되어 몇 번이고 쑤셔 주자 비로소 회음으로, 또 양 허벅지로 정액이 주르륵 흘러내렸다.

“결국은 시키는 대로 할 거면서 왜 그렇게 피곤하게 굽니까.”

기가 막혀서 화를 내려고 했지만, 몸을 틀 수가 없었다. 온 근육이 비명을 지르고 있었다. 태성은 두 번이나 더 사정했다. 기현은 한 번이었다. 아니, 사실 잘 모르겠다. 절정에 다다랐다는 것을 느끼지 못한 채로 태성이 주는 자극에 반응하며 내내 조금씩 정액을 흘렸다. 그의 말대로 질질 싼 거라고밖에 할 수 없는 상태였다.

“목에, 흠, 목에 무슨 패티시라도 있습니까?”

기현은 갈라진 목소리를 더듬었다. 멀리 거울에 비춰 본 몸은, 가관이었다. 특히 목 부근은 시퍼런 보랏빛이었다. 그냥 피부색이 완연히 달라져 있었다. 흘끗 내려다보니 빗장뼈와 어깨 근처에는 피가 송골송골 맺힌 잇자국까지 있었다.

"글쎄요. 행위 중에 잠깐 목을 조르는 정도는 있었지만."

확실히, 이렇게까지 특정한 부위에 집착하는 편은 아니었다. 하지만 저 처연한 모가지를 보고 있으면 자꾸만 물어뜯고 싶어지는 걸 어쩌겠어. 태성은 뻐근한 고개를 꺾으며 불거진 뼈의 모양대로 기현의 등을 꾹꾹 눌러 주었다. 등을 내맡기고 있던 기현의 몸이 잠시 둥글게 말렸다가, 이내 결심한 듯 곧게 펴졌다.

"저 그래도 약한 편은 아닙니다. 악력도 세고, 맷집도 좋은 편이고. 요즘은 조 실장님이 쫓아다니면서 몸에 좋다는 건 잔뜩 챙겨 주셨고."

"오, 그래요?"

놀리는 것 같은 대꾸에 기현이 슬쩍 태성을 흘겨보았다.

"그러니까, 제가 거부할 힘이 없고 뭘 몰라서 오늘 그대로 이사님을 받아만 준 건 아니란 겁니다."

부드럽던 손길이 잠시 멈칫했지만, 기현이 눈치챌 정도는 아니었다. 태성은 이내 아무렇지 않은 듯 마른 등을 어루만지길 반복했다.

"내 자지가 맛있다는 말이 그렇게 부끄러웠습니까?"

"그건……! 하, 이사님. 그런 말버릇은 좀 고칠 수 없겠습니까? 그러니까 제 말은 그런 뜻이 아니라……."

"무슨 말인지 이해했습니다."

알아보고 스스로 준비를 해 왔다는 것도 놀랍긴 했지만, 같은 남자와 처음 관계를 갖는 거라고 믿을 수 없을 정도로 기현은 태성을 밀어내지 않았다. 그간 삽입만 안 했을 뿐이지 할 긴 나 해 보았으니 거부가 없니 싶었는데, 저런 생각을 하는 줄은 몰랐다.

그러니까 오늘 기현은, 몸을 달라던 처음 태성의 요구에 응하기 위해서가 아니라. 저번처럼 분위기에 취해서도 아니라. 사귀자는 태성의 말을 충실히 이행해 주기 위해 묵묵히 받아 주었던 것이다.

"그런 의도였다면, 난 기현 씨가 좀 더 자신을 드러내 주었으면 좋겠습니다. 정말 견딜 수 없이 싫으면 주먹이라도 날린다거나, 반대로 좋으면 좋다고 달려들거나."

"……진심으로 싫다고 하면 들어주시긴 할 겁니까?"

"뭐, 참고 정도는 하겠지요."

기현의 뒤통수에 느낌표가 쿵! 하고 박히는 것처럼 보였다. 덕분에 태성은 오래간만에 어떤 계산도 없이 크게 웃을 수 있었다. 아이러니했다. 신무원 사람 덕에, 그 윤기현 덕에 이렇게 웃고 있다는 것이.

"솔직히 말씀드리면 아직도 이사님에 관한 의문점들이 명확히 해소된 건 아닙니다."

"이런."

태성과 묘했던 기류, 점점 짙어지던 손길 같은 걸 생각하면 교제한다는 게 자연스러운 흐름일지도 모른다. 그렇지만 기현은 손에 쥐고 있는 진태성에 관한 것이 아무것도 없었다. 정확히 무슨 일을 해서 그 많은 돈을 벌어들였는지, 하루 일정은 어떻게 흘러가는 편인지…… 하물며 자신을 어떻게 생각하는지도.

그래. 그런 것쯤이야 이제 다 괜찮아졌다고, 이해할 수 있다고 치더라도. 기현이 본 진태성은 연애라는 형태로 사람을 구속할 스타일이 아니었다. 그냥 느낌이 그랬다. 사귀자는 말을 하며 그가 둘러댄 말은 모두 납득이 가긴 했지만, 오히려 그래서 더 의심을 불러일으켰다.

그런 이유라면 차라리 다른 사람과는 관계하지 않는다는 조건을 걸고 고정적인 섹스 파트너를 제안하는 게 더 그럴듯했을 거다. 그렇지만……

"하지만 어쨌든 지금 제가 믿고 모든 일을 상의할 수 있는 사람은 이사님뿐이죠. 말씀대로, 어차피 이런 긴장감이 계속될 게 뻔한 상황이라면 좀 더 연애다운 연애를 해 보는 것도 나쁘지 않을 것 같다는 생각이 들었습니다."

시선이 느껴지는 뒤통수가 따가웠다. 기현은 벌거벗은 자신의 나체가 붉어지지 않길 바라며 몸으로 뚝뚝 떨어지는 물방울을 하릴없이 셌다.

"굉장히…… 대범해졌군요. 뭐, 그건 처음 만났을 때도 그랬지만."

기현의 뒤태를 진득하게 훑던 태성은 이내 젖은 몸을 천천히 돌려 세웠다.

"그렇습니까?"

처음엔 그저 무모하다는 말밖에 떠오르지 않았지만, 지금의 기현은 대범하다는 말이 더 어울렸다.

태성은 문득 용산역 앞 사람 무리 속에서 누군가를 일으키던 기현을 떠올렸다. 이유는 모르겠지만 그때 느꼈던 이상한 두근거림과 두려움이 희미하게 밀려왔다. 윤기현과 있을 때 이런 느낌을 받는 게 벌써 몇 번째인지 모른다. 연애다운 연애라. 자꾸 그 말을 곱씹게 됐다.

"그나저나 엉망이 되어서 어쩌죠."

욕조 헤드에 간신히 걸쳐져 있던 조각 케이크와 상자는 이미 처참해진 꼴로 바닥을 나뒹굴고 있었다.

"윤기현 씨가 신경 쓸 일 없습니다. 잘 치워 놓겠죠. 그러라고 고용한 사람들이니."

그래도 한 번 물을 받았다 빼는 게 좋을 것 같다는 생각이 들었는지 스크린을 누른 태성이 그만 씻자며 손을 내밀었다. 일단 잡고 일어나긴 했는데…… 계속 붙잡고 있기는 어색해서 둘 다 손을 슬쩍 뒤로 물렸다. 처음으로 손을 잡은 어린애들의 연애도 이보단 풋내가 덜할 터였다.

"참, 이야기…… 들었습니다."

어색함을 떨치려는 듯 욕조의 계단을 지나 샤워 부스로 넘어오며 기현이 말을 붙였다.

"이야기?"

"윤진서가…… 무례하게 굴었다고요."

"아아."

습관적으로 대수롭지 않게 대꾸를 했다만, 달갑지 않은 주제라 태성의 미간이 미미하게 찌푸려졌다.

"저 때문에 윤진서와 얽히게 되는 바람에 겪지 않아도 될 일을 겪으셨네요."

어쩌면…… 오늘 궁극적으로 태성에게 하고 싶었던 말이 아니었을까 싶을 정도로 기현의 목소리에서 진심이 뚝뚝 떨어졌다.

"죄송합니다. 제가 드릴 말씀이 없습니다."

샤워기에서 세찬 물길이 쏟아져 내려 뜨거운 김이 일었다. 그러나 델 것 같은 온도와는 정반대로, 연애다운 연애라는 말에 생각이 많아지는 듯했던 태성의 눈동자가 순식간에 빛을 잃어버렸다.

'그러니까 윤기현은…… 윤진서가 벌인 무례한 짓이 미안해서 끝까지 내줄 생각을 한 건가?'

주체가 안 될 정도로 뜨겁게 달아오르던 몸이 거짓말처럼 식어 버렸다. 그런 이유로 몸을 허락하는 건 윤기현답지 않은 짓이었다. 아니, 그런 걸 다 떠나서. 그냥 미안해서 한번 대 주고 말 거였으면 연

애다운 연애라느니, 밀칠 수 있는데도 받아 준 거라느니…… 사람
심란하게 그런 소릴 왜 했단 말인가. 결국은 필요하니까 제 몸 내주
고 붙든 거잖아.

"그것도, 윤기현 씨가 신경 쓸 것 없는 일입니다."

온도를 가늠하는 듯 떨어지는 물줄기를 한참 손으로 뒤적이던 태
성이 무감한 목소리로 답했다. 아주 조금, 이상한 긴장감으로 심장
이 뛰었던 스스로가 병신 같아서 헛웃음이 나왔다.

＋ ♟ ＋

"읽어 봐라."

보궐 선거 결과 속보가 뜬 지 한 시간도 안 됐다. 윤인범이 잘 마
무리를 짓긴 한 모양인지 결과가 가늠되자마자 기현을 본가로 불러
들인 윤 회장은, 자리에 앉기가 무섭게 문서 뭉치를 툭 던졌다. AR
모터스의 사명, 비전, 목표와 같은 기업 철학과 향후 20년간 재무
상태를 예측한 보고서였다.

"보스턴 컨설팅이 맡았습니까? 맥킨지가 아니라요?"

페이지를 넘기던 윤인범의 미간에 주름이 잡혔다. 윤인범은 학위
를 딴 후 맥킨지에서 잠시 일을 한 적이 있다. 물론 AR그룹 관련한
프로젝트만 맡았던 터라 타 기업에서 경험을 쌓았다고 하기도 우스
웠지만.

"계속 일을 맡겼더니 그쪽도 영 신통치 않은 것 같다. 한 번쯤 긴
장하게 해 줄 필요가 있어. 새로운 곳에서 신선한 전략을 내놓는다
면 더욱 잘된 일이고."

기현은 내색하진 않았지만 조금 얼떨떨하게 보고서를 집어 들었

다. 책을 읽는 것과 직접 실무를 지휘하는 것은 전혀 다른 이야기였다. 게다가 어릴 적부터 생활 패턴 자체가 윤 회장의 기업 경영 방식에 맞추어져 있던 윤인범과는 당연히 비교 우위에서 밀릴 수밖에 없었다.

지금 난감한 기현의 상황을 인지했는지 윤인범은 근래 들어 가장 기분 좋아 보였다. 일부러 과시라도 하듯 그는 실무에서 자주 쓰는 말을 늘어놓으며 윤 회장과 이런저런 이야기를 나누었다.

윤인범에겐 미안한 말이지만 그 유치한 작태를 보고 있노라니 조금은 마음이 편안해졌다. 그래, 지금 당장은 윤 회장도 아니고 윤인범과의 싸움이다. 누구보다 유리한 환경에서 자랐으면서도 망친 사업이 한두 개가 아닌 윤인범이나, 이제 막 경영권을 나누어 가진 자신이나. 그렇게 생각하니 꼭 제가 불리한 것만도 아니었다.

"본사는 양재, 선행 연구소는 기흥, 국내 공장은 군산에 있다. 이번에 인수한 기업들이 B기업의 핵심 업체이기도 했지만, 주요 부품의 공장들이 한곳에 몰려 있다는 건 굉장한 이점이었지."

"군산이라면…… 생산 추이를 봐서 매립지를 활용해 증축해도 괜찮을 것 같습니다."

그 생각 또한 염두에 두고 있었는지 고개를 끄덕인 윤 회장이 파일을 하나 더 내밀었다. 조직도였다.

"둘 다…… 본부장입니까?"

"그래."

가장 위 CEO 칸에 쓰인 이름은 기현도 알고 있는 유명한 사람이었다. 외국의 내로라하는 자동차 회사는 모두 이 사람의 손을 거쳐 간 것으로 안다.

중요한 시기이니 경험이 풍부한 사람을 기용한 걸 테지만, 한편으론 소위 말하는 바지 사장으로 적합한 인물이기도 했다. 앞으로 B기업에선 자존심 문제로 절대 이 사람을 기용하지 않을 테니 사업 기밀 측면에서도 완벽했고, 외국인 CEO들이 그렇듯 언제 해임되어도 이상할 것이 없었다.

그리고 부사장 없이 바로 본부장들의 이름이 나열되어 있었다. 그 중 셋은 윤 회장의 측근이었고, 나머지 둘은 인범과 기현이었다. 게다가 상무, 전무 같은 이사 직위는 없고 오로지 본부장이라는 직책뿐이라 더더욱 알 수 없는 조직도였다.

"어차피 인범이 너야 대외적으론 물산 사장이니 여기서의 직책이야 어떻든 문제 될 게 없을 거고, 기현인 이제 막 회사 들어왔으니 본부장 정도로 시작하는 게 좋겠지."

"본부장이면 잘 쳐 줘야 전무급 정도 아닙니까?"

"아니, 직위와 직책을 병행하는 것도 고리타분한 것 같아서 여기선 바꿔 볼 생각이다. 지금 AR기획만 이렇게 시행하고 있지? 좋은 성과를 내는 걸 보니 효과가 있는 것 같아서 모터스에 한 번 더 도입해 보고 나쁘지 않으면 전사로 확대할 예정이다."

"확실히…… 그렇기는 하죠. 점점 위계질서는 사라지는 추세니까요."

"나머지 본부장들이야 영업 대리점 만들고 언론에 돈 뿌리는 일이나 맡을 테니 신경 쓸 것 없고……. 너희 둘 역할이 중요하다. 브랜드 하나씩 맡아서 이걸 어떻게 잘 포장해서 팔지 한번 생각해 보거라. 일단은 그게 너희들이 해 줄 일이다. 나머진 하는 걸 봐서 결정하마."

자신의 이름 밑에 줄줄이 쓰인 낯선 사람들의 이름을 보면서, 기현은 대체 윤 회장이 언제부터 이 일을 준비했을까 궁금해졌다. 짐작도 가질 않았다. 어느 정도 윤곽이 잡혀 있을 거라는 생각은 했지만 이건 예상을 뛰어넘는 깊이였다.

자동차 디자인, 핵심 기술 확보와 같은 일은 돈으로 뚝딱 살 수 있는 일이 아니다. 더 놀라운 건 인범도 이에 대해 아는 바가 조금도 없어 보인다는 것이다. 대체 윤 회장은 얼마나 더 많은 비밀을 혼자서 틀어쥐고 있는 것일까.

"기현이는 말이 없구나. 겁나는 게냐?"

"두세요. 여태 뭘 해 본 적이 없으니 걱정이 많겠지요."

내내 공기 취급하던 윤 회장과 윤인범이 드디어 기현을 도마 위에 올렸다. 이 정도 꼬투리야 일도 아니었다.

"글쎄요. 그래도 안심입니다. 저만큼이나 형님도 이 사업에 대해서는 아시는 바가 없으신 듯하니 적어도 공정한 승부가 될 것 같아서요."

"과연 그럴까? 사업 분야야 또 공부를 하면 되는 일이고, 중요한 건 감각과 경험이니까."

"그렇다면, 더더욱 안심이네요. 회사도 결국은 사람 다루는 일인데, 다양한 사람 겪어 본 경험은 저도 형님 못지않고…… 사업 감각은, 형님께 들을 충고는 아닌 것 같고요."

파일을 움켜쥔 윤인범의 손에 힘이 들어갔지만 여기서 또 울컥해 봐야 제 손해인 걸 아는지 이번엔 잘 참아 넘겼다.

"그쯤들 하고 들어가 쉬어라. 집에서야 그런 유치한 기 싸움하는 거 안 말리겠다만, 밖에선 조심들 하고."

말은 그렇게 하지만 인범과 기현의 신경전에 분명 흥미로워하는 기색이었다. 윤 회장이 먼저 일어서고, 기현도 뒤따라 회의실을 나서려 했다. 다만 할 말이 있는 듯 윤인범이 팔을 붙잡으려는 것 같기에 기현은 귀찮아지기 싫어서 고개를 돌렸다.

그 순간, 퍽 하는 소리와 살벌하게 밀려오는 아픔에 마른 몸이 휘청거렸다. 정통으로 얻어맞은 왼쪽 귀에서 크게 이명이 일었다. 절로 눈을 찡그리며 귀에 손을 가져다 대자마자 윤인범이 들고 있던 파일로 거세게 뺨을 올려붙였다. 아프다 못해 토할 것처럼 속이 울렁거렸다. 기현이 몸을 추스르지 못하는 사이 윤인범이 한 번 더 손을 휘둘렀다.

"정도껏 건방지게 굴어."

얻어맞은 뺨이 얼얼하다 못해 욱신거리며 열이 올랐다. 터진 안쪽 볼에서 비릿한 맛이 느껴졌다. 귀에 손을 댄 채 혀를 굴려 상처 난 곳을 가늠해 보던 기현은 갑자기 웃음을 참을 수 없어졌다.

"웃어? 지금 웃음이 나와?"

미국에 짐짝처럼 보내진 이후 가끔 필요에 의해 본가로 소환될 때가 있었다. 대부분 하룻밤도 머물질 못했고, 또 윤인범을 비롯한 이복형제들과 말을 섞을 틈이 없었다. 기현의 자리는 언제나 저 끝으로, 그나마도 윤 회장과 김 관장의 변호사들 감시 아래 문서를 살펴볼 시간도 없이 도장과 지장만 찍고 쫓겨나야 했으니까.

그럼에도 윤인범은 상당히 치졸한 방법으로 기현을 괴롭혀 왔다. 때론 물질적 과시로, 폭행으로, 좀 더 커서는 주로 생모에 대한 이야기를 물고 늘어지면서.

완전히 머리가 컸을 때는 무시로 일관했지만 어릴 때의 공포감이 컸던 탓에, 그때도 보지 못했던 것 같다. 타고난 완벽한 핏줄, 뿌리부터 다른 태생…… 그 굴레에 얽매여 두려워하던 사람들의 실체가 얼마나 보잘것없고 우스운 것인지. 엎드려 사느라 하늘을 제대로 보고 살지 못했던 자신이 지닌닐이 불쌍하고 한심해서, 기현은 자꾸 미친 사람처럼 픽픽 웃음이 났다.

"이 새끼가 진짜 미쳤나……. 야, 윤기현!"

윤인범이 또 손을 올렸다. 언제 웃었냐는 듯 서늘하게 얼굴을 굳힌 기현이 벽으로 인범을 밀쳤다. 아니, 내동댕이쳤다는 말이 옳을까. 설마 그 윤기현이 감히 자신에게 이런 무례한 행동을 하리라곤 생각도 못 했는지 윤인범이 경악스러운 얼굴로 고래고래 소리를 질러 댔다.

"얼마나 쉬웠겠어, 인생이. 사업을 몇 번이나 말아먹든, 그 밑의 직원들이야 죽어 나가든 말든 당신은 뭘 잃어 본 적이 없었을 텐데."

"허…… 뭐? 너 지금, 당신이라고 했냐?"

화가 주체가 안 되는 듯 목까지 붉어진 인범이 씩씩대며 숨을 골랐다. 사실, 기현이 이렇게까지 윤인범을 얕잡아 보게 된 것도 귀국한 이후 제대로 마주한 그가 늘 저 모양이었기 때문이다. 어린애가 가지고 싶은 걸 못 가져서 안달 난 것처럼, 제 분을 못 이겨 발을 동동 구르는 것 같은 모양새의.

기현이 왜 이렇게 건방지게 구는지 윤인범은 이해를 하지 못하는 것 같았다. 하긴. 자신들을 선택받은 사람이라고 생각하는 이 집안은 기현도, 기현의 생모도 이렇게 신무원에 발목 잡히고 싶어 하지 않는다는 걸 애초부터 이해하지 못했다. 인간 이하의 취급을 받더라도 AR그룹의 3세라는 소리를 들으며 살고 있다는 사실만으로 감사해야 마땅하다고 생각했다.

"한 번만 더 멋대로 손 올리면, 고소할 겁니다."

윤인범의 주먹이 허공에서 멈추었다.

"고소? 너 지금 고소라고 했어?"

"네, 고소요."

"이거 완전 미친 새끼네……. 야, 윤기현!"

"승패가 중요한 게 아니라는 건 그쪽이 더 잘 알겠지. 겨우 주먹다짐으로 고소라. 사람들이 뭐라고 씹어 댈까. 그 이야길 들은 회장님 표정은 더 볼만할 것 같고."

기현은 이제 알아들을 수도 없게 소리를 질러 대는 윤인범을 내버려 두고서 대회의실을 나섰다. 늘어선 소회의실을 지나, 본관의 중앙과 문을 지나…… 그렇게 계속 뚜벅뚜벅 걸었다.

본가는 근희원을 가운데 두고 다른 건물들이 빙 둘러싸고 있는 구조다. 근희원과 바로 마주 보는 중앙의 건물을 본관이라고 불렀고, 나머지는 가족들이 거주 용도로 사용했다. 본관을 포함한 건물은 총 다섯 채로, 서로 연결이 되어 있었다.

신무원은 이 다섯 채의 건물과 그 안에 사는 직계 가족들을 지칭하는 말이고, 그런 점에서 기현과 생모가 살았던 조그만 별채는 본관의 지하에 있는 사용인들의 휴게실보다도 격이 떨어지는 공간이었다.

찬 바람을 맞자 뜨끈하게 열이 올랐던 뺨이 조금 가라앉는 것 같았다. 별채는 본관에서 한참을 걸어야 했다. 외곽으로 걸을수록 전등의 수가 점점 줄어들었다. 별채 앞에 서서 은은하게 불을 밝히고 있는 신무원 전체를 훑어보던 기현은 아랫입술을 꾹 깨물다, 도어록에 지문을 가져다 댔다.

잠금이 해제되는 소리는 예전과 변함이 없었다. 육중한 문이 천천히 열렸다. 아무도 발 들이지 않은 지 오래였는데도 담당하는 관리인이 있었던 모양이다. 기현이 오늘 올 줄 알았던 듯 환히 불을 켜 둔 것도, 슬리퍼가 바로 준비되어 있었던 것도 그렇고. 무엇보다, 깨끗했다. 하루 이틀 쓸고 닦은 것이 아니라 오랜 시간 꾸준히 관리해 온 것이 느껴졌다.

"……저 왔어요."

그럼에도 온기라곤 조금도 찾아볼 수 없는 공간에 덩그러니 기현의 목소리가 울려 퍼졌다. 하나도 변한 게 없었다.

'별채에 마지막으로 왔던 게 열세 살이었나, 열네 살이었나. 아니, 대학 졸업하고 잠깐 들르긴 했구나. 집사님께 졸업장이랑 반지 드리려고.'

거실의 작은 테이블 위로 두툼한 서류 봉투와 사용 가능한 신용 카드들이 일렬종대로 놓여 있었다. 서류들은 기현 명의의 재산들과 각종 계약서였고, 전부 사본이었다.

'원본과 인감도장은 윤 회장 손에 있으려나.'

이것도 찾아봐야겠다는 생각을 하며 기현은 시간이 멈춘 공간 여기저기를 기웃거렸다. 가구의 종류나 인테리어를 보아 지은 지 오래되었다는 걸 짐작할 수 있을 뿐, 사람의 흔적은 조금도 느낄 수 없었다. 집사님이 쓰셨던 2층으론 올라가 볼 엄두도 안 났다.

계단을 물끄러미 바라보다가 괜히 목뒤가 오싹해지는 느낌에 숨을 집어삼키는 순간, 주머니에서 진동이 길게 울렸다. ……진태성이었다.

"네."

—신무원으로 돌아갔다고요.

"네. 속보 뜨자마자 소환당했습니다."

—이런. 석별의 정을 나눌 시간도 없었는데.

"……그 핑계로 어지간히도 괴롭혔던 것 같은데요."

—내가 윤기현 씨를 괴롭혔다니, 서운한 말이군요.

그나마도 뒤를 풀어 주거나 만연한 속도로 삽입하던 처음은 양반이었다. 애널 섹스의 즐거움은 아직도 느낄 수 없었지만, 그 외의 성감대는 태성에게 모조리 읽혔다. 아래를 헤집는 허릿짓은 거칠었지만, 몸 이곳저곳을 어루만지는 배려 없는 손길에는 속절없이 무너지고 말았다.

삽입 섹스의 좋은 점은 모르겠지만 어쨌든 확실한 것은, 태성은 상대방 진이 빠질 정도로 극한으로 몰고 가는 것을 좋아했다. 일단 한 번 사정한 다음에는 느리고 길게 제 몸을 달구어 괴롭게 만들고는, 바투 매달려 애원해야 비로소 원하는 것을 들어주었다.

몸을 겹친 채로 결합부를 매만지며, 태성은 곧 뒤만 쑤셔 줘도 가게 될 거라고. 그런 몸으로 만들어 주겠다고 호언장담했다. 그러면서 기현에게 원래 그런 음탕한 끼가 있는 것 같다고 했다. 어쨌든 남자 좆을 받아 사정을 하는 게 쉽지 않은 일이라고.

매도하는 그의 말에 터질 듯 얼굴이 붉어지면서도, 반박하지 못하고 잘 빚어진 태성의 몸에 매달려 엉엉 울 듯 빌고 말았다. 가고 싶다고, 싸게 해 달라고.

기현은 괜히 붉어지는 얼굴을 다스리며 덤덤하게 물었다.

"이제 들어오신 겁니까."

—음, 술자리가 있었습니다. 본가로 돌아갔다는 보고야 받았는데 막상 집에 아무도 없으니까.

없으니까…… 하고 태성은 잠시 말꼬리를 길게 늘였다.

—……어땠습니까, 윤 회장은.

태성은 하려던 이야길 끝까지 매듭짓지 않고 화제를 돌려 버렸다. 무슨 말을 하려던 거였을까.

"그냥 통보만 받았죠. 윤 회장이 자동차 산업을 욕심낸다는 건 알았지만 생각보다 오래, 치밀하게 준비해 왔던 것 같습니다. 사옥, 공장 부지, 기업 아이덴티티부터 조직도까지 전부 짜여 있더군요."

—흠……. 윤인범은?

"저와 비슷한 상태인 것 같습니다. 전혀 아는 바가 없는 것 같았어요."

—하긴. 윤 회장 성격상 그런 중요한 일을 구상하면서 윤인범을 끼워 주진 않았을 겁니다. 그나저나 기현 씨 밑으로 올 사람들이 누군지 알아봐 달라고 했었죠?

"음, 만나서 조직도를 직접 보여 드리겠습니다. 아무래도……."

도청은 당연히 각오하고 있는 바였고, 핸드폰을 건드리지 않았더라도 집안 곳곳에 CCTV가 있을 테니 그것만 판독해도 기현이 무슨 말을 했는지 충분히 다 알 수 있을 게 뻔했다.

태성과 손을 잡고 있다는 건 새삼스러운 일이 아니지만 깊은 이야기를 주고받았다가 책잡히면 곤란해지는 건 이쪽이었다. 윤 회장 성격상 뒷조사를 위해 작당을 했다는 것보다, 뻔히 추적할 수 있는 상황이라는 걸 알면서도 멍청하게 흔적을 흘리고 다닌 걸 못마땅해할 게 훤했다.

—조심할 필요가 있겠군요. 좋습니다. 그래서 지금은 어딥니까?

"별채입니다."

—별채?

"근희원이나 신무원 본채와는 좀 떨어져 있는…… 예전에 제가 살았던 곳입니다."

—음.

"아, 다음에 만나면 신용 카드 돌려드려도 될 것 같습니다. 필요한 건 대충 다 받아서요. 원본을 받은 건 아니지만 제 명의로 어느 정도의 자산이 있는지도 대충 파악할 수 있게 됐고……."

—카드 같은 건 중요한 게 아니고. 그래서 지금 윤기현 씨, 혼자 있습니까?

그냥 혼자 있느냐고 물었을 뿐인데 어쩐지 가슴이 먹먹해져서 선뜻 그렇다는 대답이 안 나왔다. 기현의 편의를 위한 듯 별채의 모든 곳엔 전부 환하게 불이 켜져 있었는데, 그런데도 이상하게 어두웠다. 컴컴하고 눅눅해서 이 공간이 당장에라도 저를 집어삼킬 것만 같았다.

─하긴, 아무도 없으니 편하게 나와 이야길 했겠죠. 심심하지 않습니까, 갑자기 혼자 있게 되어서.

아니, 괜찮지 않았다. 꿈…… 같았다. 태성의 집을 잔뜩 어지르고 조실장과 보고서를 읽느라 정신없었던 때나, 현아와 그녀의 어머니 등이 우리 변호사님 우리 변호사님 하고 환하게 웃어 주었던 때가…….

"괜찮, 흠, 괜찮습니다."

얄미운 진태성은 사람이 약해진 틈을 기가 막히게 파고들 줄 알았다. 괜찮다고 대꾸하는 목소리가 삐끗했다. 핸드폰 너머로 곤란해하는 것 같은 태성의 숨소리가 흩어졌다.

─그래서 다른 건? 출근이라거나 당장 내일 일정이라거나.

"아직은요."

─그럼 내가 내일 아침에 데리러 가면 기현 씨 곤란해집니까?

"여기로요?"

─네, 거기로.

태성은 정말 실행에 옮길 생각인 듯했다. 신무원 코앞에 주차된 진태성의 차라…….

"음, 매우 곤란해지겠지만 그 인간들 속 뒤집히는 걸 보면 즐겁긴 할 것 같군요."

─그럼 데리러 가겠습니다. 일곱 시쯤 어떻습니까?

"하하, 정말 오시려고요? 알겠습니다. 그럼 내일 뵙죠."

―아뇨. 더 이야기합시다.

"예?"

부스럭거리는 소리가 났다.

―지금 충전기와 연결해 뒀습니다. 밤새 통화해도 됩니다.

아……. 기현은 탄식을 삼키며 소파에 주저앉아 애꿎은 이마와 턱을 한참 쓸었다. 아까도 생각했지만, 진태성은 정말이지…… 사람의 약한 구석을 기가 막히게 파고들 줄 아는 남자였다.

♙

일곱 시가 안 된 시각. 이제야 해가 뜨고 있었다. 재벌가 가십을 좋아하는 여성지에서 취재한답시고 기웃거리다가도 이 부근까지 오면 기가 죽어 돌아가곤 한다던데. 과연 그럴 만했다. 섬세하고 세련되게 지어진 신무원은 온몸으로 위용을 뽐내고 있었다.

외부에선 높다란 담과 건물의 지붕 정도만 보였는데, 고작 그 정도로도 풍기는 돈 냄새에 질식할 것 같았다. 신무원 사람들은 천박한 표현이라며 질색을 할 테지만, 돈 냄새. 그 말 말고는 딱히 AR의 본가를 묘사할 수 있는 적절한 단어가 떠오르질 않았다.

한참 동안 창밖으로 목을 내밀고서 신무원을 올려다보던 태성은 괜히 바닥을 툭툭 찼다. 별채에서 여기까지 걸어오느라 시간이 꽤 걸릴 것 같다고 하던 기현의 몽롱한 목소리가 떠올랐다. 밤새 통화하자는 말에 감격으로 떨리던 그 울림도.

기현과 내내 특별한 이야기를 주고받았던 것은 아니었다. 처음 선거 사무실을 꾸릴 때라거나, 기꺼이 돕겠다며 나서 줬던 사람들의 이야기에서 현대 미술과 와인에 관한, 뭐 그런 시시콜콜한 주제들까지. 그러다 할 말이 없어지면 그렇게 몇 분이고 조용히 있었다. 흩어지는 숨소리, 작은 기침 소리 같은 것으로 상대방이 잠들지 않았다는 걸 짐작할 수 있었다. 하지만 그 침묵이 어색했던 건 아니었다.

결국 오늘 두 시간 남짓 잤던가. 그래도 머리는 아주 맑았다. 태성은 핸들에 팔을 괴고 앞으로 길게 몸을 늘어뜨렸다. 그러길 잠깐, 멀리서 이쪽을 향해 걸어오는 인영이 보였다. 걸어 다니는 사람은 아무도 없는 동네인지라 유독 눈에 들어왔다.

역시 윤기현이었다. 차를 몰아 가까이 가려다, 자신을 종착지 삼아 다가오는 그의 모습을 보고 싶어서 가만히 지켜보았다. 교본에 실려도 될 것 같은 기현의 곧은 걸음을 감상하던 태성의 입매가 못마땅한 듯 점점 굳어졌다.

"……내가 아는 그 얼굴이 아닌데."

찬 공기를 한가득 품고 차에 올라탄 기현의 꼴을 보자마자 어이가 없어서 불퉁한 말부터 튀어나왔다.

"윤인범과 시비가 좀 있었습니다."

"시비? 그냥 일방적으로 얻어터진 게 아니고?"

태성이 턱을 쥐고 엉망이 된 얼굴을 이리저리 돌렸다. 대체 어떻게 맞았는지 한쪽 뺨이 고무처럼 탱탱하게 부어올라 있었다. 자세히 보진 않았지만, 귀 근처에 피딱지가 앉은 것 같고.

"때린다고 그걸 맞아 주고 있어?"

"나이도 먹을 만큼 먹었는데 갑자기 그렇게 덤벼 댈 거라곤 생각도 못 했죠. 그래도 꼭 나빴던 것만은 아닙니다. 분을 못 이겨 손을 든 그 순간부터 이미 저한테 진 겁니다, 윤인범은."

달래기라도 하는 듯 차분한 목소리였다.

"윤기현 씨가 내 돈 끌어다 쓴 시점에서부터 지는 건 말도 안 되는 거였습니다."

"그렇지만—"

"시끄러워요. 어디서 얼굴을 이따위로 만들고 와서……."

영 못마땅한지 한 번 더 기현의 얼굴을 돌리며 살핀 태성은 심히 불쾌해 보였다. 기현은 그 투박한 손길이 달아서 어쩔 줄을 모르고 있었다. 아프진 않은지, 약이 필요한 건 아닌지. 그런 걸 물으며 얼굴 한 번 다정하게 쓸어 주지 않았는데도 말이다.

기현은 이 불친절한 남자에게 길든 게 분명하다고 깊게 침음했다. 아니면 태성의 주문대로 그에게만 아주 쉬워졌거나. 진태성의 태도가 달다고 느껴질 날이 오다니.

"만나자마자 그저 진탕 뒹굴 생각이었는데 얻어터진 얼굴을 보니까 그럴 맛도 안 나고."

밥이나 먹자며 차에 시동을 걸고 혀를 찬 태성의 시선이, 빨갛게 언 기현의 손과 상한 얼굴을 한 번 더 스쳤다. 기현은 다시 한번, 이 정도 다정함으로도 충분하다고. 비로소 이 남자와 정식으로 사귀는, 연애하는 것 같은…… 그런 느낌이 든다고. 진심으로 그렇게 생각했다.

"참, 그래서 밑에 오는 사람들이 누구라고요?"

"가진 정보는 이름뿐인데 그나마도 익숙한 사람은 없습니다."

"그래 봤자 하늘에서 뚝 떨어진 건 아닐 테고. 이전에 몸담았던 곳부터 관계된 사람 두엇만 뒤져 봐도 다 나오게 되어 있습니다. 일단 조 실장에게 전달해요. 말해 뒀으니까 이름만 적어서 보내도 무슨 내용인지 알 겁니다."

"하……. 모든 걸 윤 회장이 틀어쥐고 있는 건 맞는데, 점점 모르겠습니다."

"공장은 어디 있습니까?"

"군산입니다."

군산이라……. 군산이라면 해외 자동차 업체의 국내 생산 공장이 있던 곳이다. B기업에서 기를 쓰고 인수하고 싶어 했지만 실패했다는 건 알았다. 그 이후론 영 관심이 없어서 어떻게 흘러가는지 신경 끄고 지냈는데, 그게 AR 손아귀에 들어갈 줄이야.

지금 생각해 보니 윤 회장이 인수한 중소기업은 모두 군산과 이천에 크고 작은 공장을 가지고 있었던 것 같다. 자체 공장에 실적까지 탄탄해서 주식 시장에서도 좋은 평가를 받고 있던 기업들이었고, 해외 업체의 갑작스러운 국내 생산 포기 선언이라거나, 산하 업체가 모조리 B기업과 관계가 틀어진 점도 그렇고……. 어쩐지 그 뒤에는 윤 회장이 있을 거란 싸늘한 예감이 스쳤다.

태성은 이 순간만큼은 진심으로 윤 회장에게 감탄했다. 대체 어떻게 사람을 부리기에 이 정도로 모든 일을 꼭꼭 싸맬 수 있는 것일까. 그러나 한편으론 기현을 통해 윤 회장의 존재감을 알아 갈수록 자신이 생겼다. 이 정도로 모든 것이 집중되어 있다는 말은, 반대로 윤 회장만 무너지면 그룹 전체가 무너진다는 뜻이기도 하니까.

"그뿐만 아닙니다. 집사님…… 일만 해도 그렇습니다. 김 비서 말로는 김 관장이 벌이려고 했던 일들, 윤 회장은 이미 모두 알고 있다고 하더군요. 몇 번을 캐물어도 같은 답이었습니다."

"그래요?"

"김 관장이 하도 자신만만하게 굴기에 조금이라도 장악력을 넓힌 게 아닐까 생각했었는데, 모터스 돌아가는 상황 보면 그것도 아닐 것 같단 말이죠……."

"……그렇습니까. 그러고 보니 윤기현 씨가 먼저 그 이야길 꺼내는 건 처음이군요."

들고 싶은 정보를 파악한 태성이 능숙하게 화제를 돌렸다.

"전부터 생각했는데, 사실 나에게 가장 적극적으로 도움을 청해야 할 부분은 그 부분 아닙니까? 어쭙잖은 양아치 하나 풀어놓은 건 알고 있었습니다만."

기현은 갑작스러운 물음에 무슨 말을 해야 할지 정리가 잘 안 돼 입술을 꾹 깨물었다. 안 그래도 김진덕이 당분간 전화는 어려우니 문자로 연락하자는 통보 아닌 통보를 해 온 것도 그렇고, 그렇다고 김 비서의 말이 사실인지도 확신할 수가 없고……. 그룹 내부로 파고들수록 집사님과 관련한 실마리는 점점 엉켜 가는 기분이었다.

그러나 확실히, 처음처럼 눈가가 짓무르도록 우는 일은 없었다. 과분할 정도로 좋은 사람들을 만났다. 갈 길은 멀다지만 그래도 지금까지는 모든 일이 순조로웠다.

……신기했다. 집사님 생각만 해도 울 것 같았던 때가 있었다. 그런데 지금은 밥도 잘 먹고, 가끔은 웃고, 게다가 진태성과 연애 비슷한 것도 하면서 잘만 살고 있다. 놀라울 정도로.

물론 태성에게 일부러 이 화제를 언급하지 않았던 것은…… 기현도 나름의 이유가 있었다. 집사님의 마지막을 존중해 주고 싶다는 같잖은 핑계일지라도 말이다. 그러나 지금 와서 돌이켜 보면 결국은 제 자존심의 문제였다. 누구 마음대로 마지막을 존중해 준다는 거지. 그 오만한 태도가 윤 회장과 다를 바가 무엇이란 말인가.

"아직 나한테 그런 이야기까지 하기는 불편합니까?"

"아뇨. 그렇다기보단……."

어제 오랜만에 발을 디딘 별채에서 뒷덜미를 스치고 갔던 오싹함은, 아마도 이것이었을 거다. 이렇게 뭉그러진 추악한 감정의 파편들.

태성의 전화가 아니었다면 아마 그 밤 내내 가장 끔찍한 악몽에 시달렸을 게 뻔했다. 불행에 태만해진 자신을, 그렇게 결국 혼자만 행복해질 것 같은 자신을, 최초의 복수도 잊고 고고하게 AR그룹을 집어삼킬 일에만 골몰한 그런 자신을 꾸짖을, 집사님을 위시한 마음속 깊은 곳의 검은 악령에게.

"으음. 기현 씨를 괴롭히거나 추궁하려던 것은 아니었습니다."

"아, 아뇨. 그런 건 아닙니다. 다만…… 갑자기…… 그런 생각이 들어서요."

"어떤?"

"그렇게 힘들어해 놓고선 참 잘도 살고 있구나, 그런 생각이요."

무언가 말을 하려는 것 같았던 태성이 갑자기 입술을 감쳐물고는 방향지시등을 켰다. 갑자기 왜 그러느냐고 물으려는데, 태성이 사이드미러를 주시하며 방향을 틀어 버렸다. 사나워진 시선을 따라가니 과연, 낯선 차가 따라붙은 상태였다.

"지금 집 앞에 차 좀 세웠다고 저러는 겁니까? 쪼잔하게."

단번에 상황을 희화화한 태성 덕분에 기현의 입꼬리가 조금 올라갔다. 한 번 더 과격하게 핸들을 꺾은 태성은 재미있는 생각이 있는데 어떠냐고 물어 왔다. 일단은 고개를 끄덕이긴 했는데…… 정작 그 재미있는 게 뭔지는 말해 주지도 않고, 태성은 혼자서 불량스러운 웃음을 흘리기만 했다.

"……그리고 다들 그렇게 살아갑니다."

겁이 날 정도로 속력을 높이기 시작한 태성이 지나가듯 말을 흘렸다.

"나도 그랬어요. 그리고 그게 나쁜 건 아니잖습니까."

의도치 않게 기현의 마음을 헤집은 걸 신경 쓰는 눈치였다.

"다만…… 앞으론 기업 관련한 일이 아니라 그런 개인적인 이야기도 나에게 직접 터놓아 주면 좋겠습니다. 조 실장이나 김 비서나 그런 사람들이 아니라."

"지금 질투하십니까?"

기현이 장난스럽게 물었다.

"아아, 질투. 그럴지도 모르죠."

말만 그렇지, 시큰둥한 음성이 되돌아왔다. 덕분에 조금이나마 우울했던 기운이 걷혔다. 기어를 조작한 태성의 손이 다시 핸들로 향하려다 잠시 머뭇거렸다. 긴 손가락이 기현의 머리칼을 슥 스치고 갔다. 쓰다듬어 주려고 했던 것 같은데, 본인이 생각하기에도 낯간지러운 행동이었는지 정말 스치듯 머무르기만 했다.

"기현 씨는 나름대로 열심히 하고 있으니까……."

태성의 시선은 여전히 사이드미러에 고정한 채였다.

"그런데 정확한 직위는 어떻게 됩니까? 상무? 전무?"

"본부장입니다. 별도로 직위, 직책을 구분 짓지는 않을 거라고 하니 상무 정도라고 보면 되겠군요."

"음. 윤기현 본부장이라."

차가 끈질기게 들러붙자 태성이 슬쩍 인상을 쓴 채 핸들을 한 번 더 확 꺾었다. 미간에 슬쩍 잡힌 주름과 핸들을 쥔 단단한 손목, 눈 밑의 나른한 점. 훔쳐보듯 그를 힐끔대던 기현은 불현듯, 처음으로 태성에게 키스하고 싶다는 생각이 들었다.

"그래서 재미있는 일이 이겁니까?"

"왜요. 별롭니까?"

"……매우요."

기현이 바람에 엉망이 된 머리를 매만지며 정색을 했다. 날씨도 춥고, 바람도 세 도무지 정리되지 않았지만.

곡예라도 하듯 질주한 진태성이 도착한 곳은 김포공항이었다. 생각지도 못한 행선지였는지 따라붙은 차들은 멀찍이서 주춤거리기만 했다. 누구라도 한 번쯤은 돌아보게 생긴 화려한 얼굴의 남자가 그만큼이나 화려한 차를 아무렇게나 내던졌다.

그러곤 어딘가에 전화를 걸어 제일 먼저 한다는 소리가 헬기 좀 쓰겠다는 말이었다. 기현이 방금 헬기라고 했냐고 눈을 크게 뜨자 '저 새끼들 엿 먹일 겸 군산 공장 구경 좀 가 봅시다' 하고, 무슨 호텔 체크인이라도 하는 것처럼 쉽게 말했다.

차라리 비행기를 타자, 헬기를 타는 건 너무 위험하다, 헬기까지 동원해서 어디로 가는지 이슈가 되면 곤란해지는 건 나일 거다…… 그렇게 말을 했는데도 태성은 좀처럼 들어 먹질 않았다. 오히려 거만한 얼굴로 '뉴스고 신문이고 어디서든 윤기현 씨 이름 오르내릴 일 없도록 할 테니까, 그냥 편하게 갑시다' 하고는 계속 걸음을 옮겼을 뿐이었다. 그런데…….

"너무 자신 있게 말하기에 난 대원에서 헬기도 가지고 있는 줄 알았죠."

"대원같이 작은 회사에 헬기라뇨. 세금만 더 나올걸요."

그런 귀찮은 일은 딱 질색이라며 이번엔 태성이 정색을 했다. 참나. 남의 회사, 그것도 AR에 그다지 우호적이지 않은 D그룹의 헬기를 가져다 쓰면서 할 소린 아니었다. 하긴 AR과 사이가 좋은 기업이 있겠냐만. 의심과 불쾌함을 가득 품고서 태성을 쏘아보았지만, 팅팅 부은 얼굴을 하고 새치름하게 쳐다봐 봤자 조금도 위협적이지 않다는 걸 알기에 그만두기로 했다.

착륙하려는지 헬기가 바람에 크게 흔들렸다. 태성은 창 너머로 보이는 공장 전체의 모습을 눈에 담으려 애썼다. 드문드문 불이 켜져 있었지만, 시설 보수를 하기 위해서인 것 같고 아직 설비가 가동되고 있는 것은 아니었다. 장비를 나르기 위해 헬기도 자주 오가는 모양인지 공장 측에서도 대수롭지 않게 여기는 듯했다. 여러모로 천운이었다.

B기업이 28만 평 정도의 부지에서 3,500대, 많을 땐 3,600대를 생산했던 것으로 아는데. AR은 군산에 있던 기존 공장과 소규모 업체들 공장까지 합쳤으니 B기업을 훨씬 상회하는 규모일 터였다.

그런데 어디서도 오고 가는 돈 얘기가 없다는 게 수상했다. 특히 기부 채납[8]과 관련한 소식이 하나도 없다는 게 무척 걸렸다. 위에 돈을 아무리 먹였더라도 명목상의 공시 공고는 올라오기 마련인데 그런 것도 없었다. 땅값이야 AR그룹이 이 근처 기업을 인수했다는 뉴스가 난 이후로 계속 올랐으니 믿을 만한 지표가 안 될 거고…….

결국은 누구의 명의로든 돈이 새는 곳이 있다는 소리다. 이 나라 재벌, 고위직 중 돈 안 빼돌리는 사람 없다지만, 다른 곳은 그 방법과 출처가 대충이라도 짐작이 가는데 윤 회장은 그게 불투명했다.

태성은 거센 바람에 흐트러진 머리칼을 쓸어 올렸다. 반드시 윤 회장의 돈줄을 찾아야 했다. 그 돈줄만이 윤 회장을 압박할 수 있는 유일한 길일 거고, 윤 회장이 넘어가면 AR 전체가 넘어간다.

"방금 이사님께 메일 보냈다고 하는데요."

"메일? 누가? 뭘?"

---

8. 기부 채납: 개인 혹은 기업이 건물, 시설물 등을 지을 땐 국유재산법에 근거하여 인근에 공원, 주차장 등의 공공시설을 조성해야 한다.

"조 실장님이요. 조직도 파악하신 것 같던데."

"아아."

어느새 바로 발아래가 옥상 착륙장이었다. 태성은 주름을 펴듯 손가락으로 미간을 쓱쓱 문지르고 헬기가 완전히 착륙하길 기다렸다. 바람의 폭풍이 크게 일었다가 천천히 지상으로 내려왔다.

"이걸로 드시고 싶은 거, 하고 싶은 거 뭐든 하시고 세 시간 후 여기에서 뵙겠습니다."

헬기에서 내려선 후, 태성이 조종사와 수행원에게 카드와 뻣뻣한 지폐 여러 장을 내밀었다. 갑자기 불려 나와 정신없어 보였던 조종사의 얼굴이 환해졌다.

"설마 높은 데 무서워해요? 표정이 많이 안 좋은데."

"딱히 좋아하지는 않습니다."

곧 죽어도 무섭다는 말은 안 하지. 태성이 가볍게 혀를 차며 기지개를 켰다.

"참, 아까 따라붙은 차 말입니다. 아무래도 김 관장이 부리는 사람들 같아요."

"김 관장이요? 윤 회장이 아니라?"

"헬기 어디로 이동하는지 추적하는 거야 쉬운 일인데 군산으로 가는 거 알면서도 반응이 없잖습니까. 윤인범의 그 욱하는 성격이라면 공장 진입 못 하게 하든, 사람을 보내든 했을 것 같아요. 윤 회장이야 말할 것도 없고요. 김 관장은 이 사업에 관련이 없거나 잘 모르니 한발 물러난 것 아닐까요."

기현이 고개를 끄덕였다. 어떻게 보면 윤 회장의 가장 큰 라이벌은 김 관상이었다. 실질적 경영을 할 자식들에게도 이제야 일부 계획을 들려줬는데 견제해야 할 대상인 김 관장에겐 당연히 어떤 언급도 없었을 터였다.

"바다라……."

태성이 위험할 정도로 난간 밖으로 몸을 기울이며 밖의 풍경을 살폈다. 바다 근처인데도 바람결에 실려 오는 건 소금 냄새가 아닌 녹과 기름 냄새였다. 자연의 흔적은 매우 희미했다. 본격적으로 공장이 가동되고 나면 더더욱 그럴 것이다.

"바다 좋아하십니까?"

"갑자기 왜요?"

"욕조에서도 물이 빠질 때 모래 소리가 나는 게 인상적이었습니다. 꼭 바닷가에 있는 것 같았거든요."

"아아. 딱히 그런 의도로 고른 건 아니고……. 군이 따지자면 오히려 싫어하는 쪽에 가깝습니다. 그런데 이상하게 힘들어서 도망치고 싶을 때 떠올리게 되는 건 바다였던 것 같군요."

궁지에 몰려서, 삶이 지긋지긋해질 때. 그런데 도저히 그 삶이란 게 끝이 날 기미가 보이지 않을 때. 지친 몸뚱일 누가 확 집어삼켜 끝장내 주었으면 좋겠다는 생각이 들 정도로 너덜너덜해질 때…….

"그러고 보니 저도 그랬던 것 같습니다. 정말, 이상하게 그렇네요."

기현이 동의한다는 듯 가볍게 고개를 끄덕였다.

"음, 잘만 성장하면 매립지로 공장 확대할 수도 있겠네요."

화제를 돌리고 싶은지 태성이 공장 이야길 꺼냈다. 앞으로는 일 이야기 이외의 것도 편히 들려주길 바란다고 했지만, 속 깊은 이야길 꺼리는 건 진태성도 마찬가지였다.

"윤인범도 그 이야길 하긴 했는데 제 생각엔 좀 어렵지 않을까 싶습니다. 지주사 전환하려면 앞으로 발생할 비용이 천문학적 액수일 테니 국내 공장 증축보단 해외 쪽으로 돌리는 게 여러모로 나을 것 같아서요. 참. 메일은 확인하셨습니까?"

"아, 메일."

재킷 안쪽을 뒤적이던 태성이 무슨 생각이 들었는지 도로 핸드폰을 집어넣곤 기현의 손을 잡아끌었다. 옥상의 철제문이 끼익, 하고 길게 거슬리는 소리를 냈다. 아까 헬기 조종사들이 내려가면서 제대로 여닫지 않았는지, 계단과 이어진 문은 작게 인 바람에도 큰 소리를 내며 닫혔다.

신경을 긁는 불쾌한 소리에 목뒤가 쭈뼛해졌던 기현은 갑자기 귀가 먹먹해지는 느낌에 손을 들었다. 손바닥으로 귀를 꾹 눌렀다가 떼자, 왼쪽에 누가 고주파라도 쏘는 것처럼 엄청난 이명이 일었다.

"으……."

"왜 그래요? 어디 아픕니까?"

"귀가…… 좀 먹먹해서……."

"비행기도 아니고 고작 헬기를 탔는데도?"

태성이 의아하다는 듯 고개를 모로 기울였다.

"아뇨. 소리가 좀 거슬려서 그랬던 것 같아요."

공장 특유의 녹 냄새가 훅 풍겼지만 먼지가 앉진 않은 것으로 보아, 최근까지도 가동이 되었던 것이 분명했다. 역시 이 공장의 원래 주인들이 급하게 사업을 정리한 게 맞겠다는 확신이 들었다.

태성은 철문 너머를 기웃거리는 기현의 허리를 감아 당겼다. 무슨 짓이냐고 항의를 할 틈도 없이 불쑥, 따뜻한 살덩이가 맞닿은 입술을 가르며 능숙하게 유영했다.

"아까 메일 내용, 궁금하죠?"

"그렇…… 죠. 그런데 왜……."

"그냥 알려 주긴 싫은데."

"이사님, 여기선 좀……."

"올라오는 사람 아무도 없을 겁니다. 끝까지 하지도 않을 거고요."

태성이 손목을 쥐고 은근하게 중심으로 이끌었다.

"기현 씨가 빨아 줬으면 좋겠습니다."

"이사님."

"기현 씨가 엉망이 된 얼굴로 날 올려다보는 걸 보고 싶어졌는데……."

윤기현 씨 말대로 내가 한 살이라도 어리니까 맛이 다를 거라며, 태성이 반대편 손으로 어르듯 뒷덜미를 문질렀다. 무도한 손길은 점점 은밀해지고, 공기는 순식간에 달구어졌다. 태성은 곤란하다는 듯 물러서는 기현의 몸을 바투 당기며 어깨를 아래로 슬쩍 눌렀다. 잔뜩 찌푸린 얼굴을 한 기현이 일단은 천천히 무릎 꿇었다.

버클을 풀고 지퍼를 내린 태성이 다리를 넓게 벌리며 섰다. 그에게선 아무 말도 없었다. 지시도, 명령도 없었다. 태성은 기현이 스스로 자신을 향해 스스로 다가오길 기다렸다.

이미 볼 것 못 볼 것 다 본 사이였다. 아까까지만 하더라도 태성에게 먼저 키스를 하고 싶기도 했다. 그렇지만 이건 좀…… 그랬다. 거부감이 드는 건 아니고, 다만 입으로 성기를 빨아 순다는 게 어쩐지 삽입 섹스보다 더 문란하게 느껴졌다.

그러면서도, 한편으론…… 어젯밤부터 태성과 체온을 나누고 싶었던 것은 사실이었던 터라 굳이 빼고 싶지 않았다. 슬쩍 장난기가 일어 한 번쯤은 온전히 태성만 절정에 올라 사정하는 걸 보고 싶기도 했다.

태성과 몸을 섞다 보면 늘 정신없이 먼저 매달리는 쪽은 항상 기현이었다. 생각해 보니 행위 중 그의 표정이 어떤지, 어디를 어루만져야 상대방이 잘 느끼는지도 전혀 모른다. 그러니까……. 기현은 결심이 선 듯 얼굴을 좀 더 바싹 붙이며 속옷 위를 더듬고, 아슬아슬하게 끌어 내렸다.

자세를 편히 하기 위해 태성의 허벅지 위로 팔을 걸쳤을 때, 여태 보지 못했던 것이 눈에 들어왔다. 불쑥 일어선 그의 성기 옆, 음모의 뿌리 근처에 붉은 흉이 있었다. 태성의 피부가 워낙 희어서 눈에 안 들어올 수가 없는 자국이었다.

'뭐지.'

다쳐서 생긴 것 같지는 않았다. 상처라기엔 인위적인 느낌이 있어서, 기현은 저도 모르게 고개를 숙이고서 자세히 들여다보았다.

"저, 이거……."

칼 같은 걸로 죽죽 내리그은 흉터 같은데……. 기현이 연신 고개를 갸웃거리자 뭘 보고 있는지 눈치를 챈 태성이 좆을 움직여 기현의 머리를 고정했다.

"이 세우지 말고 천천히 삼키면 됩니다."

나른한 목소리에 흉터에 팔았던 시선을 다시 태성의 앞으로 돌렸다. 눈길 둘 곳을 찾지 못해서 벌어진 지퍼나 정장의 주름 같은 걸 헤아려 보다가 겨우 고개를 돌렸다. 반쯤 일어선 성기가 코끝에 닿을 듯 가까워지자 남성 특유의 체향이 훅 끼쳤다. 내도록 기현을 울렸던 야한 냄새였다.

기둥을 쥐기 위해 갈팡질팡하며 더듬었을 뿐인데도 태성의 것은 알아서 부피를 키워 갔다. 따끈한 숨결이 닿자 금세 반응을 보이는 것 같았다. 망설인 끝에 단단히 각오하고 입을 벌리자 태성의 웃음이 정수리 위에서 흩어졌다.

혀를 내어 반들반들한 표피를 두어 번 핥다가 귀두부터 천천히 머금어 보았다. 그것만으로도 입안이 꽉 차는 기분이었다.

"좀 더."

태성의 주문대로 조금 더 머금어 보려고 했지만 계속 부피를 키워 나가는 걸 뿌리까지 입에 담는 건 도저히 무리였다.

"흐으……."

기현의 입놀림이 영 신통치 않자 태성의 발이 다리 사이로 쑥 들어와서는, 꿇고 있는 무릎을 벌렸다. 놀라 뭐라 말을 하려고 했지만, 뒤통수를 단단히 눌러 오는 손길에 입을 뗄 수조차 없었다. 태성은 벌이라도 줄 심산인지 구두코로 기현의 고환과 회음 아래를 느긋하게 문질러 댔다.

"아으……."

입이 다물어지질 못해 침이 흥건하게 고였다. 어느새 태성의 것만큼이나 기현의 성기도 조금씩 단단해지기 시작했다.

"목구멍 열어서 끝까지 받아들이면 알아서 삼켜질 겁니다."

허벅지 위에 얌전히 안착했던 기현의 손이 부들부들 떨렸으나 태성은 더 깊이 자신의 성기를 삼키도록 머리를 누르며 슬쩍 허리를 쳐올렸다. 헛구역질이 나는 듯 기현이 컥컥거렸다. 그러다 숨을 쉬기 위해 본능적으로 요령을 터득했는지, 이내 조금 안정감을 찾고 태성의 것을 입에 물었다.

그러곤 조금 전 태성이 허리를 튕긴 것으로 어떤 감각을 바라는지 눈치를 챈 듯, 알아서 고개를 움직이기 시작했다. 성에 안 차는 속도였지만 확실히, 엉망이 된 얼굴이 가련하게 매달려 오는 모양새는 보기 좋았다. 발로 은근하게 자극을 계속 주자 아랫도리가 완전히 부푼 기현이 몸을 움찔움찔 떨었다.

"큰일입니다. 발로 툭툭 건드려도 이렇게 좋다고 세워서야."

"으, 응……."

"이렇게 헤픈 몸인 줄 모르고 내가 그런 말을 했었다니."

태성은 완전히 발기한 좆을 물고 핥느라 가쁜 숨을 내쉬는 기현의 뒷머리를 살살 쓸어 주었다. 아까 차에서보다 훨씬 자연스러운 손길이었다. 몸 섞을 때야 뭔들 어렵지 않을까. 기현은 지금보다 훨씬 더 서투르게 굴었던 아까 전의 태성이 훨씬 더 마음에 들었다. 익숙한 듯 진득하게 만져 대는 지금보다, 어설프게 쓰다듬던 그 손짓에 더 마음이 묻어나서.

"흐⋯⋯!"

"다른 생각할 여유도 있어?"

또 심술궂게 굴어서, 일단은 입과 아랠 괴롭혀 대는 지금의 못된 진태성에게 집중할 수밖에 없었다.

"우, 웃⋯⋯."

갑작스럽게 사람의 하중을 받는 건지 난간이 끼익 불길한 소리를 냈다. 누가 올세라 기현의 눈동자가 불안하게 도르르 굴렀다. 숨이 찬지 붉어진 눈꼬리가 마음에 들었다. 그래, 이전에 호텔에서 기현과 독대했을 때도 이런 얼굴에 이런 눈이었던 것 같다. 그런데 그때와 달리 아주 많은 것이 변해 버렸다.

"앞에 이렇게 음란한 걸 달고 있는데 이제 구멍까지 잘 젖게 되면 큰일이겠습니다."

"흐, 으⋯⋯."

"빼지 않고 살랑거리는 쪽이 사실 제 취향이긴 합니다만."

회음을 문지르던 태성의 발이 단단해진 고환을 툭툭 치자, 긴장과 묘한 쾌감으로 입의 조임이 달라졌다. 딱딱한 구두가 아래를 비벼 대는 힘이 강해지자 기현의 얼굴이 단박에 애처로워졌다. 녹아 버릴 것 같은 하반신이, 허리가 자꾸 들썩였다. 이미 기현의 의지를 벗어

난 일이었다.

결정적인 자극은 없고 장난만 쳐 대자 갑갑한 모양인지 기현이 더 간절하게 태성의 것을 빨았다. 아득하게 몰려오는 쾌감을 느끼며 태성이 고개를 뒤로 젖혔다. 눈을 감으며 당장 굴릴 수 있는 자금이 얼마나 되는지, 조금씩 모았던 AR 계열사들의 주식이 어느 정도인지 가늠해 보았다.

"앞으로도 내 것만 먹으면서 이렇게 질질 싸야 합니다. 알겠습니까?"

기현이 대답이라도 하듯 기특하게 목구멍을 조여 왔다. 태성은 성(性)을 처음 접한 소년처럼 발그레한 얼굴을 한 기현의 머리칼을 어루만져 주었다.

그래, 내 것만.

좆이든 돈이든 내가 주는 것만.

그래야 내가 널 완전히 집어삼키지.

"그럼 기현 씨 아래는 얼마나 야해졌는지 한 번 볼까요?"

태성의 성기를 쥔 손이 살짝 떨려 왔다. 올려다보는 기현의 눈이 진심이냐고 묻는 것 같았다. 그때, 사무실 복도에서 불길을 확 일게 했던 그 눈빛이었다.

"안 넣을 겁니다. 그냥 윤기현 씨 얼마나 젖었는지만 보려고."

물론 거짓말이었다. 아니, 애초에 불가능한 일이었다. 확인만 하겠다는 말도, 안 넣겠다는 말도. 기현도 모르지 않을 터였다. 그렇지만 거절하기엔 아래에서부터 올라오는 쾌감이 불가항력적이라, 기현도 결국 그 달콤한 거짓말에 눈을 감기로 했다.

"아윽……!"

팔이 잡히는가 싶더니, 순식간이었다. 벽으로 밀쳐졌다, 아니, 내동댕이쳐졌다. 콘크리트 가루가 기현의 등 뒤에서 폴폴 날렸다. 입

을 쉽게 할 생각이 없는지 태성의 손가락 두어 개가 바로 불쑥 파고
들어 왔다. 우아한 손놀림으로, 혀가 건드리지 못하는 입천장 안쪽
묘한 곳까지 거침없이 넘나들었다.

"으, 응……."

그리고 바지와 속옷이 한 번에 쑥 벗겨졌다. 불안하게 닫혀 있는
문과 난간으로 자꾸 시선이 갔다. 침이 자꾸 고여, 기현은 저도 모르
게 태성의 손가락을 세게 깨물고 말았다.

"안 좋은 버릇입니다, 이거."

태성이 침으로 범벅이 된 손가락을 눈앞에서 살랑살랑 흔들었다.

"이사님이야말로, 하아…… 안 좋은 버릇입니다. 저번부터 대체
왜……. 밖에서 하는 패티시라도 있으십니까?"

"자극적인 걸 좋아하긴 하죠."

눈앞에서 흔들리던 젖은 손가락이 곧장 뒤를 더듬어 왔다.

"웃, 그렇게 바로……!"

구멍을 더듬고 벌리는 손길은 지극히 사무적이었다. 그저 넣고 쌀
수 있을지를 가늠하기라도 하는 것처럼.

"열렬히 매달리는 걸 좋아합니다. 제발 가게 해 달라고, 아니면 너
무 좋아서 어쩔 줄을 모르겠다고 애원한다거나."

"아, 웃……."

성의 없이 뒤를 더듬던 손가락이 불쑥 안을 파고들었다. 골반 아
래가 뻐근해지는 기분이었다. 안을 파고들어 긁어내듯 손가락을 굴
리는 바람에, 기현은 방금 태성이 말했던 것처럼 엉거주춤하게나마
그를 붙들 수밖에 없었다.

"빼지 않고, 적당히 눈치도 빠르면 더 좋고."

내벽을 한 번 훑은 손이 빠져나가자마자 태성의 귀두가 구멍을 쿡

쿡 찔렀다. 자신의 침으로 미끈해진 살덩이가 뒤를 문질러 온다. 기현은 태성의 옷깃을 단단히 쥐고, 그의 어깨에 고개를 묻어 버렸다.

"아앗……!"

"버텨 보려다, 참으려다 결국 무너지면서…… 이렇게 소리 내는 것도 좋고."

그리고 단번에 태성의 것이 퍽 치고 들어왔다. 찢을 듯 박아 댔다. 그런 상스러운 표현밖에 떠오르지 않을 정도로 거센 진입이었다. 하긴, 병으로 뒤를 넓혀 주면서 그걸 배려라고 생각했던 인간이니.

"아픕, 니다……. 조금만…… 아웃……."

"아프다고, 천천히 하자고 애원하는 거, 그거 완전 사람 미치게 만든다는 건 압니까?"

태성은 기현의 한쪽 다리를 들어 제 몸에 감게 하고는, 빠르게 허리를 추어올렸다. 묵직해진 고환이 접합부 바로 아래와 부딪히며 철썩였다.

제발, 천천히. 기현은 자꾸만 튀어나오려는 말을 오기로 삼켰다. 무엇을 참고 있는지 다 알고 있다는 듯 희미하게 휘어진 태성의 눈꼬리가 얄미웠다. 기현은 입술을 꾹 깨물며 고개를 저었다. 이번엔 어림도 없었다. 그에게 휘둘리는 건 아래로도 족했다.

"아윽—!"

"아닌 척 버티는 거, 그건……."

그건 어떻다는 건지, 태성은 몸으로 직접 보여 줄 생각인 듯했다. 이 짧고 불같은 추삽질로 벌써 내벽이 비대해진 기분이 들었다. 퉁퉁 부은 구멍이 의도치 않게 태성의 것을 자꾸 조이려 들었다. 아팠다. 그런데도 마냥 고통스럽지는 않았다.

"알았으니까……."

"응?"

"알았으니까…… 빨리……."

제발 빨리 끝내 달라고, 가게 해 달라고. 기현이 웅얼웅얼 백기를 들었다. 땀으로 촉촉해진 살결 여기저기에 입을 맞추며 태성이 자세를 바로잡았다. 기현의 안쪽 깊은 곳이 그를 자꾸 빨아들였다.

싸구려 백열등 아래, 본능만 살아 날뛰었다. 달았다. 이 몸뚱이는, 이 살갗의 향과 맛은 사람을 돌게 만드는 뭔가가 있었다. 태성은 예쁜 신음을 쏟아 내는 기현의 마른 입술에 가만히 입을 맞추어 보았다. 독과 같은 숨결이 몸 안으로 깊게 스며들었다.

〈2권에서 계속…〉

킹메이커 1

초판 1쇄 인쇄 2024년 2월 20일
초판 1쇄 발행 2024년 2월 29일

지은이 모스카레토
펴낸이 최원영
편집장 예숙영
책임편집 손혜진
편집디자인 한방울
영업 김민원 조은걸
물류 이순우 최준혁 박찬수

펴낸곳 ㈜디앤씨미디어
출판등록 2002년 5월 1일 제117-90-51792호
주소 서울시 구로구 디지털로 26길 111 JnK디지털타워 503호
대표전화 (02)333-2513 팩스 (02)333-2514
전자우편 tone@dncmedia.co.kr

ISBN 979-11-264-7053-2 (04810)
ISBN 979-11-264-7052-5 (set)